AF215514

Zum Autor:

Rejo J. Ott ist das Synonym, unter dem der Autor seine Romane veröffentlicht.

Der Autor wurde im Jahr 1949 in Bayern geboren und hat nach seinem Abschluss zum Diplom-Bauingenieur bis zu seinem Rentenbeginn im Bereich Wasserwirtschaft gearbeitet.

Seine Begeisterung für Kriminalromane und ein längerer Urlaub im Südwesten Frankreichs waren der Anlass zu dem vorliegenden Kriminalroman.

Titel der bisher vom Autor veröffentlichten Romane:

- Montségur

Rejo J. Ott

TALMONT

Kriminalroman

Für Wolfgang

Der Flügelschlag des Falken verlor sich in der Düsternis der Unendlichkeit.

Vorwort

Es gibt Menschen, die erst mit dem Erscheinen der Bücher über die Abenteuer von Asterix und Obelix erfahren haben, dass die Römer Gallien besetzt hatten. Zugegeben, die Bücher über die Abenteuer dieser beiden gallischen Helden dienen dazu das normale französische Leben auf die Schippe zu nehmen und Missstände in Frankreich, nach Ansicht der Autoren, aufzuzeigen. Trotzdem kann man daraus einiges über das Leben in Frankreich, besser gesagt im damaligen Gallien zur Zeit der Römer, erfahren.

Unumstritten und auch historisch belegt ist, dass ein gewisser Gaius Julius Cäsar in Rom Langeweile hatte, sich mit einem Leben als unbedeutender Beamter nicht zufrieden geben wollte und deshalb beschloss, sein zukünftiges Dasein eigentlich lieber als Politiker, Feldherr und Herrscher zu verbringen.

Abstammend aus einer untergeordneten Patrizierfamilie und dadurch ausgestattet mit nur einer geringen Menge Kleingeld, tat er sich mit dem reichen Marcus Crassus und dem erfolgreichen Feldherrn Pompeius zu einem Triumvirat zusammen und wurde in Rom Consul.

Er wollte jedoch mehr: Reichtum, Ansehen und Macht.

Vor allem aber wollte er sich zuerst einmal den Folgen seiner zahllosen Rechtsbrüche als Consul entziehen. Also reiste er in den Süden Frankreichs, in die damals kleine römische Provinz Gallia Transalpina am Mittelmeer. Von hier aus begann er ab dem Jahr 58 vor Christi Geburt diese römische Provinz mit Waffengewalt und Krieg auszudehnen.

Es gelang ihm das damalige Gallien, soweit er es so bezeichnete, nördlich der Pyrenäen bis an den Rhein zu unterwerfen. Nichts hinderte ihn zigtausende Menschen verschiedenster Völker, auch germanischer Stämme, niedermetzeln zu lassen. Er führte Strafexpeditionen gegen die Germanen durch und in Britannien gegen die Briten, zog sich aber von dort schnell wieder über den Ärmelkanal zurück.

Dem gallischen Führer Vercingetorix gelang es das Heer Cäsars bei Gergovia zu schlagen, aber in der Schlacht von Alesia siegte Cäsar endgültig. Vercingetorix wurde nach Cäsars Triumphzug in Rom hingerichtet.

Der Drill, die Ausbildung und die spezielle, für die damalige Zeit fast geniale Kampftechnik der römischen Streitkräfte waren für den endgültigen Sieg entscheidend.

Als besonderes persönliches Merkmal Cäsars wurde in den Abenteuern von Asterix und Obelix dessen kolossale, hakenförmige Nase hervorgehoben, die eine gewisse Ähnlichkeit mit vorhandenen Statuen zeigt und die allgemein als Synonym klassischer römischer Nasen gilt.

In dem Buch „Der Gallische Krieg" hat er seinen Eroberungsfeldzug und viele Details aus dem besetzten Land niedergeschrieben, selbstverständlich schöngefärbt nach seinem Gusto. In diesem Buch stellte er die Gallier als primitive Barbaren dar, denen die Römer weit überlegen waren.

Demgegenüber beweisen die ausgedehnten Ausgrabungen der vergangenen Jahrzehnte, dass die Gallier ein weit entwickeltes Gemeinwesen hatten und über hohe handwerkliche, technische und künstlerische Fähigkeiten verfügten, die sich auch die Römer zu Nutze machten und wovon sie auch profitierten.

Das Buch diente ihm sowohl zur Rechtfertigung seiner Feldzüge als auch zur Beweihräucherung seiner eigenen Person. Und ganz bestimmt auch dazu, ihn in den Augen der römischen Frauen interessant zu machen.

Mit seinen Legionen aus Gallien im Rücken übernahm er später als Alleinherrscher die Macht in Rom.

In den folgenden Jahrzehnten und Jahrhunderten übernahmen die Gallier nur zu gern die dekadente Lebensweise der Römer.

Diese begannen im eroberten Gallien, unter anderem an den Flussmündungen, Häfen anzulegen, um Waren aller Art aus Gallien nach Rom zu verschiffen und die vorhandenen Rohstoffe des eroberten Landes auszubeuten, wie dies die westlichen Industrienationen ab dem Mittelalter mit den Kolonien bzw. ehemaligen Kolonien bis heute praktizieren.

Um diese Häfen entstand zwangsläufig die entsprechende Infrastruktur mit Villen, Wohngebäuden, Vergnügungsvierteln, Handelshäusern, Gebäuden für Beamte und Soldaten, sowie auch öffentlichen Gebäuden wie Badehäuser und Amphitheater. Und diese Häfen mussten überwacht und unterhalten werden. Außerdem waren die Steuern einzutreiben und nach Rom weiterzuleiten.

Mit dem Untergang des römischen Reiches verfielen viele dieser Hafenstädte und die Materialien der Gebäude wurden anderweitig verwendet. Manche dieser Städte wurden von den Bewohnern verlassen und unter dem Erdboden vergessen.

Bis die Archäologen der heutigen Zeit begannen, diese Städte wieder auszugraben.

Prolog

> Martinus Callweitus, du bist ein sogenannter Ingenieur ohne jegliches Fachwissen, ein unfähiger Verwalter, ein Betrüger, ein Verbrecher und ein Schweinehund.

Du hast dir auf Kosten des römischen Reiches einen fetten Bauch angefressen. So fett, dass du nicht einmal sehen könntest, wenn dir jemand die Füße stiehlt.

Du hast das Holzgestell deines Bettes durch ein Gestell aus Steinen ersetzen lassen, weil dein altes Bett durch dein riesiges Gewicht schon dreimal zusammengebrochen ist.

Wenn du dir eine neue Toga schneidern lässt, ist zweimal so viel Stoff wie für eine normale Toga erforderlich.

Die filigranen, geschwungenen Stühle, die mir und meinen Freundinnen immer so gut gefallen haben, hast du durch klobige Exemplare ersetzt, auf die man zwei Ochsen auf einmal setzen könnte.

Die Türöffnungen unseres Hauses sind schon breit, aber du kannst dich nur mit Mühe hindurchquetschen. Und nun müssen wir auch noch das Haus umbauen und alle Türen verbreitern lassen. Wenn ich nicht im überdachten Eingangsbereich unseres Hauses ein zweites Bett für dich hätte aufstellen lassen, müsstest du jede Nacht vor dem Haus auf der Erde schlafen, weil dich niemand ins Haus tragen kann.

Du lässt dir jeden Abend in den Tavernen von deinen Speichelleckern den Wein bezahlen und musst fast jeden Abend mit einem Fuhrwerk hierher zu unserem Haus gebracht werden, weil du regelmäßig nicht mehr in der Lage bist deine eigenen Füße zu benutzen.

Von den Steuern, die die Kapitäne und Eigner der einlaufenden und auslaufenden Schiffe und die Händler zu entrichten haben, hast du den Großteil in deinen eigenen Beutel gesteckt.

Von den Abgaben, die die Pächter der Lagerhäuser am Hafen entrichten, gelangt nicht eine einzige Sesterze nach Rom, und das schon seit vielen Jahren. Diese Lagerhäuser sind in einem fürchterlich heruntergekommenen Zustand, weil du als Hafenverwalter nicht bereit und zu geizig bist, um Handwerker für die erforderlichen Reparaturen zu bezahlen.

Der Hafen versandet immer mehr und du denkst überhaupt nicht daran, Maßnahmen dagegen zu ergreifen. Die beiden alten und erfahrenen Kapitäne der zwei Galeeren, die hier stationiert sind, haben dir schon mehrmals im Detail erläutert welche Maßnahmen durchgeführt werden können, um die Versandung des Hafens zu stoppen und sogar rückgängig zu machen.

Zum Dank für die Hilfe, die diese beiden dir angeboten haben, hast du dem einen, Gaius Flavius, nachts ein Messer in den Rücken jagen lassen. Den anderen, Titus Tulla, hast du für diesen Mord verurteilen lassen und ihn trotz seines Alters und trotz seiner Ergebenheit zu dir auf eine Galeere im Mittelmeer verbannt.

Und warum?

Weil du von diesen Ingenieurmaßnahmen absolut keine Ahnung hast, und das, obwohl du dich überall, auch in Rom, als der große Könner darstellst.

Und nun forderst du auch mich noch auf, meine Sachen zu packen und mit unseren Kindern zu verschwinden. Ich soll verschwunden sein, wenn du von deiner bevorstehenden Inspektionsreise entlang der Küste nach Norden zurückkommst? Es sind auch deine Kinder, die ich dir geschenkt habe, ebenso wie ich dir zwanzig Jahre meines

Lebens geschenkt habe.

Glaubst du etwa, dass die hässliche Tochter des Senators Lucius Cato dir ebenfalls Kinder schenken wird? Dass der Senator dir in Rom ein hohes Amt verschaffen wird, wenn du seine Tochter heiratest, die niemand auch nur ansieht?

Sie ist spindeldürr, hat eine Nase wie ein Geier, eine Haut wie ein Reibeisen, voller brauner Flecken, krumme Beine, kaum noch Haare auf dem Kopf, jede Menge Warzen im Gesicht und keift den ganzen Tag nur herum. Selbst die Löwen im Kolosseum in Rom würden einen großen Bogen um sie machen.

Und du willst diese Eule, die so aussieht wie ihr Vater, wirklich gegen mich eintauschen? <

Pecunia redete sich immer mehr in Rage. Ihr Gesicht war purpurrot angelaufen. Sie fing an, das Obst aus den auf den beiden Tischen stehenden Schalen nach Martinus zu werfen.

Martinus ließ es ohne Gegenwehr geschehen. Wegen seiner Fettleibigkeit war er auch gar nicht in der Lage, den Wurfgeschossen auszuweichen oder sie abzuwehren.

Er ließ sich in einen seiner klobigen Stühle plumpsen und genoss den Wutausbruch seiner Lebensgefährtin.

Schließlich richtete er seinen Oberkörper auf und deutete mit dem fetten Zeigefinger seiner rechten Hand auf Pecunia.

> Um ein für alle Mal Klarheit zu schaffen. Du bist keine Römerin. Du bist zwar die Tochter eines gallischen Stammesführers, nur eines ganz kleinen, unbedeutenden Stammesführers, aber du bist keine Römerin.

Nun, ich muss zugeben, du bist sehr hübsch, hast die richtigen Rundungen an den richtigen Stellen und du hast mir in den ersten Jahren viel Spaß bereitet, weil du sehr sinnlich bist.

Die Kinder? Sie sehen dir ähnlich, aber nicht mir. Ich bin mir sicher, dass du dich während meiner alljährlichen Inspektionsreisen anderweitig vergnügt hast. Und nun sollen es meine Kinder sein?

Ich habe euch all die Jahre durchgefüttert, aber damit ist jetzt Schluss, ein für alle Mal Schluss. Ich werde nach Rom zurückkehren und ich habe dort keine Verwendung für eine Gallierin, nicht einmal als Sklavin. Du wirst mich bei einer Beförderung nur behindern.

Und ich will befördert werden, ich will Karriere machen.

Was den ermordeten Kapitän betrifft, so kann ich jederzeit behaupten, dass du für den Mord verantwortlich bist und dafür aus deinem Stamm jemanden angeheuert hast. Wem wird man glauben? Einem Römer oder einer Gallierin?

Außerdem wirtschaftet jeder in seine eigene Tasche. Und ich muss für mein Alter und für die hohen Lebenshaltungskosten in Rom vorsorgen.

Wie ich dir schon gesagt habe, ich werde morgen zu der Inspektionsreise aufbrechen, die etwa einen Monat dauern wird. Bei meiner Rückkehr wirst du mit deinen Kindern verschwunden sein.

Es gibt genug Männer, die für ein paar Sesterzen einen Dolch für dich bereithalten.

Oder soll ich deine Kinder in die Sklaverei verkaufen?

Also schweig und verschwinde. <

Pecunia kochte vor Wut, sah aber ein, dass sie gegen Martinus immer den Kürzeren ziehen würde. Vor allem musste sie an ihre Kinder denken.

Trotzig warf sie den Kopf zurück. Ihre langen dunklen Haare schwangen um ihr Gesicht, und sie verließ den Raum um nach ihren Kindern zu sehen.

Am nächsten Morgen, weit nach Tagesanbruch, verließ der römische Beamte Martinus Callweitus das Haus um sich auf eine der Galeeren zu begeben und brach nach Norden zu seiner Inspektionsreise auf.

Als erstes schickte Pecunia die drei Frauen weg, die bisher alle Arbeiten in Haus und Garten erledigt hatten. Sie bat die jüngste der drei Frauen, die sie Jahre zuvor aus ihrem eigenen Stamm hatte kommen lassen, ihre Kinder zu ihrem Vater mitzunehmen.

Dann schüttete sie den Großteil des Weines aus, den Martinus für eine horrende Summe aus Rom hatte liefern lassen. Damit war ihr erster Zorn verraucht.

Sie setzte sich auf einen dieser monströsen Stühle, lehnte sich an, aß genüsslich einen Apfel und überlegte, was sie noch tun könnte um Martinus seine Gemeinheit heimzuzahlen.

Dann hatte sie eine Idee. Sie war nun allein im Haus und hatte etwa vier Wochen Zeit.

Es war ein leichtes für sie das Schloss zu dem Raum zu öffnen, in dem Martinus die vier Truhen mit seinen Kleidern stehen hatte und den sie nie hatte betreten dürfen.

So viele Truhen für so wenige Kleider?

Sie öffnete die Truhen, warf die Kleider achtlos auf einen Haufen und entdeckte, was sie schon lange geahnt hatte. Alle Truhen, bis auf eine, in der nur alte, abgetragene und inzwischen zu klein gewordene Tuniken und wollene Umhänge lagen, waren unter einer dünnen Lage Kleider mit Sesterzen, Gold- und Silberbarren, goldenen Schalen und Kelchen sowie Edelsteinen gefüllt. Sie konnte die Truhen nur mit Mühe anheben, tragen konnte sie sie nicht.

Sie schloss die Deckel der Truhen wieder und begab sich durch den Innenhof des Hauses in den Garten, der auf beiden Seiten von Nebengebäuden begrenzt wurde. Der Garten wurde nach hinten von einer hohen Mauer abgeschlossen, in die eine kleine Pforte eingelassen war.

Aus einem dieser Nebengebäude holte sie einen Spaten und begann in der Längsseite des Gartens, unmittelbar am Ende der Mauer des rechten Nebengebäudes entlang des

Fundamentes, ein langes und tiefes Loch zu graben, das bis zur Unterkante der Fundamente reichte.

Am Abend des dritten Tages war sie ganz erschöpft, blickte aber mit gehässiger Zufriedenheit im Herzen auf ihr geleistetes Werk.

Am nächsten Tag begann sie in der Umgebung des Hauses Steine, große und kleine, einzusammeln und durch die kleine Pforte hinter das Haus an den Anfang des Gartens zu tragen, wobei sie darauf achtete nicht gesehen zu werden.

Auf die Sohle des ausgehobenen Loches, hochgeklappt bis über die Seitenwände, legte sie drei Lagen grobes Leintuch. Truhe für Truhe leerte sie, trug den Inhalt in einer Tonschale in das Loch im Garten und versenkte dort den Reichtum. Sie musste den Weg oftmals gehen.

Die Truhen füllte sie mit den gesammelten Steinen und einem Teil des Sandes aus dem gegrabenen Loch auf, legte darüber jeweils ein grob gewebtes Tuch und darauf warf sie achtlos einen Teil der abgetragenen Kleider. Anschließend prüfte sie, ob das jetzige Gewicht der Truhen in etwa dem vorigen Gewicht entsprach.

Über den von Martinus zusammengerafften und nun von ihr heimlich vergrabenen Reichtum legte sie ein fein gewebtes Wolltuch, darüber den Großteil der Tuniken aus der nur mit alten Kleidern gefüllten Truhe, klappte die drei Lagen Leintuch darüber und legte darauf zusätzlich in mehreren Schichten grob gewebtes Leintuch.

Anschließend füllte sie den Rest der ausgehobenen Erde darauf, trampelte sie fest und pflanzte dann die Rosen wieder darüber, die sie vorher ausgegraben hatte und die Martinus aus Rom hatte liefern lassen. Den Rest der Erde verteilte sie sorgfältig im Garten.

Nur sie wusste jetzt, wo der ganze Reichtum vergraben war und sie konnte sich jederzeit, notfalls heimlich, davon holen.

Von der schweren Arbeit körperlich erschöpft, setzte sie sich in die Küche. Wenigstens hier standen noch zwei der von ihr so geliebten, filigranen Stühle und sie begann ihr Abendessen einzunehmen.

> Pecunia, hallo Pecunia, wo steckst du? <

Es war die Stimme von Lucilla, ihrer besten Freundin, die unverhofft bei ihr vorbeischaute.

> Hier in der Küche bin ich, komm herein. Ich bin gerade beim Essen. Willst du mitessen? Noch sind genug Lebensmittel da. <

> Was heißt, noch sind genug Lebensmittel da? Hast du vergessen deine Dienstboten auf den Markt zu schicken? <

Lucilla baute sich in der Küche auf. Sie war ziemlich klein, dafür aber genauso breit. Ihr sonniges Gemüt und ihre Warmherzigkeit waren mehr als ein Ausgleich für ihre unförmige, fassartige Figur.

> Nein, ich habe alle meine Dienstboten weggeschickt und meine Kinder habe ich zu meinem Vater bringen lassen. Martinus hat mich rausgeworfen, nach zwanzig Jahren, einfach rausgeworfen, rücksichtslos rausgeworfen. Wenn er von seiner Inspektionsreise zurück sein wird, soll ich mit den Kindern verschwunden sein. Deshalb habe ich nur noch wenige Lebensmittel im Haus. In zehn Tagen werde ich zu meinem alten Vater zurückkehren. <

> Ist denn Martinus total verrückt geworden? Eine Frau wie dich wird er nie wieder finden. <

> Das interessiert ihn nicht. Er wird in mehreren Wochen nach Rom zurückkehren und will dort Karriere machen, mit der Heirat einer dürren Eule, die zufällig die Tochter eines Senators ist. So fett wie er ist, wird sich ohnehin keine andere Frau mehr für ihn interessieren. Er kann mit ihnen auch nichts mehr anfangen, dazu ist er zu fett geworden.

Du kannst mich, wenn du willst, jederzeit bei meinem Vater besuchen.

Für mich ist hier Schluss, endgültig Schluss. <

Lucilla schlug vor Entsetzen die Hände vors Gesicht und brach in Tränen aus.

> Hör auf zu jammern, das ändert auch nichts mehr. Ich habe bereits einen Schlussstrich gezogen. Ich werde dich in den nächsten Tagen besuchen, noch vor meiner Abreise. Dann können wir uns voneinander verabschieden. <

Lucilla drehte sich vor Entsetzen wortlos und weinend um und verließ das Haus.

Der Regen, der in den nächsten Tagen lang und andauernd fiel, verwischte alle Spuren, die Pecunia im Garten hinterlassen hatte.

Am nächsten Tag fing sie an alle Gegenstände aus dem Haus, die einigen Wert hatten, zu verkaufen und beabsichtigte, in den kommenden Tagen alle im Haus noch vorhandenen Nahrungsmittel zu verbrauchen. Den Rest wollte sie mit Hundekot ungenießbar machen.

An diesem nächsten Abend betrank sie sich, zufrieden mit ihrer bisherigen kraftraubenden Arbeit und mit einem Gefühl tiefster Befriedigung, Hass und Schadenfreude im Bauch, mit dem Rest des Weines und schlief mitten im Haus auf dem Fußboden ein.

> Marius, ich sage dir, dieser Martinus Callweitus hat in seinem Haus jede Menge Gold, Silber und Sesterzen gehortet. Jeder in den Tavernen erzählt davon, er hat oft genug im Suff damit geprahlt.

Er ist zurzeit mit einer Galeere unterwegs und wird noch mindestens eine Woche wegbleiben. Seine Frau Pecunia ist allein im Haus, sie hat ihre Kinder und die Dienstboten weggeschickt.

Wir werden sie heute Nacht besuchen und uns so viel von dem Reichtum holen wie wir tragen können. Du kannst dir mit ihr noch ein wenig Spaß gönnen, sie ist ein Mordsweib.

Mir hat schon vor Jahren ein Speerstich leider alle Lust auf Frauen genommen.

Anschließend verschwinden wir nach Süden, bis über die Berge und niemand wird uns finden. <

> Einverstanden, Lucius, ich werde bis heute Abend einige Ledersäcke auftreiben, ein Maultier mit Tragsattel stehlen und Proviant für einige Tage besorgen. Damit müssen wir in den nächsten Tagen in keinem Dorf Nahrung einkaufen und können unsere Spuren besser verwischen. <

In der kommenden Nacht war der Himmel bewölkt, aber es regnete nicht. Marius und Lucius, zwei grobschlächtige Männer mit narbigen Gesichtern, hatten als ehemalige Soldaten keinerlei Skrupel. Sie schlichen sich von der Rückseite an das Anwesen und brachen die kleine Pforte auf. Durch den Garten und vorbei an den Nebengebäuden bewegten sie sich leise auf das Haus zu.

Im Haus fiel nur ein dürftiger Lichtschein aus einem kleinen Kupferbecken mit glimmender Holzkohle, das eine geringe Wärme ausstrahlte   .

Als ihre Augen sich an das diffuse Licht gewöhnt hatten, sahen sie die Frau auf dem Boden liegen. Der Geruch nach Wein war nicht zu verkennen.

Marius beugte sich sofort über die Frau, drehte sie vorsichtig auf den Rücken und bewunderte ihre frauliche Figur. Dann fing er an, ihr die Kleider vom Leib zu reißen.

Pecunia erwachte aus ihrem weinseligen Schlaf, sah den Mann über sich und fing an zu schreien. Marius legte ihr sofort seine schwielige linke Hand auf den Mund, konnte den Schrei aber nicht ganz unterdrücken. Sie biss ihn heftig in die Hand, worauf er seine Hand zurückzog und ihr mit der anderen Hand einen kräftigen Schlag an den Kopf versetzte.

Pecunia fing an gellend zu schreien. Marius drückte ihr mit seiner linken Hand die Kehle zu, zog seinen Dolch und stach ihr mehrmals in Herz und Oberkörper.

Plötzlich füllte sich der Raum mit Soldaten. Als sie die zwei Männer, einen davon mit einem blutigen Dolch in der Hand, und die tote Frau mit blutdurchtränkten Kleidern in einer Blutlache auf dem Boden liegen sahen, zogen sie ihre Schwerter.

Die beiden Männer wehrten sich mit ihren Dolchen. Gegen die Übermacht der nächtlichen Patrouille hatten sie keine Chance. Sie starben unter den Schwerthieben der Soldaten.

Ihre Leichen wurden am nächsten Morgen am Rand der kleinen Stadt von den Soldaten verscharrt, die ihnen vorher noch die Taschen leerten und alles andere Verwertbare abnahmen.

Die Galeere mit Martinus Callweitus segelte in verschiedenen Tagesetappen, mit mehreren Inspektionsaufenthalten an verschiedenen Häfen, bei gutem Wind nach Norden zur westlichen Spitze von Aremorica, als wie aus dem Nichts dichter Nebel aufstieg. Der Kapitän schaffte es nicht mehr eine geschützte Bucht anzulaufen um zu ankern.

Mit lautem Knirschen und einem heftigen Stoß lief das Schiff auf ein Riff auf und riss sich ein großes Loch in den Rumpf. Durch das eindringende Wasser legte sich die Galeere schnell auf die Seite. Innerhalb von nur wenigen Minuten sank sie.

Die angeketteten Sträflinge, die Soldaten, die Besatzung und Martinus Callweitus versanken in der tückischen Strömung zwischen den Riffen. Niemand hörte ihr Schreien, niemand kam ihnen zu Hilfe.

1

Pierre Monard betrat seine Stammkneipe am Hafen und ging quer durch den Gastraum zu seinem Stammplatz an der hinteren Wand. Er lehnte sich auf seinem Stuhl zurück an die Wand und sah sich um.

Wie so oft am späten Nachmittag war er der einzige Gast. Die anderen würden erst in ein, zwei Stunden eintrudeln.

Auch an den wenigen kleinen Tischen vor der Kneipe, es waren jeweils zwei rechts und links des Eingangs mit je zwei weiß gestrichenen, stählernen Stühlen auf dem schmalen Gehweg, saß niemand. Für die Touristen war es schon zu spät für die Mittagszeit und zu früh für den Abend, für die anderen Stammgäste noch zu früh.

Die Tische auf dem Gehweg vor der Kneipe zwangen die Passanten auf die Straße auszuweichen. Daran störte sich jedoch niemand, denn die Kneipe lag in einer Sackgasse, die hinter dem Gebäude ohnehin zu Ende war.

Nur ein sandiger Fußweg führte weiter, an der Abbruchkante der Felsen am Fluss entlang. Pierre kannte ihn gut, denn nach jedem Kneipenbesuch benutzte er ihn, um nach Hause zu seinem kleinen Fischerhäuschen zu gelangen, zu Fuß nur wenige Minuten entfernt.

Pierre war ein Mann mittlerer Größe im Alter von achtundvierzig Jahren, einen Meter sechsundsiebzig groß. Aufgrund seiner genügsamen Lebensart und seiner täglichen harten Arbeit war er schlank geblieben. Seine dunkelbraune Haarpracht wurde von Monat zu Monat dünner, war jedoch ohne graue Haare. Aber seine blauen Augen blitzten wie in seiner Jugend in einem gebräunten, hageren Gesicht. Seine Muskeln waren hart und elastisch und seine Hände voller Schwielen.

Er trug Jeans, die teilweise fadenscheinig, aber sauber waren, ein langärmeliges, kariertes Hemd und klobige Arbeitsschuhe mit Stahlkappen. Er trug immer nur diese Art Schuhe, die er bei seiner täglichen Arbeit benötigte. Dadurch kam er nie in die Verlegenheit schicke und teure Lederschuhe bei seiner Arbeit auf dem Fischerboot zu tragen, weil er vielleicht zufällig vergessen hatte die Schuhe zu wechseln und damit die teuren Schuhe zu ruinieren.

Jacques Fillou, der Wirt, lümmelte wie immer hinter der Theke und putzte hingebungsvoll seine Gläser. Er war nachlässig, um nicht zu sagen schlampig, gekleidet, mit alten, verwaschenen Cordhosen, die vor langer Zeit einmal braun gewesen waren und einem etwas zerschlissenen, einfarbig grünen Hemd, das seinen schon erheblichen Bauch etwas kaschierte und von dem ihm wie immer ein Zipfel aus der Hose hing.

Er war etwa so groß wie Pierre, hatte aber einen schon sehr breiten Mittelscheitel, den er täglich eincremte und als Denkerstirn stolz zur Schau stellte. Der verbliebene Rest seiner Haare war fettig, das war für jeden sofort, klar und deutlich zu erkennen.

Sein Aussehen war ihm völlig egal, es war sein Leben. Seine Stammgäste kamen trotzdem immer wieder und auch die Touristen waren gerne bei ihm zu Gast. Er war stets nett, freundlich und hilfsbereit und hatte für jeden von ihnen einen besonderen Tipp zu einer Sehenswürdigkeit oder zu einem ausgezeichneten und preiswerten Restaurant.

Zudem kochte seine Frau jeden Abend drei Stunden lang für vorhandene Stammgäste und für angemeldete Gäste. Aber nur drei Stunden lang, maximal drei Stunden, nie länger.

Sein Monatsverdienst hielt sich in Grenzen, aber er war mit seinem Leben durchaus glücklich. Er wollte es nicht anders. Jeden Tag seinen Hintern auf einem Bürostuhl breitdrücken? Niemals. Er war sein eigener Herr und er konnte gemütlich leben. Seine Frau teilte sein Leben und war ebenfalls glücklich damit.

Jacques hatte nur wenige Bedürfnisse und deswegen konnte sie sich gelegentlich etwas Besonderes gönnen, was ihr Mann jedes Mal mit Interesse und Zustimmung zur Kenntnis nahm. Kurzum, sie waren beide glücklich.

Seine Kneipe war sein Leben. Obwohl er nicht besonders auf sein Äußeres achtete, seine Frau musste ihn immer wieder zusammenstauchen sich zu waschen, behandelte er seine Kneipe besser als sich selbst. Sie war sein Lebensinhalt. Außer seiner Frau natürlich.

Sie hatten keine Kinder bekommen, was vielleicht der einzige Schatten in ihrem Leben war. Sie hatten es akzeptiert, mittlerweile hatten sie es akzeptiert.

Daran dachte auch Pierre und seine Gedanken schweiften in die Vergangenheit. Er schloss die Augen.

Er hatte nicht so viel Glück gehabt. Er war Fischer, inzwischen der letzte Fischer in Talmont-sur-Gironde. Auch er war im Grunde zufrieden mit seinem Leben, inzwischen war er zufrieden.

Die Ausbeute seiner Arbeit war in den vergangen zwanzig Jahren stetig zurückgegangen. Weil aber die Zahl seiner Kollegen ebenfalls stetig abgenommen hatte, konnte er seine Fische trotzdem gut verkaufen. Besonders in der Touristensaison, wenn ihm die frisch gefangenen Fische aus den Händen gerissen wurden und er die Preise erhöhen konnte.

Gerade in den Sommermonaten fing er viele Adlerfische. Zugegeben, auch diese waren in den letzten Jahren immer kleiner geworden, aber die Anzahl war etwa gleich geblieben. Die Adlerfische waren bei den Touristen wegen ihres guten Geschmacks zum Grillen sehr beliebt. Er hatte ja inzwischen auch keine Konkurrenten mehr.

Er hatte sich bis vor etwas mehr als drei Jahren einiges an Geld zurücklegen können. Er benötigte damals wieder ein neues Netz und auch sein Boot, vor allem der Motor, musste überholt werden. Dann hatte er etwa eine Woche lang keine Einnahmen gehabt.

In dieser Zeit hatte er auch seinen beiden Kindern, seinem Sohn und seiner etwas jüngeren Tochter kein Geld schicken können um sie bei ihrem Studium in Bordeaux zu unterstützen. Er hatte sie darüber informiert und sie mussten eben noch mehr neben dem Studium arbeiten gehen, um über die Runden zu kommen. Aber er wusste, dass sie dafür Verständnis hatten. Sie waren beide intelligent und kamen in ihrem jeweiligen Studium gut voran.

Die Intelligenz hatten sie nicht von ihm geerbt, das wusste er. Und auch nicht von seiner geschiedenen Frau.

Er war als junger Mann ganz verrückt nach ihr gewesen. Sie war überaus hübsch gewesen, schlank, kokett, mit einer ganz tollen Figur. Nachts hatte er sogar regelmäßig von ihr geträumt. Er hatte es damals gar nicht fassen können, dass sie bereit gewesen war ihn zu heiraten. Die ersten Jahre waren wunderbar gewesen. Sie hatten zwei Kinder bekommen, die er total vergötterte.

Zum Fischen war er, wie jetzt immer noch, stets nachts unterwegs gewesen. Damals war er auch oft auf das Meer hinaus gefahren, sein Boot war zur damaligen Zeit noch in einem guten Zustand gewesen.

Aber vier Jahre nach ihrer Hochzeit war er mitten in der Nacht nach Hause gekommen, weil der Motor seines Fischerbootes den Geist aufgegeben hatte. Ein Kollege hatte ihn in den Hafen geschleppt.

Nur wenige Meter neben seinem Haus hatte ein großer

BMW geparkt. Er war ins Haus geschlichen, um niemanden seiner Familie zu wecken und hatte aus seinem Schlafzimmer eine Männerstimme gehört. Das Blut hatte in seinen Adern gestockt. Kein Zweifel, es war eine Männerstimme.

Er hatte aus der Küche ein Messer geholt, leise die Klinke der Schlafzimmertür heruntergedrückt und auf Zehenspitzen das Zimmer betreten. Ein Mann hatte bei seiner Frau im Bett gelegen, über sie gebeugt, mit dem Rücken zu ihm. Mit seiner linken Hand hatte Pierre diesen Kerl grob an den langen Haaren gepackt und ihm mit der Rechten das Messer an die Kehle gehalten.

Seine Frau hatte nur einen erstickten Schrei ausstoßen können.

Er hatte diesen Mann aus seinem Bett gezwungen, aus dem Schlafzimmer, aus dem Haus und auf die Straße. Splitternackt.

Auf der Straße hatte er ihm einen kräftigen Stoß in den Rücken gegeben. Als der Lustmolch sich umgedreht hatte, hatte er ihm mit einem seiner schweren Schuhe mit aller Kraft in die Eier getreten und, als der Kerl sich zusammenkrümmte, hatte er ihm mit großem Vergnügen noch einen Tritt seitlich an den Kopf verpasst. Der Typ war zusammengeklappt und hatte sich nicht mehr geregt.

Er war zurück ins Haus gegangen, ins Schlafzimmer, und hatte seine Frau nur angesehen. Sie hatte das Deckbett bis zum Hals hochgezogen und war kreidebleich. Noch voller Wut und ohne zu überlegen hatte er damals nur gesagt:

> Verschwinde, auf der Stelle! <

Sie war aufgestanden, hatte sich angezogen und das Haus verlassen. Stillschweigend und für immer.

Die Scheidung war nur eine Formsache gewesen.

Für die Kinder hatte sie sich nie mehr interessiert. Er hatte sie allein aufgezogen, anfangs mit Hilfe seiner damals noch lebenden Eltern, nach deren frühem Tod allein.

Nach ihrer Pubertät war ihm aufgefallen, dass die Kinder keine Ähnlichkeit mit ihm hatten, eine gewisse Ähnlichkeit mit ihrer Mutter, aber nicht mit ihm. Irgendwann hatte er mit seinem Arzt darüber gesprochen. Dieser hatte die Blutgruppen von ihnen dreien aus seinen Unterlagen verglichen. Es war eindeutig: er war nicht der leibliche Vater.

In dieser Nacht war er hinausgefahren, hatte aber kein Netz ausgeworfen. Er hatte irgendwo geankert und in sich hinein gehorcht, in sein Herz, in seine Seele, in seinen Kopf.

Am Morgen war ihm klar geworden, dass es die Kinder seines Herzens waren. Er hatte sie aufgezogen. Er hatte sich erinnert, wie er jedes Mal laut aufgelacht hatte als jedes der Kinder, als Baby, nackt auf seinem Bauch gelegen und ihn angepinkelt hatte.

Er hatte sie aufwachsen sehen, sie hatten mit ihm gelacht, er hatte sie getröstet, wenn sie geweint hatten, und sie hatten ihn immer wieder umarmt und geküsst. Er konnte sie nicht aus seinem Herzen reißen.

Er hatte mit ihnen darüber geredet. Sie hatten ein Anrecht auf die Wahrheit. Sie waren beide schockiert gewesen.

Dann hatten sie ihn umarmt und wollten ihn gar nicht mehr loslassen. Sie waren seine Kinder und sie würden seine Kinder bleiben, bis über seinen Tod hinaus.

Es war ihm sehr schwer gefallen als sie nacheinander nach Bordeaux gezogen waren um dort ihr Studium aufzunehmen. Beide hatten sehr schnell eine gut bezahlte Teilzeitarbeit gefunden, die ihnen neben der Arbeit ausreichend Zeit für ihr Studium ließ. Und wann immer er etwas Geld auf die Seite legen konnte, schickte er es ihnen.

Dreimal, viermal im Jahr fanden sie eine günstige Mitfahrgelegenheit um ihn zu besuchen. Ein Auto besaßen sie nicht und mit öffentlichen Verkehrsmitteln von Bordeaux nach Talmont zu fahren war fast wie eine Weltreise.

Das waren die schönsten Tage in seinem Jahresrhythmus. Sein Sohn fuhr dann mit ihm zum Fischen und seine Tochter brachte wieder Ordnung in seinen Haushalt. Er konnte sich in diesen wenigen Tagen gar nicht an ihnen sattsehen und ihre Gegenwart genießen.

In diesen Tagen war er glücklich.

Er hatte sich nie wieder für eine andere Frau interessiert.

Aber ansonsten war er zufrieden mit seinem Leben.

Er öffnete kurz die Augen und blickte auf, als der Wirt ihm wortlos sein Glas Rouge auf den Tisch stellte und dann wieder hinter die Theke zurückschlurfte um weiter seine Gläser zu polieren.

Einmal im Monat gönnte er sich einen freien Tag, besser gesagt eine freie Nacht. Dann führte er tagsüber an seinem Haus oder an seinem Boot dringende Arbeiten oder andere Besorgungen durch.

Die Zeit tagsüber, die ihm ansonsten nach dem Verkauf der Fische und einigen Stunden Schlaf blieb, reichten für die wenige Hausarbeit und die geringen Einkäufe und Erledigungen aus.

Nachts, nach dem Ausbringen der Netze und der langen Angelschnüre, ankerte er am rechten Ufer der Gironde in Ufernähe, weit außerhalb der Fahrrinne der Frachtschiffe, die Bordeaux ansteuerten, und konnte sich dort ebenfalls einige Stunden Schlaf gönnen. Er hatte sich an diesen Rhythmus gewöhnt.

Im kommenden Monat würde er sich diese Nacht als Auszeit ebenfalls wieder gönnen, aber dann würde er mit seinen Freunden und ehemaligen Kollegen, die schon in Rente waren, seinen Geburtstag feiern.

Als die Eingangstür ging, öffnete er wieder die Augen und hob den Kopf. Er sah, dass der erste seiner ehemaligen Kollegen zur Tür hereinkam und quer durch die Kneipe auf ihn zuging.

Simon Bréac war schon fast achtzig Jahre alt, aber immer

noch rüstig. Mit seinen grauen Haaren, von denen er anscheinend noch kein einziges verloren hatte, wirkte er gerade wie fünfzig. Er mochte ihn, denn Simon hatte ihm als jungem Kerl viel über das Fischen beigebracht, sein eigener Vater war wegen einer heimtückischen Krankheit viel zu früh arbeitsunfähig geworden und auch viel zu früh gestorben, seine Mutter war ihm kurz darauf gefolgt.

Simon begrüßte ihn und ließ sich gemächlich auf einen Stuhl sinken.

> Hey, Jacques, hör auf deine Gläser kaputt zu polieren und bring Simon einen Roten auf meine Rechnung. <

Jacques ließ sich bei seiner Beschäftigung nicht stören. In aller Gemütsruhe polierte er die letzten drei Gläser fertig und stellte zwei in den Schrank hinter sich, bevor er das dritte mit Rotwein füllte.

Er stellte es vor Simon auf den Tisch, beugte sich halb über ihn und legte ihm dann die Hand auf die Schulter.

> Geht es dir gut? <

Simon Bréac nickte.

> Das freut mich. Du warst seit Monaten nicht mehr hier. Ich hatte schon befürchtet, dass du deine letzte Bootsfahrt unternommen hättest. <

> Nein, ich bin noch fit und gesund. Ich habe mir in Saintes einen Platz in einem Seniorenheim gesucht, nahe bei meinen Kindern. Die haben zwar nicht viel Zeit für mich, aber ich kann wenigstens einige Zeit mit meinen Enkelkindern genießen. Das tut meiner alten Seele gut. Wer weiß wie lange noch.

Aber ich wollte meine alten Kumpels hier wieder mal sehen und mit ihnen quatschen. <

In diesem Moment betrat Jean Vaselle die Kneipe.

> Die alte Runde der Fischer ist wieder komplett, zumindest die, die noch übrig sind. <

Jacques trottete hinter seine Theke um ein weiteres der

gerade polierten Gläser mit Rotwein zu füllen.

> Pierre, zufrieden mit dem Fang? Wie geht es den Kindern? <, erkundigte sich Simon.

> Danke, nach dem letzten Telefongespräch ist bei Louis und Simone alles in Ordnung. Sie haben zwar nichts gesagt, aber ich nehme an, dass sie nächsten Monat zu meinem Geburtstag hierher kommen werden.

Ich lade euch hiermit zu meinem Geburtstag ein, am siebzehnten. Ich werde einen ausgeben. Jacques` Frau hat mir versprochen für uns alle ein gutes Essen aufzutischen. Und dass sie eine hervorragende Köchin ist, wisst ihr ja.

Was die Arbeit betrifft, ich brauche wieder mal ein neues Netz. Es ist fürchterlich, was die Gironde alles anschwemmt, das dann meine Netze ruiniert. Es wird von Jahr zu Jahr immer schlimmer. Der Motor meines Bootes muss auch wieder mal überholt werden. Während dieser Arbeiten werde ich einige Schäden beseitigen und das Boot wieder abdichten und neu streichen. Es muss noch lange halten.

Und wie steht es mit euch Rentnern? Alles in Ordnung, spielt die Gesundheit noch mit? <

Sie unterhielten sich noch lange, über dieses und jenes und der Abend wurde lang.

Dennoch trank Pierre nur zwei Gläser Roten. Es war schon fast Mitternacht als sie sich trennten.

Pierre wandte sich nach dem Verlassen der Kneipe nach rechts und nahm im Licht des vollen Mondes den Trampelpfad in Richtung seines Hauses. Der Pfad führte ein Stück an der Abbruchkante der Felsen entlang bevor er vor einer grün gestrichenen Bank, die sich hinter einigen Büschen verbarg, vor einigen schicken Häusern nach rechts zur parallel zum Fluss verlaufenden Straße abbog. Diese Häuser gehörten wohlhabenden Leuten aus der „Stadt", die auch die alten darunter liegenden Höhlen in der Felswand, ehemalige Schmugglerhöhlen, zu komfortablen Wohnräumen ausgebaut hatten.

Er setzte sich auf die Bank und sein Blick richtete sich auf die Lichter am anderen Ufer der Gironde. Ein großes Containerschiff fuhr die Gironde flussaufwärts Richtung Bordeaux. Das Schiff war hell beleuchtet und für jeden Beobachter gut zu erkennen.

Seine Gedanken schweiften drei Jahre zurück an den Abend seines damaligen Geburtstages.

Den Termin für die Überarbeitung seines Bootsmotors hatte er auf drei Tage vor seinem Geburtstag vereinbart.

Wie erwartet, kamen seine Kinder um einige Tage zu bleiben. Den Abend mit seinen ehemaligen Kollegen verbrachte er ohne sie. Seine Kinder wollten an diesem Abend ihre Freunde besuchen und auch bei ihnen übernachten.

Es wurde spät, sehr spät. Jacques hatte gegen zehn Uhr seine Kneipe abgeschlossen, Touristen waren um diese Zeit ohnehin keine mehr da. Seine Frau hatte ein hervorragendes Menü aufgetischt und jeder aus der Festrunde war darüber voll des Lobes. Ihr Gelächter ließ die Kneipe erzittern.

Die nächsten Nachbarn, die sich hätten beschweren können, wohnten ein ganzes Stück entfernt.

Pierre hielt sich trotz seines Festtages mit alkoholischen Getränken zurück. Das war einfach seine Gewohnheit. Er konnte auch ohne Rausch lustig sein.

Irgendwann bat Jacques ein Ende zu machen. Niemand protestierte.

Pierre verabschiedete sich von seinen Freunden und ehemaligen Kollegen, um den Trampelpfad nach Hause einzuschlagen. Das Licht von Mond und Sternen war ausreichend hell, sodass er auf dem holprigen Weg nicht ein einziges Mal stolperte.

Ganz unerwartet hatte sich von der Bank ein Mann erhoben. Ein einzelner Mann, mitten in der Nacht, an diesem abgeschiedenen Ort. Pierre kannte ihn nicht und war auf einmal hellwach. Beim Schein des Mondes hatte er den Mann gut erkennen können.

Der Mann war groß gewachsen, etwa einen Meter neunzig oder noch größer und von schlanker Statur. Er war dunkel gekleidet, einen dunklen Hut hatte er tief in die Stirn gezogen. Trotz der sommerlichen Temperaturen hatte er sich einen dunklen Seidenschal um den Hals geschlungen, der die untere Hälfte seines Gesichtes verdeckte. Pierre hatte nur die Wangenknochen, die Nase und die Augen erkennen können.

Er war verwirrt gewesen, trotzdem neugierig geworden und war stehengeblieben. Der Unbekannte hatte seine rechte Hand erhoben und ihm die offene Handfläche gezeigt.

> Haben Sie einige Minuten Zeit für mich? <

Pierre sah ihn zuerst wortlos an, dann nickte er.

> Setzen Sie sich bitte. <

Pierre hatte am Ende der Bank Platz genommen, bereit jederzeit aufzuspringen.

> Sie sind Pierre Monard, Fischer. Sie haben zwei Kinder und lassen gerade Ihr Boot überholen. Finanziell kommen Sie gerade so über die Runden und wenn es Ihnen möglich ist, unterstützen Sie Ihre Kinder mit kleinen Geldbeträgen. <

Er hatte eine Pause gemacht. Pierre war neugierig gewesen, aber auch ein wenig wütend.

Was wollte dieser Typ von ihm? Er war kein Penner und auch kein Schlägertyp. Ganz im Gegenteil, der Mann hatte ein angenehmes Äußeres, eine gepflegte Aussprache und war nicht aggressiv. Er wusste einiges über ihn, aber das wusste eigentlich jeder im Dorf.

Pierre hatte erst einmal geschwiegen und abgewartet.

> Ich möchte Ihnen ein Angebot unterbreiten. Sie können für mich drei oder vier Mal pro Jahr eine Kleinigkeit erledigen. Es ist nicht gefährlich und dauert auch nicht lange. Nach jeder Erledigung werde ich Sie gut bezahlen, sodass

Sie ihre Kinder besser unterstützen können und diese sich intensiver ihrem Studium widmen können. Sie könnten sich auch Geld für ein neues Boot zurücklegen.

Es ist eine für mich überaus wichtige Tätigkeit und ich muss mich absolut auf Sie verlassen können. Ich verlange aber absolute Diskretion, kein Wort, kein einziges Wort über die Tätigkeit, an niemanden. Für jede einzelne Erledigung denke ich an eine Bezahlung in Höhe von zehntausend Euro. <

Er hatte wieder eine Pause gemacht und Pierre stillschweigend angesehen.

> Sie brauchen mir nicht sofort eine Antwort zu geben. Denken Sie über das Angebot nach. Ich werde Sie in einigen Tagen noch einmal fragen. Jetzt können Sie weiter nach Hause gehen. <

Pierre war aufgestanden und in Richtung seines Hauses weitergegangen.

Er hatte sich kein einziges Mal nach dem Unbekannten umgedreht. Aber seine Gedanken hatten gerast.

Was waren das für Erledigungen? War es etwas Gesetzwidriges? Einen derart hohen Betrag für die Erledigung einer Kleinigkeit? Würde er sich in Gefahr begeben oder vielleicht sogar seine Kinder in Gefahr bringen?

Der Unbekannte hatte eine mögliche Gefahr verneint. Andererseits könnte er das angebotene Geld sehr gut gebrauchen.

Er benötigte wirklich bald ein neues Boot, das alte würde trotz derzeitiger Überarbeitung nicht mehr lange zu verwenden sein. Außerdem hatte es wenig Sinn ständig Geld in ein altes und morsches Boot zu investieren, besser doch ein neues kaufen, das bis zum Ende seines Berufslebens halten würde und das er danach sogar noch verkaufen könnte.

Er hatte sein Haus erreicht, die Haustür aufgeschlossen, das Fenster seines Schlafzimmers geöffnet und war zu Bett gegangen. Seltsamerweise hatte er sofort einschlafen können, der Unbekannte hatte nicht in seinem Kopf herumgespukt.

Aber als er am nächsten Tag fortfuhr mit seinem Sohn den Rumpf seines Bootes von Muscheln, Seepocken und anderen Ablagerungen zu reinigen und abzuschleifen, um bald mit den Abdichtungsarbeiten und dem Anstrich beginnen zu können, kreisten seine Gedanken ununterbrochen um den nächtlichen Unbekannten und dessen Angebot.

Sein Sohn bemerkte seine geistige Abwesenheit und sprach ihn darauf an. Er begründete seine Gedankenlosigkeit mit seinen Überlegungen über das fortgeschrittene Alter und den Zustand des Bootes und mit seinem Vorsatz ein neues Boot zu kaufen. Sein Sohn akzeptierte diese Begründung und fragte nicht weiter nach.

Er erzählte ihm, dass er in Bordeaux ein nettes und hübsches Mädchen kennen gelernt hätte. Vielleicht würde er sie bei seinem nächsten Besuch mitbringen. Sie unterhielten sich über das Mädchen bis Pierres` Tochter das Mittagessen brachte. Sie setzten sich alle drei zum Essen an die Mole.

Danach arbeitete er mit seinem Sohn bis zum Anbruch der Dunkelheit. Gemeinsam kehrten sie dann zum Haus zurück.

Sein Sohn und seine Tochter informierten ihn, dass sie schon am nächsten Tag eine Rückfahrgelegenheit hätten. Er war traurig darüber, wieder allein zu sein und schloss beide in die Arme.

Am nächsten Morgen umarmte er sie und wollte sie nicht mehr loslassen bis ein bunt lackierter 2CV vor ihnen anhielt und beide einstiegen. Er sah ihnen nach, mit einer qualvollen Leere im Herzen. Anschließend arbeitete er an seinem Boot weiter.

Einige Tage später ging er wieder seiner Arbeit auf dem

Fluss nach.

Er hatte den seltsamen Besucher schon fast vergessen, als dieser an seinem nächsten freien Abend wieder an der Bank auf ihn wartete.

Der Unbekannte trug diesmal verwaschene, aber saubere Jeans, keinen Hut und keinen Schal. Er hatte einen schwarzen Vollbart, der etwas seltsam und unnatürlich aussah und lange schwarze Haare, die überhaupt nicht zu dem schmalen Gesicht und seiner Gesichtsfarbe passten. Die Haare sahen aus wie die einer billigen Perücke und der Bart sah aus wie angeklebt, aber ganz ungeschickt. Das spielte aber keine Rolle.

> Setzen Sie sich bitte. Ich bin Ihnen noch einige nähere Erläuterungen schuldig. <

Er sah Pierre ein Weilchen durchdringend an. Dann nickte Pierre.

Sie unterhielten sich noch eine Weile und Pierre wurde immer unsicherer. Er erbat sich noch einige Tage Bedenkzeit, aber der Unbekannte bestand auf einer sofortigen Entscheidung.

Pierre stimmte schließlich zu. Trotzdem hatte er in den nächsten Tagen ein mulmiges Gefühl im Bauch.

2

Der dunkelgrüne Range Rover fuhr langsam bei strahlendem Sonnenschein von Bayonne aus die D 932 nach Süden. Der Fahrer hielt sich gewissenhaft an die Verkehrsregeln und vor allem an die Geschwindigkeitsbegrenzungen.

Er wechselte hinter Cambo-les-Bains auf die D 918, an der sich das Flüsschen Nive entlangschlängelte. Zeitweilig wurde die Straße von einer Eisenbahnlinie begleitet. Zweimal passierte der Fahrer einen Zug, einmal in seiner Fahrtrichtung, einmal entgegen seiner Fahrtrichtung. In St. Jean-Pied-de-Port bog er auf die D 933, Richtung Spanien ab.

Die Berge im Pyrenäenvorland wurden langsam höher. In dem Dorf Arnéguy überquerte er die Grenze nach Spanien. Grenzkontrollen gab es keine mehr, kein Grenzbeamter hielt ihn an und kontrollierte ihn.

Nach fast zwei Kilometern passierte er eine rechts der Straße stehende kleine Kapelle, bog nur wenige Meter dahinter nach rechts ab und folgte dem Hinweisschild „Mendimotz".

Dreihundert Meter weiter bog er nach links, Richtung Süden, auf einen schmalen Waldweg ab, der in ein enges Tal führte, durch das ein kleiner, glasklarer Bach floss und das auf beiden Seiten von steil aufragenden Felswänden flankiert wurde.

Der lang andauernde Regen der vergangenen Tage hatte die Schlaglöcher auf dem Weg mit Wasser gefüllt und abschnittsweise tiefen Schlamm, vermischt mit Laub, Zweigen und Rindenstücken auf dem Weg hinterlassen. Die rechts und links des Weges stehenden hohen Bäume verhinderten, dass die inzwischen wieder scheinende Sonne das Wasser auf dem Weg schnell verdunsten ließ.

Der Weg stieg nur geringfügig an, so dass das Wasser auf dem Weg nur langsam abfließen konnte. Immer wieder konnte der Fahrer Reifenspuren im Schlamm entdecken, auf weicheren, sandigen und laubfreien Stellen, sowohl am rechten als auch am linken Wegrand.

Er musste den Allradantrieb zuschalten um eine kleine Lawine aus Schlamm und Geröll überqueren zu können, die den Weg gequert und sich teilweise darauf abgelagert hatte.

Insgeheim beglückwünschte sich der Fahrer, dass er seinen Geländewagen und nicht sein Cabriolet genommen hatte.

Dann begann der Weg langsam aber deutlich erkennbar anzusteigen, die Felswände rückten näher heran. Nur vereinzelt standen noch Kiefern, Lärchen oder Tannen und wenige Sträucher zwischen dem Weg und den Felswänden. Langsam fuhr er weiter.

Als er rechts neben dem Weg einige große Sommersteinpilze entdeckte, konnte er sich ein Lächeln nicht verkneifen. Er nahm sich vor auf dem Rückweg anzuhalten und die Pilze für eine Ergänzung seines Abendessens mitzunehmen.

Nach weiteren zwanzig Minuten langsamer Fahrt traten die Felswände plötzlich zurück und öffneten den Blick auf einen kleinen, vielleicht zweihundert Meter breiten und etwa achthundert Meter langen, ringsum bewaldeten Talkessel. Er hielt an.

Der kleine, längliche See, die grünen Wiesen und das Panorama der Berge, die sich auf der wellenlosen Oberfläche des Sees spiegelten, boten einen idyllischen Anblick. Dazu fügte sich auch das aus Naturstein erbaute, baufällig wirkende und trotzdem romantisch aussehende und mit Steinplatten gedeckte Haus ein, das an der Nordseite des Talkessels stand und an dem eine Abzweigung des Weges endete.

Der Weg selbst führte weiter in das Tal hinein.

Direkt hinter dem Haus plätscherte ein kleiner Bach, der sich am oberen Ende des Tales in den See ergoss.

Er legte wieder einen Gang ein und fuhr auf das Haus zu.

Die hölzernen Fensterläden an der Vorderfront waren alle geschlossen. Dort angekommen, fand er zwischen Haus und Bach eine kleine ebene Fläche, auf der bereits drei Autos parkten. Alle drei waren schmale, kurze Geländefahrzeuge, Fabrikat Suzuki, mit ihrem Allradantrieb bestens geeignet für die schmalen und steilen Wege im Gebirge.

Er stellte sein Auto direkt neben der Außenwand des Hauses ab und stieg aus. Ausgiebig reckte er sich, holte aus dem Kofferraum seines Autos einen übergroßen schwarzen Aktenkoffer und schloss sein Auto ab.

Langsam ging er auf die Eingangstür an der Vorderseite zu, in weitem Bogen von mehr als fünf Metern, wohl wissend, dass er durch die Schlitze in einem der geschlossenen Fensterläden beobachtet wurde.

Mit der rechten Faust klopfte er fünfmal kräftig an die rissige, hölzerne Eingangstür, wartete einen kleinen Moment und klopfte noch zweimal.

Rechts von ihm öffnete sich ganz kurz die Hälfte eines Fensterladens. Ein dunkler, im Schatten liegender Kopf erschien, musterte ihn für einen Moment und verschwand wieder. Der Fensterladen wurde geräuschlos geschlossen und verriegelt, das Geräusch des Riegels war jedoch klar zu vernehmen.

Schritte von Schuhen mit genagelten Sohlen waren zu hören. Die Tür öffnete sich langsam, eine stählerne Kette verhinderte, dass sie sich mehr als einen Spalt weit öffnete.

Ein Teil eines bärtigen Gesichtes war gegen das Dunkel des Hauses schemenhaft zu erkennen. Der Bärtige musterte ihn nun ausgiebig von oben nach unten und zurück.

Die Tür wurde wieder geschlossen, die Kette ausgehakt und die Tür vollständig geöffnet.

Ein Mann von etwa vierzig Jahren, stämmig, mit einem schwarzen Vollbart, struppigen schwarzen Haaren, kantigen Gesichtszügen und einer langen weißen Narbe quer über der Stirn, bedeutete ihm einzutreten.

Vorn aus seinem Hosenbund ragte der Kolben einer Pistole. Der Besucher trat ein, hinter ihm wurde die Tür wieder geschlossen und die Kette vorgelegt. Die Kühle im Innern des alten Steinhauses war nach der Hitze während der Fahrt überaus angenehm.

Der Bärtige tastete den Neuankömmling von oben bis unten ab und nickte dann zufrieden. Er winkte dem Besucher ihm zu folgen und ging voraus auf eine Tür rechts hinten am Ende des kurzen Flures zu. Er öffnete die Tür und ließ den Besucher eintreten. Danach schloss er die Tür und kehrte zur Eingangstür zurück.

Der Besucher fand sich in einem großen Raum mit rau verputzten und weiß gekalkten Wänden, einem Fußboden aus abgewetzten und glänzenden Steinplatten mit unregelmäßigen Fugen und einer mit Profilbrettern aus Kiefernholz verkleideten Decke. Dieser Raum wirkte, im Gegensatz zum Äußeren des Hauses, zwar nicht komfortabel, aber doch sauber und gepflegt. Das Fenster war geöffnet und ließ, trotz des heißen Tages, kühle Luft ein.

In der Mitte stand ein großer Tisch aus dicken, schlecht verleimten Eichenplanken und mit massigen Füßen. Darum gruppiert standen zehn klobige Holzstühle, von denen sechs mit Männern besetzt waren, die ihn in gespannter Erwartung ansahen.

Alle waren kräftig gebaute Männer, etwa zwischen dreißig

und fünfzig Jahren, teilweise mit pockennarbigen, teilweise mit hageren Gesichtern und harten, schwieligen Händen. Sie waren wie Bauern oder Arbeiter gekleidet. Die Ausbuchtungen an den Achseln ihrer Jacken deuteten auf versteckte Pistolen hin, der Kolben einer Pistole war bei einem Mann auf der linken Seite sogar deutlich zu sehen.

Zwei der Männer, die auf der rechten Seite saßen, trugen identische graue Kapuzenshirts.

Alle der im Raum anwesenden Männer waren glatt rasiert.

Der Mann, der am Stirnende des Tisches saß und anscheinend den Vorsitz innehatte, stand auf und bot ihm einen Stuhl am gegenüberliegenden Stirnende an.

Dieser Mann hatte, im Gegensatz zu den anderen, ein nahezu zartes Gesicht, sehr blass, wie ein Mensch, der sein ganzes Leben in irgendeinem Büro versauert und dem nur selten die Sonne ins Gesicht scheint. Er stellte ein Glas und einen Tonkrug mit Rotwein vor ihm auf den Tisch.

Der Besucher setzte sich, stellte den Aktenkoffer neben sich auf den Boden und schenkte sich das Glas halbvoll mit Rotwein. Er trank langsam einen Schluck und sah sein Gegenüber abwartend an.

> Sie sind pünktlich. Wie immer. Es freut mich, dass Sie unseren Treffpunkt offensichtlich problemlos gefunden haben. <

> Die Wegbeschreibung war, wie schon immer in den vergangenen Jahren, ganz präzise. Ich konnte nicht falsch fahren. Außerdem war ich vor mehreren Jahren schon einmal hier. <

Er sah sich aufmerksam und langsam um.

> Heute sind zwei mir unbekannte Gesichter hier. Die Runde und damit auch die Anzahl der Eingeweihten wird immer größer. <

Diese Worte klangen leicht missbilligend.

> Das ist korrekt, hat aber ganz wichtige Gründe, die mit

Ihnen nichts zu tun haben. Die zwei neuen Gesichter werden in zwei Tagen schon nicht mehr im Land sein. Außerdem haben Sie und die beiden sich ohnehin niemals gesehen. <

Er blickte auf die beiden angesprochenen Männer und dann wieder auf sein Gegenüber.

> Waren Sie in den vergangenen Wochen und Monaten erfolgreich? <

Der Besucher legte den mitgebrachten Aktenkoffer auf den Tisch, öffnete ihn und drehte ihn mit dem Griff zu dem Mann mit dem blassen Gesicht um und schob ihn nach vorn. Der Aktenkoffer war bis zum Rand gefüllt mit Geldbündeln, fein säuberlich gestapelt.

Obenauf lag ein großes weißes Blatt Papier, nach dem der blasse Mann griff. Darauf stand nur eine einzige Zahl.

> Zählen Sie bitte nach. Ich warte. <

Der Sprecher der Männer beugte sich über den Tisch und zog den Aktenkoffer am Griff ganz zu sich heran.

Er zählte lediglich die Anzahl der Geldbündel, nur bei einem Geldbündel zählte er auch die einzelnen Scheine. Aus der vor ihm liegenden Schublade des Tisches holte er einen Taschenrechner, schaltete ihn an und tippte verschiedene Zahlen und Rechenoperationen ein.

Dann nickte er befriedigt und schob den Aktenkoffer ein Stück von sich.

> Dies ist in etwa der Betrag, den wir erwartet haben. Er ist identisch mit der Zahl auf dem Blatt. In der gleichen Größenordnung wie jedes Mal bisher. Gab es Probleme? <

> Nein, aber es kann in Zukunft schwieriger werden die Ware abzusetzen. Bei meinem festen Kundenkreis tritt langsam eine gewisse Sättigung ein, die Nachfrage lässt nach. Um das aufzufangen, muss ich versuchen neue Kunden zu finden, was zunehmend schwieriger wird. Ich bin zwar als Händler überall bekannt, auch akkreditiert, und ich habe

einen guten Ruf. Dennoch fragen sich manche meiner Kunden schon wo ich die Ware herhabe und wieso ich diese so günstig verkaufen kann. Einer hat diese Frage schon direkt gestellt.

Sicher, alle meine Kunden wollen Geld verdienen, manchen ist die Herkunft egal, aber die meisten wollen nicht in zwielichtige Geschäfte verwickelt werden. Dies ist ein Thema, über das Sie unbedingt nachdenken müssen.

Ich selbst habe eine Menge Unkosten, die ich gemäß unserer Vereinbarung aus dem Erlös decken könnte. Solange ich nicht zu viel drauflegen muss, stört mich das nicht. Ich stehe voll und ganz hinter unserer gemeinsamen Sache.

Deshalb akzeptiere ich auch einen gewissen finanziellen Verlust und verzichte auf einen Gewinn für mich selbst.

Die Entscheidungen, auch die zukünftigen, treffen Sie und die anderen Anwesenden. Ich führe lediglich Ihre Anweisungen aus. <

> Ich verstehe Ihre Bedenken.

Wir sind in einer Umstrukturierungsphase und haben deshalb Kontakt mit anderen aufgenommen. Deswegen sind die zwei für Sie Unbekannten heute hier anwesend.

Vielleicht werden wir unseren Vertriebsweg total ändern oder komplett aufgeben. Wir werden jedoch noch eine, oder maximal zwei Lieferungen abwarten und Sie rechtzeitig über alles Weitere informieren.

Vorerst vielen Dank für Ihre bisherige und weitere Unterstützung. Wenn wir den Vertriebsweg ändern, sollen Sie auch aus der dann letzten Lieferung einen deutlichen Gewinn einstreichen können. Das sind wir Ihnen schuldig. <

Der Besucher neigte zum Zeichen seiner Zustimmung seinen Kopf, trank sein Rotweinglas aus und erhob sich. Als Abschiedsgruß hob er die Hand und verließ den Raum.

Der Bärtige öffnete die Eingangstür, schaute hinaus und prüfte noch einmal genauer, ob irgendeine Person sich in

Sichtweite befand.

Dann schob er den Besucher zur Tür hinaus und klinkte sie wieder ins Schloss ein. Schnell ging er zu dem Fensterladen, den er bei der Ankunft des Mannes kurz geöffnet hatte, griff nach dem AK-47-Sturmgewehr und spähte durch die Ritzen.

Der Besucher ging zurück zu seinem Range Rover, startete, wendete und fuhr am Haus vorbei Richtung Talausgang.

Der Bärtige drehte den Schlüssel der Eingangstür und legte anschließend die massive Kette wieder vor.

Er beobachtete durch die Ritzen im Fensterladen wie der Besucher in seinem Range Rover langsam den Talkessel verließ.

Er wartete beobachtend noch fünf Minuten, anschließend betrat er den Raum mit den Männern und nickte stumm zu dem blassen Mann am Stirnende des Tisches hin. Er verließ den Raum, schloss die Tür hinter sich und begab sich zurück an seinen Beobachtungsplatz am Fensterladen.

Der Mann an der Stirnseite des Tisches zog den Aktenkoffer mit dem Geld wieder zu sich heran und begann die Geldbündel zu zwei gleich großen Stapeln aufzuteilen.

Einen davon schob er zu einem der Männer mit den Kapuzenshirts, den anderen packte er wieder in den Aktenkoffer, den er verschloss. Er schob den Aktenkoffer ein Stück in Richtung Tischmitte und ließ ihn dort auf dem Tisch liegen.

Der Mann im Kapuzenshirt holte unter dem Tisch eine Reisetasche hervor, die er mit seiner Hälfte der Geldbündel füllte und dann den Reißverschluss zuzog. Die Reisetasche stellte er unter seinem Stuhl zwischen seine Füße.

Dann wandte er sich an den Mann am Stirnende des Tisches.

> Der Kreis schließt sich langsam, aber endgültig.

Die illegale Mine in Südafrika ist bereits seit mehreren Monaten ausgebeutet, die Ader ist endgültig erschöpft.

Die Mine in Sierra Leone steht ebenfalls vor dem Ende. Wir werden noch eine, höchstens zwei Lieferungen nach Fertigstellung der Schleifarbeiten erhalten können.

Von den indischen Schleifern sind nur noch zwei arbeitsfähig, die anderen fünf sind inzwischen zu alt, die Sehkraft ihrer Augen hat zu stark nachgelassen. Die Gefahr, dass sie Fehler beim Schleifen machen, ist zu groß geworden.

Unsere Partner in Südafrika haben genug Geld verdient und wollen das Risiko nicht länger eingehen.

Unser Lieferant in Sierra Leone hatte in den vergangenen Monaten zunehmend Schwierigkeiten seine Ware an den Aufständischen vorbei zu schmuggeln. Die konfiszieren alles, was ihnen in die Hände fällt.

Außerdem scheint es zunehmend Schwierigkeiten beim Lieferweg nach Europa zu geben.

Neue Zollbeamte sind eingestellt worden, die wesentlich höhere Schmiergelder verlangen, die in Anbetracht unserer Kosten unseren Gewinn stark reduzieren.

Neue Lieferwege zu erkunden, erscheint uns bei dem Kapazitätsende der Mine in Südafrika und den Problemen in Sierra Leone nicht sinnvoll. Wir haben in die Minen in Südafrika und Sierra Leone eine Menge Geld investiert, das sich zum Glück vielfach amortisiert hat.

Neue Minen zu erschließen ist aus heutiger Sicht nicht mehr erstrebenswert und würde zudem immer riskanter werden.

Weiterhin gibt es zukünftig auch Probleme bei der Lieferung von Waffen und Sprengstoff aus dem ehemaligen Jugoslawien. Auch hier muss ein neuer Vertriebsweg oder bei Bedarf auch ein neuer Lieferant gefunden werden. Die jetzigen Lieferanten stellen ständig steigende Forderungen. Dies liegt wahrscheinlich daran, dass der dortige Krieg schon längere Zeit vorbei ist und die Kapazitäten unserer Lieferanten erschöpft sind.

Wie wir gerade gehört haben, verschlechtern sich auch die Absatzmöglichkeiten der Ware hier im Südwesten Europas.

Unser Besucher hat in den vergangenen Jahren die Ware gut absetzen und seine Geldgeschäfte gut tarnen können. Es muss jedoch nur ein richtig gewiefter Steuerprüfer seine Konten und Papiere und die seiner Kunden genauer unter die Lupe nehmen, dann wird er jede Menge Ungereimtheiten feststellen.

Ich persönlich glaube nicht, dass unser Besucher bei einem lang andauernden und harten Verhör standhaft bleiben und den Mund halten wird. Ich bin überzeugt, dass er ziemlich schnell zusammenklappen wird.

Er hat uns in den vergangenen Jahren, uns und euch, gute Dienste geleistet.

Was in meinen Augen jedoch das Wichtigste ist, ist der Wandel der öffentlichen Meinung zu unseren Terroraktivitäten in Nordirland. Wir wollen sie einstellen, zumindest aber ganz stark reduzieren. Falls irgendein Einsatz noch einmal erforderlich werden sollte, haben wir in verschiedenen Verstecken noch ausreichend Waffen, Munition und Sprengstoff gelagert.

Auch die Mitglieder unserer Organisation sind müde und alt geworden und beginnen immer mehr ihre Prioritäten bei ihren eigenen Familien zu sehen. Die weitaus meisten wollen nicht mehr. <

Er sah seinen Gesprächspartner an und schwieg um seine Worte wirken zu lassen.

Der Mann am Stirnende des Tisches nickte bedächtig mit dem Kopf und sah zu seinen drei Männern hin.

> Wir haben ebenfalls die Änderung der öffentlichen Meinung zu spüren bekommen.

Wir sind zwar immer noch bemüht, unser Baskenland von

Spanien abzuspalten, sehen aber unsere Erfolgsaussichten immer mehr schwinden. Die brutale Unterdrückung, unter der wir zu Zeiten von General Franco leiden mussten, ist glücklicherweise schon lange vorbei. Dennoch sind wir mit dem derzeitigen politischen Status des Baskenlandes, trotz der gewährten Autonomie, nicht zufrieden. Viel mehr als die derzeitigen regionalen Sonderrechte werden wir sicher nicht erreichen können.

Vor allem wollen aber auch wir die Terroraktivitäten beenden.

Die Europäische Union hat dazu geführt, dass Europa immer weiter zusammenrückt und sich ein gemeinsamer Weg Europas wohl kaum noch aufhalten lässt.

Der Beamtenapparat der EU ist wie in jedem Staat viel zu sehr aufgebläht, die unnötigen Beamten beziehen ein dickes Gehalt und erhalten viele Vergünstigungen neben einem Berg an Zusatzleistungen und sie sind vielfach überflüssig und beschäftigungslos.

Sie haben jede Menge Geld für unnötige Investitionen zum Fenster hinausgeworfen – man sehe sich nur die vierspurig ausgebauten Straßen in Portugal und Spanien an, auf denen kaum ein Auto fährt – ebenso wie sie schwachsinnige Verordnungen produziert haben wie die über Gurken oder die Krümmung von Bananen.

Wenn auch die Beamten der EU jede Menge Blödsinn produzieren und jede Menge Geld der Bevölkerung für lächerliche Verordnungen und Investitionen zum Fenster hinauswerfen, zum großen Teil auch für sich selbst, lässt sich eine grundlegende Veränderung nicht stoppen oder gar umkehren.

Wir können nur versuchen auf politischem Weg für unser Baskenland ein gewisses, noch weitergehendes Eigenbestimmungsrecht zu erreichen, was auch die Katalanen in irgendeiner Form anstreben. Europa ist politisch und wirtschaftlich bereits total verknüpft.

Beängstigend ist jedoch, dass die Entscheidungsträger der EU nicht fähig sind die eigenen Interessen, die Zusammenarbeit und die demokratischen Werte intern ausreichend zu vertreten. <

Der Mann mit dem Kapuzenshirt nickte zustimmend. Der blasse Mann fuhr fort:

> Wir sollten die jetzt anstehende Lieferung, die wahrscheinlich letzte, noch abwickeln und den Erlös davon wieder wie bisher aufteilen. Somit haben wir für eventuelle zukünftige Aktivitäten noch ausreichende Finanzmittel.

Anschließend werden wir einen Schlussstrich ziehen und alle bestehenden Verbindungen kappen. Und wenn ich kappen sage, meine ich vollständig kappen, ohne Rücksicht auf die jeweiligen Personen. Niemand darf irgendeine Verbindung zu uns herstellen können.

Ich bedaure diese, wenn auch notwendigen Entscheidungen. Wir haben erst vor wenigen Jahren im Südwesten Frankreichs einen neuen, einfachen, aber meiner Meinung nach absolut idiotensicheren Transportweg aufgebaut.

Dennoch müssen wir in wenigen Monaten einen rigorosen Schlussstrich ziehen.

Einverstanden? <

> Ich stimme vorbehaltlos zu.

Wir werden uns um die Vertriebswege von Südafrika, Sierra Leone und vom ehemaligen Jugoslawien nach Westeuropa kümmern, wir haben diese ehemals auch aufgebaut. <

> Sehr gut, wir werden hier in Westeuropa alle Kontaktpersonen beseitigen.

Nach erfolgtem Abschluss und zur Abrechnung der dann endgültig letzten Lieferung, in spätestens etwa vier Monaten, sollten wir uns hier wieder treffen um alle durchgeführten Maßnahmen noch einmal zu besprechen, damit wir sicher sind, dass niemand irgendeine Spur zu uns zurückverfolgen kann....

Und um die letzte Verteilung unserer Einnahmen vorzunehmen.

Den genauen Termin werden wir, wie bisher, direkt vereinbaren. <

Alle Männer standen auf und reichten sich zur Bekräftigung der Vereinbarung die Hände.

> Wer fährt uns zurück nach Saint-Jean-de-Luz zu unserem Segelboot? <

Einer der anderen drei Männer hob die Hand.

> Ich bringe euch wieder zurück, ich muss ohnehin in diese Richtung. <

Einer der beiden Männer mit den Kapuzenshirts nahm die Reisetasche auf, der Mann vom Tischende nahm den Aktenkoffer an sich.

Alle verließen den Raum, der letzte schloss die Fensterläden und sicherte sie, schloss dann das Fenster und anschließend auch die Tür hinter sich.

Der bärtige Wachposten am Fensterladen öffnete die Eingangstür und ließ alle hinaus. Anschließend klinkte er das Türschloss von außen ein, schloss ab und sicherte zusätzlich die Eingangstür mit einem schweren Vorhängeschloss. Beide Schlüssel steckte er in seine Jackentasche.

Die Männer verteilten sich auf die drei Autos.

Eines der Geländefahrzeuge, besetzt mit dem blassen und dem bärtigen Mann, nahm den Weg weiter in das Tal hinein und war bald zwischen den Bäumen hinter einer Biegung des Weges verschwunden.

Die anderen beiden Geländefahrzeuge fuhren den Weg zurück, auf dem der Besucher gekommen und wieder abgefahren war.

Nach etwa fünfzehn Minuten erhob sich hinter drei dicht nebeneinander stehenden Tannen am gegenüberliegenden

Rand des Talkessels ein junger Mann von etwa dreißig Jahren.

Er war mittelgroß, schlank und gutaussehend und trug einen Tarnanzug. Seine breitschultrige Statur deutete auf erhebliche Körperkräfte hin.

Er schüttelte die mit Tarnmustern bedruckte Plane und die darüber liegenden Tannenzweige ab und reckte seine steifen Glieder. Vorsichtig sah er sich noch einmal gründlich um.

Von seinen Ohren zog er einen Bügel mit Kopfhörern, klappte ihn zusammen und steckte ihn in eine Seitentasche seines seitlich liegenden Rucksacks. Er schaltete das batteriebetriebene Empfangsgerät aus, wickelte es in ein altes Handtuch, das er aus dem Rucksack hervorzog, und packte es in den Rucksack.

Danach bückte er sich um sein auf einem Stativ stehendes Spektiv, das fast in Bodennähe stand, abzuschrauben und in dem zugehörigen Etui, zusammen mit dem Stativ, ebenfalls in seinem Rucksack zu verstauen.

Aus einer anderen Seitentasche des Rucksacks holte er eine Flasche Wasser, trank langsam und bedächtig die halbe Flasche leer und steckte sie wieder zurück in die Seitentasche.

Er schüttelte die Tannennadeln vollständig von der Plane, faltete diese peinlich genau zusammen und legte sie obenauf in den Rucksack, den er sorgfältig verschloss.

Er setzte den Rucksack auf, wischte mit einem der Tannenzweige so lange über den Boden, bis alle Spuren beseitigt waren, aus denen jemand hätte schließen können, dass hier ein Mann mehrere Stunden lang gelegen hatte.

Im Schatten der Bäume ging er auf den Taleingang zu, huschte vorsichtig über den Weg zur anderen Talseite und begann einen kaum erkennbaren Pfad zwischen den Tannen nach oben zu steigen. Vom Bergsattel warf er einen letzten Blick zurück, scheinbar ohne die Idylle des kleinen Tales zu würdigen, und war bald auf der anderen Bergflanke verschwunden.

Zwei Wochen später war der junge Mann wieder in dem verborgenen kleinen Tal.

Im Schutz der Tannen umrundete er vorsichtig den Talkessel und vergewisserte sich, dass kein Fahrzeug auf der kleinen Parkfläche neben dem Haus stand und sich auch sonst keine Person in dem Talkessel aufhielt.

Von der Rückseite näherte er sich dem Haus. Mit einem Infrarot-Nachtsichtgerät überzeugte er sich, dass das Haus leer war. Gebückt huschte er zur Vorderseite, unter den geschlossenen Fensterläden hindurch und hielt lauschend in gebückter Stellung unter dem Fensterladen rechts neben der Eingangstür an.

Er zog dünne Lederhandschuhe an, die er aus seiner linken Hosentasche zog. Aus einer anderen Tasche seines Tarnanzuges holte er ein Etui mit verschiedenen schmalen Metallstreifen. Einen steckte er in das Vorhängeschloss, bewegte ihn gefühlvoll hin und her bis mit einem leisen Knacken der Bügel des Schlosses aufklappte.

Er öffnete das Schloss der Eingangstür mit einem einfachen Dietrich, huschte hinein, klinkte die Tür ein und legte die Kette vor. Das Vorhängeschloss legte er innen neben der Tür auf den Boden.

Anschließend sah er sich mit Hilfe einer Taschenlampe im Inneren des Hauses um. Bis auf den großen Tisch mit den zehn hölzernen Stühlen in dem gepflegt wirkenden Raum war das Erdgeschoss des Hauses ohne Möbel. Alle anderen Räume waren immer noch stark verwahrlost. Seit seinem letzten Besuch hatte sich nichts verändert.

Direkt hinter der Eingangstür wusste er über sich eine große Öffnung, die, wie ihm bekannt war, bei diesen alten Bauernhäusern gewöhnlich zu einem Speicher führte.

Gründlich durchsuchte er das ganze Haus, wusste er doch, dass er bei einem früheren Besuch in einem der Zimmer in einem Berg von Schutt und Holzteilen eine Leiter gesehen hatte.

Im letzten Zimmer auf der linken Seite des Ganges fand er sie. Als er einen Holm in die Hand nahm um sie hochzuheben, brach der Holm ein Stück unterhalb seiner Hand ab. Er legte den Holm und den Rest der Leiter vorsichtig zurück und beseitigte seine Spuren um die Leiter herum. Der Zugang zum Speicher war ihm also momentan verwehrt.

Kein Raum des Hauses, außer dem mit dem massiven Tisch und den Stühlen, hatte ein Fenster zur Rückseite, zum Berghang hin.

Er betrat das Zimmer mit dem Tisch und untersuchte zuerst die Profilbretter an der Decke nach kleinen Öffnungen. Als er ein Astloch über dem Tisch entdeckte, nickte er zufrieden.

Er öffnete die einzige Schublade des Tisches. Sie war leer bis auf einen ausgeschalteten Taschenrechner. Er zog sie ganz aus der Führung, betrachtete sie von allen Seiten und anschließend die Unterseite des Tisches. Dann schob er die Schublade wieder an ihren Platz. Er achtete sorgfältig darauf, dass der Taschenrechner wieder genau da lag, wo er ihn angetroffen hatte.

Nun betrachtete er die Fugen zwischen den Steinplatten am Boden. In einer Fuge nahe der hinteren Wand war eine kleine Vertiefung, hier war das Fugenmaterial aufgerissen.

Ausdruckslos musterte er die Stelle. Mit seinem Messer stocherte er vorsichtig darin herum bis er die winzige Wanze mit dem Sender herauskratzen konnte. Sie war nicht gefunden worden. Die Wanze legte er vorsichtig wieder zurück in die Fuge, schob mit einem Taschentuch sorgfältig alles Fugenmaterial zurück in die Fuge, drückte es leicht fest und ließ einige Tropfen farblosen Kleber darauf fallen. Nochmals drückte er das lose Fugenmaterial fest.

Dann verließ er den Raum und das Haus, drückte den Bügel des Vorhängeschlosses wieder zu und verschloss auch das Türschloss mit dem Dietrich.

Er huschte auf die Rückseite des Hauses, tauchte in den tiefen Schatten der Tannen ein und kehrte zum Taleingang und zu dem fast unsichtbaren Pfad zurück.

3

> Papa, du ziehst dir im Fernsehen jede Sendung rein, die irgendetwas mit Archäologie zu tun hat. Auch die Bücher, die wir für dich in den vergangenen Monaten über das Internet gekauft haben, behandeln archäologische Themen. Du hättest in deiner Jugend Archäologie studieren sollen. <

> Naja, vielleicht hast du Recht, ebenso wie dein Bruder. Aber wer weiß, vielleicht würde es euch dann nicht geben, denn als Archäologe hätte ich mich wahrscheinlich ständig in der Weltgeschichte herumgetrieben und keine Zeit zum Heiraten gehabt. Es ist für mich viel wichtiger euch zu haben und auf euch stolz zu sein. Auch wenn ihr mir gelegentlich den letzten Nerv raubt. <

Ich grinste sie beide an.

> Ich informiere euch hiermit, dass ich für mindestens vier Wochen in den Südwesten Frankreichs fahren werde.

Ich habe mich dort bei einer archäologischen Ausgrabungsstätte angemeldet, bei Talmont-sur-Gironde. Dort bestand zur Zeit der Römer ein Hafen einschließlich einer großen Ansiedlung, die jetzt ausgegraben wird.

Ich werde also mindestens vier Wochen lang auf den Knien herumrutschen und die Grundmauern ehemaliger römischer Villen freilegen. Bei Wind, Regen und brennendem Sonnenschein. Ich werde sicher auch das ein oder andere Foto schießen und euch später damit beglücken oder vielleicht auch quälen.

Ihr werdet also allein klarkommen müssen. Zum Glück weiß ich, dass ihr beide keinen Rotwein trinkt und damit auch meinen wohlbehüteten Rotweinschatz nicht vernichten werdet.

Ich werde morgen anfangen, mein Wohnmobil zu beladen und reisefertig zu machen. In ein paar Tagen starte ich. Vorher werde ich noch ein wenig für euch einkaufen, damit ihr bei meiner Rückkehr nicht verhungert seid. Obwohl ihr alt genug seid, um selbständig für euch zu sorgen. Außerdem wird euch auch meine Schwiegertochter auf die Finger sehen. <

Die beiden grinsten zurück.

> Du kannst unbesorgt fahren. Wir werden auf das Haus achten und wir drei sind alt genug um die erforderlichen Besorgungen zu machen. Wir werden noch am Leben sein, wenn du zurückkommst. <

Vier Tage später führte mich meine Reise auf Nationalstraßen über Straßburg südwärts nach Besançon und nördlich um das Zentralmassiv herum an die Atlantikküste zur Mündung der Gironde.

Am frühen Abend des zweiten Reisetages erreichte ich Talmont und fand im Nachbarort abseits der Straße einen ebenen, asphaltierten Stellplatz mit weitem Blick auf die Gironde.

Zum Abendessen gönnte ich mir nach der langen Fahrt zwei Flaschen Bier der Marke Kronenbourg.

Nach einem ausgiebigen Schlaf und dem etwas späten und ausgedehnten Frühstück fuhr ich mit dem Fahrrad zur Ausgrabungsstelle.

Der Himmel war leicht bewölkt, bei angenehmen Temperaturen.

Ich stellte das Fahrrad an den Zaun neben dem kleinen Museum, sicherte es mit dem Fahrradschloss und musterte zuerst einmal von außerhalb des Zaunes ausgiebig das ganze Areal.

Dann betrat ich das Museum. In aller Ruhe ging ich an den Reihen von Vitrinen entlang und betrachtete die ausgegrabenen und ausgestellten Artefakte. Sie boten ein interessantes und vielfältiges Spektrum.

Den jungen Mann, der hinter einem kleinen Schreibtisch saß und die Aufsicht führte, bat ich mich zur Ausgrabungsleiterin zu führen.

> Guten Tag. Sind Sie Madame Louisa Boyer? Doktor Boyer? <

Sie bestätigte.

> Wunderbar. Ich bin Claus Westtend, wir haben miteinander telefoniert. Wir haben vereinbart, dass ich Ihnen vier Wochen lang bei den Ausgrabungen helfe. <

> Guten Tag, Herr Westtend. Willkommen in Talmont. Hatten Sie eine angenehme Fahrt?

Sie wissen, dass wir Ihnen keine Vergütung für Ihre Tätigkeit hier gewähren können? Selbst die Studentinnen, die an der Ausgrabung mithelfen, erhalten nur eine geringe Aufwandsentschädigung. Lediglich ich als Leiterin der Ausgrabung und meine Assistentin, Doktor Mireille Sargon, sind hier fest angestellt. <

Sie musterte mich von oben bis unten und sah mich andauernd sehr seltsam an.

> Selbstverständlich. Das hatten wir im Voraus bereits am Telefon besprochen.

Als Rentner habe ich ein festes Einkommen, meine Rente, wovon ich gut leben kann. Ich werde in meinem Wohnmobil übernachten und für meine Verpflegungskosten komme ich selbst auf.

Sie haben mir zugesagt, dass hier auf dem Gelände sanitäre Einrichtungen sind, Toiletten und Duschen, die ich mitbenutzen kann. Damit steht meiner Tätigkeit hier nichts mehr im Weg. <

48

> Ich wollte nur noch einmal darauf hinweisen.

Sie können Ihr Wohnmobil hier auf dem Gelände zwischen dem Museum und den Containern abstellen. Am besten holen Sie es gleich hierher.

Anschließend werde ich Sie über das Gelände führen und Ihnen alle an der Ausgrabung beteiligten Personen vorstellen. Sie werden sich sicher nicht sofort alle Namen merken können. Aber das wird sich innerhalb weniger Tage einspielen. Bis gleich. <

Sie sah mir nach als ich zur Tür ging und wandte sich wieder ihrem Computer zu.

Was ich nicht mehr sah, war, dass sie noch minutenlang auf die Tür starrte, die ich hinter mir geschlossen hatte.

Ich kehrte zu meinem Fahrrad und dann zum Wohnmobil zurück.

Die anschließende Fahrt zum Ausgrabungsgelände dauerte nur wenige Minuten. Der junge Mann aus dem Museum öffnete mir das Tor. Ich suchte mir einen ebenen Platz und richtete mich häuslich zwischen dem Museum und den Containern ein.

Ich klopfte an das Fenster von Madame Boyers` Büro. Sie winkte mir kurz zu und war nach einigen Minuten bei mir.

> Es sind acht Studentinnen, keine Studenten, die hier die Grabungen ausführen. Alle stammen hier aus der Region, von La Rochelle bis nach Bordeaux, von dieser und auch von der anderen Seite der Gironde. Sie sind alle schon mindestens im sechsten Semester ihres Archäologiestudiums, haben also schon erhebliche Kenntnisse. Sie sind in Gruppen zu je zweien über das ganze Gelände verteilt und haben unterschiedliche Aufgaben.

Das Gelände selbst ist sehr groß, es war früher einmal eine kleine Stadt. Es wird noch Jahrzehnte dauern, bis alles ausgegraben und, soweit erforderlich und machbar, restauriert ist. Wobei noch nicht entschieden, ist ob tatsächlich die ganze Stadt freigelegt wird.

Ich werde Sie zu einer dieser Gruppen dazustellen, die derzeit die Grundmauern eines größeren Hauses einschließlich Nebengebäuden freilegt. Das Haus liegt hier in der Nähe des Museums mit Blick auf die Gironde.

Wenn Sie irgendwelche Fragen haben, können Sie diese gerne an die beiden Studentinnen, an Mireille Sargon oder an mich stellen.

Wir werden Sie zuerst mit dem erforderlichen Handwerkszeug ausstatten. <

> Ich habe verschiedene Spatel, dreieckförmige Spachteln und große Pinsel mitgebracht. Kann ich die benutzen? Kann ich auch einige Fotos zur Erinnerung, für meine Söhne und für meine Schwiegertochter schießen? <

> Selbstverständlich können Sie ihre Werkzeuge verwenden und auch private Fotos machen. Was Sie sonst noch benötigen, erhalten Sie von uns. <

Wir waren bei zwei Studentinnen angelangt, die in der Hocke neben den Grundmauern eines Hauses arbeiteten und sich bei unserer Ankunft aufrichteten.

> Ich möchte euch Herrn Claus Westtend vorstellen, der uns vier Wochen lang bei unserer Arbeit unterstützen wird, und den ich euch beiden zuteile. Herr Westtend, dies sind Caroline Verbier und Solange Tarantelle. <

Ich reichte den beiden die Hand und betrachtete sie. Beide trugen Turnschuhe, kurze Hosen und Blusen, deren Ärmel sie bis über die Ellbogen hochgekrempelt hatten. Sie waren beide ziemlich hübsch, wie alle jungen Frauen im Alter knapp über zwanzig Jahre.

> Ich werde mich später umziehen und mich nach dem Mittagessen unter Ihre Obhut begeben. Sie können mich dann zur Arbeit einteilen. Einverstanden? <

Sie nickten beide und wandten sich wieder ihrer Arbeit zu.

Madame Boyer führte mich weiter über das Gelände, am

Turm vorbei, zu den einzelnen Gruppen der Studentinnen und stellte uns vor. Einige der Namen konnte ich mir wirklich nicht merken, aber das würde sich ändern.

Alle waren ziemlich hübsch und ihre Kleidung war teilweise mit Erde verschmiert, was sie aber nicht störte. Einige hatten auch Streifen und Flecken aus Erde auf ihren Gesichtern.

Zurück beim Museum teilte mir Madame Boyer mit, dass in etwa einer halben Stunde Mittagspause wäre und alle sich im Aufenthaltscontainer zum Mittagessen treffen würden.

> Ich werde mich umziehen, meine Werkzeuge und mein Mittagessen richten und mich danach im Container einfinden. Nach dem Mittagessen kann ich dann anfangen zu graben. <

Ich war der erste am Container und wartete. Die Studentinnen und Madame Boyer kamen tröpfchenweise dazu. Im Container wartete ich bis alle saßen und setzte mich dann auf einen Platz, der neben Louisa Boyer noch frei war.

In den nächsten Tagen stellte ich fest, dass Doktor Boyer sich immer fast an das Ende der beiden nebeneinander stehenden Tische setzte, so dass der Platz neben ihr stets für mich frei blieb. Gelegentlich lehnte sie sich an mich, jeden weiteren Tag öfter und länger. Es war mir durchaus angenehm.

> Herr Westtend, meine Assistentin, Mireille Sargon, wird erst im Laufe des Nachmittags wieder zu uns stoßen, sie hat heute in Bordeaux einen privaten Termin. <

Es war ein gemütliches Mittagessen. Alle redeten durcheinander und stellten mir Fragen, ich antwortete und stellte meinerseits Fragen. Ich bekam teilweise nur ausweichende Antworten, noch war ich ein Fremdkörper in dieser Runde.

Dennoch machte ich den Vorschlag, dass wir uns, trotz meines Alters, duzen sollten, wenn wir nun einige Zeit zusammen arbeiten würden. Alle stimmten zu, teilweise noch reserviert.

Doktor Boyer sah irgendwann auf die Uhr und klatschte in die Hände, woraufhin alle langsam anfingen ihr Essen zu beenden und den Tisch abzuräumen.

Auch ich packte den Rest meines Mittagessens zusammen, den Rest meines Baguettes, die Butter und den Käse, und brachte es zurück in mein Wohnmobil und in den Kühlschrank.

Danach gesellte ich mich mit meinen Werkzeugen zu Caroline und Solange.

> Wo soll ich anfangen?

Ich habe, seit ich in Rente bin, im Fernsehen kaum eine Sendung über archäologische Ausgrabungen versäumt und bin also für die Durchführung der praktischen Arbeit theoretisch ein wenig gerüstet. Aber ich habe noch keinerlei praktische Erfahrung, vor allem aber kein archäologisches Grundwissen. Ich bin blutiger Laie. <

Caroline zeigte mir einen Abschnitt entlang eines Fundamentrestes, wo ich arbeiten sollte und an dem sie beide auch arbeiteten, allerdings auf der anderen Seite.

Zuerst sollte ich mit dem Pinsel die Oberfläche der Steinreihe gründlich säubern und danach entlang der Steinreihe mit meiner dreieckförmigen Spachtel vorsichtig die Erde wegkratzen, die sich im Laufe vieler Jahrhunderte angehäuft und verfestigt hatte.

Ich machte mich an die Arbeit und Caroline begutachtete von Zeit zu Zeit meine Fortschritte und Arbeitsweise. Sie war mit mir zufrieden.

Der Himmel war blau, immer wieder einmal von hellen Sommerwolken unterbrochen. Ein lauer Wind zauste meine schon etwas angegrauten Haare und fuhr mir mit zarter, fast liebevoller Hand in mein kurzärmliches Sommerhemd, dessen Knöpfe ich teilweise geöffnet hatte. Ich war mit mir zufrieden und fühlte mich pudelwohl. Der Wind kam vom Atlantik und trug in sich den Geruch nach Algen und Salz. Auch deswegen war ich hier her gekommen. Ich liebe diese Seeluft mit ihren Gerüchen.

Als ich anfing, die Erde entlang des steinernen Fundamentes wegzukratzen, zeigte sie mir die vorgesehene Arbeitsbreite an. Die beseitigte Erde sollte ich später auf eine Schubkarre laden und zu einem bereits aufgeschütteten Erdhügel abfahren.

Also kratzte ich, teilweise auf den Knien, teilweise in der Hocke, teilweise im Sitzen. Meine alten Knochen waren nicht mehr elastisch, aber es ging ohne Schmerzen oder Verkrampfung.

Nach drei Stunden Kratzen ordnete Caroline eine Pause an. Ich griff zuerst nach meiner Mineralwasserflasche und nahm einen langen Schluck.

Während dieser Pause erfuhr ich, dass Caroline bereits im dritten Jahr an dieser Ausgrabung teilnahm, Solange war das erste Jahr dabei. In unserer Gruppe hatte Caroline das Sagen. Wir beide akzeptierten das.

> Ich kann doch auch die von euch beiden beiseite geräumte Erde aufladen und wegfahren. Dabei kann ich meine alten Knochen ein bisschen auflockern und muss sie nicht ständig auf der Erde verkrampfen. <

Sie waren beide einverstanden.

Wir fanden schnell heraus wie wir uns am besten ergänzen konnten.

Am Abend hatten wir drei nur Erde weggekratzt und kein Artefakt gefunden. Das war der Alltag der Archäologen, wie sie mir erzählten.

Ich lud noch die restliche Erde auf und fuhr sie zu dem Hügel, damit unser Arbeitsplatz auch aufgeräumt aussah, während die beiden unseren Grabungsbereich sorgfältig mit Folie abdeckten und diese mit Gewichten beschwerten.

Langsam trudelten alle Studentinnen bei den Containern ein, in denen sie auch schliefen.

Wir vereinbarten, dass die jungen Frauen zuerst duschen sollten und ich danach. Es gab nur einen Duschraum. Ich wollte keine Revolution anzetteln, indem ich zusammen mit den jungen Frauen duschte. Dazu fühlte ich mich schon zu alt.

Meine kurzen Jeans waren von der feuchten Erde ziemlich verdreckt. Ich klopfte sie ab und hängte sie zum Lüften und Trocknen an eine Wäscheleine zwischen Tür und Spiegel am Wohnmobil, an die ich nach dem Duschen auch mein Badetuch hängte.

Frisch geduscht und mit sauberen Jeans und Sweatshirt holte ich meinen Campingtisch, alle meine vier Campingstühle und den Gasgrill aus dem Wohnmobil und baute den Grill auf. Sofort war ich von den jungen Frauen umringt.

Ich wollte mir eine der Doraden grillen, die ich am vorherigen Tag unterwegs gekauft hatte und dazu mein restliches Baguette essen.

> Wenn ihr auch etwas auf den Grill legen wollt, ganz gleich was, könnt ihr das gerne machen. Vielleicht habt ihr Steaks oder, wie ich, Fische oder ihr könnt auch Baguette rösten. <

Sie nahmen das Angebot mit Begeisterung an. Sie trugen die beiden Tische und die Stühle aus dem Container ins Freie. Somit konnten wir alle gemeinsam unter freiem Himmel tafeln.

Caroline fragte mich als Erste, ob sie einen Blick in mein Wohnmobil werfen dürfe. Die anderen jungen Frauen schlossen sich sofort an.

> Claus, kommen Sie, kommst du, Entschuldigung, mit dem Wohnmobil sehr weit herum? Wo warst du damit schon im Urlaub? <

Solange hatte sich noch nicht daran gewöhnt, mich zu duzen, ich könnte dem Alter nach schließlich ihr Großvater sein. Sie zierte sich noch und war noch unsicher, obwohl wir schon mehrere Stunden nebeneinander gearbeitet hatten.

> Als ich noch berufstätig war, hatte ich maximal drei Wochen Urlaub am Stück, deswegen mussten meine Urlaubsziele so gewählt werden, dass die Fahrzeit auf ein Minimum beschränkt wurde.

Ziele waren Kroatien, Sardinien, Korsika und natürlich Deutschland. Auch ein Abstecher nach Portugal war dabei. Hauptsächlich war ich jedoch mit meiner Familie in Frankreich unterwegs. Dabei haben wir zehn Mal in Folge unseren Sommerurlaub in den Tarnschluchten, im Süden des Zentralmassivs, verbracht. Wenn ich damals vor dem Sommerurlaub meine Söhne nach einem Urlaubsziel fragte, erhielt ich nur die Antwort: Tarn.

Wir haben diese Urlaube in den Tarnschluchten zusammen mit den Familien meines Bruders und von Freunden verbracht. Wir waren oftmals zwanzig bis fünfundzwanzig Personen und wir waren dort auf dem Fluss mit bis zu zwölf Kajaks und Kanadiern unterwegs. Wir haben das aus Spaß immer eine teutonische Völkerwanderung genannt. <

> Warum hauptsächlich in Frankreich? <, wollte Doris wissen.

> Vom Südwesten Deutschlands aus ist die Entfernung nach Frankreich überschaubar. Meine Frau wollte nie lange an einem Stück im Auto sitzen, es war ihr unangenehm. Dennoch liebte sie die Urlaube im Wohnmobil. <

> Wie oft pro Jahr wart ihr mit dem Wohnmobil unterwegs? <

> Im Frühjahr, im Sommer, im Herbst, immer während der Schulferien, und zwischendurch an verschiedenen Wochenenden. <

> Du sagtest gerade, ihr wart zehn Mal nacheinander im Sommer in den Tarnschluchten. So alt ist das Wohnmobil

doch noch gar nicht. <

> Das ist richtig. Es ist ja auch schon mein zweites Wohnmobil.

Das erste habe ich, als es siebenundzwanzig Jahre alt war, abgestoßen. Ich konnte dort auf dem harten Bett nicht mehr schlafen.

In meiner Jugend konnte ich problemlos auf nacktem Boden schlafen. Aber mit zunehmendem Alter wollten meine Knochen nicht mehr. Sie forderten mehr Bequemlichkeit. Deshalb habe ich auch die hier ursprünglich im Wohnmobil vorhandene gegen eine neue, ganz bequeme Matratze ausgetauscht. <

Alle bombardierten mich dann noch mit allen möglichen Fragen zum Stauraum im Wohnmobil, zu Wasser- und Abwassertank, zum Herd und zum Kühlschrank.

Es wurde ein anregendes und fröhliches Abendessen mit viel fröhlichem Lachen.

Auch Mireille Sargon, die inzwischen zurückgekehrt war, nahm daran teil. Sie war eine überaus attraktive Frau von etwa dreißig Jahren, groß, schlank, mit einer tollen Figur, langen, lockigen schwarzen Haaren und einem ausnehmend hübschen Gesicht. Sie hätte ihr Gehalt auch als Mannequin verdienen können, war aber keineswegs so dürr wie die vielen Models auf den Titelseiten der einschlägigen Magazine.

Sie hatte zudem eine angenehme Stimme und bewegte sich sehr geschmeidig. In meinen jungen Jahren hatte dieser Typ Frau mich wirklich sehr interessiert.

Auch sie war sofort bereit, mich zu duzen.

Nach dem Essen, als wir noch bei verschiedenen Getränken in der Abenddämmerung zusammensaßen, ich mit einem Glas Rotwein, die meisten bei Mineralwasser, tauten die jungen Frauen langsam auf.

Sie fragten mich nach meinem Beruf, meinem Leben und

vielem anderen, was ich bereitwillig beantwortete. Auch von ihnen erfuhr ich vieles, auch an den nachfolgenden Abenden.

Einige der Mädchen stammten aus dem Medoc und kannten sich hervorragend mit Weinen aus. Dennoch hatte ich sie noch nie Wein trinken sehen. Auf meine diesbezügliche Frage zuckten sie nur mit den Schultern.

Fast alle hatten feste Freunde, die sie jedoch während der Ausgrabungsperiode kaum sahen.

> Und wie kommen eure Freunde damit klar, dass sie euch während der Ausgrabungsperiode kaum zu Gesicht bekommen? <

> Sie wissen, dass wir Archäologie studieren und deswegen während der vorlesungsfreien Zeit oft an Ausgrabungen teilnehmen. Wir sind ja nicht so weit von zuhause oder von Bordeaux entfernt, wo wir studieren. Sie haben ja auch die Möglichkeit, am Wochenende hierher zu kommen. Abends haben wir dann schon jeweils einige Stunden für sie Zeit.

Schwieriger würde es für sie werden, wenn die Ausgrabungen, an denen wir teilnehmen, tausende Kilometer entfernt wären, zum Beispiel in Griechenland oder in der Türkei, oder noch weiter entfernt.

Wenn ihnen wirklich etwas an uns liegt, akzeptieren sie das. Das Studium, besser gesagt unser späterer Beruf, wird bis zu unserem Alter ein Teil unseres, vielleicht auch ihres Lebens sein. Man muss zudem immer damit rechnen, dass die Ehe auseinander geht. Dann ist es angebracht einen Beruf, einen guten Beruf zu haben, der uns die Möglichkeit bietet ein eigenständiges, gutes Leben zu führen. <

Der junge Mann im Museum, er hieß Romain, wohnte in Cozes, etwa fünfzehn Kilometer entfernt. Er brachte jeden Morgen frisches Baguette und Croissants für das Frühstück mit. An jedem zweiten oder dritten Vormittag trat er seine Arbeit zwei Stunden später an und kaufte in dieser Zeit für alle die ihm auf einer Liste eingetragenen Speisen und Getränke ein. Eines der Mädchen vertrat ihn dann im Museum.

Mein Gasgrill änderte die Essenswünsche mancher der Studentinnen. Das Gas stellte ich mit Vergnügen zur Verfügung, ich fühlte mich in dieser Runde sehr schnell wohl.

Für Dr. Boyer stand auf der Rückseite des Museums ein kleiner Schlafraum zur Verfügung, der gleichzeitig auch ihr Büro war.

Mireille hatte auch einen Schlafplatz in den Containern, übernachtete aber gerne, vor allem an den Wochenenden, wie ich bald erfuhr, in Talmont, wo ihr Lebensgefährte ein Haus an der Abbruchkante des Geländes hatte. Zusätzlich gehörten zu diesem Haus auch einige darunter liegende und zu Wohnräumen ausgebaute Höhlen.

Wie ich feststellen konnte, hatten alle ein gutes und gelöstes Verhältnis zueinander. Ich freute mich auf die folgenden Wochen.

Die nächsten Tage vergingen bei glücklicherweise trockenem Wetter ziemlich eintönig.

Jeden Morgen zogen wir die großen schwarzen Folien von unserer Arbeitsstätte, bevor wir mit unserer Arbeit begannen. Abends wurden mit den Folien unsere Arbeitsbereiche wieder sorgfältig abgedeckt und gesichert.

Meine alten Knochen bereiteten mir keine Probleme.

Mein Verhältnis zu Caroline und Solange verbesserte sich von Tag zu Tag. Wir fingen bald auch an, Scherze zu machen. Sie halfen mir auch mein Französisch zu verbessern, das doch ziemlich eingerostet war.

Am vierten Tag fand Solange ein kleines Metallstück.

> Seht mal, was ich gefunden habe. <

Ich ging zu den beiden Mädchen auf die andere Seite des Fundamentes. Solange zeigte Caroline und mir ihren Fund.

Caroline nahm das Metallstück und reinigte es vorsichtig mit einem spitzen Spatel und einem Pinsel.

Es war ein ca. zwei Zentimeter langes, wie zu einem Ring gedrehtes, zigarrenförmiges Stück Goldblech, fein gehämmert und mit Mustern verziert, von etwa fünf Millimetern Durchmesser, trotz erstem Reinigungsversuch noch ziemlich beschmutzt.

> Das ist ein gallisches Schmuckstück aus Goldblech, das gallische Frauen gerne als Haarschmuck verwendeten. Diese Art Haarschmuck war bei Frauen höher gestellter Männer sehr verbreitet. Derartiger Schmuck ist schon mehrfach gefunden worden, auch an anderen Ausgrabungsstätten. <

Sie dokumentierte den Fundort.

> Ich bringe deinen Fund zu Louisa ins Museum. Er kann dann in Bordeaux gründlich gereinigt und konserviert werden. <

Solange und ich gönnten uns eine Pause. Sie zeigte mir einen Leuchtturm ein Stück vor der Mündung der Garonne, der im Dunst gerade noch schemenhaft zu erkennen war. Den Namen des Leuchtturms konnte ich mir nicht merken. Als sie mir die Besonderheit des Leuchtturms schilderte, war ich durch einen Wanderfalken abgelenkt und hörte kaum auf ihre Erklärung. Ich wollte mir keine Blöße geben und fragte deshalb nicht nach.

Am Abend bewölkte sich der Himmel und ich packte nach dem Abendessen meine Campingggeräte ins Wohnmobil.

Den Rest des Abends verbrachten wir dann im Container.

Ein leichter Regen fiel auf das Dach.

An diesem Abend wurde meine letzte Rotweinflasche leer, weil unerwartet auch Andrea, Mireille und Doris ein Glas Rotwein tranken. Romain würde mir beim nächsten Einkauf einige Flaschen mitbringen müssen.

Den Sonntagnachmittag nahm ich mir mit Louisas` Zustimmung frei um in der Mündung der Gironde zu angeln.

Als Köder hatte ich mir von Romain von einem Fischhändler fünf frische Sardinen mitbringen lassen. Ich fing zwei wirklich ansehnliche Adlerfische, den zweiten in dem Moment als Caroline, Danielle und Janine mir einen Besuch abstatteten. Ich präsentierte ihnen unser gemeinsames Essen für den übernächsten Abend. Sie beglückwünschten mich zu meinem Fang, den ich am Ufer noch abschuppte und ausnahm, dann im Wohnmobil würzte und im Kühlschrank verstaute.

Danielle fuhr anschließend mit mir im Wohnmobil zurück zum Ausgrabungsgelände, was sie ganz offensichtlich sehr genoss, die beiden anderen zogen es vor zu Fuß zur Ausgrabung zurückzukehren.

Am nächsten Morgen kam Mireille zu mir an meinen Arbeitsplatz.

> Bist du ein begeisterter Fischer? < fragte sie mich.

> Ja, ich habe auch zu Hause jahrelang gefischt, ich hatte an dem Altrheinarm in der Nähe meines Hauses einen Angelkahn liegen. Ich bin oft schon, vor allem an Sonntagen, früh morgens um fünf Uhr aufgestanden und zum Angeln gefahren.

Als dann ein Berufsfischer angefangen hat, Netze auszulegen, viele hundert Meter lang, vor allem entlang der flachen Laichwasserzonen, nahm die Fischpopulation gravierend schnell ab, weil die Fische kaum mehr ablaichen konnten.

Es hatte mich nie gestört, wenn ich an einem Morgen einmal nichts gefangen habe. Die Stille auf dem Wasser, im Morgengrauen, hat mich dafür entschädigt. Aber wegen des Berufsfischers konnte man kaum noch Fische fangen. Auch die anderen Angler waren davon betroffen, wir haben uns immer wieder unterhalten. Deswegen habe ich zuhause das Angeln aufgegeben und meinen Angelkahn verkauft. <

> Mein Partner besitzt auch ein Carelet in Talmont, eine der vielen auf Stelzen an der Steilküste stehenden Fischerhütten.

Du kannst gerne nach Belieben diese Hütte mitbenutzen um dort zu angeln oder mit dem dort vorhandenen, absenkbaren Netz zu fischen. Wir würden uns alle freuen, immer wieder frischen und frisch gegrillten Fisch zu essen.

Wenn du einverstanden bist, fahre ich heute Abend mit dir zu dem Carelet und gebe dir einen Schlüssel für die Zugangstür. Mein Partner hat noch ausreichend Reserveschlüssel. <

Ich nahm dieses Angebot sehr gerne an und sie zeigte mir das Carelet und erklärte mir die wichtigen Einzelheiten.

Von diesem Abend an verbrachte ich bei trockenem und auch nur halbwegs trockenem Wetter jeden dritten Abend bzw. jede dritte Nacht dort, um meine Kolleginnen und auch Romain mit frischem Fisch zu versorgen.

Dabei beobachtete ich jeden Abend einen Fischer, der seine Netze und lange Angelschnüre auslegte, die Lage mit Bojen markierte, dann am Ufer, fast in Rufweite, ankerte und sich daraufhin in seinem Boot schlafen legte. Am Morgen, wenn ich durch den Wecker meiner Digitaluhr erwachte, war er nicht mehr zu sehen.

Jedes Mal sofort nach dem Erwachen verließ ich das Carelet und fuhr zurück zur Ausgrabungsstätte um mit den anderen zu frühstücken und dann meine Arbeit aufzunehmen.

Obwohl ich nur stupide Arbeit verrichtete, bereitete mir die Tätigkeit viel Spaß, vor allem als alter Knacker bei so vielen jungen und hübschen Frauen.

Ich hatte auf meinem Streckenabschnitt das untere Ende des Fundamentes erreicht.

> Caroline, ich habe diesen Abschnitt soweit ausgegraben, wie du mir aufgetragen hattest. Wie soll ich weitermachen? <

Caroline besah sich meine Arbeit und nickte zufrieden.

> Verlängere den Graben in östlicher Richtung, also in

Richtung von der Gironde weg, um etwa fünf Meter, bis zum voraussichtlichen Ende des Fundamentes. Es kann aber durchaus sein, dass das Fundament noch weitergeht, etwas tiefer als das sichtbare. Aber das wird sich dann zeigen, wenn auch die Stirnseite freigelegt ist. <

Sie war unsere Vorarbeiterin, ich befolgte ihre Anweisung bereitwillig.

Der Regen der vergangenen Nacht hatte den Boden durchweicht und aufgrund meiner Unvorsichtigkeit starrte meine kurze Jeans nach einer halben Stunde vor nassem Erdreich. Nach einer Information an meine beiden Kolleginnen ging ich zum Wohnmobil um die Jeans zu wechseln und in einem Eimer einzuweichen.

Beim Rückweg nahm ich ein Stück dickerer Folie mit, die ich für den Fall eines Glasschadens immer im Wohnmobil mitführte und die ich als Unterlage benutzen wollte. Diesmal achtete ich darauf die Erde dort zu lassen wo sie hingehörte und nicht auf meiner Hose zu verschmieren.

Die durch den Regen aufgeweichte Erde ließ sich schneller wegkratzen und am Abend hatte ich meinen Streifen fast vierzig Zentimeter tief ausgehoben, wieder ohne ein Artefakt zu finden.

Caroline und Solange waren ebenfalls schneller als gewöhnlich vorangekommen. Louisa, die immer bei jeder Gruppe an jedem Abend kurz die Fortschritte begutachtete, war mit unserem Pensum überaus zufrieden.

Meine beiden jungen Arbeitskolleginnen gingen schon zu den Containern.

> Welche Eindrücke hast du von der Ausgrabung? Wie hast du vorher deine Zeit und deine Arbeit hier erwartet? Bereust du dein Engagement hier? < fragte mich Louisa.

> Nun, zuerst einmal bereitet es mir sehr viel Vergnügen mit so vielen jungen und hübschen Frauen zusammen zu arbeiten. Dich zähle ich übrigens auch dazu. Es herrscht

hier eine wahnsinnig freundschaftliche Atmosphäre, in der ich mich pudelwohl fühle.

Ich bin zudem überrascht, dass meine alten Knochen die Arbeit auf der Erde in teilweise doch verkrampfter Haltung so gut wegstecken. Ich hatte mir, bevor ich hierher kam, die Arbeit bei einer Ausgrabung genauso vorgestellt, wie ich sie jetzt ausführe. Außerdem hat mir Arbeit an der frischen Luft schon immer gut getan.

Ich würde gerne noch länger als vier Wochen hier bleiben. Ich bin ungebunden, meine beiden Söhne und auch meine Schwiegertochter kommen ohne mich klar. Sie sind schließlich schon erwachsen. <

> Bist du verheiratet? Ist deine Frau mit deinem Engagement hier einverstanden? <

> Meine Frau lebt seit einigen Jahren nicht mehr. Meine Söhne kennen meine Leidenschaft für Archäologie und unterstützen mich, wenn nötig. <

Louisa war eine überaus gut aussehende, schlanke Frau von etwa fünfundfünfzig Jahren, so groß wie ich, mit dunkelbraunem, kurz geschnittenem Haar und einer dunkel umrandeten Brille, die ihr Gesicht mit dem dunklen Teint attraktiv und intellektuell aussehen ließ. Sie war mir von Anfang an sehr sympathisch gewesen und gefiel mir auch.

Sie wischte mir einen Rest Erde von der Wange und ließ ihre Hand länger als erforderlich dort liegen. Ich sah ihr in die Augen und sie errötete leicht. Dann wandte sie sich um und wir gingen gemeinsam zu den Containern.

An diesem Abend ohne Regen grillte ich die beiden Adlerfische, die ich zwei Tage lang in einer Marinade aus Olivenöl, Kräutern der Provence, verschiedensten anderen Gewürzen und viel Knoblauch hatte ziehen lassen.

Danielle und Andrea hatten nach meinen Angaben Kartoffel gekocht und daraus Bratkartoffel zubereitet. Ich stellte drei Flaschen Rotwein auf die Tische aus den Containern und wir hatten alle, einschließlich Romain, ein überaus delikates Abendessen.

Jeder erhielt ein ansehnliches Stück der Fische. Mireille überraschte uns anschließend mit Eiscreme.

Louisa hatte sich wie jeden Abend fast an das Ende des Tisches gesetzt, so dass der Platz neben ihr wieder für mich frei blieb. Während unserer Mahlzeit legte sie immer wieder ihre Hand auf meine oder lehnte sich kurz aber fest an mich.

Romain übernachtete in dieser Nacht, wegen seines Alkoholpensums, bei mir im Wohnmobil, in dem zweiten Bett über den Vordersitzen.

4

Das Rasseln des Weckers durchschnitt die Stille der Kajüte. Erschreckt fuhr Fabrizio Tanaku aus dem Schlaf. Noch schlaftrunken drückte er auf den oben liegenden Knopf um den altertümlichen Wecker abzustellen, um sich wieder umzudrehen und weiter zu schlafen.

Plötzlich fuhr er in die Höhe, schaltete das Licht an und schaute auf die Uhr. Sofort kletterte er aus seiner Koje und zog sich rasch seine Kleider an, Hemd, Hose und einen dunklen Pullover. Er griff in seinen Spind und zog ein Paar dunkelgraue Turnschuhe hervor, die, wie er wusste, auf den Schiffsplanken keinerlei Geräusch verursachten.

Aus seinem Spind holte er danach zwei Knicklichter, die zwei bereits am Vortag aufgeblasenen Schwimmkörper sowie eine Taschenlampe und schaltete diese kurz zur Kontrolle an. Sie verströmte ein helles Licht.

Leise verließ er seine kleine Kajüte um in den Lagerraum neben der Kombüse zu gehen.

Er schloss die Tür, verhängte das Bullauge mit einem alten Handtuch und schaltete die Beleuchtung an.

Er öffnete den Deckel einer längeren Kiste und legte die obenauf liegenden Lebensmittel, Nudelpakete, kleine Kartoffelsäcke, Reissäcke und manches mehr auf den Boden.

Darunter kam ein länglicher Zylinder aus Aluminium, eingewickelt und verschnürt in ein grobes Netz aus Sisal, zum Vorschein. Vorsichtig hob er den Zylinder aus der Kiste und legte ihn zur Seite neben die Tür. Anschließend verstaute er die Lebensmittel nacheinander wieder in der Kiste und schloss den Deckel.

Die Schwimmkörper verknotete er am Netz. Er klemmte sich den Zylinder unter den linken Arm, warf das Handtuch vom Bullauge lässig in eine Ecke, schaltete das Licht aus, öffnete die Tür und spähte vorsichtig in den Gang. Niemand war zu sehen, um diese Zeit war das auch nicht zu erwarten.

Er ging den Gang entlang in Richtung Heck des Frachters und stieg am Ende des Ganges eine steile Treppe nach oben. Er öffnete vorsichtig die Außentür, blickte nach rechts und links, trat hindurch und schloss leise die Tür hinter sich.

Entlang der Aufbauten schlich er bis ganz zum Heck des Schiffes, verbarg sich im Dunkel und wartete. In der Zwischenzeit befestigte er die Knicklichter am Netz.

Er schaute auf seine digitale Armbanduhr und überzeugte sich, dass der errechnete Zeitpunkt gekommen war. Er warf einen Blick auf die Lichter am rechten Ufer, sah nach links zur beleuchteten Kirche auf der Felsspitze direkt über dem Fluss, und überzeugte sich dadurch, dass das Schiff die richtige Position erreicht hatte.

Diese Kirche konnte er jedes Mal durch das Bullauge seiner Kombüse sehen, wenn der Frachter auf dem Weg von Bordeaux zum offenen Meer den Fluss hinabfuhr.

Mit seiner Taschenlampe gab er ein Zeichen nach Backbord: zweimal kurz, Pause, zweimal kurz, Pause, dreimal lang und dann noch einmal ganz lang, während er bis zwanzig zählte.

Dann knickte er die befestigten, fluoreszierenden Lichter und wartete bis sie anfingen zu leuchten. Anschließend warf er den Zylinder über Bord, weit genug hinter die Schiffsschraube, damit er von der Schraube nicht erfasst werden konnte.

Er beobachtete noch wie ein Boot, von dem er nur die Positionslichter sah und das nahe der Fahrrinne gewartet hatte, Fahrt aufnahm und in das Kielwasser des Frachters steuerte.

Fabrizio kehrte in seine Kajüte und unter seine Decke zurück. Unruhig wälzte er sich auf seinem Bett herum, konnte aber nicht einschlafen.

Er dachte an seine Familie.

Seine Mutter war nun schon seit mehreren Jahren krank und benötigte ständig teure Medikamente und Pflege. Sie lebte bei seinem Bruder und dessen Frau in ihrer kleinen Hütte auf der Insel Luzon, im Norden der Philippinen. Dessen Ertrag als Fischer reichte zwar für ihren Lebensunterhalt, nicht aber für die teuren Medikamente.

Er selbst hatte schon als Kind seiner Mutter stets bei der Zubereitung ihrer Mahlzeiten geholfen, es hatte ihm einfach Spaß bereitet. Er hatte deswegen kochen gelernt. Die Sticheleien der anderen Kinder hatten ihn stets kalt gelassen.

Als junger Mann hatte er auf einem großen Frachter angeheuert und hatte Glück, dass der dortige Koch eine Hilfskraft suchte. Er lernte für eine große Anzahl von Männern zu kochen, geschmackvoll zu kochen. Als der Koch in betrunkenem Zustand bei einem Sturm über Bord ging und nicht gerettet werden konnte, übernahm er die Kombüse, zur Zufriedenheit aller Mannschaftsmitglieder.

Diese Tätigkeit übte er nun schon über zwanzig Jahre aus, die letzten fünfzehn Jahre auf diesem Frachter. Von seiner Heuer brauchte er nicht viel, der Schiffseigner bezahlte ohnehin nur einen Hungerlohn. Aber er war zufrieden.

Bis auf den Tag als er von einem Unbekannten auf einen zusätzlichen Verdienst angesprochen worden war.

Der Frachter verkehrte fast regelmäßig zwischen Afrika und Europa.

Immer wieder einmal, in fast regelmäßigen Abständen, von Sierra Leone oder Südafrika nach Frankreich.

Bei den Fahrten nach Bordeaux könne er sich noch etwas

dazuverdienen, ohne große Mühen. Voraussetzung wäre, dass er die angegebenen Anweisungen strikt befolgte.

Vor Antritt jeder Fahrt nach Bordeaux, etwa alle drei Monate, fand er zwischen den Nahrungsmitteln, die auf das Schiff geliefert wurden, diesen Aluminiumzylinder. Von wem und wie er an Bord geschmuggelt wurde, wusste er nicht. Er hatte auch nie nachgeforscht, was darin enthalten war. Es hatte ihn nie interessiert. Nie. Bis jetzt, nur dieses eine Mal. Er war einfach zu neugierig geworden.

Bei der drittletzten Fahrt war ihm ein kleines Missgeschick unterlaufen. Als er vor der Treppe zum Deck angekommen war, war er aus irgendeinem Grund ins Stolpern geraten, der Behälter war ihm aus der Hand gerutscht, an die unterste Stufe gestoßen und hatte an einer Stirnseite eine kleine Delle bekommen. Voller Angst, jemand könnte ein Geräusch gehört haben und nachsehen wollen, war er mehrere Minuten stocksteif stehen geblieben. So lange, dass es schon fast zu spät wurde, den Behälter über Bord zu werfen. Vor lauter Hektik hatte er sogar vergessen, das vereinbarte Signal mit der Taschenlampe zu geben. Als er das Boot in das Kielwasser des Frachters beidrehen sah, war ihm ein Felsbrocken vom Herzen gefallen.

Bei der darauffolgenden Fahrt hatte der Zylinder eben diese Delle wieder gehabt. Es war für ihn damit klar, dass der Behälter auf irgendeinem Weg wieder nach Afrika geschafft wurde, bevor er erneut an Bord geschmuggelt wurde.

Auch der jetzige Behälter hatte diese Delle.

Bei dem letzten Aufenthalt hatte er sich in Bordeaux in einem Geschäft für Autozubehör zwei Ölfilterzangen aus Kunststoff besorgt, mit denen man an den Autos die Ölfilter lösen oder festziehen kann. Zudem hatte er einen wasserfesten Filzstift gekauft.

Mit dem Stift hatte er vor wenigen Tagen im Lagerraum der Lebensmittel die Stellung der zwei Hälften des Zylinders markiert und dann mit den beiden Ölfilterzangen, gegeneinander drehend, den Zylinder auseinander geschraubt.

In durchsichtigen, wieder verschließbaren Plastikbeuteln fand er Diamanten, unterschiedlich groß und geschliffen, eine große Menge Diamanten, wunderschön anzusehen.

Er betrachtete sie lange.

Er konnte der Versuchung nicht widerstehen und nahm sich einen großen davon.

Anschließend verschloss er den Plastikbeutel wieder, legte ihn zurück, schraubte den Zylinder wieder zusammen und wischte die beiden Markierungen mit dem Daumen ab.

Den Diamanten steckte er in einen mit einem scharfen Messer geöffneten Schlitz in seinem Paradegürtel und nähte den Schlitz anschließend sorgfältig wieder zu.

Er musste unbedingt wieder nach Hause zurückkehren. Dort würde er schon eine Gelegenheit finden den Diamanten zu verkaufen. Der Erlös, zusammen mit der seit Jahren mühselig gesparten Heuer, würde es ihm ermöglichen, ein kleines Restaurant zu eröffnen. Mit dem Verdienst würde er auch die Medikamente seiner Mutter bezahlen können und sein Bruder würde ihn stets mit frischem Fisch beliefern. Sie würden alle davon profitieren.

Er war richtig euphorisch geworden.

Mit all diesen Gedanken wälzte er sich in seiner Koje herum. Schließlich fand er doch in den Schlaf.

Nach dem Frühstück, als nach dem Routinebesuch der Zöllner begonnen wurde die Ladung des Frachters zu löschen, hatte er fast zwanzig Stunden Landgang. Er zog sich saubere, helle Hosen und ein grünes T-Shirt an, darüber eine dünne Jacke, sowie seine Turnschuhe. Sorgfältig zog er seinen ledernen Paradegürtel mit dem großen Drachenkopf an der Schließe durch die Schlaufen seiner Hose. Vom Zahlmeister ließ er sich einhundert Euro seiner Heuer auszahlen.

Bevor er die Gangway hinunterging, salutierte er übertrieben und grinsend vor dem Maat, seinem Freund, der das Löschen der Fracht beaufsichtigte.

Mit dem Bus fuhr er in die Innenstadt und, weil er noch genügend Zeit hatte, bummelte er durch die Einkaufsstraßen. Er hatte nicht vor irgendetwas zu kaufen, er brauchte nichts. Er wollte nur die Zeit totschlagen.

Kurz vor vierzehn Uhr ging er in die Kathedrale Sankt André.

Er war zwar katholisch erzogen, hielt aber nicht viel von Religion, besonders nichts von dem übertriebenen Prunk der Kirchenführer, der Päpste, Kardinäle und Bischöfe.

Wichtig war nur, dass er um vierzehn Uhr die Kathedrale betrat und dass der Drachenkopf seines Paradegürtels vorher im Freien deutlich zu sehen war.

Vorsichtshalber zog er seine Jacke aus und hängte sie sich bis zum Eintritt in die Kathedrale über die linke Schulter.

Drinnen, wegen der Kühle, zog er sie wieder an.

Er setzte sich in die vorletzte Bank auf der rechten Seite, direkt am Seitengang und lehnte sich leicht nach vorn. Nach nur zwei Minuten hörte er, dass sich jemand direkt hinter ihn setzte.

Ein Umschlag wurde ihm von hinten zwischen Körper und Arm unter die rechte Achsel gesteckt. Er nahm ihn mit der linken Hand und steckte ihn in die rechte Innentasche seiner Jacke.

Ohne sich zu seinem Hintermann umzudrehen, flüsterte er:

> Ich weiß, was in dem Zylinder ist. Das nächste Mal will ich fünftausend Euro mehr haben. Das ist für Euch immer noch preiswert. <

> Wir werden sehen <, war die einzige, leise geflüsterte Antwort.

Er hörte wie die Person hinter ihm aufstand und die Bank verließ.

Als er eine Minute später, vier Minuten früher als er es den Anweisungen nach sollte, die Kathedrale verließ, sah er im nahen Umkreis des Eingangs keinen Menschen.

Er zuckte mit den Schultern, kehrte in die Kathedrale zurück und suchte sich eine Ecke, in der er sich unbeobachtet fühlte. Dort zählte den Inhalt des Umschlags, wie er es bisher immer getan hatte. Wie jedes Mal enthielt er fünftausend Euro.

Sofort verließ er die Kathedrale wieder.

Zwei Blocks weiter betrat er das Hauptgebäude der Post und ging zu einem Schalter für Geldgeschäfte. Er musste warten bis der Kunde vor ihm fertig war und überwies den gesamten Betrag auf das Konto seines Bruders auf den Philippinen. Seinen Einhundert-Euroschein ließ er sich außerdem in Zehner wechseln. Den leeren Umschlag warf er vor Verlassen des Gebäudes in einen Papierkorb.

Fabrizio kehrte mit dem Bus in das Hafengelände zum Quai de Bacalan zurück.

An einem Imbissstand, zwei Parallelstraßen von der Mole entfernt, bestellte er sich Moules et Frites, die er mit Genuss verzehrte. Anschließend kaufte er sich noch eine Flasche Kronenbourg, ein Bier, das irgendwo in Frankreich gebraut wurde und das ihm von allen französischen Biersorten am besten schmeckte.

Damit setzte er sich in dem angrenzenden kleinen Park auf eine Bank, drehte den Kronkorken von der Flasche ab und trank langsam und genießerisch in kleinen Schlucken.

Er entspannte sich, genoss die Ruhe und die frische Luft, gelegentlich nickte er ein. Zwischendurch beobachtete er die Tauben, die überall auf der Suche nach Futter herumpickten und immer wieder um für ihn nicht erkennbare Körner stritten.

Als es zu dämmern begann, warf er die leere Bierflasche in einen Glascontainer am Rande des Parks. Es schepperte ziemlich laut, einige Passanten drehten sich neugierig nach dem Lärm um.

Er fing an wie ziellos durch die anliegenden Straßen zu laufen bis er nach Beginn der Dunkelheit die kleine Kneipe „Baseball" endlich erreichte.

Er betrat sie, sah sich um und ging quer durch den Raum zu einem Tisch, an dem eine blondhaarige Frau mittleren Alters mit ausgeprägten Kurven, aber schon etwas schlaffer und blasser Gesichtshaut saß, und blieb vor ihr stehen.

Er blickte auf sie herab.

> Fünfzig Euro, wie immer? < fragte er.

Sie sah ihn an, erkannte ihn und nickte.

Gemeinsam verließen sie die Kneipe, gingen zwei Straßen weiter, durch eine schäbige Holztür mit abblätternder Farbe und eine knarrende, steile Holztreppe hinauf.

Oben schloss sie am Ende des Flures die Tür zu einem kleinen Appartement auf. Zwei kleine Zimmer, eine winzige Küche, ein kleines Bad, ein großes Bett.

Das Appartement roch muffig und nach kaltem Rauch. Überall lagen Plastiktüten, verschmierte, leere Pizzakartons, zusammengefaltete, zerfledderte Zeitschriften und zerknitterte, schmutzige Kleidungsstücke kreuz und quer durcheinander auf den Möbeln und auf dem Boden.

Auf dem Tisch in der Küche standen Essensreste und leere Flaschen aus Glas und Kunststoff, das Spülbecken lief beinahe über vor schmutzigem Geschirr. In den Ecken von Decke und Wänden der Küche waren überall Flecken von dunkelgrünem Schimmel zu sehen.

Sie verschwand im Bad, er hörte das Wasser im Waschbecken plätschern.

Sie kehrte zurück, bereits mit geöffneter Bluse, ihren Rock hielt sie mit einer Hand fest, damit er beim Gehen nicht auf den Boden fiel.

Er betrat ebenfalls das Badezimmer und wusch sich, wie sie es immer forderte.

Auch hier im Badezimmer sah er überall Schimmel in den Ecken und an den Wänden.

Als er in das Zimmer zurücktrat, lag sie auf dem Bett, nur mit einem Laken zugedeckt. Ihre Kleider lagen unordentlich auf einem Stuhl.

Er zog sich aus, ließ seine Kleider achtlos auf den Boden fallen und schlüpfte neben ihr unter das Laken.

Das war das einzige Vergnügen, das er sich gönnte.

In der Nacht, gegen drei Uhr, weckte sie ihn, schaltete das Licht einer kleinen Lampe neben dem Bett an und hielt die Hand auf. Er suchte in seiner Hose den vereinbarten Betrag und überreichte ihn ihr.

Noch schlaftrunken und erschöpft zog er seine Kleider an und verließ die kleine Wohnung.

Nur halb wach torkelte er die Treppe hinunter und hinaus auf die Straße.

Der Himmel war bedeckt, kein Mond, keine Sterne waren zu sehen.

Den schwarz gekleideten Mann, der gegenüber in einem dunklen Hauseingang stand und der ihn schon seit der Dämmerung vorsichtig verfolgt hatte, sah er nicht.

Er trottete langsam Richtung Mole um sich in seiner Koje auszuschlafen.

Er passierte mehrere dunkle und verlassene Straßen, teilweise voller Müll, Schutt und weiterem Unrat. Überall quiekten Ratten. Ein paar streunende Katzen nahmen vor ihm Reißaus.

Ein Betrunkener kam ihm entgegen, der hin und her torkelte und fast die ganze Straßenbreite benötigte. Der Gestank nach billigem Fusel war schon in einigen Metern Entfernung deutlich zu riechen.

Er erreichte das Hafengelände und zwischen der Kaimauer und einer hoch aufgestapelten Reihe von Containern sah er in einiger Entfernung sein Schiff liegen.

Der Nachthimmel explodierte in seinem Kopf, als die schwere Eisenstange ihn am Hinterkopf traf, einmal, zweimal, immer wieder, auch als er schon bewegungslos auf dem Boden lag.

Sein Verfolger öffnete einen der leeren Container, schleifte den Toten wie einen nassen Sack mit festem Griff am Kragen hinein, verriegelte die Tür und verschloss sie mit einem mitgebrachten schweren Vorhängeschloss.

Die Eisenstange und den Schlüssel für das Vorhängeschloss warf er in den Fluss, bevor er seine Handschuhe und seine Sturmhaube auszog, in eine Tasche steckte und in der Dunkelheit untertauchte.

5

Pierre Monard öffnete, wie jeden Tag vor dem Mittagessen, seinen Briefkasten und fand neben einigen, für ihn uninteressanten Prospekten ein zusammengefaltetes Blatt Papier. Er klappte das Papier auseinander und fand darauf nur die Angaben:

morgen früh, vier Uhr.

Er warf die Werbung zum Papiermüll, das Blatt Papier zündete er mit einem Streichholz an, warf es noch brennend vor der Haustür auf den Boden und, als die Flamme fast erloschen war, zertrat er die Reste mit dem Schuh.

An diesem Abend fuhr er, wie gewohnt zum Fischen auf die Gironde, warf seine Netze und die langen Angelschnüre mit den an den Haken befestigten Ködern aus, verankerte die Enden und kennzeichnete sie mit an Styroporklötzen oder an Bojen befestigten Fähnchen.

Anschließend fuhr er mit seinem Boot an seinen üblichen Platz am Ufer und warf den Anker aus. Bevor er sich zum Schlafen auf Deck hinlegte, stellte er seinen alten Wecker auf halb vier Uhr und vergewisserte sich zweimal, dass er auch aufgezogen war. Vor dem Einschlafen fragte er sich noch, ob es wieder der gleiche Frachter sein würde. Im Grunde war es ihm gleichgültig.

Die Nacht war frisch und wolkenlos, glücklicherweise regnete es nicht. Er wickelte sich in seine Decke und schlief, auf seiner alten Isomatte, sehr schnell auf dem Deck an der Reling ein.

Die Schiffe, die die Gironde flussauf oder flussab fuhren, waren bei dem ablandenden Wind nicht zu hören, sofern überhaupt Schiffe seinen Schlafplatz passierten.

Zwergfledermäuse flogen über ihn hinweg, am Uferrand, auf der Jagd nach Insekten. Ihre zirpenden Rufe hörte er nicht. Ebenso wenig sah er die Eule, die neugierig auf der Reling seines Bootes landete, ihn eine Weile betrachtete und dann ihre Jagd nach Mäusen oder anderem Kleingetier wieder aufnahm.

Erschreckt fuhr er hoch, als der Wecker klingelte. Normalerweise erwachte er von allein, wenn es Zeit war seine Netze und die Angelschnüre einzuholen. Wenn er wie heute früher durch das Rasseln des Weckers erwachte, erschrak er jedes Mal. Er stellte den Wecker ab, änderte die Weckzeit auf fünf Uhr, faltete die dicke Wolldecke, rollte die Isomatte zusammen und verstaute alles in einem Fach im Führerhaus des Bootes.

Danach öffnete er den an der Reling festgebundenen Kunststoffkanister, goss Wasser in einen sauberen Eimer und wusch sich gründlich den Schlaf aus Gesicht und Augen.

Die Sterne funkelten, der Himmel war klar, die Sicht durch den aus dem Fluss aufsteigenden Dunst nur leicht eingeschränkt. Die Lichter auf der Westseite der Gironde waren deutlich zu erkennen. Er aß das mitgebrachte und mit Käse belegte Baguette, goss sich aus der Thermoskanne Kaffee in einen Becher und trank langsam und bedächtig.

Kurz vor vier Uhr startete er den Motor seines Fischerbootes und zog den Anker hoch. Er stellte den Gashebel auf langsame Fahrt voraus, gerade soweit, dass er nicht abtrieb, steuerte leicht zur Mitte der Gironde hin und ließ sich bei entsprechender Ruderstellung ein Stück Richtung Flussmündung treiben.

Er musste gerade fünf Minuten warten, bis er aus der Richtung der Flussmündung die Positionsleuchten eines Schiffes erkennen konnte. Er drückte den Gashebel etwas weiter nach vorn und nahm endgültig Kurs auf die Mitte der Gironde, soweit, dass er sehr nahe an den Kurs des Schiffes herankam. Es war augenscheinlich wieder der gleiche Frachter. Soweit er bei dem überaus schwachen Licht der Positionsleuchten erkennen konnte, fuhr das Schiff unter der Flagge Panamas.

Wie er es erwartet hatte, flammte auf einmal am Heck des Schiffes eine starke Taschenlampe auf, Richtung Talmont. Zweimal kurz, Pause, zweimal kurz, Pause, dreimal lang dann einmal ganz lang, etwa zwanzig Sekunden lang. Im schwachen Licht der Deckbeleuchtung konnte er erkennen, dass ein länglicher und leicht schimmernder Gegenstand ins Wasser geworfen wurde, der an zwei Stellen fluoreszierendes Licht verstrahlte.

Pierre nahm Kurs auf die Abwurfstelle und, als er den schimmernden Gegenstand mit den zwei Lichtern im Wasser neben seinem Boot sah, hakte er den Bootshaken in das Netz ein, das um den Gegenstand gewickelt war und zog ihn in sein Boot.

Er drehte sein Boot in Fahrtrichtung flussauf und zum Ufer hin, drosselte ein wenig die Geschwindigkeit und schnitt die zwei aufgeblasenen Schwimmkörper vom Netz. Mit jeweils einem Stich seines spitzen Messers ließ er die Luft aus den Schwimmkörpern entweichen und warf sie nacheinander, zusammen mit den fluoreszierenden Leuchtkörpern in den Fluss.

Er öffnete die Führerkabine und trug das Netz mit dem zigarrenförmigen Aluminiumbehälter hinein, legte ihn an die linke Seite der Kabine, band ihn an einem Haken fest und deckte ihn mit einer alten, zerschlissenen Plane mehrfach ab. Danach schob er den Gashebel ein Stück weiter nach vorn und nahm Kurs auf seine Netze.

Nacheinander holte er in aller Ruhe seine Netze und die Angelschnüre ein, löste die gefangenen Adlerfische, Makrelen, Meeräschen, einige Aale und einen stattlichen, offensichtlich verirrten, Wolfsbarsch aus dem Netz und von den Haken und warf sie in die bereit stehenden Behälter. Die Netze häufte er nacheinander und nebeneinander sorgfältig entlang der Reling auf. Am letzten Netz schnitt er mit seinem Messer einige Schnüre durch und legte es abseits der anderen Netze, neben dem Führerhaus hin.

Der Fang war heute Nacht überraschend gut, so gut wie schon lange nicht mehr, mehr als doppelt so groß wie in der Nacht zuvor. Auch die Fische hatten eine wirklich ansehnliche Größe. Er war überaus zufrieden.

Zurück im Hafen wurde er schon sehnsüchtig von den Frühaufstehern unter den Touristen erwartet. Überraschend schnell hatte er die Hälfte seines Fanges, hauptsächlich die Adlerfische und auch den Wolfsbarsch, zu einem hervorragenden Preis verkauft.

Die hinter seinem Rücken quietschenden Bremsen verrieten ihm die Ankunft seines Fischhändlers.

> Hallo, Pierre, bin ich zu spät? Heute Morgen waren anscheinend alle Bauern der Gegend mit ihren Traktoren unterwegs. Ständig musste ich hinter einem von ihnen herschleichen und konnte nicht überholen. Es war zum Haare ausraufen. <

> Hey, Emmanuel! Ein bisschen spät bist du schon dran. Aber ich hab` noch einige Fische für dich. Der Fang war heute ausgezeichnet. Schau her! Nimmst du sie alle? <

Der Händler begutachtete den Fang.

> Wunderbar. Ich nehme sie alle. Augenblick, ich wiege sie nur noch. <

Er öffnete die Hecktür seines Transporters, zog die Waage zu sich heran und wog die Fische. Beide waren sich schnell über den Kaufpreis einig.

Pierre war mit dem heutigen Morgen überaus zufrieden.

Die Touristen und die Schaulustigen hatten sich schnell

zerstreut.

Er fuhr seinen Renault Kangoo rückwärts an sein Boot, öffnete die Hecktür, holte den Zylinder aus seinem Führerhaus, legte das reparaturbedürftige Netz darüber, packte beides auf die Ladefläche und schloss wieder die Hecktür seines Autos. Entgegen seiner Gewohnheit schloss er diesmal die Hecktür mit dem Schlüssel ab.

Im Führerhaus seines Bootes zog er sich um. Anschließend fuhr er nach Hause, steuerte das Auto rückwärts in seine Garage und schloss auch diese ab. Danach legte er sich für ein paar Stunden aufs Ohr.

Nach dem späten Frühstück betrat er seine Garage durch den Hintereingang, öffnete die Hecktür seines Autos und trug den Zylinder neben die Tür. Im steil einfallenden Sonnenlicht entdeckte er auf einmal in der Mitte des Zylinders zwei ganz schwache, gegenüberliegende Markierungen auf beiden Hälften. Neugierig geworden, trotz der Warnung des Unbekannten, löste er den Zylinder aus dem Sisalnetz, suchte sich in dem Durcheinander in der Garage zwei alte Keilriemen, legte sie um die beiden Hälften, drehte jeden Riemen mit einem Holzstück zusammen und schraubte den Zylinder auf.

Die Augen fielen ihm fast aus dem Kopf, als er die acht durchsichtigen Kunststofftüten mit den Diamanten sah. Eine davon war etwas geöffnet. Er öffnete sie ganz und schüttete den gesamten Inhalt vorsichtig auf ein großes Stück Pappe auf der Ladefläche seines Autos.

In seinem Kopf wirbelten die Gedanken durcheinander.

Der Unbekannte hatte ihn eindringlich davor gewarnt den Zylinder zu öffnen. Im Moment dachte er aber nur an seine zwei Kinder. Zwei Diamanten, die zwei größten auf der Pappe, könnten ausreichen, alle Kosten für das restliche Studium seiner Kinder zu begleichen. Sicherlich würde niemand bei der großen Menge diese zwei Diamanten vermissen.

Er war total durcheinander und konnte nicht mehr klar denken. Er füllte alle Diamanten bis auf die zwei größten wieder in die durchsichtige Kunststofftüte, die er sorgfältig verschloss, wischte die Tüte ab und legte alle Tüten zurück in den Zylinder, den er auf gleiche Weise wie beim Öffnen wieder zudrehte. Die beiden Markierungen wischte er mit einem feuchten Lappen sorgfältig weg und steckte den Zylinder zurück in das Netz. Die Keilriemen und die Holzstücke warf er zurück auf das Durcheinander in der Garage.

Die zwei Diamanten wickelte er in ein Papiertaschentuch und versteckte sie auf dem Boden eines mit Basilikum bepflanzten Blumentopfes auf dem Fensterbrett in der Küche.

Anschließend reparierte er sein Netz und lud es in sein Auto. Innerlich noch total aufgeregt, aber äußerlich unbewegt scheinend, setzte er sich auf einen wackligen Stuhl in seinem kleinen, ungepflegten Garten und überlegte.

Der Verkaufserlös der Diamanten, zumindest ein Teil davon, zusammen mit seinem Nebenverdienst alle drei Monate, würde ausreichen nicht nur seine Kinder zu unterstützen, sondern auch ein neues Fischerboot zu kaufen. In zwei Tagen würde er den Briefumschlag mit den zehntausend Euro wieder in seinem Briefkasten finden.

Diesmal würde er den Kauf eines neuen Bootes angehen. Es sollte etwas größer als sein jetziges sein, mit einem stärkeren Motor. Damit könnte er auch wieder einmal aufs Meer hinausfahren, weiter aufs Meer hinausfahren, als er es bisher mit seinem jetzigen Boot gewagt hatte. Seit langen Jahren hatte er nicht mehr das ausreichende Vertrauen in seinen alten Motor gehabt und zudem war sein jetziges Boot nicht für stärkeren Wellengang geeignet.

Er hatte den Großteil seines Zusatzverdienstes auf einem Konto angespart, für den Rest des Kaufpreises würde er einen Kredit aufnehmen, mit einer geringen Tilgungsrate. Seine Kinder würden in ein, spätestens zwei Jahren ihr jeweiliges Studium beendet haben und dann selbst Geld verdienen, so dass er den Kredit daraufhin schneller abzahlen könnte.

Er hatte sich in den vergangenen Monaten schon bei verschiedenen Händlern Boote angesehen. Und er hatte sich bereits für ein bestimmtes Boot entschieden.

Wenn seine Kinder in einem Monat zu seinem Geburtstag nach Talmont kommen würden, würde er ihnen seine konkreten Kaufplanungen erläutern.

Am Abend fuhr er wie gewöhnlich zum Fischen.

Auch am nächsten Abend fuhr er wie üblich auf den Fluss.

Diesmal legte er sich nach dem Ausbringen der Netze und Angelschnüre aber nicht in Ufernähe zum Schlafen, sondern kehrte nach Einbruch der Dunkelheit in den Hafen zurück.

Er vertäute sein Boot und ging zu Fuß nach Hause. Das Auto ließ er am Hafen stehen.

Niemand sah ihn.

Er griff sich den Zylinder und das ihn umgebende Sisalnetz und trug ihn in die Nähe der grün gestrichenen Bank an der Felskante, nahe der Kneipe, wo er ihn auf der Bank ablegte.

Hier zog er das Seil, das an einem durch einen Felsvorsprung und durch Büsche versteckten und in den Fels eingelassenen Bügel hing, ganz nach oben. Dabei hielt er sich an einem Busch fest um nicht das Gleichgewicht zu verlieren und nach vorn zu kippen.

Sorgfältig klinkte er das Netz in den am unteren Ende des Seiles befestigten Karabinerhaken ein und ließ den Zylinder mit einer Hand vorsichtig am Seil nach unten, seine rechte Hand hielt sich an dem Busch fest. Er vergewisserte sich, dass das Seil mit seiner Fracht nicht von oben zu sehen war und durch die Büsche verdeckt am Felsen hing.

Er kehrte zu seinem Boot zurück und fuhr zu seinem Schlafplatz am Ufer der Gironde. Der völlig bewölkte Himmel, an dem kein einziger Stern und auch kein Mond zu sehen waren, hatte die Abweichung von seinem gewöhnlichen Rhythmus verborgen, wie er dachte.

Nach außen unbeeindruckt, aber innerlich aufgewühlt, legte er sich an seinem üblichen Ankerplatz auf dem Deck seines Bootes zum Schlafen, die Isomatte unter sich und die dicke Wolldecke über den Füßen und Beinen bis zu seinem Bauch. Der Schlaf wollte nicht sofort kommen, aber die jahrelange Gewohnheit, die Kühle der Nacht und die Stille ließen ihn dennoch bald einschlafen.

Als letztes hörte er noch das periodische Rufen einer Zwergohreule.

6

Der Regen hatte aufgehört, der Wind hatte die Wolkendecke vertrieben und die Sonne schien schon früh am Morgen von einem wolkenlosen Himmel. Ich zog ein ärmelloses Shirt an, strich meine Arme, mein Gesicht und meinen Nacken mit Sonnencreme mit hohem Lichtschutzfaktor ein und setzte meinen Strohhut auf. Ich hatte nichts gegen eine gewisse Bräune, jedoch wollte ich keinen Sonnenbrand riskieren.

Ich hatte schnell erkennen müssen, die Mädchen hatten es mir auch bestätigt, dass das Wetter im Südwesten Frankreichs, an der Biskaya, im Sommer zwar relativ stabil war, aber dennoch mehrmals am Tag wechseln konnte. Derartige Wetterverhältnisse kannte ich bereits aus der Bretagne.

Caroline war vor mir als erste an unserem Arbeitsplatz. Gemeinsam entfernten wir die Gewichte, legten sie nebeneinander zur Seite, rollten die Folien vorsichtig zusammen und begannen zu arbeiten.

Caroline und Solange arbeiteten wie in den vergangenen Tagen auf der anderen Seite der Grundmauer.

Nach zwei Stunden stieß ich mit meiner Spachtel auf mehrere übereinander liegende Gewebe, die bei der ersten Berührung zerfielen. Gleichzeitig spürte ich darunter einen harten Gegenstand, den ich mit einem kleinen spitzen Spatel und einem Pinsel vorsichtig freilegte.

Es war eine Münze.

Auf meinen Ruf hin kam Caroline um die Grundmauer herum zu mir. Sie nahm die Münze in die Hand und wischte sie mit einem Papiertaschentuch sauber.

> Wow, das ist eine Sesterze aus Gold, sehr gut erhalten. Davon gehen wir heute Abend alle ganz fein essen <, lachte sie mit blitzenden Augen.

Solange war ihr gefolgt und freute sich ebenfalls über den Fund. Ich nahm die Sesterze nochmal in die Hand und betrachtete sie genauer, bevor ich sie Caroline wieder gab.

> Ich dokumentiere den Fundort, dann bringe ich die Münze zu Louisa. <

Sie war kaum weg, als ich auf den nächsten harten Gegenstand stieß und ihn freilegte. Wieder war es eine Sesterze, die ich oben auf die Fundamentmauer legte. Als ich mit Spachtel und Pinsel weiterarbeitete, fand ich weitere Sesterzen.

Auf meinen Ruf hin kam Solange zu mir. Gemeinsam legten wir noch mehr Gewebe frei, das wiederum sofort zerbröselte.

> Solange, warte bitte, ich hole Louisa. Vielleicht ist hier noch mehr verborgen und ich will nichts beschädigen oder gar zerstören. <

Louisa saß mit Caroline in ihrem Büro über die Sesterze gebeugt, als ich ankam.

> Louisa, ich habe noch mehr Sesterzen gefunden und zusammen mit Solange habe ich große Stücke Leinwand oder ähnliches freigelegt. Der Stoff zerfällt aber sofort bei der ersten Berührung. <

> Ich komme sofort, ich schließe nur noch schnell die Sesterze in den Tresor. <

Zusammen mit Louisa und Caroline ging ich zurück zur Grabungsstelle. Solange hatte nicht weitergearbeitet. Louisa beugte sich über den ausgehobenen Graben. Sie untersuchte die Reste des Stoffes.

> Den Stoff werden wir nicht konservieren können, es ist überhaupt ein Wunder, dass er sich in der feuchten Erde so

lange als Ganzes erhalten hat. Dem Aussehen nach ist es ein Wollstoff.

Versucht als Erstes die Abmessungen des Gewebes festzustellen. Dann könnt ihr weiter in die Tiefe gehen und bergen, was sich darunter befindet. Ich komme später wieder zurück zu euch. <

Sie kehrte an ihren Schreibtisch zurück. Wenige Minuten später stand Mireille neben uns und begann, uns bei der Freilegung des Stoffes zu unterstützen.

Der Stoff hatte eine Länge von ungefähr drei Metern bei einer Breite von etwas unter einem Meter. Es stellte sich heraus, dass es mehrere Stofflagen waren, wobei die unteren Lagen offensichtlich eine feinere Qualität aufwiesen.

Nichts davon ließ sich bewahren. Bei der geringsten Berührung oder dem Kontakt mit der Luft zerfiel er sofort. Mireille füllte einige Handvoll des zerfallenen Materials in eine Plastiktüte, um es im Labor untersuchen zu lassen.

Wir fuhren fort den Rest der gesamten Stoffschicht freizulegen. Caroline maß die vollständigen Abmessungen ein und schoss eine Unmenge Fotos zur Dokumentation.

Unter der Stoffschicht tauchte eine große Anzahl fester Gegenstände auf.

Mireille musste immer wieder einige Plastiktüten holen, in die wir nacheinander den ganzen freigelegten Fund vorsichtig einpackten. Wir waren überwältigt vom Umfang.

Zu unser aller Überraschung tauchten auf einmal auch Edelsteine, Schmuckstücke, goldene Kelche, Goldbarren und Silberbarren unter der Erde auf.

Wir waren total überrascht, aber auch freudig erregt. Wichtig war vor allem, den wertvollen Fund zu sichern. Die ausgehobene Erde blieb seitlich ebenso wie vergessen liegen wie die Schaufel, um die Erde in die Schubkarre zu laden.

Mireille hatte auch noch Andrea und Doris verständigt, die

uns halfen. Wir arbeiteten dicht nebeneinander. Caroline war fast nur damit beschäftigt Fotos zu schießen, um die Positionen der einzelnen Fundstücke und die Fundstücke selbst zu dokumentieren.

Gerade rechtzeitig zum Beginn der Dämmerung hatten wir den gesamten Fund vorsichtig freigelegt und vollständig geborgen.

Der unter dem Fund liegende Stoff war auch sofort zerfallen.

Wir hatten alles in den Tüten verpackt und ich hatte die gefüllten Plastiktüten etappenweise mit der Schubkarre zu Louisas` Büro gefahren und ihr durch das Fenster hineingereicht.

Ich fuhr die Schubkarre wieder zu unserer Arbeitsstelle zurück. Solange half mir, die Folien über die Grabungsstelle zu decken und zu beschweren. Anschließend gingen wir zurück zu den Containern.

Die anderen Mädchen hatten schon geduscht. Solange, Mireille, Andrea und Doris schlossen sich an, ich wollte erst nach dem Abendessen unter die Dusche.

Gemeinsam und zuerst stillschweigend nahmen wir unser Abendessen ein.

Plötzlich fingen alle gleichzeitig an zu reden, lautstark. Ich konnte fast kein Wort verstehen. Louisa klatschte in die Hände um dem allgemeinen Redeschwall ein Ende zu bereiten.

> Ruhe bitte!

Ich habe Professor Lelong an der Universität in Bordeaux verständigt. Morgen früh wird ein gepanzertes Auto mit Polizeibegleitung hierher kommen, um unseren Fund sicher zur Universität zu bringen. Dort wird er katalogisiert, konserviert und archiviert werden. Teilweise wird er sicher zu einem späteren Zeitpunkt in einem Museum ausgestellt werden. Wann und wieviel davon, weiß ich nicht, das ist auch nicht meine Entscheidung.

Am morgigen Samstag und auch am Sonntag werden wir uns zwei freie Tage gönnen, die haben wir uns nach diesem Fund verdient. Der Professor hat zugestimmt. Montagvormittag werden wir weiterarbeiten, die Ausgrabungssaison ist ohnehin nur kurz und wir haben noch viel Arbeit vor uns. Ich wünsche euch ein erholsames Wochenende.

Ich werde zur Bewachung des Fundes hier auf dem Gelände bleiben. Wer von euch das Gelände verlassen will, kann das tun. Bis Montag früh.

Und kein Wort über den Fund. An niemanden. Weder an eure Familien noch an eure Freunde. <

Alle Mädchen verließen das Gelände, froh ihre Familien und Freunde für zwei Tage besuchen zu können.

Ich holte nach dem Abendessen meine Duschutensilien und ein Badetuch aus dem Wohnmobil. Heute würde ich richtig ausgiebig duschen, ich war allein. Im Vorraum zog ich mich aus und trat dann unter die Dusche. Ich genoss das warme Wasser und weichte meinen Schweiß und das damit vermischte Erdreich gründlich ein.

Auf einmal spürte ich zwei Arme, die mich von hinten unter meinen Armen umfassten, den Druck zweier nackter Brüste auf meinem Rücken und einen weichen Körper, der sich an mich schmiegte. Ich stand stocksteif und bewegte mich nicht.

Zwei Hände fingen an, meinen Körper zu streicheln, vom Hals bis zu den Oberschenkeln. Ich löste mich vorsichtig aus dem Griff und drehte mich um. Sofort legten sich zwei Arme um meinen Hals und weiche Lippen auf meinen Mund. Ich erwiderte den Kuss.

Ich war auch nur ein Mann.

Dann löste sich die Frau langsam von mir und sah mich an.

Es war Louisa.

Wir rieben uns gegenseitig mit der Duschlotion ein und duschten uns nochmals gründlich ab. Dann stellte ich die Dusche ab. Louisa legte mir wieder beide Arme um den Hals und küsste mich nochmals ganz zärtlich.

> Ich will heute Nacht nicht allein schlafen. Du hast seit deiner Ankunft in mir seit langem unbekannte Gefühle geweckt. Wenn ich dich ansehe, klopft mein Herz bis zum Hals und es kribbelt in meinem Bauch. Ich glaube, ich bin so verliebt wie ein Teenager <, flüsterte sie.

> Bist du einverstanden? <

Zur Antwort zog ich sie an mich und küsste sie.

> Ich wollte heute Abend zu dem Carelet fahren und dort schlafen, aber du willst unseren wertvollen Fund sicher nicht allein lassen, nicht wahr? <

> Ja. Du kannst auch in meinem Zimmer schlafen. Das Bett ist nicht sehr breit, aber für uns beide ist es breit genug. Einverstanden? <

Ich war einverstanden.

Am nächsten Morgen wachten wir beide fast gleichzeitig auf. Louisa küsste mich und kuschelte sich an mich.

> Wir sollten aufstehen. Die Polizei mit dem Panzerwagen kann jeden Augenblick eintreffen. Ich möchte nicht, dass sie uns beide noch im Bett antreffen, in deinem Bett. <

Wir standen auf und frühstückten im Wohnmobil.

Noch bei unserer ersten Tasse Kaffee fuhr eine kleine Fahrzeugkolonne vor das Einfahrtstor, zwei Streifenwagen und dazwischen ein gepanzerter Transporter eines Bewachungsunternehmens. Louisa seufzte.

> Nicht einmal in Ruhe frühstücken kann man. <

Sie stellte ihre Tasse ab, schloss das Tor auf und zeigte dem Fahrer des Panzerwagens wie er sein Fahrzeug für die Beladung am sinnvollsten vor dem Fenster ihres Büros abstellen könnte.

> Hallo, Professor. Sie sind auch mitgefahren? Welche

Überraschung! Darf Ich Ihnen Herrn Claus Westtend vorstellen? Er ist Rentner und hilft uns vier Wochen lang bei den Ausgrabungen. Er ist auf diesen besonderen Fund gestoßen. Claus, dies ist mein Chef, Professor Lelong. <

Der Professor reichte uns beiden die Hand.

> Guten Morgen, Doktor Boyer, guten Morgen, Herr Westtend. Ihr gestriger Anruf klang so aufregend, dass ich meinen Schönheitsschlaf heute ganz früh abbrach. Wo ist dieser sensationelle Fund? <

Louisa führte ihn in das Büro, wo der ganze Fund in einer Ecke unter einer schwarzen Folie gestapelt war. Wir zogen die Folie beiseite und der Professor stieß einen Ruf der Begeisterung und des Erstaunens aus. Er ließ sich auf seine Knie nieder, um die in den Tüten verstauten Funde zu begutachten. Immer wieder schüttelte er vor Erstaunen den Kopf.

> Hier hat jemand ganz offensichtlich in voller Absicht einen Schatz vergraben. Aus welchem Grund auch immer.

Die Form und Art der Herstellung der Barren und Kelche lässt sich zeitlich genau einordnen. Gleiches gilt für die Sesterzen, darauf ist der jeweils herrschende Imperator aufgeprägt. Der Wert dieses Fundes ist enorm. Wir werden im Institut alles reinigen, konservieren, katalogisieren und in einem Tresor unterbringen, bevor wir die Presse informieren und den Fund präsentieren.

Frau Doktor Boyer, wollen Sie diese Arbeit durchführen? <
Louisa schüttelte den Kopf.

> Ich bleibe lieber hier und leite weiterhin die Ausgrabung.

Für diese Sisyphusarbeit muss ich mich wahrscheinlich monatelang im Labor vergraben. Die frische Luft hier ist mir lieber. Im Institut gibt es genug Kollegen und Kolleginnen, die sich auf diese Arbeit freuen. Danke für das Angebot, Professor. <

> Ich wollte Ihnen das nur anbieten, weil dieser Fund unter

Ihrer Regie gemacht wurde. Wenn ich darüber nachdenke, bin ich auch überzeugt, dass Sie hier sinnvoller arbeiten können.

Meine Herren! <

Er wandte sich an seine Begleiter.

> Laden Sie bitte den gesamten Fund in den Panzerwagen. Im Institut in Bordeaux wird bereits alles für die Unterbringung vorbereitet. Ich will kurz noch einmal dort anrufen und den Umfang des Fundes mitteilen. <

Nach deutlich weniger als einer halben Stunde war von den vielen Händen der begleitenden Polizisten der ganze Fund vorsichtig in den Panzerwagen verladen worden. Louisas` Büro sah danach richtig leer aus.

> Halt, Professor, die erste gefundene Sesterze liegt noch im Tresor…. Hier ist sie. <

Sie überreichte ihrem Chef die Sesterze und seufzte innerlich vor Erleichterung auf, weil nun die ganze Verantwortung nicht mehr auf ihr lastete.

Der Professor verabschiedete sich von uns und die kleine Fahrzeugkolonne fuhr ab. Louisa verschloss hinter ihnen das Tor.

> Er wird den Fund so schnell wie möglich der Presse präsentieren und sich dabei in den Vordergrund spielen. Das ist mir aber gleich. Ich brauche derartigen Rummel nicht. <

Sie sah mich an und tippte mir mit einem Finger gegen die Brust.

> Wir sollten unser Frühstück beenden. Ich habe noch Hunger und zudem Durst auf Kaffee. Du musst nochmal Kaffee kochen, der vorige wird schon kalt sein und ich hasse kalten Kaffee. <

Das Frühstück dauerte deutlich länger als gewöhnlich, es wurde schon fast ein Mittagessen.

> Ich möchte nachher zu dem Carelet fahren und angeln. Wir können den Nachmittag, die Nacht, auch den morgigen

Tag und die folgende Nacht dort verbringen. Das Wohnmobil stellen wir in Sichtweite davon auf dem freien Platz ab. Falls wir etwas benötigen, kann ich es von dort schnell holen. <

Louisa war einverstanden und holte ihren Kulturbeutel, einige Kleider und eine Aktentasche.

Am Carelet packte ich meinen Fotoapparat, dazu Getränke und das nötige Essen in eine der von Louisa mitgebrachten Kühltaschen und trug alles in die Fischerhütte.

Louisa begutachtete den Innenraum.

> Das Bett ist schmal, aber es wird für uns ausreichen <, bemerkte sie mit einem schelmischen Seitenblick auf mich.

Ich sah sie nur an, sie legte ihre Arme um meinen Hals und küsste mich. Es fühlte sich in meinem Bauch sehr angenehm an.

Aus dem Wohnmobil holte ich noch meine Angelutensilien. Zuerst senkte ich das Netz ab und kurbelte es nach einigen Minuten wieder nach oben. Es fanden sich drei kleine Fische darin, die ich alle tötete. Zwei der Fische spießte ich auf je einen Haken und warf sie als Köder in den Fluss.

Anschließend stellten wir zwei der Liegestühle auf und machten es uns bequem. Das Netz ließ ich gelegentlich ab um weitere Köderfische zu fangen.

Am Abend grillte ich zwei der inzwischen gefangenen Fische auf dem vorhandenen Holzkohlengrill. Die anderen schuppte ich ab, nahm sie aus und verstaute sie im Kühlschrank des Wohnmobils. Nach dem Abendessen und nach der Reinigung unseres Geschirrs setzten wir uns mit einer Flasche Rotwein auf die Terrasse des Carelets.

Bei Beginn der Dämmerung fuhr das Fischerboot wieder auf die Gironde.

> Sieh mal zu dem Fischerboot. An jedem meiner bisherigen Abende hier auf dem Carelet habe ich diesen Fischer beobachtet. Er legt abends seine Netze und Angelschnüre

aus, dann fährt er ans Ufer, ankert und legt sich zum Schlafen hin. Morgens war er bisher immer verschwunden. <

Louisa drehte sich um und sah nach dem Fischerboot .

Nach dem Auslegen der Netze, es war schon dunkel, fuhr der Fischer heute aber nicht wie bisher ans Ufer der Gironde um zu ankern, sondern steuerte den Hafen an. Ich zuckte mit den Schultern. Der Fischer wusste sicher, was er tat.

Bei den lauen und angenehmen Temperaturen blieben wir noch fast bis Mitternacht sitzen.

Die Positionslichter des Fischerbootes tauchten wieder auf und verharrten am üblichen Ankerplatz in Ufernähe. Das war für uns der Anlass ins Bett zu gehen.

Am nächsten Tag faulenzten wir. Ich angelte und Louisa las. Zwischendurch erledigte sie einiges ihrer Schreibarbeit. Als ich ihr über die Schulter sah, stellte ich fest, dass sie ein Tagebuch führte. Auf meine Bemerkung dazu informierte sie mich, leicht errötend, dass sie während jeder Ausgrabungsperiode ein Tagebuch führte.

> Du tauchst darin aber nicht auf. Das Tagebuch enthält nur streng wissenschaftliche Berichte über die Ausgrabung. Die Nächte mit dir sind meine Privatangelegenheit und gehen niemanden etwas an. <

An diesem Abend fuhr der Fischer nach dem Auslegen der Netze und Angelschnüre sofort wieder an seinen Ankerplatz und blieb dort.

Am nächsten Morgen war ich früh wach, weil mir kalt war. Louisa hatte sich komplett in das Deckbett eingewickelt, mir den Rücken zugedreht und mir damit die Wärme des Deckbetts entzogen. Ich wollte sie nicht wecken, stand leise auf und zog mich an.

Die Terrasse des Carelets lag noch im Schatten, was sich bei dem wolkenlosen Himmel bald ändern würde. Ich streckte mich und sah mich um.

Das Fischerboot lag heute seltsamerweise noch vor Anker. Auf dem Boot, den unteren Teil des Körpers, von den Füßen bis zum Bauch, eingewickelt in eine Decke, erkannte ich im Morgendunst schwach eine menschliche Gestalt. Irgend etwas kam mir seltsam vor. Ich holte meinen Fotoapparat und stellte das starke Teleobjektiv ein. Auf dem kleinen Monitor konnte ich einen großen dunklen Fleck auf der Brust des Mannes ausmachen.

Ich beobachtete durch das Teleobjektiv weiter, konnte aber keine Bewegung, auch nicht das Heben und Senken der Brust beim Atmen erkennen.

Zwei Arme legten sich von hinten um meinen Hals. Ich hatte Louisa nicht gehört.

Ich schoss mehrere Fotos und zeigte sie Louisa. Drei der Bilder waren wegen der Entfernung und dem Kontakt mit Louisa verwackelt, aber auf zweien war deutlich ein großer Blutfleck auf der Brust des Mannes zu erkennen.

Louisa betrachtete die zwei Fotos und schlug entsetzt die Hände vors Gesicht. Sie zitterte am ganzen Körper. Ich nahm sie in die Arme und hielt sie fest.

> Louisa, ich muss die Polizei anrufen. Zieh dich bitte ganz an. So wie du im Augenblick aussiehst, gefällt mir das ungemein, aber der Mann da draußen ist im Moment wichtiger.

Ich halte es für angebracht zur Ausgrabung zurückzukehren, bevor die Mädchen zurückkommen. Die erforderlichen Aussagen können wir auch dort machen. Wer weiß, wie lange es hier sonst dauert. <

Sie verschwand stillschweigend im Carelet.

Der Blick auf seine digitale Armbanduhr unter dem schwachen Licht der Straßenlaterne zeigte ihm, dass es kurz vor zweiundzwanzig Uhr dreißig war. Zuerst zog er seine dünnen Lederhandschuhe an. Er holte den Schlüssel aus seiner Jackentasche, ging die wenigen Stufen zwischen den beidseitigen niedrigen Natursteinmauern hinunter und schob ihn leise in das Türschloss der Hauseingangstür. Er musste den Schlüssel mit winzigen Bewegungen vor und zurück schieben bis er im Schloss griff.

Er war sich darüber im Klaren, dass der Schlüssel, den er vor einigen Jahren anhand eines heimlichen Wachsabdruckes hatte herstellen lassen, nicht vollständig gelungen war. Er hatte sich daran gewöhnt, es störte ihn nicht. Er kam nur einmal alle paar Monate in das Haus, dafür reichte der Schlüssel aus, trotz der schlechten Qualität.

Mit der linken Hand tastete er seine Jackentasche ab und überzeugte sich vom Vorhandensein des Schalldämpfers. Die Pistole, eine Walther P88, drückte im Hosenbund gegen seinen Bauch.

Von innen klinkte er die Tür wieder leise ins Schloss und nahm dann die Treppe in das untere Stockwerk. Vorsichtig durchquerte er zwei Räume und wollte auf die Terrasse treten um nach links bis an deren Ende zu gehen.

Wieso stand die Terrassentür offen? Das war noch nie der Fall gewesen.

Er war beunruhigt.

Er trat vorsichtig nach draußen auf die Terrasse.

Plötzlich blieb er stocksteif stehen.

Links von der Terrassentür sah er im Halbdunkel eine Frau, die in gebückter Haltung auf den Boden, auf mehrere abgerissene Blätter und dazwischen liegende Steine blickte. Daneben, direkt an der Balustrade, lehnte eine Haushaltsleiter und an der Felswand hing an einem Seil in einem groben Netz ein Aluminiumbehälter, den sie offensichtlich zu sich herangezogen hatte. Seltsamerweise hatte sie kein Licht angeschaltet.

Leise zog er die Pistole aus dem Hosenbund, holte den Schalldämpfer aus der Tasche und schraubte ihn auf den Lauf der Pistole.

94

Dann ging er auf sie zu.

Beim Geräusch seiner Schritte drehte sie sich zu ihm um.

Bevor sie eine Frage stellen konnte, hob er die Pistole, hielt sie ihr an den Kopf und drückte ab. Ihr Gesicht zeigte nur einen erschreckten, rätselhaften Ausdruck von Erstaunen.

Der Schuss schleuderte ihren Kopf nach hinten. Blut, Gehirnteile und Haare spritzten an die Felswand, an und über die Brüstung.

Sie fiel lautlos in sich zusammen.

Wo kam die Frau auf einmal her? Er hatte keinerlei Licht im Haus gesehen und auch kein Auto, das vor dem Haus parkte. Er hatte diese Frau noch nie gesehen, wenn er tagsüber gelegentlich an dem Haus vorbei gefahren war.

Vor allem, sie hatte den Behälter gefunden. Das durfte nicht sein. Es durfte keine Spuren geben. Niemand durfte eine Spur finden oder sogar eine Verbindung herstellen.

Er sah sich um.

Wo war die Kugel? Wo war die Patronenhülse?

Systematisch suchte er die Wand, den Felsen und den Boden der Terrasse ab. Er fand weder die Kugel noch die Patronenhülse.

Er musste alle Spuren beseitigen, zuerst aber den Behälter sichern. Er klinkte ihn aus dem Karabinerhaken und trug ihn im Netz zur Seite, neben die Tür zu den Wohnräumen, durch die er gerade die Terrasse betreten hatte.

Er stellte die Haushaltsleiter auf, stieg hinauf und verbarg das Seil sorgfältig wieder unter den Büschen und Pflanzen an der Felswand.

Zuerst musste er die Haushaltsleiter wegräumen.

Der kleine Raum für die Putzutensilien war schnell gefunden. Dort stellte er die Leiter ab, dort fand er auch mehrere große Plastiksäcke, einen Eimer und mehrere Putzlappen.

Den Eimer füllte er in der Küche zur Hälfte mit Wasser und

trug ihn auf die Terrasse, einen Putzlappen und die Plastiksäcke nahm er ebenfalls dorthin mit.

Einen der Plastiksäcke riss er der Länge nach auf, breitete ihn auf der Terrasse aus, nur einen Meter von der Terrassentür entfernt und legte die Frau darauf ab. Bei einem Blick auf das Gesicht war er über die Schönheit der Frau erstaunt.

Schade darum, warum musste sie aber auch gerade heute auf der Terrasse sein und auch noch den Behälter entdecken?

Mit einem nassen Putzlappen wischte er das Blut und die anderen Gewebeteile von der Terrasse, von der Balustrade und von dem Felsen, und spülte den Putzlappen gründlich aus. Das Wasser schüttete er mit Schwung in die Gironde.

In der Küche füllte er den Eimer nochmals halb mit Wasser, wischte noch einmal über alle bereits gereinigten Flächen, reinigte die Innenwände des Eimers und den Putzlappen. Danach goss er das Wasser wieder in den Fluss.

Er wickelte die Frau in den aufgerissenen Plastiksack und trug sie nach oben neben die Haustür.

Blätter und Steine schob er mit dem Putzlappen zusammen, nahm sie auf und warf sie über die Balustrade.

Jetzt überlegte er kurz, entschied den Eimer und den Putzlappen in einen Plastiksack zu stecken und ebenfalls mitzunehmen und trug den Sack hoch zur Haustür.

Die restlichen Plastiksäcke rollte er wieder zusammen, brachte sie zurück in den kleinen Raum und legte sie in eine Ecke.

Später würde sich niemand daran erinnern wo sie ursprünglich gelegen hatten.

Zuletzt trug er auch den Zylinder neben die Hauseingangstür.

Nochmals sah er sich gründlich um, er wollte sicher sein, dass er nichts übersehen hatte. Bei dem schummrigen Licht des bewölkten Himmels, Licht wollte er nicht anschalten, konnte er keine verräterischen Spuren mehr erkennen. Leise schob er die Terrassentür zu und verschloss sie von innen.

Er musste sein Auto holen. Er hatte es mehrere hundert Meter entfernt geparkt. Niemand sollte sein Auto sehen und vielleicht die Nummer notieren können, wenn er den Zylinder aus dem Haus holte.

Niemand durfte irgendwie irgendwelche Verbindungen herstellen.

Jetzt war er aber gezwungen, direkt vor dem Haus zu parken.

Er konnte die Leiche der Frau nicht so weit tragen, das wäre zu auffällig und auch zu anstrengend, und er musste den Zylinder und den Sack mit Eimer und Putzlappen ebenfalls noch mitnehmen.

Direkt mit dem Kofferraum parkte er vor dem Treppenabgang. Zuerst der Aluminiumzylinder, dann der Plastiksack mit Eimer und Putzlappen und zuletzt die Frau.

Mit seinem Schlüssel sperrte er die Haustür ab, setzte sich an das Steuer seines Autos und zog die Handschuhe aus.

Er startete und fuhr los, ohne zu überlegen wohin, nur weg aus dem Dorf, weg von der Landstraße. Er musste die Frauenleiche loswerden, je schneller, desto besser.

Er bog auf einen schmalen, asphaltierten Weg ein, weg vom Fluss.

Schweiß von seiner Stirn tropfte auf sein Lenkrad, auf sein Hemd über dem Bauch und auf seine Hosenbeine.

Auf einmal sah er ein kleines Gebäude am Rand der schmalen Straße, daneben mehrere Container, alles umgeben von einem Maschendrahtzaun.

Er hielt an und schaltete den Motor und die Scheinwerfer aus. Im Kofferraum hatte er eine Tasche mit Werkzeugen.

Langsam stieg er aus und lauschte angestrengt.

Das Haus und die Container schienen verlassen zu sein. Er zog seine Handschuhe wieder über, holte die kräftige Zange aus dem Kofferraum, schnitt den Zaun auf, trug die Leiche samt Plastiksack hindurch und legte sie auf der Erde ab. Wo er war, interessierte ihn nicht. Er tat, was zu tun war.

Er fand eine große, dickere und weit ausgebreitete Folie. Die darauf liegenden Gewichte warf er zur Seite und fand unter der Folie ein längliches Loch. Daneben stand eine Schubkarre. Damit fuhr er zu der Öffnung im Zaun und legte die Leiche auf die Schubkarre. Er fuhr zurück zu dem Loch und kippte die Leiche hinein. Angestrengt sah er sich um und entdeckte in nur zwei Metern Entfernung eine vergessene Schaufel neben einem Erdhaufen. Hastig schaufelte er die Erde über die Leiche, bis sie mit Erde bedeckt war. Die Schaufel warf er weit zur Seite, der Schubkarre gab er einen Stoß, so dass sie in einigen Metern Entfernung umkippte. Die Folie deckte er wieder zurück und warf wahllos einige Gewichte darauf.

Bevor er wieder in sein Auto stieg, den aufgeschnittenen Plastiksack hatte er zu dem Eimer gesteckt, verschloss er provisorisch das Loch im Zaun mit einigen losen Drahtenden.

Schon etwas beruhigt fuhr er, wie jedes Mal in den vergangenen Jahren, auf einen ruhigen Platz in Les Monards, dem Nachbarort von Talmont, hinter das seit einigen Jahren aufgelassene Schwimmbad.

Hier klappte er den Kofferraumdeckel seines Autos hoch und zog den Behälter aus dem Netz. Er öffnete ihn und ein deutlich wahrnehmbarer Geruch nach Fisch wehte ihm entgegen.

Mehr musste er nicht wissen und auch nicht überprüfen. Diesen Geruch nach Fisch hatte er vorher noch nie festgestellt, in den vergangenen Jahren noch nie.

Er zählte die Plastiktüten. Es waren acht, so viele wie es zu sein hatten. Ob aus den Plastiktüten etwas entnommen worden war, konnte er im Moment nicht feststellen. Das würde er in seinem Haus nachprüfen.

Unabhängig davon, der Behälter war geöffnet worden. Das durfte nicht sein, absolut nicht. Unter gar keinen Umständen.

Er wusste genug.

Heute Nacht würde er nicht so bald ins Bett kommen. Er hatte noch etwas Unaufschiebbares in Talmont zu erledigen.

Er verschloss den Behälter wieder, danach den Kofferraumdeckel, setzte sich an das Steuer seines Autos und fuhr langsam zurück in Richtung Talmont.

7

Kommissar Claude Frehel war noch nicht ganz wach, als er am Montag früh seine Dienststelle mit Blick auf den Hafen von La Rochelle betrat.

Am Abend vorher hatte er mit seiner Frau Ingrid ihren zehnten Hochzeitstag gefeiert. Er hatte sie mit einem ganz feinen Essen in einem teuren Restaurant überrascht.

Ihre beiden Kinder hatten das Wochenende bei seinen Eltern verbracht, die mit ihnen einen Besuch im zoologischen Garten in La Palmyre abstatten und sie heute auch zur Schule bringen wollten.

Der Abend mit seiner Frau war wunderbar gewesen und sie hatte ihm anschließend eine ganz anstrengende Nacht beschert. Bei der Erinnerung daran beulte sich seine Hose schon wieder aus. Er war heute nur ganz ungern aus dem Bett geklettert.

Sie hatte ihm beim Ankleiden zugesehen und gleich noch eine anzügliche Bemerkung für die kommende Nacht fallen lassen.

Zu einem ausgiebigen Frühstück war er noch zu müde gewesen. Es hatte nur zu einer Tasse Kaffee im Stehen gereicht, seine Frau hatte ihm dabei zugesehen.

Er blickte in eine sich spiegelnde Glasscheibe und sah ein eigentlich gut aussehendes, aber heute etwas aufgedunsenes Gesicht mit Augenringen unter den blauen Augen. Trotz seiner fünfunddreißig Jahre hatte er fast noch keine Geheimratsecken und noch kein einziges graues Haar.

Seine Rasur war heute Morgen schlecht ausgefallen, hier

und da zeigten sich noch einige Bartstoppeln.

Er lief die Treppe in den ersten Stock hoch zu seinem Büro. Sein Gang war federnd und die Schritte lang, wie es bei einem schlanken, breitschultrigen Mann von fast zwei Metern Körperlänge nicht anders zu erwarten war.

Er trieb gerne Sport, mit seiner Frau und seinen Kindern. Bis vor zwei Jahren hatte er auch dreimal pro Jahr einen Marathonlauf absolviert, sofern ihm seine Arbeit Zeit dazu ließ. Der Kreuzbandriss vor zwei Jahren und die darauf folgende Forderung seiner Frau, beim Sport kürzer zu treten, hatten seinen Ambitionen ein Ende gesetzt. Aber auf Sport wollte er, auch im Hinblick auf seine Familie, nicht ganz verzichten.

Er holte sich im Vorraum seines Büros noch einen Kaffee um richtig aufzuwachen und ließ sich auf dem unbequemen Drehstuhl hinter seinem Schreibtisch nieder. Durch das Glasfenster winkte er seinem Kollegen, Inspektor Roland Perez, zu.

Dieser beendete sein Telefongespräch, schrieb noch etwas auf ein Blatt und kam zu ihm herüber.

> Du brauchst es dir gar nicht erst bequem zu machen um weiter zu schlafen. Trink deinen Kaffee aus.

Unsere Kollegen aus Meschers haben uns einen Mord gemeldet, männliche Leiche. Ich habe gerade die Kollegen der Spurensicherung und einen Pathologen angerufen und in Gang gesetzt. Du willst dir aber immer vorher selbst einen Eindruck verschaffen.

Los, auf die Beine! <

Er grinste seinen Vorgesetzten und Freund an und zeigte ihm die Schlüssel ihres Dienstwagens. Claude schüttete den ohnehin nur lauwarmen Kaffee hinunter und stand auf.

> Ich muss unbedingt eine schriftliche Beschwerde beim Justizminister einreichen. Wie soll man bei diesem lauwarmen Gesöff von Kaffee vernünftige Arbeit leisten. <

Sie hasteten die Treppe hinunter zum Dienstwagen, Roland schaltete die Sirene an und sie fuhren mit quietschenden Reifen los.

> Roland, immer langsam, davon wird der Tote auch nicht wieder lebendig. Die Spurensicherung wartet ohnehin bis wir dort sind, sie kennen mich und meine Eigenarten. <

Sie fuhren nach Süden, Richtung Gironde.

> Die Meldung kam bei den Kollegen heute Morgen gegen halb sieben Uhr rein. Ein Deutscher, Claus Westtend, hat die Nacht mit einer weiblichen Begleitung auf einem Carelet in Talmont verbracht. Am Morgen hat er mit dem Teleobjektiv seines Fotoapparats den Toten auf einem Fischerboot entdeckt, das nahe am Ufer ankerte, einige Bilder geschossen und dann die Polizei angerufen. Wir können ihn auf der archäologischen Ausgrabungsstelle bei Talmont finden.

Die Kollegen haben dann unsere Freunde von der Wasserschutzpolizei angerufen. Die sind dann zu dem Fischerboot gefahren und haben den Leichenfund bestätigt. Sie haben alles unberührt gelassen. Sie warten im Hafen von Talmont auf uns um uns zu dem Fischerboot zu fahren. Soweit mein Kenntnisstand. <

> Der Tote scheint also ein Fischer zu sein. Viele gibt es ja ohnehin nicht mehr. Die großen Trawler fischen überall unsere Ozeane leer und verarbeiten einen großen Teil ihres Fanges und den gesamten Beifang zu Futtermehl. Das wird in Hühnerfarmen verfüttert, weshalb die dort gezüchteten Hähnchen kaum genießbar sind und nach Fisch schmecken. Die kleinen Fischer nagen deswegen überall am Hungertuch.

Warten wir ab, bis wir uns selbst einen Überblick verschafft haben. <

Die Sirene auf dem Dach verschaffte ihnen ziemlich freie Fahrt und nach weniger als einer halben Stunde stoppte Roland ihr Auto an dem kleinen Hafen von Talmont.

Die Kollegen der Spurensicherung und der Pathologe waren noch nicht angekommen.

Roland schloss ab, sie sprangen auf das Boot der Wasserschutzpolizei und begrüßten ihre Kollegen. Das Boot legte ab und fuhr nur wenige hundert Meter flussaufwärts. Neben einem kleinen Fischerboot mit Führerkabine stoppte es.

Claude stieg auf das Fischerboot, blieb zuerst hinter der Bordkante stehen und ließ seinen Blick über das Deck des Bootes gleiten. Roland folgte ihm.

Das Boot der Wasserschutzpolizei kehrte sofort zum Hafen zurück.

Das Boot wirkte aufgeräumt, soweit man das bei einem Fischerboot überhaupt sagen konnte, war ziemlich überholungsbedürftig, aber schien noch voll funktionsfähig zu sein.

Der Tote, mit dem großen Blutfleck auf der Brust, um ein deutlich sichtbares Einschussloch herum, lag auf einer Isomatte und war mit einer Decke aus grobem Wollstoff - Claude wurde durch den Stoff an seine Militärzeit erinnert - halb zugedeckt. Die Decke reichte von unterhalb der Füße bis in Höhe des Bauches und war ziemlich zerknüllt. Der Tote war vollständig angezogen, er hatte augenscheinlich in seinen Kleidern geschlafen. Die Kleidung war grob, aber relativ sauber.

Das Opfer hatte ganz offensichtlich in dieser Lage auf Deck geschlafen als es erschossen wurde.

Im Führerhaus sah er eine dunkle, gummierte Hose mit Hosenträgern neben einer gelben Jacke aus Ölleinwand hängen. Daneben stand eine tragbare Campingtoilette in einem oben und nach vorn offenen Holzkasten, seitlich darüber hing eine Rolle Toilettenpapier.

Der inzwischen ebenfalls mit Hilfe der Wasserschutzpolizei angekommene Pathologe betrat das Boot, begutachtete und untersuchte kurz das Opfer, fotografierte es und drehte es dann vorsichtig um.

> Ausgehend von der Lage von Eintrittswunde und Austrittswunde wurde der Mann vom Ufer aus erschossen. Er lag zu dem Zeitpunkt des Schusses anscheinend auf der Seite, dem Ufer zugewandt und wurde durch die Wucht des Schusses auf den Rücken gedreht. Die Kugel steckt noch in den Holzplanken.

Sie hat den Toten durchschlagen, ist als Querschläger von diesem Metallbeschlag abgeprallt und blieb hier in der Oberfläche der hölzernen Bordwand stecken. Das Projektil sieht ziemlich deformiert aus, die Kollegen der Spurensicherung werden nur schwerlich eindeutige Spuren finden. Ich schätze den Zeitpunkt der Tat anhand der Körpertemperatur auf fünf bis sechs Uhr heute Morgen, also etwa bei Morgengrauen. Genaueres nach der Obduktion.

Kann ich den Toten mitnehmen? <

Mit einem Blick auf die vier Kollegen der Forensik, die von der Wasserschutzpolizei zwischenzeitlich ebenfalls zum Fischerboot gefahren worden waren, die Leiche mehrfach fotografiert hatten und begannen, die ersten Spuren zu sichern, nickte Claude.

Ein Mitarbeiter der Spurensicherung fotografierte den Toten von allen Seiten und nahm noch dessen Fingerabdrücke ab. Zwei andere Kollegen der Spurensicherung halfen dem Pathologen, den Leichnam in einem Kunststoffsack zu verstauen und auf das Polizeiboot zu transportieren.

Das Boot legte sofort in Richtung Hafen ab.

Als es zurückkehrte, hatten die Kollegen der Spurensicherung die Kugel geborgen und Boot, Führerkabine und alle auf dem Boot befindlichen Gegenstände fotografiert.

Ein Kollege der Wasserschutzpolizei wurde gebeten das Fischerboot in den Hafen zu steuern. Hier wurde das Boot von Bug bis Heck sorgfältig nach aussagekräftigen Spuren untersucht.

Einer der Mitarbeiter der Spurensicherung begab sich mit

einem Metalldetektor an das Ufer der Gironde, direkt an der Böschung zum Ankerplatz, und begann nach einer Patronenhülse und nach dem Standplatz des Mordschützen zu suchen.

Er kehrte nach zwei Stunden zum Hafen zurück, hatte aber nur niedergetretenes Gras gefunden, keine Patronenhülse oder sonstige verwertbare Spuren.

> Der Schuss wurde offensichtlich direkt von der oberen Kante der Böschung aus abgegeben, die Entfernung war nicht groß. Wenn der Mörder auch nur einigermaßen schießen konnte, konnte er den Mann eigentlich nicht verfehlen. Er hat die Patronenhülse mitgenommen. Fingerabdrücke oder weitere verwertbare Spuren waren nicht auffindbar.

In geringer Entfernung vom Standplatz des Schützen führt eine asphaltierte, schmale Straße vorbei. Der dortige kleine Parkplatz ist geschottert, man sieht zwar Reifenspuren, es waren aber keine Reifenabdrücke zu entdecken. Die Reifenspuren können auch schon ein oder zwei Tage alt sein.

Der Parkplatz ist wegen einiger Bäume und Sträucher von der Bebauung her nicht einzusehen. Ich glaube kaum, dass einer der Anwohner etwas bemerkt hat.

Ich habe die Kollegen aus Meschers schon gebeten alle Bewohner der umliegenden Häuser zu befragen, eventuell hat jemand einen Schuss gehört oder sogar etwas beobachtet. <

Die anderen drei Kollegen der Spurensicherung hatten inzwischen das Fischerboot gründlich untersucht und eine Reihe von Fingerabdrücken sichergestellt. Viel war nicht zu finden. Außer den Spuren des Fischers, die von seiner täglichen Arbeit herrührten, waren keine weiteren Hinweise zu entdecken.

> Wenn der Mörder vom Ufer aus geschossen und das Boot nicht betreten hat, finden wir hier keine weiteren Hinweise.

Wir haben eine Reihe Fingerabdrücke sichergestellt, die nach erster Augenscheinnahme von verschiedenen Personen stammen. Wer könnte das Boot außer dem Fischer noch betreten haben?

Wir werden die Kugel im Labor untersuchen lassen, vielleicht besteht eine Verbindung zu einem weiteren Fall. Ich schicke Ihnen den Bericht alsbald in Ihr Büro. <

Claude wandte sich an die örtlichen Polizisten:

> Wer ist der Tote? Wer könnte das Boot außer ihm noch betreten haben? Hat er Familie, wie lebt er? <

> Der Tote heißt Pierre Monard und ist der letzte Fischer in Talmont. Seine Ehe ist schon vor fast zwanzig Jahren geschieden worden. Er hat einen Sohn und eine Tochter, die beide in Bordeaux studieren. Wir werden versuchen die Adressen ausfindig zu machen.

Er wohnt hier in einem kleinen Fischerhaus, das vorher schon seinen Eltern gehörte. Die sind schon lange tot. Er fährt regelmäßig abends auf den Fluss hinaus, um über Nacht seine Netze zu stellen. Danach ankert er in Ufernähe und schläft gewöhnlich auf seinem Boot bis er morgens seine Netze wieder einholt.

Während der Touristensaison verkauft er viele seiner Fische an Touristen. Oft kommt auch ein Fischhändler vorbei, immer der gleiche, und kauft den Fang oder einen Teil seines Fanges. Im Winter fährt Pierre manchmal auch selbst seinen Fang zu diesem Fischhändler. Wie und was die beiden vereinbart haben, weiß ich nicht.

Er kann von seinen Fängen einigermaßen leben, er führt ein bescheidenes Leben. Wenn er etwas Geld zurücklegen kann, schickt er es an seine beiden Kinder.

Das ist allen in Talmont und Meschers bekannt, die beiden benachbarten Dörfer sind ja nicht groß.

Die Fingerabdrücke könnten vom Toten selbst, von seinem Sohn, seiner Tochter, seinem Fischhändler und dem

Mechaniker herrühren, der vor vier Tagen an dem Bootsmotor etwas repariert hat. Ich bin damals zufällig vorbeigekommen. Eventuell war auch ein früherer Kollege des Fischers, der schon in Rente ist, auf dem Boot. Andere Menschen ließ er nicht an Bord. <

> Geben Sie bitte die Namen und Adressen der genannten Personen durch, wir werden sie befragen und ihre Fingerabdrücke nehmen. Ich möchte die Adresse seines Hauses haben, wir müssen uns dort umsehen.

Wenn er gestern Abend auch seine Netze ausgelegt hat, liegen sie noch im Fluss. Können Sie jemanden beauftragen die Netze einzuholen? Die gefangenen Fische müssen ja nicht in den Netzen vergammeln. <

> Mein Kollege ist schon zu einem früheren Fischer namens Jean Vaselle unterwegs. Der ist seit etwa fünf Jahren in Rente, hat aber noch sein Boot. Er könnte, wie schon erwähnt, in den letzten Tagen auch auf dem Boot von Monard gewesen sein. Ich fahre vor Ihnen her, ich kenne sein Haus und auch seine Adresse, aber ich muss Ihnen dazu etwas zeigen. <

Der Kommissar und sein Kollege setzten sich in ihr Auto und folgten dem Polizisten, die Mitarbeiter der Spurensicherung schlossen sich Ihnen an. Einer blieb noch auf dem Boot um die Spurensicherung dort abzuschließen.

Der Polizist drehte im Vorgarten des Fischerhauses einen flachen, kopfgroßen Stein aus Granit um und holte den Haustürschlüssel darunter hervor.

> Das ist aber sehr unvorsichtig. Damit kann jeder das Haus leicht ausräumen <, meinte Roland.

> Es gibt hier nichts zu holen, jeder im Dorf weiß das. Monard hatte immer Angst während seiner Arbeit auf der Gironde den Schüssel zu verlieren. Und die Nachbarn sind nicht immer erreichbar. <

> Vielen Dank für Ihre Hilfe. Wir werden uns gründlich um-

sehen. Vielleicht finden wir im Haus den Grund warum er getötet wurde. <

Claude und Roland sahen sich im Haus um. Es gab tatsächlich nichts von Wert, was sich zu stehlen gelohnt hätte.

Claude wandte sich an seine Kollegen der Spurensicherung.

> Das Haus gehört euch. Macht aber bitte nicht zu viel Unordnung. Der Tote hat Kinder, die wir bei ihrer Rückkehr nicht erschrecken wollen. Wir beide fahren zuerst zur Ausgrabungsstelle um mit dem Deutschen zu reden, der die Leiche entdeckt und die Polizei verständigt hat und anschließend zurück ins Büro. Ihr müsst unter Umständen noch einmal nach Talmont fahren um die Fingerabdrücke verschiedener Personen mit den gefundenen zu vergleichen. <

Er wollte gerade in das Dienstfahrzeug einsteigen, als sein Handy klingelte.

> Kommissar Frehel. Was gibt es? <

Er hörte seinem Gesprächspartner zu, beendete das Gespräch und fing an zu fluchen.

> Roland, auf dem Gelände der Ausgrabung ist eine Leiche gefunden worden. Zwei Tote an einem Vormittag, in ein und demselben Dorf. Ich wollte ohnehin zur Ausgrabung, jetzt auch aus einem zweiten Grund. Was geht hier eigentlich vor? <

Er betrat wieder das Haus und wandte sich an seine Kollegen.

> Einer von euch bleibt hier, die anderen beiden kommen mit uns. Es gibt eine weitere Leiche hier in der Nähe des Dorfes an der Ausgrabung einer ehemaligen Römersiedlung. Ich kenne den Weg, ich habe die Ausgrabung vor zwei Jahren einmal besichtigt. Es ist ein großes Gelände. <

Louisa und ich fuhren nach dem Telefonanruf bei der Polizei an einer Bäckerei vorbei und zurück zum Ausgrabungsgelände. Es war kurz vor sieben Uhr. Keines der Mädchen war zurück. Ich stellte mein Wohnmobil am alten Platz wieder ab und wir frühstückten erst einmal, Louisa die beiden Croissants und ich ein Stück des Baguettes. Wir hatten gerade abgespült, als kurz nacheinander alle Mädchen und Romain eintrafen.

Wir zogen uns alle um, griffen nach unseren Arbeitsgeräten und verteilten uns im Gelände. Ich wollte mich Caroline und Solange anschließen, aber Louisa hielt mich am Arm zurück und zog mich in ihr Büro. Dort legte sie ihre Arme um mich und küsste mich ausgiebig.

> Louisa, du bleibst am sinnvollsten hier in deinem Büro. Die Polizei wird vorbeikommen um unsere Aussagen aufzunehmen. Dann kannst du mich rufen. Ich gehe solange an die Arbeit. <

Ich hatte gerade Louisas` Büro verlassen, als ein lauter Schrei alle aufschreckte. Eine zweite Person fing an zu schreien und hörte nicht mehr auf. Es waren Caroline und Solange.

Ich rannte zu den beiden, so schnell meine alten Knochen konnten. Caroline deutet nur auf die Stelle, an der wir die wertvollen Gegenstände gefunden hatten.

Die Folie war zurückgeklappt und aus der wieder teilweise zugeschütteten Grube ragten die Finger einer Hand hervor, einer schmalen, gepflegten Frauenhand.

Ich nahm die beiden Mädchen in den Arm, um sie zu beruhigen und drehte sie von der Frauenhand weg. Beide begannen an meinen Schultern zu weinen und wollten gar nicht mehr aufhören. Ich spürte die Feuchtigkeit ihrer Tränen durch mein T-Shirt.

Louisa war inzwischen auch zu uns gekommen. Die anderen Mädchen kamen ebenfalls der Reihe nach herbeigelaufen. Alle waren schockiert, einige fingen an zu weinen.

Louisa kümmerte sich auf meine Bitte hin um die beiden

Mädchen und führte sie, zusammen mit den anderen, beiseite. Ich holte mein Handy aus der Tasche und verständigte die Polizei.

Zum zweiten Mal an diesem Morgen.

Dann sah ich mich um. Die Schaufel, die wir am Freitag nach dem Fund direkt neben meinem Arbeitsplatz hatten liegen lassen, lag vielleicht zehn Meter vom früheren Platz entfernt in Richtung der Container. Die Schubkarre lag etwa fünf Meter entfernt, umgekippt, jedoch in einer anderen Richtung, die Folien waren hochgeklappt. Die Gewichte zur Verankerung waren entfernt und beiseite gelegt worden, aber anders als wir es gewöhnlich taten.

> Louisa, geh bitte mit allen Mädchen in den Aufenthaltscontainer, damit hier möglichst keine Spuren verwischt werden, obwohl es dafür wahrscheinlich schon zu spät ist. Ich habe die Polizei verständigt. Wann sie erscheint, weiß ich nicht. Ich fürchte, heute werden wir kaum noch zum Arbeiten kommen. Vielleicht solltest du deinen Chef in Bordeaux informieren. <

Ich sah mich um.

> Wo ist Mireille? Ich habe sie heute noch nicht gesehen.

Diesen Schock mit der Leiche werden wir alle erst einmal verdauen müssen. <

Louisa befolgte meine Bitte und nahm alle Mädchen mit in den Aufenthaltscontainer.

Als erstes ging ich zum Eingangstor um es auf Beschädigungen zu untersuchen. Bei unserer Rückkehr hatte Louisa das Tor aufgeschlossen, hatte aber nicht auf eine eventuelle Beschädigung geachtet. Ich konnte nichts Auffälliges entdecken.

Da fiel mein Blick auf eine Stelle des Maschendrahtzaunes, zwischen dem Museumsgebäude und den Containern, direkt hinter dem Standplatz meines Wohnmobils. Ich ging bis auf einige Meter heran. Jemand hatte das Drahtgeflecht

aufgeschnitten und anschließend teilweise mit losen Drahtenden wieder provisorisch verschlossen.

Ich folgte anschließend den Frauen in den Container. Die
meisten Mädchen weinten, alle waren blass im Gesicht, alle
schwiegen.

> Bitte, redet über den Fund der Toten. Damit könnt ihr
den Schock am besten verkraften. Redet über eure Gefühle
und euren emotionalen Zustand. Wenn die Polizei gekommen ist, werde ich um einen Psychologen bitten, damit ihr
mit professioneller Hilfe den Fund der Toten emotional verarbeiten könnt. Wer hat die Tote zuerst gefunden?
Caroline, du? <

Sie nickte, mit feuchten Augen.

> Was hast du genau gemacht als du an unseren Arbeits-
platz gekommen bist. Schildere das bitte detailliert den anderen, das wird dir helfen den Schock zu überwinden. Dann
kannst du dich auch besser an die Details erinnern, wenn
dich die Polizei befragt. <

Ich betrachtete Louisa. Sie war leichenblass.

> Hast du deinen Chef verständigt? <

Sie verneinte.

> Gib mir bitte seine Telefonnummer. Ich erledige das für
dich. <

Ich folgte ihr ins Büro und rief Professor Lelong an. Er war
schockiert. Ich bat ihn in Bordeaux zu bleiben, um die Anzahl der Beteiligten vor Ort nicht unnötig zu vergrößern.
Auch versprach ich, ihn am Abend noch einmal zu informieren. Anschließend kehrten wir in den Container zurück und
warteten gemeinsam auf die Polizei.

Ein Auto fuhr am Museumsgebäude vor und vier Männer
stiegen aus. Romain, den ich zwischenzeitlich verständigt
hatte, öffnete das Tor und ließ sie ein. Ich ging auf die Männer zu und stellte mich vor.

Zwei der Männer, jeder davon trug eine große Box, stellten sich als Mitarbeiter der Spurensicherung vor. Ich führte alle vier zum Fundort der Leiche.

Die beiden Männer der Spurensicherung begannen den Fundort zu untersuchen und alles zu dokumentieren. Die zwei anderen nahmen mich zur Seite, stellten sich vor und zeigten mir ihre Ausweise.

> Kommissar Claude Frehel, mein Kollege Inspektor Roland Perez, Kripo La Rochelle. Wir sind für dieses Gebiet hier zuständig.

Herr Westtend, Sie haben nicht nur die Leiche auf der Gironde, sondern auch diese Leiche hier der Polizei gemeldet. Damit stehen Sie zwangsläufig unter Verdacht. Was haben Sie dazu zu sagen? <

> Darf ich Ihnen zuerst einmal den Sachstand hier erläutern und warum ich hier bin?

Vorher möchte ich Sie aber bitten, einen Psychologen hierher zu beordern. Die Mädchen, besser gesagt die jungen Frauen, die hier die Ausgrabungen vornehmen, und die Ausgrabungsleiterin, sind total aufgelöst und stehen wahrscheinlich alle unter Schock. Ich bin etwas härter gestrickt und werde Ihnen, soweit möglich, alle Ihre Fragen beantworten. <

Nach einem Anruf des Kommissars schilderte ich Ihnen den Grund für meine Teilnahme an der Ausgrabung, verschwieg auch den wertvollen Fund nicht.

> Am Freitagabend, als der ganze Fund im Büro untergebracht war, war es so spät und schon dämmerig, dass wir nur noch den Ausgrabungsbereich mit diesen Folien abdecken konnten. Wir haben wie üblich alle Gewichte zur Sicherung auf die Folie gelegt. Die Schaufel lag hier neben dem alten Fundament und die Schubkarre stand direkt daneben.

Damit habe ich in den vergangenen drei Wochen neben meiner Tätigkeit zur Freilegung des Fundaments die ausgegrabene Erde aufgeladen und dort zu dem Erdhügel gefahren. Diese Abwechslung war für meine alten Knochen angenehmer als nur auf der Erde zu sitzen und hat zudem die Arbeit der zwei Mädchen erleichtert, die hier mit mir gearbeitet haben.

Die anderen Mädchen waren jeweils in Zweiergruppen bei ihrer Arbeit über das Gelände verteilt.

Die Schaufel und die Schubkarre wurden zwischen der Mittagszeit am Samstag, bevor Louisa, das ist Doktor Boyer, die Leiterin der Ausgrabung, und ich das Gelände verließen, und heute Morgen von hier an ihren jetzigen Platz bewegt. Von wem, weiß ich nicht, wahrscheinlich vom Mörder.

Die Mädchen und der junge Mann im Museumsgebäude haben alle am Freitagabend das Gelände verlassen und sind erst heute Morgen wieder hierher zurückgekommen. Deshalb war das kleine Museum am Samstag und auch am gestrigen Sonntag geschlossen. Wie ich gehört habe, melden sich Besucher in der Regel ohnehin telefonisch an.

Lediglich Doktor Boyer und ich sind bis nach dem Abtransport des wertvollen Fundes auf dem Gelände geblieben. Der Fund wurde am frühen Samstagvormittag mit einem gepanzerten Fahrzeug unter Polizeiaufsicht und in Begleitung von Professor Lelong abgeholt und nach Bordeaux abtransportiert.

Louisa hatte am Freitagabend nach dem wertvollen Fund und mit Zustimmung von Professor Lelong allen Mädchen und auch dem jungen Mann im Museum für Samstag und Sonntag frei gegeben. Sie stammen alle hier aus der Gegend und wollten in diesen zwei Tagen ihre Familien besuchen.

Anschließend sind wir beide zu einem nahen Carelet gefahren, wo ich geangelt habe und wo wir auch die zwei Nächte und den dazwischen liegenden Tag verbracht haben.

Dieses Carelet gehört dem Lebensgefährten von Doktor

Mireille Sargon, der stellvertretenden Leiterin hier. Sie hat es mir zur Verfügung gestellt und ich habe dort etwa jeden dritten Abend für alle hier geangelt und alle mit frischen Fischen versorgt.

Die zwei Mädchen, besser gesagt jungen Frauen, die hier an diesem Fundament zusammen mit mir gearbeitet haben, heißen Caroline Verbier und Solange Tarantelle.

Caroline ist heute Morgen als erste hierher gegangen um weiterzuarbeiten, Solange war noch etwas länger als Caroline in den Containern. Dort schlafen alle Mädchen, und ich war mit Louisa in ihrem Büro.

Dort habe ich beim Verlassen des Büros den lauten Schrei von Caroline gehört und bin sofort hierher gelaufen. Solange war inzwischen auch an unserer Arbeitsstelle angelangt. Sie hat einen Schreikrampf bekommen. Alle anderen sind danach ebenfalls sofort hierhergelaufen.

Als ich die Hand gesehen habe, die aus der Erde ragte, habe ich alle in den Aufenthaltscontainer geschickt und die Polizei verständigt. Ich habe die Schaufel und die Schubkarre heute Morgen noch nicht angefasst, auch keines der Mädchen.

Anschließend habe ich das Schloss des Eingangstores untersucht, konnte aber keine Beschädigung feststellen. Am Zaun zwischen dem Museumsgebäude und den Containern habe ich eine Stelle gefunden, an der das Drahtgeflecht durchgetrennt und provisorisch wieder verschlossen worden ist. Ich habe nichts berührt. <

Ich zeigte in Richtung des zerschnittenen Zaunes.

> Wir hatten hier einen Graben entlang des Fundamentes bis in etwa achtzig Zentimeter Tiefe ausgehoben und die ausgegrabene Erde hierher zur Seite geschafft. Diese Erde ist teilweise wieder in den Graben geschaufelt worden und die Leiche wurde damit zugedeckt. <

Die zwei Männer der Spurensicherung hatten inzwischen

das Gesicht der Leiche freigelegt. Ich schaute darauf und wurde anscheinend leichenblass.

> Ist Ihnen nicht gut? Wollen Sie sich setzen? <

> Mein Gott, das ist Mireille Sargon. Deshalb war sie heute Morgen noch nicht in den Containern. Irgendwie hat heute niemand nach ihr gefragt. Das muss auch ich erst einmal verdauen. Die Mädchen werden fassungslos sein. <

> Und wie haben Sie die Leiche auf dem Fischerboot entdeckt? <

> Ich habe Ihnen bereits mitgeteilt, dass ich jeden dritten Abend jeweils bis zum nächsten Morgen auf dem Carelet verbracht habe um zu angeln. Dabei ist mir das Fischerboot aufgefallen. Der Fischer ist jeden Abend vor Beginn der Dämmerung auf den Fluss gefahren um seine Netze und Angelschnüre auszulegen. Anschließend hat er in Sichtweite des Carelets direkt am Ufer geankert und sich zum Schlafen hingelegt, in seinem Führerhaus oder im Freien auf dem Boot.

Am frühen Samstagnachmittag, nach dem Abtransport des historischen Fundes, bin ich mit Louisa zu dem Carelet gefahren.

An diesem Abend ist der Fischer aber nach dem Auslegen der Netze, es war schon dunkel, in den Hafen zurückgekehrt und erst gegen Mitternacht wieder zu seinem Ankerplatz gefahren. Wir saßen bei einer Flasche Rotwein noch auf der Veranda und sind danach schlafen gegangen.

Am Sonntagmorgen war das Boot nicht mehr da. Bisher jedes Mal am Morgen, wenn ich gegen halb sieben Uhr aufgewacht bin, war das Boot nicht mehr da. Heute lag es jedoch noch vor Anker. Das hat mich stutzig gemacht.

Mit dem Teleobjektiv meines Fotoapparats habe ich das Boot näher in Augenschein genommen und mehrere Fotos geschossen. Als Louisa zwischenzeitlich aufgestanden war, habe ich ihr die Fotos gezeigt. Sobald wir den roten Fleck auf der Brust des Fischers gesehen haben, habe ich die Polizei verständigt. Anschließend sind wir hierher gefahren, was ich der Polizei auch mitgeteilt habe.

Und dann wurde hier auch noch die Leiche von Mireille gefunden. Das geht auch mir ganz schön in die Knochen. <

> Was können Sie mir über die Tote mitteilen? <

> Sie ist, wie ich Ihnen schon sagte, die stellvertretende Ausgrabungsleiterin. Sie hat einen Schlafplatz in den Containern, genau wie die Mädchen. Jedes Wochenende und auch manches Mal während der Woche hat sie bei ihrem Partner in Talmont übernachtet. Seinen Namen und die Adresse seines Hauses weiß ich nicht. Vielleicht kann Ihnen eines der Mädchen oder Louisa weiterhelfen. Mehr kann ich Ihnen über sie nicht sagen. Ich bin ja auch erst seit etwa drei Wochen hier auf dem Ausgrabungsgelände. <

> Haben Sie heute Morgen auf dem Carelet einen Schuss gehört, kurz nach Tagesanbruch? <

> Nein, ich habe geschlafen. Wenn Louisa etwas gehört hätte, hätte sie mich sicher geweckt. <

> Haben Sie nach dem Aufstehen am Ufer jemanden gesehen? Wann sind Sie aufgestanden? <

> Ich bin gegen sechs Uhr aufgewacht und aufgestanden, Louisa vielleicht drei Minuten später. Ich habe am Ufer niemanden gesehen, in den vergangenen Wochen morgens übrigens auch nicht. <

> Haben Sie eine Waffe? <

> Nein, ich habe noch nie eine benötigt, ich kann damit auch nicht umgehen. <

> Danke, das waren vorerst alle meine Fragen an Sie. Louisa Boyer wird Ihr Alibi und Ihre Aussage sicher bestätigen können. Sie sind da ganz offensichtlich in eine heikle Sache hineingeschliddert. Wir müssen Sie alle noch erkennungsdienstlich erfassen, Fingerabdrücke, DNA-Proben, Ausweise, Adressen und das Übliche. <

Der Kommissar sah mich aufgrund des Unterschiedes unserer Körpergröße von oben herab skeptisch an.

> Ihre Aussagen waren äußerst präzise, prägnant, ohne Schnörkel. Das wundert mich, das habe ich in meinem Berufsleben noch nie erlebt. <

Ich grinste ihn schief an.

> Mein ganzes Berufsleben lang habe ich sehr viele technische Berichte geschrieben. Bei solchen Berichten ist keinerlei Raum für irgendwelches Gesülze. Da zählt nur eine klare und übersichtliche Darstellung der Fakten, ein roter Faden im Textaufbau und eine eindeutige und für jedermann verständliche Funktionsbeschreibung. Sowas geht einem in Fleisch und Blut über.... <

Der Kommissar kratzte sich am Kopf und nickte.

> Roland, kannst du bitte die Mädchen befragen?

Herr Westtend, können wir hier irgendwo für einige Stunden einen separaten Raum benutzen? <

> Wenn Sie damit zufrieden sind, kann ich Ihnen mein Wohnmobil anbieten, da ist auch ein Tisch vorhanden, falls Sie sich schriftliche Notizen machen müssen. <

Der Kommissar begutachtete das Wohnmobil und war einverstanden. Ich drehte noch die beiden vorderen Sitze um, damit sich die jeweiligen Personen ansehen konnten. Dann begab ich mich zu den Mädchen in den Container.

Der Kommissar telefonierte, um einen Pathologen anzufordern. Anschließend verschaffte er sich auf dem Gelände einen Überblick.

Als er zum Fundort der Leiche zurückkam, hatten seine Kollegen diese vollständig freigelegt.

> Todesursache ist eindeutig ein Kopfschuss, aus nächster Nähe, wie die Schmauchspuren an der Stirn beweisen. Am Kopf sind sowohl eine Eintritts- als auch eine Austrittswunde vorhanden. Unter dem Kopf der Leiche befindet sich im Sand kaum Blut, sie wurde eindeutig nicht hier erschos-

sen. Eine Kugel war deswegen nicht zu finden.

Ohne Pathologen wollten wir die Leiche nicht weiter bewegen. Aber wie wir feststellen konnten, war die Tote eine außergewöhnlich schöne Frau. <

Der Tag verging ganz schleppend. Keines der Mädchen wollte etwas essen, sie waren alle entsetzt über den Mord an Mireille. Vor allem Louisa war aufgelöst, sie war ebenso wie ich mit zwei Morden konfrontiert worden.

Ich setzte mich neben sie, legte meine beiden Arme um sie und zog sie fest an mich in der Hoffnung, sie trösten zu können. Die jungen Frauen wurden nacheinander ins Wohnmobil gebeten und befragt, wobei eine ganze Menge Tränen flossen.

Der Inspektor war anscheinend feinfühlig und hatte Verständnis für den Zustand der Mädchen. Irgendwie wirkten sie gelöster, als sie das Wohnmobil wieder verließen und zu den Containern zurückkehrten.

Als letzter nach Louisa wurde ich noch einmal vernommen. Ich konnte meinen bisherigen Aussagen aber nichts mehr hinzufügen. Anschließend wurden wir gebeten, Fingerabdrücke und Speichelproben abnehmen zu lassen, wogegen sich niemand von uns wehrte. Wir legten alle unsere Ausweise vor.

> Sie alle müssen Ihre Aussagen noch unterschreiben. Ich werde diese in unserer Dienststelle in La Rochelle niederschreiben und wegen Ihrer Unterschriften noch einmal hierher fahren. Es könnte ja sein, dass jemandem von Ihnen noch etwas einfällt. <

Der Inspektor drehte sich zu mir um.

> Vorerst vielen Dank, dass Sie uns Ihr Wohnmobil zur Verfügung gestellt haben.

Bleiben Sie noch lange hier bei der Ausgrabung? Eventuell haben wir noch weitere Fragen an Sie. <

> Vorgesehen war für mich noch eine weitere Woche hier

bei der Ausgrabung. Aber ich bin gerne bereit, noch länger zu bleiben. Ich bin Rentner und ungebunden, ich muss dann aber meine beiden Söhne von meinem längeren Aufenthalt in Kenntnis setzen. Zudem habe ich mit Louisa vielleicht eine neue Partnerin gefunden.

Wenn Sie mir eine Visitenkarte mit Ihrer Telefonnummer geben, kann ich Sie verständigen, sobald ich nach Deutschland zurückkehren werde. Ich hoffe doch, dass ich nicht mehr verdächtigt werde. <

> Roland, wir müssen zuerst den Namen und die Adresse des Partners von Mireille Sargon herausfinden und ihn befragen. Kümmerst du dich darum? <

Louisa konnte dem Inspektor weiterhelfen. Sie war von Mireille vor Beginn der Ausgrabungssaison zum Abendessen in das Haus ihres Partners eingeladen worden und konnte die Lage des Hauses genau beschreiben.

Auch den Namen von Mireilles` Partner wusste sie, Philippe Catourier. Sie wusste ebenfalls, dass er Schmuckdesigner und Goldschmied, sowie Eigentümer einer Kette von gut gehenden Juweliergeschäften im Süden Frankreichs und im Norden Spaniens war und hauptsächlich in Bordeaux wohnte.

Roland Perez ließ sich von der Zentrale die Telefonnummer und zusätzlich die Adresse des Hauses von Catourier in Talmont mitteilen. Weiterhin bat er darum, die finanziellen Verhältnisse dieses Mannes zu überprüfen.

> Herr Westtend, wir haben im Moment unsere Arbeit hier beendet und fahren zurück nach La Rochelle. Sie haben mir Ihre Handynummer gegeben, zudem habe ich die Telefonnummer der Ausgrabungsstätte. Bei Bedarf kann ich Sie anrufen.

Die Kollegen der Spurensicherung bleiben noch hier bis ihre Arbeit beendet ist. Sie werden dann von ihren Kollegen, die noch in Talmont arbeiten, abgeholt werden.

Auf Wiedersehen. <

Zurück in La Rochelle versuchte Roland Perez telefonisch den Juwelier zu erreichen, hatte aber keinen Erfolg. Dann verabschiedete er sich in den Feierabend, Claude ebenfalls. Er freute sich auf seine Familie.

Am nächsten Morgen, gleich nach Dienstbeginn, betrat einer der Kollegen der Spurensicherung Claudes` Büro und legte ihm ein zusammengefaltetes Papiertaschentuch und einen Schlüssel auf den Schreibtisch.

> Hier ist der Schlüssel des Hauses von Monard.

Den Inhalt des Taschentuches hier haben wir auf dem Boden eines Blumentopfes mit Gewürzen gefunden, der auf dem Fensterbrett in der Küche stand.

Dies ist ein Papiertaschentuch von uns, das ursprüngliche ist im Labor. Ansonsten konnten wir keinerlei relevante Gegenstände oder Spuren finden.

Der Fischer lebte allem Anschein nach allein. Kein Anzeichen einer Frau. Lediglich einige Bilder in einfachen Holzrahmen, die einen jungen Mann und eine junge Frau zeigen, sowie einige Bilder von Kindern, ein Junge und ein Mädchen. Laut Aussage der Nachbarn sind es seine Kinder. Wir haben keine Briefe von den Kindern gefunden, haben demzufolge auch keine Adressen.

Der Kühlschrank war nur mäßig gefüllt, keine teuren Lebensmittel. Das Haus ist einfach, aber für einen einzelnen Mann relativ sauber gehalten. In der Garage gibt es jede Menge Gerümpel, das alles entweder mit dem kleinen Garten oder mit seinem Beruf als Fischer zusammenhängt.

Es gab in diesem Haus eine Menge Fingerabdrücke, die fast alle identisch sind, und zwei anders aussehende, die undeutlicher und wahrscheinlich älteren Datums sind. Der Großteil der Abdrücke stammt von dem Fischer, die zwei anderen sind wahrscheinlich von seinen Kindern. Wir haben das Haus versiegelt und den Schlüssel mitgebracht. Das ist vorerst alles, der schriftliche Bericht folgt nach Ende der Auswertung. <

Claude nahm den Schlüssel an sich, befestigte ein Etikett daran und beschriftete es. Dann faltete er das Papiertaschentuch auseinander. Als er die beiden großen, geschliffenen Diamanten sah, pfiff er leise durch die Zähne. Er rief Roland zu sich und zeigte ihm die Diamanten.

> Ist das vielleicht das Mordmotiv? Woher hat der Fischer die Diamanten? Ich lasse sie auf ihr Ursprungsland und auf die Schleiftechnik untersuchen. Vielleicht ergibt sich daraus eine Spur.

Roland, setz dich bitte mit unserem Kollegen Ronan Matudi in Bordeaux in Verbindung. Er kann uns helfen, die Kinder des Fischers ausfindig zu machen und sie vom Tod ihres Vaters zu verständigen. Ich bin froh, dass ich das nicht machen muss. Er könnte sich auch mit diesem Catourier in Verbindung setzen und ihn bitten bei uns anzurufen. Ich kümmere mich um eventuelle Verwandte von Mireille Sargon. <

Der Tag verging mit Routinearbeiten, mit Telefonaten und mit verschiedenen Anfragen bei den Kollegen in Meschers. Ohne weitere Untersuchungsergebnisse und ohne weitere Fakten kamen sie mit ihren Ermittlungen nicht weiter.

Roland erledigte das aufgetragene Telefongespräch und begann anschließend, das Ergebnis aller Befragungen in Talmont in seinen Computer zu tippen und jede einzelne Aussage auszudrucken.

Claude freute sich auf den bevorstehenden Abend mit seiner Frau. Sie hatte ihm schon am Morgen gewisse Andeutungen gemacht, was sie am Abend von ihm erwarten würde. Es würde wieder eine lange und anstrengende Nacht werden.

Vorher aber wollte er noch mit seinen Kindern und seiner

Frau joggen gehen. Er wusste im Voraus, dass nach dem Sport die Kinder zuerst duschen und danach den Platz vor dem Fernseher einnehmen würden.

Seine Frau liebte es mit ihm zusammen zu duschen um ihm zu zeigen, was in der Nacht auf ihn zukommen würde. Er hatte nichts dagegen. Er hatte eine attraktive Frau, in die er immer noch verliebt war, auch nach zehn Jahren Ehe. Sie wusste genau, was sie tun musste um ihn zu reizen. Er freute sich schon darauf. Auch wenn er am nächsten Morgen nur schwer aus dem Bett kommen würde.

8

Kommissar Ronan Matudi kippte in Bordeaux seinen Morgenkaffee in den Ausguss und fluchte.

> Wie sollen wir hier vernünftige Arbeit leisten, wenn man jeden Morgen versucht uns mit diesem Gesöff von Kaffee zu vergiften? Jetzt habe ich die Schnauze voll. Heute Abend kaufe ich eine Kaffeemaschine und vernünftigen Kaffee und dann kochen wir uns unseren Kaffee selbst. Zum Glück befindet sich direkt neben meiner Wohnung ein Geschäft, in dem sie auch Kaffee verkaufen, guten Kaffee. Wenn ihr mitspielt, teilen wir uns in Zukunft die Kosten und der, der morgens zuerst das Büro betritt, kocht dann Kaffee. Auch wenn ich das in der Regel bin. Das ist mir die Sache wert. <

Er sah seine beiden jungen Kollegen, die Inspektoren Michel Parat und Antoine Tinoit an. Jeder der beiden nickte zustimmend mit dem Kopf.

Das Telefon klingelte, Ronan nahm ab.

> Kommissar Ronan Matudi, wo brennt es? <

Er hörte zu.

> Hallo Roland, wir haben uns lange nicht mehr gesehen oder gesprochen. Es ist, soweit ich mich erinnere, schon vier Jahre her seit wir uns bei dieser Tagung getroffen haben. Was kann ich für die Kollegen in La Rochelle tun? <

Er klemmte sich den Hörer zwischen Schulter und Ohr und schrieb mit.

> Ein Sohn und eine Tochter? Louis und Simone Monard aus Talmont-sur-Gironde? Verdammt, der Vater wurde ermordet. Diese unangenehme Tätigkeit, die beiden vom Tod ihres Vaters zu unterrichten, überlasst Ihr uns? Das sieht euch ähnlich. Aber wir werden euch diese Arbeit abnehmen

und die beiden, wenn möglich, auch noch befragen. Selbstverständlich machen wir das für euch. Ihr habt uns in der Vergangenheit ja auch schon manche Arbeit abgenommen.

Philippe Catourier? Ja, dieser Juwelier mit seiner Kette von Geschäften ist uns in Bordeaux gut bekannt. Ich schicke einen Kollegen vorbei. Eure Telefonnummer habe ich. Worum geht es? Zwei Morde? Mit einem seid ihr wohl nicht zufrieden? Wie dem auch sei, wenn ihr Hilfe von Profis benötigt, meldet euch. Gruß an Claude. Bis bald. <

Er legte den Hörer wieder auf.

> Antoine, finde die Adresse von Louis und Simone Monard heraus, vielleicht über die Universität. Die Geschwister kommen aus Talmont und studieren beide hier in Bordeaux. Anschließend suchst du beide auf und unterrichtest sie von der Ermordung ihres Vaters. Wenn sie dazu in der Lage sind, befragt du sie noch. Du bist von uns dreien hier am besten für die Überbringung derartiger Mitteilungen geeignet.

Michel, du suchst den Juwelier Philippe Catourier auf und unterrichtest ihn über die Ermordung seiner Partnerin. Du kannst ihn noch bitten, die Kollegen in La Rochelle anzurufen. Seine Befragung überlassen wir den Kollegen, sie sollen auch noch etwas zu tun haben. <

Ronan Matudi war ein vierschrötiger Mann, untersetzt, mit einem kräftigen Stiernacken, einem deutlich sichtbaren Bauch, borstigen schwarzen Haaren, einer kleinen Mittelglatze und einem ausgeprägten, schwarzen Schnauzbart. Er war einer dieser Menschen, deren Alter man schlecht oder gar nicht einschätzen kann. Seinem Aussehen nach konnte er fünfunddreißig oder auch fünfundfünfzig Jahre alt sein, hatte aber erst sechsunddreißig Jahre auf dem Buckel.

Er gab sich gerne bärbeißig, konnte aber sehr sensibel sein und war ein angenehmer Vorgesetzter, weshalb seine Kollegen für ihn durchs Feuer gingen.

124

Er war ledig, hatte bisher nicht die richtige Frau gefunden. Damit hatte er sich scheinbar abgefunden, aber innerlich empfand er in seinem Leben deswegen eine gewisse Leere. Vor allem liebte er Kinder und hatte sich diese stets gewünscht, die eigenen Kinder, die er nicht oder noch nicht hatte. Deshalb nutzte er jede Gelegenheit die drei Kinder seiner jüngeren Schwester zu verwöhnen.

Er fuhr seinen Computer hoch, öffnete die Datei der polizeilichen Vorkommnisse der letzten Nacht und sah die neuesten Meldungen durch. Eine Meldung interessierte ihn. Der Kapitän eines Frachters hatte seinen Koch, einen Mann von den Philippinen, als vermisst gemeldet. Er hätte, wie er es bisher stets getan hatte, am Abend, spätestens in der Nacht vor dem Ablegen, wieder an Bord sein sollen um am Morgen die georderten Lebensmittel in Empfang zu nehmen und zu verstauen.

Das wenige Geld, das er sich am Morgen vor Verlassen des Schiffes hatte auszahlen lassen, reichte bei weitem nicht, aus um irgendwo richtig zu versacken. Der Mann war kein Zocker und auch kein Säufer und er war in den vergangenen fünfzehn Jahren immer pflichtbewusst und pünktlich gewesen. Der Kapitän war stark beunruhigt.

Er hatte die Papiere des Kochs in der Hafenmeisterei hinterlegt und dann mit seinem Frachter abgelegt. Der Schiffseigner ließ ihm keine andere Wahl.

Ronan sah die weiteren Meldungen durch. Keine Meldung über eine Schlägerei mit einem Philippino, kein entsprechender Mann war zum Ausschlafen seines Rausches in eine Zelle gesteckt worden. Keine Angaben zu diesem Mann. Ronan zuckte mit den Schultern.

Er seufzte und machte sich daran, den abschließenden Bericht über seinen letzten Fall in den Computer zu hämmern. Zu hämmern. Mit seinen dicken Fingern und seiner immensen Kraft war er nicht in der Lage sensibel mit der

Tastatur umzugehen, deshalb benötigte er in regelmäßigen Abständen eine neue Tastatur, was ihm stets einen Rüffel seines Vorgesetzten eintrug.

Er holte sich eine weitere Tasse Kaffee, um sich vor dem Bericht zu drücken, goss aber auch diese nach dem ersten Schluck sofort wieder in den Ausguss.

Er war ein Feinschmecker, was das Essen betraf, und das forderte er auch von dem Kaffee, den er trank, wobei er bei dem Kaffee in seiner Dienststelle durchaus auch bereit war Abstriche zu machen. Aber irgendwo war eine Grenze.

Er kam mit seinem Bericht nicht so richtig voran, es lief einfach nicht. Der Vormittag zog sich endlos und wollte nicht enden.

Kurz vor Mittag traf sein Kollege Michel wieder ein. Er unterrichtete ihn, dass er den Juwelier angetroffen und über den Mord an seiner Partnerin informiert hatte. Der Juwelier war ganz grau im Gesicht geworden, hatte alles stehen und liegen lassen und sich sofort in sein Auto gesetzt um nach Talmont zu fahren.

Im Juweliergeschäft hatte Michel zwei Kollegen vom Einbruchsdezernat angetroffen, die ihn darüber informierten, dass wahrscheinlich am Samstagabend jemand versucht hatte eine Scheibe des Geschäftes zu zertrümmern, um sich an dem präsentierten Schmuck in der Auslage zu bedienen. Das betreffende Schaufenster lag in einer Seitenstraße, die wegen Straßenbauarbeiten gesperrt war. Deshalb war der Einbruchsversuch erst am Sonntag gegen sechzehn Uhr gemeldet worden.

Am Abend gegen neunzehn Uhr war dann der Juwelier eingetroffen, um sich den Schaden anzusehen. Zum Glück hatte der offensichtlich dilettantische Einbrecher es nicht geschafft, das Panzerglas zu zerstören. Es war nichts gestohlen worden. Dennoch musste die Scheibe erneuert werden.

Also keine Arbeit für Ronan und seine Kollegen, jedoch für die Kollegen des Einbruchsdezernats.

Zwei Stunden später trudelte auch Antoine wieder ein. Er hatte sich in der Universität erst langwierig durchfragen müssen und beide Kinder des Fischers nacheinander nach ihren Vorlesungen abfangen können. Beide waren geschockt gewesen, die Tochter war sogar weinend zusammengebrochen. Irgendwann konnte er sie mit Hilfe ihres Bruders beruhigen. Beide wollten versuchen am Wochenende eine Mitfahrgelegenheit nach Talmont zu finden.

> Gut, danke für die Info. Ich rufe die Kollegen in La Rochelle an, um sie zu informieren. Den Rest müssen sie selbst erledigen. <

Ronan Matudi erledigte das Telefongespräch und quälte sich anschließend auch den Nachmittag über mit seinem Bericht ab.

Pünktlicher als gewöhnlich verabschiedete er sich von seinen Kollegen und kaufte in einem Geschäft für Haushaltswaren eine Kaffeemaschine und danach neben seiner Wohnung noch zwei Pakete Kaffee. Damit besserte sich seine Laune sofort.

Er rief seine Schwester an. Ihre Kinder waren zuhause und hatten keine Verpflichtungen. Er setzte sich in sein Auto und zehn Minuten später fielen ihm die Kinder um den Hals. Es wurde ein wunderschöner Abend für ihn.

Nachdem er am nächsten Morgen die Kaffeemaschine in Betrieb genommen hatte, eine Stunde vor offiziellem Dienstbeginn, und den ersten Schluck getrunken hatte, war er bester Laune. Der Bericht schrieb sich auf einmal wie von allein.

Mitten am Vormittag, gegen halb elf Uhr, klingelte sein Telefon. Er fluchte. Endlich schrieb sich der Bericht ganz flüssig, da musste er unterbrochen werden.

> Kommissar Matudi. Was gibt es? <

Er hörte zu und fluchte noch mehr.

> Wir kommen. <

Er legte auf.

> Antoine, eine Leiche im Hafengelände. Wir fahren. Michel, verständige bitte Pathologie und Spurensicherung. Quai de Bacalan, bei den Containern. <

Als er in den Innenhof des Gebäudekomplexes kam, saß Antoine schon am Steuer ihres Dienstfahrzeuges und fuhr los, kaum dass Ronan die Tür geschlossen hatte. Antoine setzte die Sirene auf das Autodach und schaltete sie an.

> Immer mit der Ruhe, Antoine. Die Polizisten sind vor Ort und riegeln den Fundort der Leiche ab. Niemand wird die Leiche stehlen. <

Die Straßen Richtung Norden, zum Hafengelände, waren seltsamerweise fast leer und sie kamen schneller voran als erwartet. Das Blinklicht eines Polizeifahrzeuges zeigte ihnen den Weg.

Neben einem Container mit weit geöffneten Türen waren auch zwei Motorräder der Streifenpolizei geparkt. Antoine bremste seitlich des Containers. Neben den vier Polizisten stand ein untersetzter älterer Mann im grauen Arbeitsanzug und fuchtelte mit den Armen.

> Leute, der Container soll heute beladen und dann nach Miami verschifft werden. Die Amerikaner wollen unseren Rotwein haben und wir können jetzt nicht liefern. Die werden da drüben verdursten und mir wird man das in die Schuhe schieben. Wie soll ich hier meine Arbeit machen? Ihr nervt mich. <

> Haben Sie die Leiche gefunden, und wie?

Kommissar Matudi, mein Kollege Inspektor Tinoit. Wer sind Sie? <

> Hafenmeister François Tibautin, ich bin zuständig für dieses Teilstück der Hafenanlagen. Ja, ich habe den armen Kerl gefunden.

Die Container waren hier vierfach übereinander gestapelt.

Die oberen drei sind schon auf Lastwagen abgefahren worden, zu irgendeinem Weingut im Medoc.

Als dieser hier aufgeladen werden sollte, hat der Kranführer bemerkt, dass an den Flügeltüren ein Vorhängeschloss hing. Das ist bei leeren Containern sonst nie der Fall. Also habe ich das Schloss aufbrechen lassen, mit einer Trennscheibe. Warum, habe ich mir gedacht, ist da ein Schloss dran? Also habe ich die Flügeltüren geöffnet und habe den armen Kerl gefunden. Der Kopf sah ziemlich demoliert aus. Da habe ich die Polizei angerufen.

Wann kann ich den Container wieder haben? Der muss ganz schnell nach Miami. <

> Einige Tage wird es schon dauern. Das ist ein Tatort und die erforderliche Untersuchung dauert eben. Wir werden Sie verständigen. Sie müssen noch Ihre Aussage zu Protokoll geben. Außerdem brauchen wir Ihre Fingerabdrücke und die des Arbeiters, der das Schloss aufgeflext hat. Wo ist das Schloss jetzt? <

Während der Hafenmeister sich lautstark fluchend zur Seite drehte und auf das seitlich am Boden liegende Schloss zeigte, bremsten die zwei Fahrzeuge mit dem Pathologen und der Spurensicherung neben ihnen.

Ronan ging ganz nah an den offenen Container heran und betrachtete den Toten. Die Vermisstenmeldung fiel ihm wieder ein.

Er trat zur Seite und ließ den Pathologen zum Opfer. Der zog dünne Kunststoffhandschuhe an, bückte sich und begutachtete den Mann.

> Männlich, vielleicht fünfundvierzig Jahre alt, ostasiatischer Abstammung, etwa einen Meter sechzig groß. Der Tod dürfte der Leichenstarre nach vor drei, maximal vier Tagen eingetreten sein. Die ersten kleinen Maden von Schmeißfliegen sitzen auf den Wunden, das bestätigt in etwa den Todeszeitpunkt.

Aha, da hinten ist ein kleines offenes Gitter, da sind sie durchgekommen. Diese Viecher riechen den Beginn einer Verwesung ganz schnell. <

Er durchsuchte die Taschen des Toten, zog eine Brieftasche hervor und klappte sie auseinander.

> Name Fabrizio Tanaku, Staatsangehörigkeit Philippinen. Ein Überweisungsbeleg über fünftausend Euro auf ein Konto auf den Philippinen, vier Tage alt. Fünfunddreißig Euro, zwanzig Cent an Bargeld. Keine Kreditkarte oder Bankkarte.

Schwere Verletzungen am Hinterkopf, könnte ein Stahlrohr oder ähnliches gewesen sein. Der Schädelknochen ist zertrümmert, eindeutig die Todesursache. Etwas Blut unter der Leiche. An den Fersen seiner Schuhe sind Schleifspuren. Er ist wahrscheinlich in der Nähe getötet und dann hier in den Container geschleift worden. Der schriftliche Bericht folgt. Kann ich ihn mitnehmen? <

Ronan bejahte. Er winkte seinem Kollegen zu.

> Wenn ein Stahlrohr die Tatwaffe war, liegt es garantiert auf der Sohle der Garonne. Eventuell liegt auch der Schlüssel des Schlosses dort. Den Schlüssel werden wir wohl kaum finden, dazu ist er zu klein und zu leicht. An dem Stahlrohr, sollten wir es finden, werden wir sicher keine Blutspuren mehr finden. Der Fluss hat sie nach jetzt etwa vier Tagen bestimmt schon weggewaschen.

Trotzdem, schick zwei Taucher in den Fluss, sie sollen sich dort unten umsehen.

Ich will noch zum Büro des Hafenmeisters und die Papiere des Toten holen, die der Kapitän des Frachters dort hinterlegt hat. <

Antoine zückte sein Handy und forderte zwei Taucher an. Sie würden sich alsbald bei ihm melden.

Ronan informierte Antoine über die Vermisstenmeldung des Kapitäns, die er auf seinem Computer gelesen hatte.

Anschließend holten sie die Papiere des getöteten Schiffskochs im Büro des Hafenmeisters ab.

> Der vermisste Koch und die Leiche sind den Papieren nach identisch. Mich macht stutzig, dass er nach Angabe seines Kapitäns lediglich hundert Euro von seiner Heuer vom Schiff mitgenommen hat und nun hat er einen vier Tage alten Überweisungsbeleg über fünftausend Euro in seiner Brieftasche. Wo hat er das Geld her?

Den Kapitän können wir kaum noch befragen, der ist seit drei Tagen wieder auf See. Weitere Angaben als die gegenüber dem Hafenmeister wird er kaum machen können. Diese Angaben stehen in unserem Computer.

Wir fahren zurück ins Büro. Bevor der Bericht der Forensiker auf meinem Schreibtisch liegt, kann ich vielleicht noch meinen Bericht fertigschreiben.

Antoine, wir müssen versuchen, den Zeitablauf des Toten für den einen Tag zu rekonstruieren, seit er sein Schiff verließ bis zu seinem Tod. Der Frachter lag ja nur für einen Tag im Hafen. Lass von dem uns vorliegenden Ausweisfoto Vergrößerungen und Kopien anfertigen und hole dir zur Unterstützung einige unserer Flics.

Der Überweisungsbeleg stammt von einer Poststelle. Hier in der Nähe gibt es keine Postfiliale. Eventuell hat er den Bus in die Innenstadt genommen. Finde den Fahrer heraus, möglicherweise kann der sich noch an ihn erinnern. Ebenso wie der Beamte oder die Beamtin am Schalter der Poststelle, die übernehme ich.

Hoffentlich erhalten wir von der Spurensicherung bald die Brieftasche mit allen Unterlagen. Außerdem müssen wir die philippinische Botschaft oder eine andere zuständige Botschaft informieren, damit diese eventuelle Angehörige verständigt.

Komm, wir fahren zurück ins Büro. <

Ronan schaffte es bis zum Dienstschluss den Bericht seines vorigen Falles abzuschließen. Danach machte er wie üblich drei Kreuze.

Am nächsten Morgen, kurz nachdem er seine erste Tasse Kaffee genossen hatte, wirklich genossen hatte, erhielt er den ersten Bericht des Pathologen und der Forensiker und die Brieftasche des Toten. Er las den Bericht konzentriert durch.

Todesursache war eine Reihe von Schlägen auf den Hinterkopf mit einem runden, metallischen Gegenstand, vermutlich einem Stahlrohr. In der Kopfwunde waren zwei Metallsplitter aus feuerverzinktem Stahl sichergestellt worden. Die Tatwaffe konnte noch nicht gefunden werden.

Der Todeszeitpunkt lag etwa dreieinhalb Tage zurück, wahrscheinlich nicht lange vor Tagesanbruch. Die schwachen Schleifspuren von den Schuhen des Toten ließen sich mehr als zwanzig Meter zurückverfolgen, bis fast in die Mitte zwischen der Mole und dem Container.

Die dort gefundenen, durch den Regen vor zwei Tagen schon teilweise weggewaschenen Blutspuren waren gesichert worden und sollen noch mit der DNA des Toten verglichen werden.

An der Brieftasche, sowohl außen als auch innen, konnten nur die Fingerabdrücke des Toten nachgewiesen werden.

Die Untersuchung der Kleidung des Toten war noch nicht abgeschlossen.

Die Tatsache, dass keine fremden Fingerabdrücke an der Brieftasche zu finden waren, könnte ein eindeutiges Indiz dafür sein, dass es kein Raubmord war, wofür auch die noch aufgefundene, geringe Geldsumme sprach.

Der Betrag von fünftausend Euro war ja nach dem Datum auf dem Überweisungsbeleg bereits am Tag vor dem Mord überwiesen worden.

Der Mörder könnte die Brieftasche aber auch mit Handschuhen durchsucht haben, falls er die fünftausend Euro gesucht hatte. Wenn kein Raubmord vorlag, musste es ein anderes Motiv geben.

Weshalb jedoch sollte jemand diesen Mann töten. Er war noch nicht einmal vierundzwanzig Stunden vor dem Mord in der Stadt angekommen.

Die im Eingangsbereich des Containers und an den Flügeltüren gefundenen Fingerabdrücke konnten von allen möglichen Menschen stammen. Der Container war nach Angabe des Hafenmeisters anscheinend weltweit unterwegs, die sicher gestellten Fingerabdrücke konnten kaum zugewiesen werden. Hier waren keine eindeutigen Beweise zu erwarten.

Am aufgebrochenen Vorhängeschloss waren einige Fingerabdrücke sichergestellt worden, die nur von dem Hafenmeister und dem Arbeiter stammten, der das Schloss aufgetrennt hatte.

Derjenige, der das Schloss angebracht hatte, hatte allem Anschein nach Handschuhe getragen. Es musste also ein gezielter Mord gewesen sein.

Für beide Hafenmitarbeiter war kein Motiv zu erkennen. Ronan strich sie dennoch nicht von der Liste der Verdächtigen.

Als Antoine kurz danach als erster seiner Mitarbeiter das Büro betrat, übergab er ihm den Ausweis des Toten und den Überweisungsbeleg. Antoine verschwand sofort, um Vergrößerungen des Ausweisbildes und des Beleges herstellen und vervielfältigen zu lassen. Er verzichtete sogar auf eine Tasse Kaffee. Anschließend holte er nur noch schnell seinen Kollegen Michel aus dem Büro ab, übergab vorher den vergrößerten Überweisungsbeleg und ein Foto des Toten an Ronan.

Ronan besah sich die Vergrößerung des Überweisungsbeleges genau. Sie war ein bisschen verschwommen, aber noch deutlich lesbar. Der Beleg war ausgestellt von der Hauptdienststelle der Post in der Innenstadt.

Ronan setzte sich in ein Dienstfahrzeug und fuhr zur Hauptstelle der Post. Direkt vor dem Gebäude wurde gerade ein Parkplatz frei, er brauchte nicht auf dem Gehweg zu parken.

Im Inneren des Gebäudes sah er sich nach den Schaltern für die Geldgeschäfte um und steuerte sofort auf einen offenen Schalter zu, vor dem niemand stand.

> Kommissar Matudi, ich möchte den Leiter dieses Dienstbereiches sprechen. <

Er zeigte seinen Ausweis vor.

> Sie stehen genau am richtigen Schalter. Ich bin für diesen Bereich hier verantwortlich. <

> Wunderbar, Herr .... Jagel <, sagte Ronan mit einem Blick auf das Namensschild,

> dieser Mann hat vor fünf Tagen hier in der Hauptpost eine Summe von fünftausend Euro auf ein Konto auf den Philippinen überwiesen. Das geht aus diesem Überweisungsbeleg hervor. <

Ronan legte die Vergrößerung des Überweisungsbeleges und das Foto auf den Schalter.

> Wer hat den Überweisungsbetrag entgegen genommen und um welche Uhrzeit? <

> Einen Moment bitte, ich frage meine Kolleginnen, ich bin hier der einzige Mann. <

Er befragte nacheinander seine drei Kolleginnen und kehrte mit einer Dame mittleren Alters zurück.

> Herr Kommissar, was kann ich für Sie tun? <

> Sie haben die Überweisung für diesen Mann durchgeführt? <

> Ja. Hat er etwas verbrochen? War das Geld etwa gestohlen? <

> Ob der Geldbetrag gestohlen war, wissen wir nicht. Der Mann wurde ermordet. Können Sie mir die genaue Uhrzeit nennen zu der diese Überweisung getätigt wurde? Ist Ihnen

an dem Mann etwas aufgefallen? <

Die Schalterbeamtin stöhnte vor Entsetzen auf und hielt sich die Faust an den Mund. Sie holte einige Male tief Luft. Ihre Antwort war so leise, dass der Kommissar sie kaum verstand.

> Ich kann mich noch genau erinnern. Es war kurz nach zwei Uhr am Nachmittag, vielleicht fünfzehn Minuten später als zwei, er war nach meiner Mittagspause mein zweiter Kunde. Der erste Kunde war ein sehr umständlicher Mann, der lange brauchte sein Formular auszufüllen und der mir bestimmt dreimal eine Frage nach irgendeiner einzutragenden Angabe stellte.

Dieser Mann hier kam zwischendurch hinzu und hat geduldig gewartet, vielleicht zehn Minuten lang. Er schien mir ganz gelöst, sogar fröhlich zu sein. Er bat mich noch, einen Hundert-Euroschein in Zehner zu wechseln. <

> Haben Sie zufällig gesehen wohin er nach der Einzahlung ging? <

> Er hatte den Geldbetrag in einem Briefumschlag. Den hat er nach der Einzahlung dort hinten in einen Papierkorb geworfen. Wegen meines nächsten Kunden habe ich nicht mehr nach ihm gesehen. <

> Der Papierkorb ist sicher schon geleert worden? < wollte der Kommissar wissen.

> Ja. Die Papierkörbe werden jeden Abend geleert, der Inhalt geschreddert und zur Müllverwertung abgefahren. Es könnten sensible Inhalte dabei sein, die niemand Fremdes in die Hände bekommen soll <, warf der Leiter ein.

> Hat dieser Mann schon öfter von hier aus Geld überwiesen? <

Der Kommissar stellte diese Frage aus einem Bauchgefühl heraus. Der Bereichsleiter rief die beiden anderen Mitarbeiterinnen dazu.

> Lassen Sie uns bitte das Foto noch einmal sehen. <

Die vier betrachteten das Foto, eine der Damen nahm es in die Hand, betrachtete es noch einmal intensiver und deutete dann mit dem Zeigefinger auf das Foto.

> Ich kann mich an diesen Mann erinnern, er war relativ klein und hatte eine dunklere Hautfarbe.

Er hat hier tatsächlich schon öfter Geld überwiesen, es könnte in einem Rhythmus von drei oder vier Monaten geschehen sein. Der Überweisungsbetrag dürfte auch früher immer derselbe gewesen sein, genaueres kann ich Ihnen nicht sagen, an mehr kann ich mich nicht erinnern. <

> Gibt es darüber Aufzeichnungen? <

> Nein, dieser Mann hat kein Konto bei uns. Barüberweisungen werden bei uns nicht registriert, sie tauchen lediglich auf den Kontoauszügen des Empfängers auf. Für den Einzahler gibt es jeweils nur den Überweisungsbeleg. <

> Ist das eingezahlte Geld noch hier im Haus? <

> Nein, alle eingezahlten Beträge über einer gewissen Grenze werden jeden Abend von einem beauftragten Unternehmen mit einem gepanzerten Fahrzeug abgeholt. Wir haben immer nur einen relativ geringen Geldbetrag hier in der Dienststelle, vor allem auch hier an den Schaltern.

Die meisten unserer Kunden erledigen Überweisungen oder andere Geldgeschäfte digital am Terminal oder mit Kreditkarte. Größere Bargeldauszahlungen müssen einen Tag vorher angemeldet werden. Das ist für alle einfacher und sicherer. <

Der Kommissar überlegte eine Weile.

> Vielen Dank für ihre Auskünfte. Bei Bedarf kann ich Sie sicher noch einmal kontaktieren? <

> Selbstverständlich, Herr Kommissar. <

Der Kommissar kehrte in sein Büro zurück und schenkte sich zuerst eine Tasse Kaffee ein. Normalerweise trank er nur früh am Morgen Kaffee, aber der Geschmack des Kaffees aus der neuen Maschine ließ ihn über seine üblichen

Gewohnheiten hinwegsehen. Er lehnte sich auf seinem Bürostuhl zurück. Während er den Kaffee Schluck für Schluck genoss, gingen ihm die Geldüberweisungen des Toten, alle drei bis vier Monate, nicht aus dem Kopf.

Der tote Koch konnte unmöglich bei seiner geringen Heuer alle drei bis vier Monate so viel Geld zusammensparen.

Weshalb sollte er sein Geld ausgerechnet von Bordeaux aus auf die Philippinen überweisen? Das hätte er doch auch in jeder anderen größeren Hafenstadt in Europa erledigen können.

Wie schlecht die Schiffseigner aus Übersee ihre Matrosen bei dem Knochenjob auf den Schiffen bezahlten, war ihm durchaus bekannt. Deshalb kamen die einfachen Matrosen, Köche und Hilfskräfte, fast durchweg aus Billiglohnländern wie den Philippinen, Pakistan, Ostasien, Afrika oder Südamerika. Von ihrem geringen Verdienst mussten sie oft noch ihre Familien ernähren. Ein Europäer, vor allem ein verheirateter Europäer, würde bei dem geringen Lohn fast verhungern, eine Familie könnte er damit nicht ernähren.

Woher also stammte dieses Geld, alle drei oder vier Monate?

War dieses Geld das Motiv für den Mord? Wusste der Täter von dem Betrag, hatte aber keine Ahnung, dass das Geld schon am Tag vor dem Mord auf die Philippinen überwiesen worden war?

Ronan rief in der Hafenmeisterei an und fragte nach dem Schiff, von dem der Tote kam und wann und wie oft der Frachter in Bordeaux anlegte. Der Hafenmeister sah in seinem Computer nach und teilte ihm mit, dass das Schiff stets im Abstand von drei bis vier Monaten bei ihm gelistet war. Jeweils in den vergangenen drei Jahren. Davor wurden über die anlegenden Schiffe noch keine statistischen Auswertungen angestellt.

Der Frachter hatte immer nur kurz angelegt, um seine Ladung zu löschen, gelegentlich eine kleine Menge an Ladung aufgenommen und in der Regel nach einem Tag wieder abgelegt. Den Großteil oder alle Fracht nahm er anscheinend immer irgendwo anders auf. Es war ohnehin nur ein kleiner Frachter.

Nach seinem Wissen hatten die Zöllner nie Beanstandungen bei dem Schiff gehabt.

Ronan stellte alle möglichen Überlegungen an, ohne Ergebnis. Die Anzahl der Fakten war zu gering.

Bei Dienstschluss waren seine beiden Kollegen noch unterwegs. Er schaltete die Kaffeemaschine aus, leerte den Rest des Kaffees in den Ausguss und fuhr zu den Kindern seiner Schwester.

Als er am nächsten Morgen sein Büro betreten wollte, wehte ihm bereits auf dem Flur Kaffeegeruch in die Nase. Erstaunt stellte er fest, dass Michel bereits da war und sogar die Kaffeemaschine in Betrieb genommen hatte. Seine Laune besserte sich schlagartig. Er bediente sich umgehend.

Zuerst las er wie gewöhnlich auf seinem Computer die Liste der nächtlichen Vorkommnisse durch. Einige Einbrüche, einige Schlägereien, verschiedene Verkehrsunfälle, davon die Mehrzahl mit Fahrerflucht. Keine neue Arbeit für seine Abteilung.

Nachdem auch Antoine eingetroffen war, rief er seine beiden Kollegen zu sich um die bisherigen Ermittlungsergebnisse auszutauschen. Antoine berichtete zuerst:

> Dieser Philippino hat kurz nach zehn Uhr sein Schiff verlassen, Aussage eines Kranführers. Gegen zehn Uhr dreißig hat er den nächsten Bus in die Innenstadt genommen. Der Bus verkehrt vom Hafengelände aus alle zwanzig Minuten. Der Fahrer konnte sich noch gut an ihn erinnern. Der Tote löste einen Fahrschein bis zur Kathedrale Sankt André.

Dort stieg er gegen elf Uhr aus. Der Besitzer eines fahrbaren Blumenstandes, der stets vor der Kathedrale seine Ware verkauft, hat sich an ihn erinnert. Er hat ihm einen Blumenstrauß angeboten, aber unser Toter hat lachend abgelehnt.

Danach ist er in Richtung Innenstadt gegangen, auf die Geschäftsstraßen zu.

Etwa fünfzehn Minuten vor zwei ist er wieder zurückgekommen, hat ein Weilchen vor der Kathedrale gewartet, wobei er ständig auf die Turmuhr schaute. Anschließend hat er die Kathedrale betreten, kurz bevor die Turmuhr zwei Uhr schlug. Etwa zehn Minuten später hat er die Kathedrale wieder verlassen und ist in Richtung Osten die Straße entlang gelaufen. <

> Er ging bis zur Hauptpost, wo er einen Betrag von fünftausend Euro auf ein Konto auf den Philippinen überwies <, ergänzte Ronan.

> Gegen fünfzehn Uhr zwanzig hat er den Bus zurück zum Hafengelände genommen, wo er gegen sechzehn Uhr ankam.

An einem Imbissstand in der Nähe seines Schiffes, am Rande des dortigen kleinen Parks, hat er eine Portion Moules et Frites bestellt und an einem der davor aufgestellten Tische gegessen.

Danach hat er eine Flasche Bier gekauft, Marke Kronenbourg. Die hat er langsam in Sichtweite der Imbissbude, auf einer Bank in dem kleinen Park getrunken. Der Besitzer des Imbissstandes konnte ihn gut beobachten.

Er hat bis etwa zwanzig Uhr in dem Park gesessen, anscheinend auch immer wieder ein wenig geschlafen, sein Kopf fiel öfter ruckartig nach unten.

Gegen zwanzig Uhr stand er auf, hat seine leere Bierflasche in einen Glascontainer geworfen. Das knallende Geräusch war nicht zu überhören. Er ist dann Richtung Wohnbebauung, weg vom Hafen, gegangen.

Der Budenbesitzer konnte sich gut an ihn erinnern, weil er

in den vergangenen Jahren einen immer gleichen Tagesablauf hatte, soweit der Besitzer ihn beobachten konnte.

Er wusste, dass unser Mann auf einem Frachter arbeitete und dass er vielleicht viermal im Jahr bei ihm Essen einkaufte. Stets Moules et Frites und danach stets eine Flasche Kronenbourg.

Er war jeweils nur für einen einzigen Tag in Bordeaux. Sie haben sich einmal kurz darüber unterhalten. <

> Anschließend lief er durch die Straßen der Bebauung nahe des Hafens. Keine angenehme Gegend, schmutzig, nachts sicher mit vielen Ratten und Betrunkenen, abends und nachts gibt es dort eine Reihe Bordsteinschwalben. Eine davon hatte ihn schon öfter gesehen. Sie hatte ihm auch schon einige Male ihre Dienste angeboten, er hatte jedoch stets abgelehnt.

Nach Ihrer Angabe ist er, wie auch früher immer, nach Einbruch der Nacht in die Kneipe „Baseball" marschiert und hat dort eine Frau abgeschleppt <, ergänzte Michel.

> Er hat immer die gleiche Frau abgeschleppt. Wir haben sie befragt. Sie hat ihn auf dem Foto sofort erkannt. Es lief wie bei einem Ritual ab. Er hat sie in der Kneipe angesehen und hat gefragt: "wie immer"? Sie hat genickt, ist aufgestanden, und dann sind sie zusammen in ihre Wohnung gegangen und hatten Geschlechtsverkehr.

Am Morgen gegen drei Uhr hat sie ihn geweckt, er hat sie bezahlt, hat sich angezogen und ihre Wohnung verlassen. Ohne Kommentar. Sie hat danach weitergeschlafen. Mehr weiß sie nicht.

Als ich sie darüber informierte, dass er ermordet worden ist, war sie einige Minuten still. Ob aus Trauer oder weil sie einen Freier verloren hatte, kann ich nicht beurteilen. <

Ronan ließ sich die Informationen durch den Kopf gehen.

> Der Tagesablauf bringt uns keine wesentlichen Erkenntnisse.

Mir ist vor allem eines völlig schleierhaft. Woher hatte er das Geld? Er hat alle etwa drei Monate den gleichen Betrag auf die Philippinen überwiesen. Und warum immer von Bordeaux aus? Hat er auch von anderen Städten Geld auf die Philippinen überwiesen? So viel Geld konnte er bei seiner geringen Heuer überhaupt nicht zusammensparen. Was ist da gelaufen? <

Alle schwiegen einige Minuten und grübelten, bis Antoine einwarf:

> Ronan, ich fahre zum Hafen. Ich wurde gestern am späten Nachmittag telefonisch verständigt, dass die Taucher erst heute Morgen gegen zehn Uhr vor Ort sein können. Sie mussten gestern bis zum Abend einen anderen Auftrag fertig abwickeln und konnten erst anschließend zurück fahren. Bis sie heute ihre Ausrüstung wieder für einen nächsten Tauchgang vorbereitet haben, dauert es eben bis etwa zehn Uhr. Die Taucher haben von sich aus ein Boot der Wasserschutzpolizei zur Unterstützung angefordert.

Bis später. <

Die beiden Taucher waren kräftig gebaute Männer von etwa vierzig Jahren. Sie hatten ihre Ausrüstung an der Mole abgelegt. Neben ihrer üblichen Taucherausrüstung, zwei Scheinwerfern und zwei kleinen Harken lagen an der Mole auch zwei lange und kräftige Seile.

Antoine stellte sich vor und zeigte seinen Ausweis.

> Wozu sollen denn die Seile sein? <

> Wenn Sie auf den Fluss hinausschauen, können Sie feststellen, dass die Garonne ein mittleres Hochwasser hat. Das bedeutet einerseits, dass die Strömung stärker ist als normal, andererseits haben die Regenfälle der letzten Tage, die in den Pyrenäen und im Süden des Zentralmassivs gefallen sind, über die Seitenzuflüsse eine Menge Feinteile in den Fluss gespült. Dadurch ist die Sicht unter Wasser stark

eingeschränkt.

Damit wir unter Wasser einigermaßen gezielt arbeiten können, werden wir uns mit den Seilen an das Boot der Wasserschutzpolizei anhängen. Die müssen nur dafür sorgen, dass das Boot nicht abtreibt und wir mit. Das haben die aber schon öfter gemacht. Sie wissen, was zu tun ist.

Was sollen wir denn eigentlich finden? Das hat uns bis jetzt niemand verraten? <

> Wir suchen ein Stahlrohr, ich schätze in einer Länge von etwa einem Meter und einen Schlüssel für ein Vorhängeschloss. Das Stahlrohr müsste die Mordwaffe sein. Wenn der Mörder es in den Fluss geworfen hat, dürfte es zwischen fünf und fünfzehn Meter vom Ufer entfernt liegen.

Dies hier <,

Antoine zeigte auf die Stelle,

> ist der Ort, an dem der Mord geschah. Ich glaube nicht, dass der Mörder das Stahlrohr flussauf oder flussab geworfen hat. Er hat es sicher ziemlich geradewegs in die Garonne geworfen. Ich würde es vielleicht zehn bis fünfzehn Meter weit werfen. <

> Unter Berücksichtigung der Strömung kann es durchaus zwanzig Meter weit oder mehr abgetrieben worden sein. Wenn dann auch noch ein Schiff eine Weile in diesem Bereich langsam gefahren ist oder sogar, vielleicht zum Anlegen fast im Stillstand, mit seiner Schraube das Sediment auf der Flusssohle aufgewühlt hat, kann das Stahlrohr durchaus wesentlich weiter abgetrieben worden sein. Zudem weiß keiner, was alles auf der Sohle liegt oder angetrieben wurde und sich nun dort befindet. Ich habe wenig Hoffnung, aber wir versuchen es trotzdem. <

Die Taucher begaben sich auf das Boot der Wasserschutzpolizei, legten ihre Ausrüstung an und banden sich die Seile um. Sie ließen sich mit den Harken und Scheinwerfern rücklings in das Wasser fallen und verschwanden in der Tiefe. Nur die aufsteigenden Luftblasen verrieten, unter Berücksichtigung der Abdrift, ihren Aufenthaltsort.

Die Männer auf dem Boot hielten die Seile fest und ließen immer wieder drei oder vier Meter nach.

Die Luftblasen wanderten weiter in Richtung Flussmitte, dann ein Stück flussabwärts, dann wieder Richtung Mole. In Zickzacklinien untersuchten die Taucher die Sohle des Flusses.

Ein Kollege der Wasserschutzpolizei informierte per Funk die vorbeifahrenden Schiffe ausreichend Abstand zu halten.

Nach zehn Minuten hielten die Luftblasen an einer Stelle an, verharrten dort für kurze Zeit und bewegten sich dann weiter. Nach weiteren zwanzig Minuten, die Luftblasen hatten sich fast vierzig Meter flussabwärts bewegt, blieben sie an einer Stelle.

In den Händen der Beamten auf dem Boot zuckten die Seile.

Die Männer auf dem Boot begannen, die Seile einzuholen, da tauchte schon der erste Kopf eines Tauchers aus dem Wasser auf und sofort danach der zweite. Sie schwammen Richtung Mole, auf eine dort montierte Leiter zu.

Antoine kletterte die Leiter hinunter, die Sprossen waren glitschig und schmierig, er musste sich vorsehen, um nicht abzurutschen. Der erste Taucher reichte ihm ein Stück Stahlrohr.

Das Boot fuhr nahe an die Taucher heran. Sie reichten ihre Harken, die Gürtel mit den Ballastgewichten, die beiden Scheinwerfer, anschließend ihre Flossen und Sauerstoffflaschen zum Boot hinauf und kletterten anschließend über die Leiter an Bord.

Das Boot legte an und wurde an einem Poller verankert. Die Taucher hatten inzwischen ihre Tauchermasken abgenommen und die Seile von ihren Körpern entfernt.

> Das war eine Spitzenleistung von Ihnen. Ich hatte ei-

gentlich keine Hoffnung, dass Sie das Stahlrohr finden würden, aber wir mussten den Versuch wagen. <

Antoine war überaus zufrieden.

> Sie haben wirklich Glück gehabt. Wir haben verschiedene Metallteile gefunden, die auf der Sohle lagen. Als wir kurz anhielten, weil ein Buckel auf der Sohle zu sehen war, mussten wir einiges an Sediment zur Seite kratzen. Es war aber nur der Kotflügel eines Autos, unter der Oberfläche des Sedimentes. Anscheinend wird die Garonne hier in diesem Bereich als Schrottabladeplatz genutzt, wir haben sogar den Rahmen eines Fahrrades gefunden und vieles mehr an kleineren Metallteilen.

Aber egal, wir haben ein Stahlrohr gefunden. Vielleicht ist es das richtige? Ein weiteres Stahlrohr liegt nicht da unten im angegebenen und abgesuchten Bereich.

Einen Schlüssel zu finden ist bei dem Schrott da unten und seinen geringen Abmessungen unmöglich. Er könnte sogar direkt unter oder neben einem der Metallstücke liegen. Die Strömung und die Schiffsschrauben können ihn aber auch schon hunderte Meter weit abgetrieben haben. <

> Ob es das richtige Stahlrohr ist, wird sich im Labor zeigen.

Vielen Dank für Ihren Einsatz. <

Antoine verstaute das Stahlrohr in einer Plastiktüte im Kofferraum seines Dienstfahrzeuges und kehrte ins Büro zurück, das Stahlrohr brachte er ins Labor.

9

Kommissar Claude Frehel saß an seinem Schreibtisch, vor sich hatte er die beiden Diamanten auf dem Papiertaschentuch liegen. Das ursprüngliche Taschentuch, das im Blumentopf gefunden worden war, befand sich in der Forensik zur Suche nach der DNA des vorigen Besitzers.

Claude war von der Polizeistation in Meschers verständigt worden, dass der Juwelier Catourier dort aufgetaucht war und nach seiner Partnerin gefragt hatte.

Der diensthabende Beamte hatte ihn zur Kriminalpolizei nach La Rochelle weitergeschickt. Er solle sich bei Kommissar Frehel melden und dort seine Fragen stellen.

Claude holte sich eine Tasse Kaffee und sah kurz bei Roland vorbei. Dieser war noch damit beschäftigt die Aussagen der Beteiligten von der Ausgrabungsstätte bei Talmont in den Computer zu tippen. Er hatte noch die zwei letzten Aussagen vor sich.

Als Claude wieder hinter dem Schreibtisch saß, klingelte sein Telefon. Er hob ab und hörte zu.

> Roland, mach eine Pause, der Lebenspartner von Mireille Sargon ist auf dem Weg hierher. Das war der Pförtner. Ich will dich bei dem Gespräch dabei haben. <

Claude wollte die beiden Diamanten schon in eine Schublade seines Schreibtisches legen, als er innehielt, sie nur mit einer Hälfte des Papiertaschentuches zudeckte und etwas zur Seite schob.

Da klopfte es schon an seiner Bürotür und die Tür öffnete sich. Ein schlanker, gutaussehender Mann von vielleicht fünfunddreißig Jahren stand vor Ihnen. Seine blonden Haare waren zerzaust, er hatte Ringe unter den Augen und war sehr blass im Gesicht.

> Sind Sie Kommissar Frehel? Mein Name ist Catourier, Philippe Catourier. Die Kriminalpolizei von Bordeaux hat mich informiert, dass meine Lebensgefährtin ermordet worden ist.

Stimmt das tatsächlich? Bitte, ich muss das wissen. Ich habe schon den ganzen Vormittag versucht sie telefonisch zu erreichen. <

Claude reichte ihm die Hand.

> Ich bin Kommissar Frehel, dies ist mein Kollege Inspektor Perez. Bitte setzen Sie sich. <

Claude machte eine kleine Pause.

> Ich muss leider bestätigen, dass Ihre Partnerin tot auf dem Gelände der Ausgrabung bei Talmont gefunden wurde. Am Montag früh, von den jungen Frauen, die auf der Ausgrabungsstätte arbeiten. Alle dortigen Frauen waren total schockiert.

Ein deutscher Rentner, der für einige Wochen an der Ausgrabung teilnimmt, hat nach dem Fund einer toten Frau telefonisch die Polizei verständigt.

Sie wurde später von den dort anwesenden Frauen als Mireille Sargon identifiziert. Es tut mir leid. <

Claude wartete wieder ein Weilchen.

> Kann ich Ihnen eine Tasse Kaffee anbieten oder ein anderes Getränk?

Kann ich Ihnen einige Fragen stellen? Sind Sie dazu in der Verfassung? Wir brauchen möglichst genaue Informationen um den oder die Täter zu fassen. Wollen Sie uns helfen? <

> Danke, ich möchte nichts trinken. Ich werde alles tun um Sie zu unterstützen.

Aber sollten sie den Mörder fassen, kann ich nicht garantieren, dass ich ihn nicht umbringe.

Kann ich sie sehen? Kann ich mich von ihr verabschieden?

Wie ist sie getötet worden? <

Er sammelte sich und holte tief Luft.

> Stellen Sie Ihre Fragen. <

> Im Moment ist sie noch in der Pathologie, es sind jede Menge Untersuchungen durchzuführen. Sobald wie möglich, können Sie sie sehen. Wie schon gesagt, die Mitarbeiterinnen auf der Ausgrabungsstelle haben sie schon eindeutig identifiziert.

Sie wurde erschossen. Nicht auf dem Ausgrabungsgelände. Der Tatort ist zweifelsfrei woanders.

Wie war Ihr Verhältnis zu Mireille Sargon? <

Der Juwelier langte in die rechte Seitentasche seines Jacketts, holte ein kleines Kästchen hervor und öffnete es. Darin befand sich ein wunderschöner, extravaganter Ring mit einem sehr großen Diamanten, umgeben von vier kleineren. Roland schnappte nach Luft. Auch Claude, der zu Schmuck, sei es Gold, Silber, Platin oder auch Edelsteinen, keinerlei Beziehung hatte, war fasziniert.

> In den letzten vielleicht fünf Monaten habe ich diesen Ring entworfen und selbst hergestellt, zwangsläufig mit den Unterbrechungen, die mein Beruf mit sich bringt.

Dies in der Mitte ist der schönste Diamant, den ich in den letzten zwei Jahren in die Finger bekommen habe.

Vor zwei Jahren habe ich angefangen, mich nach einem schönen und möglichst perfekten Diamanten umzusehen, als ich die Möglichkeit ins Auge fasste, Mireille zu heiraten.

Dieser hier ist absolut perfekt, fehlerlos und wunderschön geschliffen. Er war mir für Mireille gerade gut genug, und ich wollte den Ring für sie selbst herstellen. Es sind insgesamt fünf Diamanten, weil ich Mireille vor fünf Jahren kennengelernt habe.

Als ich über den Einbruchsversuch in meinem Hauptgeschäft in Bordeaux informiert worden war und dort ankam, habe ich als erstes diesen Ring aus dem Tresor geholt. Ich wollte an diesem Abend wieder nach Talmont zurückfahren und Mireille um ihre Hand bitten.

Aber die Untersuchungen vor Ort haben so ewig lange gedauert, und ich war ohnehin schon seit den frühen Morgenstunden auf den Beinen, dass ich beschlossen habe die Nacht in Bordeaux zu verbringen. Lieber einen Tag später Mireille um ihre Hand bitten als unterwegs wegen Übermüdung einen Unfall verursachen.

Warum bin ich nicht trotzdem gefahren?

Dann würde sie vielleicht noch leben.

Ich mache mir wahnsinnige Vorwürfe.

Wie soll ich jemals darüber hinweg kommen? Sie war die wunderbarste Frau, die mir jemals über den Weg gelaufen ist. Sie war humorvoll, intelligent, warmherzig, und ich weiß, dass sie mich auch liebte.

Ich wollte nicht mehr ohne sie leben. Und jetzt muss ich es. Ich weiß nicht wie.

Wer hat das getan und warum? <

Er konnte seine Tränen nicht mehr zurückhalten. Claude und Roland fühlten sich unbehaglich. Sie hatten die Tote gesehen und konnten nach den Schilderungen der jungen Frauen auf der Ausgrabung diesen verzweifelten Mann verstehen.

Dennoch waren sie Profis.

Nach einer Pause fragte Claude.

< Wie lange kannten Sie Mireille Sargon und wie haben Sie sie kennengelernt? <

> Ich kenne sie gestern auf den Tag genau seit fünf Jahren.

Ein Freund hatte mich zu der Promotionsparty einer, wie er sich ausdrückte, Jahrhundertfrau mitgenommen. Ich war damals überaus neugierig.

Es war Mireille. Sie hatte gerade ihre Promotion abgeschlossen und deswegen eine Party gegeben.

Ich war sofort von ihr fasziniert, sie war so wahnsinnig natürlich und dazu wunderschön. Ich habe mich auf der Stelle in sie verliebt.

Sie musste sich an diesem Abend um viele Gäste kümmern, aber sie kam immer wieder zu mir, wenn auch immer nur kurz. Bevor ich an diesem Abend oder genauer gesagt Morgen ging, haben wir unsere Telefonnummern und Adressen ausgetauscht. Es waren damals nur noch wenige Gäste anwesend. Ich war mir darüber im Klaren, dass auch ich bei ihr Eindruck hinterlassen hatte.

Das war der Anfang unserer Beziehung, unserer Liebe. Und nun ist sie tot. <

> Wann haben Sie sie zuletzt gesehen und wo? <

> Das war in meinem Haus in Talmont, am Sonntagnachmittag.

Ich habe das Haus von meinen Eltern geerbt, die schon vor einigen Jahren gestorben sind.

Mireille hat in den letzten Jahren Leben und Wohnlichkeit in dieses Haus gebracht. Sie liebte es. Ich ließ ihr bei der neuen Einrichtung vollkommen freie Hand. Sie hatte einen wahnsinnig guten Geschmack, viel besser als ich und es gefiel mir ungemein, wie sie das Haus gestaltete.

Wir waren dort glücklich. <

> Schildern Sie bitte den Ablauf der letzten Tage, seit Freitag Abend. <

> Ich will es versuchen. <

Er musste mehrmals schlucken und sich sammeln. Mit leiser Stimme fuhr er fort.

> Sie kam am frühen Freitagabend in das Haus in Talmont. Sie hatte ja einen Schlüssel. Von dort aus rief sie mich an und teilte mir mit, dass die Arbeiten auf dem Ausgrabungsgelände bis Montag früh unterbrochen seien. Als

ich ihr mitteilte, dass ich am Abend auch nach Talmont kommen wollte, beabsichtigte sie noch einkaufen zu gehen.

Als ich gegen zweiundzwanzig Uhr in dem Haus in Talmont ankam, hatte sie das Abendessen zubereitet. Wir ließen uns Zeit und das Essen dauerte etwa bis Mitternacht.

Danach räumten wir beide auf und sie überraschte mich mit einer Flasche Champagner. Es war fast drei Uhr am Samstagmorgen, als wir schlafen gingen. Am Morgen erwachten wir gegen zehn Uhr und blieben bis Mittag im Bett.

Wir frühstückten ausgiebig. Danach hatte ich verschiedene Schreibarbeiten zu erledigen, das dauerte bis gegen Abend. Auch sie hatte einige schriftliche Arbeit dabei.

Zwischendurch, im Laufe des Nachmittags, habe ich uns in der kleinen Kneipe am Hafen von Talmont zum Abendessen angemeldet. Die Ehefrau des Wirtes kocht abends für angemeldete Gäste, und sie kocht hervorragend. Ich war vorher noch nie dort zum Essen, aber ein Nachbar hatte mir die Kneipe wärmstens empfohlen.

Wir gingen zu Fuß dorthin und sind etwa zwanzig Minuten vor acht dort angekommen. Gegen dreiundzwanzig Uhr haben wir die Kneipe verlassen und sind gemütlich nach Hause gegangen. Wir blieben noch rund eine Stunde auf der Terrasse sitzen bevor wir schlafen gingen.

Am Morgen sind wir gegen neun Uhr aufgewacht, aufgestanden und haben ausgiebig und lange gefrühstückt. Anschließend sind wir noch einmal ins Bett gegangen.

Um vierzehn Uhr haben wir das Bett verlassen und haben gemeinsam ein spätes Mittagessen gekocht. Wir haben gegen fünfzehn Uhr gegessen und anschließend das Geschirr in der Spülmaschine verstaut. Mireille hat sie eingeschaltet.

Dann haben wir uns jeder unserer Arbeit gewidmet.

Gegen siebzehn Uhr wurde ich von dem Einbruchsversuch in mein Hauptgeschäft in Bordeaux unterrichtet.

Ich habe mich von Mireille verabschiedet und bin nach

Bordeaux gefahren, wo ich gegen achtzehn Uhr dreißig ankam.

Seitdem habe ich sie nicht mehr gesehen. <

Er schwieg, seine Hände zitterten. Er bat um etwas zu trinken. Roland holte eine Flasche Perrier und ein Glas. Beim Einschenken zitterten die Hände des Juweliers.

> Kann ich Sie noch etwas fragen? <

Claude schob das Papiertaschentuch in die Mitte seines Schreibtischs und klappte es auseinander.

> Wie würden Sie diese Diamanten beurteilen? Herkunftsland, Schleiftechnik, und so weiter. <

Der Juwelier holte aus einer Innentasche seines Jacketts eine kleine Lupe, nahm nacheinander die Diamanten zwischen seine Finger und begutachtete sie sorgfältig.

> Dieser Schliff deutet auf Indien. Dieser Diamant ist nicht ganz lupenrein. Winzige Färbungen, die den Wert geringfügig herabsetzen. Dennoch, ein wunderbarer Stein, der andere ebenso.

Die Herkunft dieser Diamanten lässt sich ohne Isotopenuntersuchung unter einem Elektronenmikroskop nicht eindeutig bestimmen. Ich tippe aber auf Südafrika oder Sierra Leone. In Brasilien geförderte Diamanten haben einen anderen Schimmer.

Die in Südafrika legal geförderten Diamanten haben einen anderen Schliff, aber es gibt dennoch eine ganze Anzahl dort illegal geförderter Diamanten. In Südafrika hat ein Syndikat das Monopol auf alle geförderten Diamanten. Dennoch werden im Norden des Landes illegal Diamanten geschürft.

Sierra Leone ist bekannt für seine sogenannten Blutdiamanten, illegal oder teilweise auch legal geförderte Diamanten, mit denen Waffen für Revolutionen und Terroristen oder für deren Bekämpfung gekauft werden.

Die Menschen, die diese Diamanten dort schürfen, nennen sie Teufelseier. Viele wissen nicht einmal, wozu sie verwendet werden. Das liegt auch daran, dass die Mehrzahl der dortigen Schürfer nicht die geringste Schulbildung hat. Ihr Verdienst reicht gerade so zum Überleben und sie zerstören beim Schürfen ihre eigene Gesundheit. Den großen Verdienst stecken die Händler ein.

Zum Schleifen wurden diese illegal geförderten Diamanten aus beiden Ländern früher meistens nach Indien geschmuggelt, was in Afrika und auch in Indien wegen der dort allgegenwärtigen Korruption kein Problem darstellt.

In den letzten Jahren sollen indische Diamantenschleifer nach Südafrika und nach Sierra Leone eingeflogen worden sein.

Nach dem Schleifen müssen die Diamanten nur noch nach Europa, Amerika oder in andere Länder geschmuggelt werden. Den Schmugglern fallen immer neue Schmuggelwege ein. <

> Wie hoch schätzen Sie den Wert dieser beiden Diamanten? <

> Jeder dieser beiden Diamanten dürfte etwa einhundertzwanzigtausend Euro wert sein. Für eine genauere Angabe müsste ich wiegen, wieviel Karat jeder hat, das kann ich hier aber nicht feststellen.

Außerdem hängt der Verkaufspreis auch vom Verhandlungsgeschick des Verkäufers ab. Diese beiden Diamanten haben nur eine mittlere Größe, richtig große Diamanten werden für siebenstellige Dollarbeträge gehandelt und für noch höhere Summen. <

> Danke für die Begutachtung, die Größenordnung reicht mir.

Wir müssen Ihr Haus untersuchen. Eventuell ist Ihre Partnerin dort getötet worden. <

> Selbstverständlich, das Haus steht zu Ihrer Verfügung. Bitte, machen Sie nicht zu viel Unordnung. Ich will das Haus so belassen wie sie es eingerichtet hatte. <

Er griff in seine Hosentasche, holte ein Schlüsseletui hervor und löste einen Schlüssel daraus, den er Claude reichte.

> Die Adresse des Hauses haben Sie? Dies ist der Schlüssel für die Haustür. Sie können ihn mir bei Gelegenheit zurückgeben. Solange Sie dort tätig sind, werde ich das Haus nicht betreten. <

> Hat sonst noch jemand einen Schlüssel für das Haus? Ein Handwerker oder eine Putzfrau vielleicht? <

> Nein, wenn Handwerker Arbeiten auszuführen hatten, war ich immer im Haus, habe sie eingelassen und hinter Ihnen wieder abgeschlossen. Mein Beruf lässt mir entsprechende Freiheiten.

Eine Putzfrau hat in den vergangenen viereinhalb Jahren das Haus nicht mehr betreten. Mireille wollte immer alle Hausarbeit selbst erledigen und keine fremde Frau im Haus haben.

Ich habe in einem Tresor in meinem Hauptgeschäft in Bordeaux noch zwei Schlüssel, aber die kann niemand genommen haben. Nur ich kenne die Zahlenkombination für diesen Tresor. Aber ich werde trotzdem überprüfen ob die Schlüssel noch vorhanden sind. Wenn nicht, werde ich Sie anrufen.

Mireille hatte ebenfalls einen Schlüssel. <

> Sie sagten „für diesen Tresor". Gibt es mehrere? <

> Selbstverständlich. Ich habe eine Reihe von Juweliergeschäften und eine große Goldschmiedewerkstatt mit derzeit einundzwanzig Angestellten. Überall dort gibt es Tresore.

Die wertvollsten Schmuckstücke und die Edelsteine, nicht nur Diamanten, müssen abends weggeschlossen werden. In den Auslagen der Geschäfte bleiben über Nacht nur die preiswerten Objekte liegen.

In jedem Geschäft habe ich einen Geschäftsführer und einen Stellvertreter. Beide kennen die Zahlenkombination des jeweiligen Tresors, und ich selbstverständlich. <

> Ich muss Ihnen noch eine Frage stellen. Haben Sie eine Waffe? Eine Pistole oder ein Gewehr? <

> Nein. Bei meinem Beruf könnte ich ohne Probleme einen Waffenschein erhalten und eine Waffe kaufen. Ich habe nie einen beantragt und nie eine Waffe gekauft.

Die Sicherheitsvorkehrungen in meinen Geschäften sind sehr ausgeklügelt. Für den Fall, dass jemand während der Geschäftszeiten einen Überfall verübt, gilt die eherne Regel, dass die Gesundheit meiner Angestellten Vorrang hat.

Um einen eventuellen Verlust abzudecken, habe ich eine Versicherung abgeschlossen, eine teure Versicherung, aber sie ist es mir wert. <

Er schien sich langsam wieder zu fassen, war aber immer noch sehr bleich.

> Kann ich eine Visitenkarte von Ihnen erhalten? Ich möchte Sie anrufen können um nach dem Stand der Ermittlungen zu fragen.

Hier ist meine Visitenkarte. Sie können mich jederzeit auf dem Handy anrufen, zu jeder Tages- und Nachtzeit, vor allem, wenn ich Mireille noch einmal sehen kann.

Haben Sie sonst noch Fragen? <

Claude holte aus einer Schublade eine Visitenkarte und reichte sie ihm.

> Ich werde Sie anrufen, wenn Sie Ihre Partnerin noch einmal sehen können. Hatte ihre Partnerin Verwandte? <

> Ja. Beide Eltern leben noch. Sie wohnen an der Dordogne, in Libourne. Ich werde nachher hinfahren um sie über den Tod von Mireille zu informieren. Davor habe ich jetzt schon Angst. Ich mag die beiden sehr und ich glaube, sie mich auch. Weitere Verwandte gibt es meines Wissens nicht. <

> Vielen Dank, dass Sie das übernehmen wollen. Ich wollte es selbst tun, habe es aber einfach irgendwie vergessen. Es ist auch besser, wenn Sie das tun, als wenn ich als

Fremder die Eltern davon unterrichte.

Würden Sie bitte noch Ihre Fingerabdrücke abnehmen lassen und eine Speichelprobe zur Bestimmung Ihrer DNA abgeben?

Wir hätten auch noch gerne ein Foto von Ihnen.

Dann habe ich noch eine Bitte. Können Sie mir eine Liste aller Personen erstellen, die in den vergangenen sechs Monaten in Ihrem Haus waren, wenn möglich mit Adresse und Telefonnummer? Vielleicht können Sie sich auch noch erinnern welche Räume diese Personen betreten haben und wann diese Personen in Ihrem Haus waren.

Meine Kollegen werden in Ihrem Haus jeden Fingerabdruck und alle weiteren vorhandenen Spuren sichern und wir wollen diesen Fingerabdrücken und Spuren auch die jeweiligen Personen zuordnen können. Wir wollen davon möglichst viele ausschließen können, um unsere Arbeit zu erleichtern. <

> Ein Foto habe ich zufällig dabei, auch eines von Mireille, Sie können sie beide behalten. <

Catourier holte seine Brieftasche aus dem Jackett und entnahm ihr zwei Fotos, die er Claude reichte.

> Ich werde mich sofort nach meiner Rückkehr nach Bordeaux an diese Liste setzen. In meinem Haus in Talmont störe ich sicherlich nur. Diese Liste wird mir ziemlich viel Mühe bereiten, aber für Mireille werde ich alles tun. Ich schicke Ihnen diese Liste per email, ihre Adresse steht ja auf Ihrer Visitenkarte. <

Sie verabschiedeten sich voneinander. Als Catourier den Raum verlassen hatte, drehte sich Claude zu Roland, der sich während der Befragung eine Reihe von Notizen gemacht hatte.

Roland kam ihm zuvor.

> Claude, ich schreibe die Aussagen der jungen Frauen fertig, dann fahre ich nach Talmont. Ich werde die Aussagen

des Juweliers nachprüfen. <

> Gut, wenn du fertig bist, können wir zusammen fahren. Ich rufe die Spurensicherung an und wir treffen uns mit ihnen am Haus von Catourier in Talmont.

Ich will mir vor Ort selbst einen Eindruck verschaffen. Du kannst dann zur Ausgrabung weiterfahren.

Bis du die Aussagen fertig getippt hast, kläre ich ob er tatsächlich keine Waffe besitzt. Seine Angaben zu den Diamanten waren hilfreich, aber eine endgültige Aussage zum Herkunftsland steht noch aus. <

Claude schloss die beiden Diamanten in einer Schublade seines Schreibtisches ein.

Dreißig Minuten später waren sie unterwegs, die Kollegen der Spurensicherung würden ihnen folgen.

Roland setzte Claude vor dem Haus von Catourier ab und fuhr weiter zur Ausgrabungsstätte. Dort rief er, mit der Hilfe des Rentners, der Reihe nach alle jungen Frauen, Dr. Boyer und zuletzt den Rentner selbst ins Wohnmobil, bat alle die schriftlichen Aussagen gründlich durchzulesen und dann zu unterschreiben.

Es waren keine Änderungen notwendig, die Frauen konnten ohnehin nicht viel zur Aufklärung beitragen. Die Aussage des Rentners war ausführlicher, aber auch er hatte keine Änderungs- oder Ergänzungswünsche.

Roland dankte für die Mithilfe aller Anwesenden und verließ das Gelände.

Er fuhr zu der kleinen Kneipe am Hafen, wo er den Wirt nach dem Abendessen von Catourier befragte und zwei Fotos vorlegte.

> Sind Sie absolut sicher, dass diese beiden Personen am Samstagabend hier gegessen haben? <

> Selbstverständlich.

Erstens haben Sie sich im Voraus bei meiner Frau angemeldet, sonst hätten sie wahrscheinlich mit trockenem Baguette vorlieb nehmen müssen. Außer bei Stammgästen kocht meine Frau nur nach Vorbestellung.

Zweitens kann ich mich an diese wunderschöne Frau noch genau erinnern. Eine so schöne und liebenswürdige Frau hat vorher in meiner Kneipe noch nie zu Abend gegessen. Meine Frau war von ihr ganz begeistert und hat mich scherzhaft geschimpft, dass sie wegen dieser Frau eifersüchtig sein müsse. <

> Waren die beiden schon öfter hier in Ihrer Kneipe? <

> Nein. Aber ich habe diesen Mann und diese Frau schon einige Male in Talmont gesehen, wenn ich wegen Besorgungen im Ort oder zu den umliegenden Dörfern unterwegs war. Sie waren beide immer freundlich. <

> Wann sind die beiden gekommen und wann sind sie wieder gegangen? <

> Gekommen sind sie gegen zwanzig Uhr, vielleicht fünfzehn Minuten früher. Sie waren pünktlich, denn meine Frau kocht immer nur drei Stunden lang, nie länger.

Wenn sie nicht pünktlich gewesen wären, hätten sie nur das halbe Menü erhalten. Da ist meine Frau rigoros. Sie sind ziemlich lange geblieben, bis kurz vor dreiundzwanzig Uhr. Sie haben die Kochkünste meiner Frau sehr gelobt und der Mann hat ein dickes Trinkgeld gegeben. <

> Können Sie mir über diesen Fischer, Pierre Monard, etwas berichten? <

> Ich kenne ihn schon seit meiner Jugend. Wir waren befreundet. Er war zwei Jahre jünger als ich.

In seiner Jugend war er ein begeisterter Fußballspieler, ziemlich gut, aber dennoch ohne allzu großen Ehrgeiz.

Als er anfing, mit seinem Vater zum Fischen zu fahren, hat er aufgehört zu spielen. Die Fischerei war sein Leben und seine Leidenschaft. Bei dieser Arbeit konnte er stets an der frischen Luft sein, damit war er glücklich, das brauchte er.

Alles andere, was wichtig wäre, haben Sie sicher schon

von den Polizisten aus Meschers gehört. Mehr gibt es dazu auch nicht zu sagen.

Er war hier in meiner Kneipe Stammgast. Einmal im Monat hat er sich einen freien Abend gegönnt, den er hier zusammen mit seinen ehemaligen Kollegen und Freunden verbracht hat.

Nach seinem Tod gibt es nun keinen Fischer mehr in Talmont. Die Touristen werden es bedauern, sie müssen ihre Fische nun woanders kaufen. <

> Wissen Sie ob er Feinde hatte? <

> Pierre? Nie im Leben!

Er ging einfach seiner Arbeit nach und war mit seinem Leben zufrieden.

Seine große Liebe waren seine beiden Kinder.

Er hat niemandem auf den Schlips getreten, niemanden beleidigt oder übervorteilt. Naja, vielleicht hätte er seine Fische etwas preiswerter an die Touristen verkaufen können. Aber dafür hätte ihn doch niemand umgebracht und die Touristen bekamen von ihm wirklich frische Fische, einwandfreie Ware. Meine Frau hat auch bei ihm immer wieder einmal Fische gekauft. <

Roland bedankte sich für die Auskünfte und fuhr zu dem Haus von Catourier.

Die Kollegen der Spurensicherung waren bei der Arbeit. Claude lehnte an der Balustrade der langen Terrasse vor den ausgebauten Höhlenräumen.

> Alle Aussagen der Personen auf dem Ausgrabungsgelände sind unterschrieben.

Der Wirt der Kneipe hat den ihn betreffenden Teil der Aussage von Catourier bestätigt. Zu dem Fischer konnte er keine weiteren relevanten Informationen hinzufügen.

Und hier? <

> Das Haus und die darunter liegenden Höhlen sind wunderschön ausgebaut und eingerichtet. Die Tote hat tatsäch-

lich einen wahnsinnig guten Geschmack bewiesen. <

Er ließ seinen Blick umherschweifen.

> Schau dir dieses Haus, die Höhlenwohnung, die Terrasse und diesen Ausblick an.

Dieser Catourier ist zu beneiden. Auf der vorbeiführenden Straße gibt es kaum Verkehr, der weite Blick auf die Gironde, diese Stille, es ist traumhaft hier. Ich könnte richtig neidisch werden.

Ich habe mir das Gespräch mit ihm noch einmal durch den Kopf gehen lassen. Ich halte ihn für unschuldig.

Er hatte alles, was ein Mensch sich wünschen kann: einen guten, aber sicher anstrengenden Beruf, eine Menge Geld, ein wunderschönes Haus und eine Partnerin, um die ihn sicher jeder beneidet hat.

Jetzt hat sein schönes Leben einen schweren Dämpfer hinnehmen müssen.

Es wird ihm, meiner Meinung nach, schwer fallen den Verlust seiner Partnerin zu verkraften. Aber das geht vielen Menschen ähnlich.

Weil irgendwelche anderen Menschen sich das Recht herausnehmen, über ein Leben zu entscheiden und Leben auszulöschen, ohne Rücksicht auf die Betroffenen und auf den Schmerz der Angehörigen.

Übrigens, er hat wirklich nie einen Waffenschein beantragt. Es besteht natürlich die Möglichkeit, dass er sich illegal eine Waffe besorgt hat. Das glaube ich aber nicht und das müssten wir ihm erst beweisen. Außerdem hatte er das auch nicht nötig. <

Die Kollegen der Spurensicherung hatten sich auf die einzelnen Räume des Hauses verteilt. Einer trat zu ihnen auf die Terrasse.

> Wir werden noch einige Tage benötigen. Das Haus ist sehr groß, überall finden sich Fingerabdrücke, Haare und sonstige Spuren von Menschen, obwohl alles sehr sauber

und gepflegt ist. Die Auswertung wird sehr zeitraubend werden. <

Er sah sich auf der Terrasse um, ging auf einmal mit angespanntem Gesichtsausdruck nach links an das Ende der Terrasse bis zur Felswand und bückte sich.

> Hier hat jemand gewischt, sehr oberflächlich. Ich hole schnell Luminol und eine UV-Lampe, das hier sieht nach weggewischtem Blut aus. <

Nach wenigen Augenblicken war er zurück und sprühte das Mittel auf den Belag der Terrasse. Augenblicklich wurden unter dem UV-Licht helle Flecken sichtbar.

> Mein erster Eindruck hat mich nicht getäuscht. Hier hat jemand Blutspuren weggewischt und das nicht sehr gründlich. <

Mit mehreren Wattestäbchen nahm er an verschiedenen Stellen Proben der Blutreste und sicherte jede einzelne Probe in einem Glasröhrchen.

> Ich gebe die Proben heute Abend ins Labor. Vielleicht stimmt die DNA mit der der Toten überein. Dann haben wir den Tatort.

Es kann aber durchaus sein, dass die Kugel, die die Frau getötet hat, in der Gironde liegt. Dann werden wir sie wohl kaum finden. Aber vielleicht haben wir Glück. <

Claude ging vorsichtig an der Stelle mit dem Blut vorbei an die Felswand, die die Terrasse begrenzte und suchte die Felswand von unten nach oben ab.

In einer kleinen Spalte knapp unter der Höhe seines Kinns bemerkte er frische Spuren in der Wand, wie Kratzspuren.

Er ging näher heran und entdeckte ein Metallstück in dieser Spalte.

> Ich glaube, wir haben Glück. Das hier in der Spalte könnte die Kugel sein. <

Der Kollege der Spurensicherung holte eine spitze Zange und konnte mit einigem Kraftaufwand das fest in der Spalte steckende Metallstück herausziehen. Es war tatsächlich eine Kugel. Er zeigte sie Claude.

> Du hast gute Augen. Ich sehe an der Kugel geringe Blutspuren. Weitere Angaben dazu nach der Untersuchung im Labor.

Es könnte ein Kaliber 9 mm sein, die Kugel ist aber ziemlich deformiert, genaueres hierzu nach der Untersuchung in der Ballistik.

Ich werde sofort noch mit einem Metalldetektor auf der schmalen Böschung unter der Terrasse nachsehen, vielleicht finde ich die Patronenhülse.

Wenn nach Aussage des Pathologen der Mord nach Einbruch der Dunkelheit geschah, hatte der Täter ohne Metalldetektor keine Möglichkeit die Hülse auf der Böschung zu finden. Selbst wenn er das Licht eingeschaltet hatte, reichte der Lichtschein wegen der geschlossenen Balustrade nicht bis auf die Böschung.

Falls die Hülse auf die Terrasse gefallen ist, hat der Täter sie mitgenommen, denn hier ist keine Hülse zu finden. Selbst bei Dunkelheit hätte der Täter sie auf der Terrasse wegen der hellen Fliesen nicht übersehen können. <

Die Kugel wurde in eine Beweistüte gesteckt und diese beschriftet.

> Roland, begleitest du ihn. Ich bleibe hier und kann euch da unten an die richtige Stelle dirigieren. <

Wenige Minuten später waren die beiden unter der Terrasse angelangt.

Es dauerte nur eine Minute und der Detektor zeigte einen Metallgegenstand an.

Roland schob mit den Händen den Kies und die Steine beiseite. Es war ein rostiger, altertümlicher Schlüssel.

Der Detektor piepste wieder, diesmal direkt am Rand des Wassers. Roland bückte sich und entdeckte sofort die Patronenhülse. Sein Begleiter hob sie mit einer Pinzette auf und steckte sie in eine kleine Plastiktüte.

> Claude, wir haben eine Patronenhülse gefunden, Kaliber 9 mm. Wir kommen wieder hinauf. <

Auf der Terrasse sahen sich Claude und Roland an.

> Der Mord ist hier geschehen, das ist ziemlich sicher. Also muss noch jemand an diesem Sonntagabend hier im Haus gewesen sein.

Wir benötigen den genauen Todeszeitpunkt von Mireille Sargon und die genaue Zeit, bis wann Catourier in Bordeaux von den dortigen Kollegen des Einbruchsdezernats gesehen wurde.

Lass bitte auch prüfen ob am Sonntagabend zwischen Bordeaux und hier Verkehrskontrollen durchgeführt worden sind und wer dabei kontrolliert wurde. Aber das erst als zweite Möglichkeit.

Es war ein aufgesetzter Schuss, der Mord passierte nach den Blutspuren direkt vor der Felswand, die Lage der Patronenhülse passt dazu und ebenso der Fundort der Kugel.

Hat diese Stelle eine besondere Bedeutung?

Hat die Tote sich vor ihrem Mörder hier an das Ende der Terrasse geflüchtet oder hat der Mörder sie hierher gescheucht?

Ist der Mörder von der Toten hier an dieser Stelle überrascht worden oder umgekehrt, oder gibt es einen anderen Grund für gerade diesen Tatort?

Das Haus ist groß, die Wohnhöhlen ebenfalls. Ein Schuss in den Wohnhöhlen bei den dicken Glasscheiben wäre hier draußen wahrscheinlich kaum zu hören gewesen. Der Knall eines Schusses auf der Terrasse könnte einem zufällig vorbeikommenden Passanten aufgefallen sein.

Warum also hier auf der Terrasse? Oder hat der Mörder eine Pistole mit Schalldämpfer verwendet? <

Claude betrachtete die Felswand und die Balustrade noch einmal ganz genau.

162

> Was sind das für Kratzer auf der Balustrade?
Hilf mir mal. <

Claude kletterte mit Rolands Unterstützung auf die steinerne Brüstung der Terrasse und hielt sich mit der linken Hand an der Felswand fest. Mit der rechten Hand drückte er die herabhängenden Pflanzen und die Büsche zur Seite und pfiff überrascht durch die Zähne.

> Hier hängt ein Seil mit einem Karabinerhaken am unteren Ende. Es ist normalerweise durch die Büsche komplett verdeckt. <

Er zog am Seil.

> Es muss irgendwo da oben befestigt sein. Wir müssen nachsehen. <

Er sprang von der Brüstung.

> Ich gehe nach oben an den oberen Rand der Böschung. Ich mache mich dort bemerkbar und du kannst mich dirigieren. <

Claude fand in der Garage einen etwa drei Meter langen Fahnenmast aus Aluminium und nahm ihn mit hinaus zur Böschung.

Er hielt ihn, dort wo er das Ende der Terrasse vermutete, über die Böschung. Roland schickte ihn noch einige Meter weiter.

An dieser Stelle fand Claude, hinter einigen Büschen, eine Bank vor. Als er die Fahnenstange hier über die Böschung hielt, bestätigte Roland die richtige Position. Claude legte die Fahnenstange zur Seite, zog dünne Handschuhe an und hielt sich mit der rechten Hand an den dickeren Zweigen des Gebüsches fest.

Er griff mit der linken Hand nach vorn und nach unten unter die Büsche. Sofort konnte er das Seil ertasten.

Es war unter einem Felsvorsprung mit einem Karabinerhaken in einen massiven Bügel eingeklinkt und durch die Büsche vollkommen verdeckt.

Er hatte keinen ausreichend sicheren Stand, er konnte den Karabinerhaken nicht lösen.

> Roland, komm hoch. Das ist interessant. Ich brauche dich hier. <

Claude hielt den leichteren Roland am Hosenbund fest, während dieser, mit Handschuhen an den Händen, den verrosteten Karabinerhaken ausklinkte und das Seil nach oben zog.

> Hole bitte bei den Kollegen einen Plastikbeutel, vielleicht gibt es hieran verwertbare Spuren. <

Roland packte das Seil in den Plastikbeutel und übergab ihn später den Kollegen im Haus.

> Schau dir diese Stelle an. Die Straße führt hier in einem 90-Gradbogen vom Fluss weg, es gibt nur einen Fußpfad weiter entlang der Abbruchkante. Am diesseitigen Ende des Fußweges steht diese Bank hinter einigen Büschen. Selbst tagsüber ist die Bank hinter den Büschen kaum zu erkennen, allenfalls Einheimische kennen sie, Touristen wohl kaum.

Am Tag gibt es hier in dieser Straße kaum Autoverkehr, nachts ist hier absolut tote Hose und man wäre hier nicht zu sehen.

War das der Grund das Seil hier anzubringen und von wem ist es? Wusste Catourier von dem Seil? Oder waren es nur Jungs, die hier gespielt haben? Dagegen spricht der massive Bügel im Fels und die Schwierigkeit, die ich selbst mit meinen langen Armen hatte, den Karabinerhaken auszuklinken.

Hat es überhaupt mit dem Mord zu tun?

Wer wusste von dieser verborgenen Stelle hinter den Büschen? Die Sache ist rätselhaft.

Warten wir die Untersuchung des Labors ab.

Ich muss die Fahnenstange wieder in die Garage zurückbringen, dann übergebe ich den Kollegen den Haustürschlüssel. Anschließend fahren wir zurück ins Büro. <

10

Kommissar Ronan Matudi las langsam und konzentriert den Bericht aus dem Labor durch, den er zusammen mit den Kleidern des Toten erhalten hatte, die säuberlich in einem Karton zusammengelegt waren.

Die Todesursache waren, wie schon bei der ersten Untersuchung vor Ort vom Pathologen vermutet, diverse Schläge, wahrscheinlich elf an der Zahl, mit einem schweren rundlichen Gegenstand auf den Hinterkopf.

Die Schläge waren mit erheblicher Kraft ausgeführt worden und hatten die Schädeldecke mehrfach durchbrochen. Der Tod musste sofort eingetreten sein.

Der Todeszeitpunkt lag in den frühen Morgenstunden, zwischen drei und fünf Uhr.

Das Blut, das in der Mitte zwischen der Mole und dem Container gefunden worden war, stammte eindeutig vom Mordopfer.

Der Tote hatte keinerlei Abwehrverletzungen, ein Beweis, dass er unvermutet und von hinten erschlagen worden war.

Am Jackenkragen des Toten konnten winzige, schwarze Lederpartikel festgestellt werden. In Verbindung mit den Schleifspuren auf dem Boden und an den Schuhen des Toten war es eindeutig, dass der Tote am Kragen gepackt und vom Tatort in den Container gezogen worden war.

Trotz des geringen Gewichtes des Toten kam dafür nur ein kräftiger Mann, allenfalls eine sehr kräftige Frau in Frage, wie die durchgehenden Schleifspuren auf dem groben und holprigen Belag bis zu dem Container zeigten. Bei einer schwächeren Person wären die Schleifspuren unterbrochen gewesen um einmal oder mehrmals kurz innezuhalten.

Die Lederpartikel stammten eindeutig von einem Lederhandschuh. Sie waren so klein, dass man sie, sollte man den Handschuh finden, wohl kaum dem Handschuh eindeutig zuordnen könnte, da daran wahrscheinlich keine eindeutige DNA feststellbar war.

Durch den Prozess des Gerbens und des anschließenden Färbens war die DNA sicherlich größtenteils zerstört worden.

Es gab einfach zu viele schwarze Lederhandschuhe.

Das Leder eines einzelnen Felles war bestimmt für mehrere Handschuhe verwendet worden oder der Handschuh war aus dem Leder verschiedener Tiere hergestellt worden. Hier war wahrscheinlich keine eindeutige Aussage zu erwarten.

Wie bereits im ersten mündlichen Bericht angedeutet, fanden sich an der Brieftasche des Toten nur dessen Fingerabdrücke und eine Anzahl winziger Hautpartikel, die gemäß der DNA-Analyse eindeutig von dem Toten herrührten.

Die Fingerabdrücke des Toten waren nicht an dem Vorhängeschloss und auch nicht im Eingangsbereich des Containers gefunden worden.

Es war nichts anderes zu erwarten gewesen.

Die Fingerabdrücke auf dem Vorhängeschloss stammten nur von dem Hafenmeister und dem Arbeiter.

An einem kleinen rauen Teil am Bügel des Vorhängeschlosses fanden sich ebenfalls einige Partikel der Lederhandschuhe, die offensichtlich beim Zudrücken des Schlosses abgerieben worden waren.

Auf dem T-Shirt des Toten waren diverse kleine Reste von Muschelfleisch gefunden worden, auf der Hose ein etwas größerer Fleck eines Fritierfettes. Das deckte sich mit den Aussagen des Imbissbesitzers.

Auffallend war der Gürtel mit dem großen Drachenkopf als Schließe.

Im Gürtel, an einer Stelle, die irgendwann geöffnet und

sorgfältig wieder zugenäht worden war, hatte sich ein Diamant befunden. Er war den Kleidern in einer kleinen Plastiktüte beigefügt. Er war groß, ziemlich groß, und er war geschliffen.

Das Rohr aus feuerverzinktem Stahl, das die Taucher in der Garonne gefunden hatten, passte von seine Durchmesser her zu den Kopfverletzungen.

An einem Ende, an dem es augenscheinlich durchgesägt worden war, befanden sich mehrere Metallspäne am Rohr, in denen ein Haar, ein einzelnes Haar mit Wurzel, eingeklemmt war. Das Haar stammte eindeutig von dem Toten. Fingerabdrücke oder Blut konnten, wie befürchtet, am Rohr nicht gefunden werden.

Die Herkunft des Stahlrohres würde sich nicht ermitteln lassen.

Der Schlüssel des Vorhängeschlosses war nicht gefunden worden.

Ein Vorhängeschloss, wie das verwendete, konnte man in jedem Baumarkt kaufen. Das Fabrikat war weit verbreitet.

An den Käufer würde sich sicher niemand erinnern können, zumal es unmöglich war den Zeitpunkt und den Ort des Kaufes zu bestimmen.

Ronan holte sich noch eine Tasse Kaffee und überlegte. Ein weiteres wichtiges Indiz. Der Diamant.

Wie kam dieser Koch von den Philippinen an diesen Diamanten?

Warum trug er ihn bei sich?

Seit wann trug er ihn bei sich?

Mit dem Verkaufserlös dieses Diamanten hätte der Tote auf den Philippinen ein Restaurant oder ein anderes Geschäft eröffnen können. Das finanzielle Niveau auf den Philippinen liegt weit, sehr weit, unter dem in Europa.

Dazu die jeweiligen Überweisungen über fünftausend Euro, etwa alle drei Monate. Mit diesem finanziellen Polster hätte dieser Mann in seinem Heimatland eine Existenz aufbauen und sehr gut leben können.

Es blieben die Fragen: woher stammte das Geld und woher stammte der Diamant?

Was war das Motiv für diesen Mord?

Antoine kehrte von einer nochmaligen Befragung der blonden Frau zurück. Vielleicht war dieser Frau noch etwas von Wichtigkeit eingefallen. Er hatte leider nichts Neues erfahren können. Sie erinnerte sich lediglich an den Drachenkopf als Schließe am Gürtel des Toten.

> Antoine, der Tote hatte in seinem Gürtel diesen Diamanten eingenäht. Lass ihn in einem Labor untersuchen. Mit einer Isotopenuntersuchung kann die Herkunft ermittelt werden. Wichtig ist auch, in welchem Land er geschliffen wurde.

Bleib während der Untersuchung anwesend und lasse anschließend bei einem Juwelier den Wert des Diamanten schätzen.

Morgen Vormittag um neun Uhr setzen wir uns zusammen um alle unsere Erkenntnisse zusammenzufassen und unsere nächsten Schritte zu diskutieren. <

Antoine nahm den Diamanten in der Plastiktüte vorsichtig zwischen Daumen und Zeigefinger, hielt ihn gegen das durch das Fenster einfallende Licht und betrachtete ihn ausgiebig.

> So einen Diamanten hätte ich gerne, um damit um die Hand meiner Freundin anzuhalten. Da würde sie garantiert nicht nein sagen. Nur kann ich mir den absolut nicht leisten, aber vielleicht sagt sie trotzdem ja. Ich werde es zumindest versuchen.

Ich werde gut auf diesen Stein aufpassen und hoffe, dass die Untersuchung nicht zu lange dauert. Ich bin für heute Abend mit meiner Freundin zum Essen verabredet. Bis später. <

Ronan setzte seinen Computer in Gang und fing an, alle

bisherigen Erkenntnisse zu dem Fall einzuhämmern.

Er arbeitete nicht gern am Computer, aber er musste sich widerwillig eingestehen, dass die Ermittlungsarbeit dadurch übersichtlicher wurde. Und seine Kollegen konnten auch jederzeit auf den Bericht zugreifen oder die Ergebnisse ihrer Ermittlungen ergänzen.

Außerdem fiel ihm dadurch oft der Abschlussbericht zu jedem Fall leichter.

Dennoch wollte er die gemeinsamen Diskussionen nicht missen - dafür gab es das neumodische Wort „brainstorming" -, weil dadurch immer wieder neue Details angesprochen, neue Vorgehensweisen angeregt wurden oder Hinweise auftauchten. Außerdem konnte er dadurch auch leichter Fehler in seinen Argumentationen entdecken.

Michel war noch unterwegs um den, wahrscheinlich sinnlosen Versuch zu unternehmen den Weg des Toten von der Wohnung der Prostituierten zum Hafen zu rekonstruieren. Er würde erst am nächsten Morgen oder sogar erst am übernächsten Morgen wieder im Büro auftauchen. Also musste Ronan ihn für den nächsten Morgen ins Büro bestellen.

Der Nachmittag war schon vorüber und die Dienstzeit zu Ende, als er den Computer ausschaltete.

Mit seinem privaten Handy rief er seine Schwester an. Sie war mit ihren Kindern unterwegs und würde erst spät am Abend zurückkehren. Er musste also den Abend allein verbringen.

Missmutig verließ er seine Dienststelle. Genauso missmutig entschied er sich zum Einkaufen.

Er musste dringend neue Unterwäsche kaufen und auch sein Kühlschrank hatte ihn am Morgen mit einer gähnenden Leere überrascht.

Einige Paar neue Socken wären auch sinnvoll.

Er hasste Einkaufen und konnte überhaupt nicht verstehen, dass die Frauen, vor allem die jungen Frauen so wild aufs Einkaufen, neumodisch „shoppen" genannt, waren. Er schüttelte schaudernd den Kopf.

Also biss er in den sauren Apfel, hob bei einer Filiale seiner Bank einen größeren Betrag am Geldautomaten ab, und machte sich auf den Weg, um seinen bevorzugten Geschäften und einem Supermarkt einen Besuch abzustatten. Er wusste, wo er in den jeweiligen Geschäften suchen musste und er war heilfroh, als er bereits nach kurzer Zeit alle seine Einkäufe erledigt hatte.

Als er als letztes den Supermarkt verließ, fiel ihm ein seltsam anmutendes Verhalten zweier junger Männer auf. Einer, mit einem vollen Einkaufswagen, übergab einem anderen einen kleinen, flachen, goldfarbenen und mit dünner, durchsichtiger Folie eingeschlagenen Karton, den der zweite auf seinen, ebenfalls gut gefüllten, Einkaufswagen legte. Er steckte dem ersten einen Geldschein in die Brusttasche des Hemdes.

Als Ronan an den beiden Einkaufswagen vorbeiging und sich den kleinen Karton ansah, stellte er fest, dass es sich um drei verschiedene Süßigkeiten mit Nüssen, Kirschen und goldverpackten Kugeln von Ferrero handelte.

Also nichts Kriminelles.

Ronan lud den Inhalt seines Einkaufswagens in den Kofferraum seines Autos und kehrte zurück in den Supermarkt.

Dort kaufte er genau die gleichen Süßigkeiten. Seine Nichte und seine Neffen würden sich bei seinem nächsten Besuch wahnsinnig darüber freuen. Sie waren ganz scharf auf genau diese Süßigkeiten, die ihnen ihre Mutter nur ganz selten gönnte.

Irgendwie vergrub sich das Verhalten dieser jungen Männer in seinem Hinterkopf, ohne dass er hätte sagen können warum.

Er fuhr nach Hause, räumte seinen Kühlschrank ein und

füllte die Waschmaschine mit seinen neuen Socken, seiner neu gekauften und der schon gebrauchten Unterwäsche und stellte die Maschine an.

Danach fühlte er sich seltsam befreit.

An diesem Abend öffnete er eine Flasche Pinot Noir aus dem Medoc, setzte sich vor ein geöffnetes Fenster, gönnte sich zwei Gläser Rotwein und grübelt über den Toten nach.

In La Rochelle war Kommissar Claude Frehel mit seinen Überlegungen nicht weiter gekommen. Bei seinen beiden Toten konnte er kein eindeutiges Motiv erkennen.

Der Fischer war ein normaler Mensch, der seiner Arbeit nachging, genügsam lebte und, wenn möglich, seine beiden Kinder unterstützte.

Aber er hatte zwei große, geschliffene Diamanten in seinem Haus versteckt. Von seinen Einkünften als Fischer hätte er diese niemals kaufen können.

Claude musste überprüfen ob Monard einen größeren Treffer in einer Lotterie gelandet und davon die Diamanten, vielleicht als Geldanlage, gekauft hatte.

Der Bericht der Forensiker hatte keine weiteren Erkenntnisse erbracht. Die Fingerabdrücke auf dem Boot gehörten dem Fischer, dem Fischhändler, einem alten ehemaligen Fischer und einem Mechaniker. Vom Sohn des Fischers hatten sie noch keinen Fingerabdruck, den benötigten sie noch. Alle waren nachweislich zum Todeszeitpunkt nicht in der Nähe gewesen, ihre Alibis waren wasserdicht.

Die Kollegen der Dienststelle in Meschers hatten die erforderlichen Befragungen durchgeführt. Sie würden ihm die unterschriebenen Vernehmungsprotokolle zuschicken.

Er konnte bei diesen Männern auch kein Motiv erkennen.

Waren die Diamanten das Motiv?

Die weiteren im Haus des Fischers gefundenen Fingerabdrücke stammten nur von zwei Menschen, wahrscheinlich von den Kindern des Fischers.

Nach Auskunft seines Kollegen Matudi aus Bordeaux wollten die beiden vor dem Wochenende nach Talmont fahren.

Claude sah keine dringende Notwendigkeit, die Fingerabdrücke der Kinder von seinen dortigen Kollegen abnehmen zu lassen. Dazu war am Wochenende noch Zeit. Die Kinder würden ohnehin nach La Rochelle kommen. Um die Übermittlung dieses Wunsches hatte er seine Kollegen in Meschers noch gebeten.

Die tote Frau auf dem Ausgrabungsgelände gab ihm ebenfalls Rätsel auf. Er konnte für diesen Mord überhaupt kein Motiv erkennen.

Die ermordete Frau war bei den Kolleginnen auf der Ausgrabung sehr beliebt. Wie er selbst festgestellt hatte, gingen die jungen Frauen dort ganz freundschaftlich miteinander um. Er schloss die Teilnehmer der Ausgrabung als Täter aus. Außerdem waren alle Teilnehmer an der Ausgrabung zum Todeszeitpunkt am Sonntagabend weder auf dem Ausgrabungsgelände, noch in der Nähe gewesen.

Die Ausgrabungsleiterin und dieser Rentner hatten die zwei Tage auf dem Carelet verbracht. Sie hatten sich gegenseitig ein Alibi gegeben. Falls das Alibi nicht stimmte, würden die beiden sich decken, was er jedoch nicht annahm.

Dieser Rentner nahm seit drei Wochen an der Ausgrabung teil und hatte vorher, außer einem Telefongespräch mit der Ausgrabungsleiterin, keinen Kontakt zu den dortigen Personen gehabt.

Der wertvolle historische Fund konnte auch nicht das Motiv gewesen sein. Von dem Fund hatte vorher niemand etwas gewusst. Es waren zu viele Personen bei der Bergung zugegen gewesen. Alle Fundstücke waren sofort in Plastiktüten verpackt und im Museumsgebäude gelagert worden. Der Fund war ganz früh am Morgen des Samstags in Polizeibegleitung abgeholt worden.

Er war sich absolut sicher, dass er alle Mitglieder des Aus-grabungsteams ausschließen konnte. Seltsam war zwar, dass dieser Rentner beide Morde der Polizei gemeldet hat-te, aber dennoch schloss er den Mann als Täter aus. Er konnte für beide Morde bei dem Rentner absolut kein Motiv erkennen und sich auch keines vorstellen.

Zudem war er sich ziemlich sicher, dass auch der Juwelier nicht mit den beiden Morden in Verbindung gebracht werden konnte. Das Verhalten des Mannes bei der Befragung in sei-nem Büro war nicht gespielt, es sei denn, er war ein hervor-ragender Schauspieler.

Claude konnte auch hier kein Motiv erkennen.

Er ging in das Büro seines Kollegen.

> Roland, wir müssen unbedingt die finanziellen Verhält-nisse des Fischers, seiner Kinder und des Juweliers ken-nen. Auch brauchen wir die Verbindungsnachweise dieser Personen, sowohl der Festnetztelefone als auch der Mobil-telefone.

Bei dem Juwelier wird das schwierig werden, wenn wir die Telefongespräche des Geschäftes prüfen, an dem der Ein-bruchsversuch stattfand. Aber ich denke, dass dort nur die Gespräche zwischen Sonntagnachmittag ab etwa sechzehn Uhr und dem Montagvormittag bis acht Uhr aussagekräftig sein können.

Vorsichtshalber prüfe bitte auch nach, ob der Fischer viel-leicht einen größeren Betrag bei einer Lotterie eingestrichen hat. Davon könnte er die Diamanten gekauft haben. <

> Die Finanzen des Juweliers habe ich schon vorliegen und bin gerade dabei, alle Unterlagen durchzuarbeiten.

Er hat diverse und zwar wirklich dicke Konten.

Der Großteil dieser Konten betrifft seine Geschäfte. Auf diesen Konten herrscht reger Zahlungsverkehr. Aus der Gleichzeitigkeit der verschiedenen Geldgeschäfte schließe

174

ich, dass auch seine Geschäftsführer für das jeweilige Konto Handlungsvollmacht besitzen.

So wie es aussieht, werden alle Buchungen jedes einzelnen Geschäftes über jeweils ein eigenes Konto abgewickelt. Das macht Sinn, er kann damit den Zahlungsverkehr und die Rentabilität jedes Geschäftes viel besser überwachen .... und auch seine Geschäftsführer besser kontrollieren.

Er hat auch zwei offensichtlich private Konten. So wie ich das interpretiere, benutzt er ein Konto für rein private Ausgaben. Für dieses Konto hatte auch Mireille Sargon eine Bankkarte. Über das zweite Konto laufen alle Buchungen für Handwerkerarbeiten an seinen Häusern und Wohnungen, die er zum größten Teil vermietet hat. Die regelmäßigen und gleich hohen Einzahlungen am Anfang jeden Monats sind für mich eindeutig Mieteinnahmen.

Es scheint alles in Ordnung zu sein, wir sollten aber dennoch die mir hier vorliegenden Unterlagen von einem Steuerprüfer kontrollieren lassen. Eventuell findet der ein Haar in der Suppe.

Ich werde das veranlassen.

Ich habe die beiden Diamanten über unsere Kollegen der Forensik zu einem Speziallabor in Bordeaux schicken lassen um deren Herkunft und die Schleiftechnik zu ermitteln.

Um die Finanzen des Fischers und seiner Kinder werde ich mich anschließend kümmern sowie um die Telefonverbindungen und um einen eventuellen Lotteriegewinn.

Übrigens, nach Aussage der Kollegen des Einbruchsdezernats von Bordeaux war der Juwelier bis kurz nach dreiundzwanzig Uhr in seinem Geschäft. Die Kollegen hatten jede Menge Fragen, immer wieder.

Und von Bordeaux bis Talmont fährt man mit dem Auto über die Autobahn in etwa einer Stunde. Die Autobahn wird per Video überwacht, die Kennzeichen werden erfasst und für einige Wochen gespeichert. Ich habe schon alle Kennzeichen angefordert, von Bordeaux nach Norden ab drei- undzwanzig Uhr bis zwei Uhr nachts. Das dauert noch einen Tag. <

Claude versorgte sich mit einer Tasse Kaffee, stützte sei- nen Kopf auf beide Hände und grübelte. Er ließ nochmals alle bisher bekannten Fakten vor seinem inneren Auge Re- vue passieren.

Kein Ergebnis.

Er rief bei dem Pathologen an. Dieser nannte ihm als Zeit- spanne des Todeszeitpunktes der Frau zweiundzwanzig bis dreiundzwanzig Uhr.

Sein Telefon klingelte. Ein Mitarbeiter aus dem Ballistik- labor war am Apparat. Claude hörte mit wachsendem Er- staunen zu und legte dann auf.

> Roland, hör bitte zu. Die Kugeln, die den Fischer und die junge Frau getötet haben, stammen aller Wahrscheinlichkeit nach aus ein und derselben Waffe, einer Pistole Kaliber 9 mm. Bei beiden Schüssen wurde ein Schalldämpfer verwen- det. Bei einem Schalldämpfer werden die Merkmale der Pro- jektile oftmals teilweise oder sogar völlig verändert.

Beide Kugeln waren deformiert, durch den Schalldämpfer, den Metallbeschlag auf dem Fischerboot und durch die Felsspalte. Zum Glück aber waren jeweils in einem kleinen Teilabschnitt jeder Kugel die Merkmale soweit erhalten ge- blieben, dass unter Umständen die verwendete Waffe damit bestimmt werden kann. Die gefundene Patronenhülse passt zu dem Kaliber der Projektile.

Leider waren auf der Hülse keine Fingerabdrücke vorhan- den.

Die Waffe wurde, soweit der kleine Teilbereich der Merk- male auf jeder Kugel gesichert werden konnte, bisher in Frankreich noch bei keiner uns bekannten Straftat verwen- det.

Wegen der vergleichbaren Merkmale hängen die beiden

Fälle wahrscheinlich zusammen.

Wie hängen sie zusammen?

Damit haben wir eine weitere Frage.

Ich werde die Merkmale der Kugeln, soweit verwendbar, an Interpol weiterleiten. Vielleicht haben sie dort ergänzende Angaben zu der Waffe.

Warten wir das Ende der Arbeit unserer Kollegen im Haus des Juweliers und ihre Auswertung ab.

Sicher ist auf jeden Fall, dass der Mörder der jungen Frau ein Auto hatte. Er hat sie nach dem Mord auf das Ausgrabungsgelände gebracht, Entfernung ca. zwei Kilometer. Bei dieser Entfernung kann er sie nur mit einem Auto transportiert haben.

Wieso hat er sie nicht einfach an irgendeinem anderen Ort, in einem Wald vielleicht, abgeladen?

Wieso hat er sie nicht auf der Terrasse gelassen?

Wieso gerade auf dem Ausgrabungsgelände und warum genau dort, wo dieser Fund gemacht worden war?

Hat der Täter die Verbindung der Toten zu der Ausgrabung gekannt? Das kann kein Zufall sein, oder es war doch ein unwahrscheinlicher Zufall?

Und was hat der Fischer mit der Ausgrabung zu tun? Oder die junge Frau mit dem Fischer? Sie könnte Fische bei ihm gekauft haben, aber nicht in den letzten drei Wochen. Während dieser Zeit hat dieser Rentner die jungen Frauen auf dem Ausgrabungsgelände mit Fisch versorgt. <

Claudes´ Blick fiel auf seine Armbanduhr. Er schaltete seinen Computer aus und erhob sich.

> Roland, ich gehe nach Hause. Bis morgen. <

Der nächste Tag verging für Claude und Roland mit den üblichen allgemeinen Recherchen.

Roland überprüfte die Liste der Autonummern, die in der vorgegebenen Zeitspanne auf der Autobahn erfasst worden waren und verglich sie mit der Autonummer von Catourier.

Fehlanzeige!

Das war nach Angabe der Kollegen aus Bordeaux und der Aussage von Catourier nicht anders zu erwarten gewesen.

Aber sicher ist sicher, sie mussten alle Möglichkeiten überprüfen.

Claude rief auf dem Ausgrabungsgelände an und ließ sich die Adressen der Familien aller dort tätigen Personen übermitteln. Obwohl er sich keine weiteren Erkenntnisse davon versprach, rief er bei den nächst gelegenen Polizeidienststellen der jeweiligen Wohnorte an und bat die Familien zu befragen, ob ihre Töchter von Freitagabend bis Montagmorgen dort anwesend waren. Er bat ihm das Ergebnis der Befragung per email zu übersenden.

Am späten Nachmittag lagen alle schriftlichen Mitteilungen über die Befragungen auf seinem PC. Er überflog sie. Wie er erwartet hatte, ergaben sich daraus keine weiteren Spuren. Alle jungen Frauen waren das ganze Wochenende bei Ihren Familien oder Freunden gewesen. Diese Recherchen brachten ihn nicht weiter.

Der kommende Tag begann mit einer Überraschung. Roland hatte die Unterlagen über die finanziellen Verhältnisse des Fischers und seiner Kinder erhalten.

Wie ihm bereits bekannt war, studierten beide in Bordeaux. Neben ihrem Studium hatten sie beide einen Teilzeitjob, bei dem sie genügend verdienten, um ihr Studium zu finanzieren und noch ausreichend gut davon zu leben.

Das Geld, das ihnen ihr Vater immer wieder mal überwiesen hatte, hatten sie ab dem Beginn ihrer Nebentätigkeit gespart.

Keinen Cent hatten sie davon ausgegeben.

Es war mittlerweile eine hübsche Summe geworden. Die Liste der Überweisungsbeträge von ihrem Vater und die Summe der Einzahlungen auf das Sparkonto deckten sich genau.

Wieso hatten sie das von ihrem Vater erhaltene Geld gespart?

Der Fischer hatte seit dem Beginn des Studiums in unregelmäßigen Abständen Geld an seine Kinder nach Bordeaux überwiesen. Zuerst an seinen Sohn, ein Jahr später an beide.

Seit drei Jahren hatte der Fischer etwa alle drei Monate einen Betrag von zehntausend Euro bar auf sein Konto einbezahlt und gleichzeitig immer einen geringen Betrag an seine Kinder überwiesen.

Sein Konto wies einen Betrag von mehr als hunderttausend Euro auf.

Roland informierte Claude. Dieser prüfte die Bankeinzahlungen des Fischers oberflächlich. Anschließend sah er seinen Kollegen an.

> Mit seinen Fischen konnte dieser Monard so viel Geld innerhalb von drei Jahren gar nicht verdienen.

Wo hat er das Geld her?

Hat er irgendwelche krummen Dinger gedreht?

Aber wann, und wie ?

Nach den Aussagen aller Befragten ist er jeden Abend zum Fischen gefahren, hat die Nacht auf dem Fluss verbracht und hat am Morgen seine Fische verkauft.

Tagsüber war er immer nur kurz irgendwo unterwegs, wenn überhaupt.

Halt! Dieser Rentner hat zu Protokoll gegeben, dass der Fischer an einem Abend nach dem Auslegen der Netze wieder in den Hafen gefahren und erst gegen Mitternacht wieder an seinem Schlafplatz vor Anker gegangen ist.

Hat er das öfter gemacht?

Was hat er während dieser vielleicht zwei Stunden getrieben? <

Claude wurde durch das Klingeln seines Telefons unterbrochen. Er nahm ab und hörte zu.

> Schicken Sie die beiden bitte hoch in mein Büro. Danke.

Die Kinder des Fischers sind beim Pförtner <, ergänzte er, an Roland gewandt.

Es klopfte an der Tür, ein junger Mann und eine junge Frau standen in der geöffneten Tür. Es waren Geschwister, die Ähnlichkeit war nicht zu übersehen.

Claude bat sie herein und bot ihnen Stühle an.

> Sie sind die Kinder von Pierre Monard? Setzen Sie sich bitte.

Können wir Ihnen etwas zu trinken anbieten? <

Beide lehnten dankend ab. Sie sahen sich im Raum um. Claude betrachtete die beiden. Beide hatten dunkle Augenringe und sahen übermüdet aus.

> Sie wurden schon über den Tod ihres Vaters informiert? Sie wissen, dass er ermordet wurde?

Es tut uns leid.

Unsere Aufgabe ist, den oder die Mörder zu fassen. Dazu benötigen wir Ihre Hilfe, soweit Sie dazu in der Lage sind.

Ich schlage vor, dass Sie zuerst ihre Fragen stellen, anschließend stellen wir unsere Fragen. Einverstanden? <

Beide nickten. Der Sohn fing an.

> Wie ist das geschehen? Und wann? <

> Ein deutscher Rentner hat mit seiner Partnerin auf einem Carelet in der Nähe der Stelle übernachtet, an der Ihr Vater immer geankert und die Nacht verbracht hat. Der Rentner hat ihn drei Wochen lang, jeweils im Abstand von wenigen Tagen, beobachtet.

In diesen drei Wochen war der Ankerplatz morgens immer leer, nur am letzten Tag nicht, am Montagmorgen.

Das hat ihn gewundert. Mit seinem Fotoapparat, mit einem starken Teleobjektiv, hat er einige Bilder geschossen, diese auf dem digitalen Display vergrößert und hat darauf einen Blutfleck auf der Brust ihres Vaters entdeckt.

Daraufhin hat er die Polizei verständigt.

Ihr Vater wurde vom Ufer aus erschossen.

Wir haben das Boot Ihres Vaters und Ihr Elternhaus von der Spurensicherung untersuchen lassen.

Um ehrlich zu sein, wir haben noch keinen Verdacht auf den Täter oder auf das Motiv. <

Die beiden sahen sich an, die junge Frau begann zu weinen. Der junge Mann legte den Arm um sie und versuchte, sie zu trösten.

Claude wartete einige Minuten bis er seine erste Frage stellte.

> Wie war Ihr Verhältnis zu Ihrem Vater? <

> Wir waren das Wichtigste in seinem Leben. Er war immer für uns da und er war ein wunderbarer Vater.

Er war aber nicht unser leiblicher Vater, das wusste nur noch unser Hausarzt. Unser Vater war gerade vier Jahre verheiratet, als er unsere Mutter mit einem anderen Mann, nachts, in ihrem Bett erwischte. Er hat, wie er uns erzählte, diesen Mann nackt auf die Straße gescheucht und ihn dann ziemlich demoliert.

Anschließend hat er unsere Mutter aus dem Haus geworfen. Sie hat sich danach nie wieder sehen lassen.

Nach unserer Pubertät hat er festgestellt, dass wir keinerlei Ähnlichkeit mit ihm haben, hat unseren Hausarzt konsultiert und der hat ihm seine Befürchtung anhand unserer Blutgruppen bestätigt.

Vater hat uns alles erzählt.

Er sagte damals: „Ihr seid die Kinder meines Herzens, bis über meinen Tod hinaus."

Er hat uns immer wieder Geld geschickt, um uns beim Studium zu unterstützen. Er war immer für uns da. <

> Und dieses Geld haben Sie beide vollständig gespart? <

> Sie haben das überprüft?

Ja, das stimmt. Ich habe sehr schnell nach meiner Ankunft

in Bordeaux einen gut bezahlten Teilzeitjob gefunden und auch Simone nach ihrer Ankunft in Bordeaux in der gleichen Firma untergebracht. Diese Arbeit lässt uns ausreichend Zeit für unser Studium und wir können vernünftig davon leben. <

> Was haben sie mit dem gesparten Geld vor? <

> Sobald wir nach Ende unseres Studiums einen festen Arbeitsplatz haben, wollten wir Vater damit einen Urlaub, eine Kreuzfahrt, schenken. Er hat immer davon geschwärmt, wusste aber, dass er sich so einen Urlaub nie leisten könnte.

Das glasklare Wasser der Karibik, die Palmen, die Strände. Davon hat er uns immer erzählt, davon hat er immer geschwärmt. Er hat sich immer wieder Prospekte von Reisebüros über die Karibik angesehen.

Er hat sich abgerackert um uns zu unterstützen. Von sich aus wäre er nie in Urlaub gefahren, deshalb wollten wir ihm diesen Urlaub schenken.

Und jetzt ist er tot. <

> Wissen Sie, dass er auf seinem Konto mehr als hunderttausend Euro hat? Wissen Sie, dass er alle etwa drei Monate jeweils zehntausend Euro auf sein Konto einbezahlt hat? Seit drei Jahren. Wissen Sie vielleicht, woher er das Geld hatte? <

Die beiden sahen sich an, fragend, mit dem Wissen, dass der oder die andere nichts davon wusste.

> Nein, das ist uns völlig neu. Er hat zwar immer wieder davon geredet, sich ein neues und auch etwas größeres Fischerboot mit einem stärkeren Motor zu kaufen, seit mehreren Jahren schon. Stattdessen hat er den Motor immer wieder überholen und reparieren lassen und selbst auch, gelegentlich mit meiner Hilfe, die Außenhaut seines Bootes überarbeitet und ausgebessert.

Es ist uns vollkommen schleierhaft woher er dieses Geld

hat. <

> Hatte Ihr Vater Feinde? <

> Davon ist uns nichts bekannt. Er lebte sehr zurückgezogen und hat einfach nur seine Arbeit gemacht.

Aus einigen wenigen seiner Bemerkungen habe ich geschlossen, dass er über den Ehebruch unserer Mutter nie hinweg gekommen ist und dass er sie, trotz allem, noch liebte und sehr vermisste. Ich glaube, wenn sie zurückgekommen und ihn um Verzeihung gebeten hätte, er hätte ihr verziehen.

Er hatte sich wahrscheinlich deswegen nie mehr für eine andere Frau interessiert.

Aber sie kam nie mehr zurück.

Wir wissen nicht, wo sie lebt, ob sie überhaupt noch lebt.

Es ist doch unsere Mutter. Trotz allem würden wir sie gern wiedersehen. <

Claude öffnete eine Schublade seines Schreibtisches und holte die beiden Diamanten hervor, die er am Morgen, zusammen mit einem Bericht zurück erhalten hatte. Den Bericht hatte er noch nicht gelesen.

Er klappte das Papiertaschentuch auseinander und zeigte den beiden die Edelsteine.

> Von diesen beiden Diamanten wissen Sie wohl auch nichts?

Wir haben sie nach dem Tod Ihres Vaters auf dem Boden eines Blumentopfes in seiner Küche gefunden. <

Beide hoben erstaunt und verwirrt den Kopf.

> Nein, wir haben diese Edelsteine noch nie gesehen, Vater hat nie etwas davon erwähnt.

Sind sie viel wert? <

> Jeder etwa hundertzwanzigtausend Euro.

Für uns sind das Indizien in einem Mordfall.

Wenn die beiden Steine nachweislich nicht im Zusammenhang mit einem Verbrechen stehen, werden Sie sie nach

Abschluss der Ermittlungen erhalten.

Das war vielleicht auch der Wunsch Ihres Vaters.

Wir benötigen noch Ihre Fingerabdrücke und Ihre DNA, um sie mit verschiedenen Spuren und Abdrücken im Haus und auf dem Boot Ihres Vaters abgleichen zu können.

Wo waren Sie in den Nacht von Sonntag auf Montag, zwischen vier Uhr und acht Uhr am Morgen? <

> Wir haben beide in dieser Nacht bis zwei Uhr morgens gearbeitet, danach sind wir mit dem Bus in unsere Wohnung gefahren und haben bis gegen acht Uhr geschlafen, bevor wir mit dem Bus zur Universität fuhren.

Ein Auto besitzen wir nicht.

Wir arbeiten beide in der gleichen Firma im EDV-Bereich, nur einfache Arbeiten, bei denen man aber ungemein konzentriert arbeiten muss. Außerdem haben wir zusammen eine kleine, billige Wohnung gemietet.

Augenblick, bitte, hier ist eine Visitenkarte dieser Firma, ich schreibe Ihnen auf der Rückseite noch die Adresse unserer Wohnung auf. <

Claude bedankte sich und blickte zu Roland, der sich eifrig Notizen gemacht hatte und vorsichtshalber auch noch zusätzlich die Adresse und Telefonnummer der Geschwister notierte.

> Mein Kollege wird sich um Ihre Fingerabdrücke kümmern, bitte geben Sie auch eine Speichelprobe ab, die werden wir vielleicht noch benötigen.

Wenn Sie Ihren Vater noch einmal sehen wollen, kann mein Kollege Sie in die Pathologie begleiten.

Vorerst vielen Dank für Ihr Kommen. Sobald wir ein abschließendes Ergebnis haben, werden wir Sie informieren.

Wir sind mit der Untersuchung Ihres Elternhauses fertig. Hier ist der Haustürschlüssel. Sollten wir noch einmal das Haus betreten müssen, melden wir uns bei Ihnen. <

> Wir würden unseren Vater sehr gerne noch einmal se-

hen und uns von ihm verabschieden.

Sein Wunsch war immer, nach seinem Tod eingeäschert zu werden. Seine Asche sollten wir dann in der Gironde verstreuen. Er wollte nie in einem Grab auf irgendeinem Friedhof liegen. Er hasste Gräber und das ganze Klimbim einer Beerdigung.

Er hielt auch nichts von Religion.

Könnten Sie die Einäscherung veranlassen und uns oder dem Wirt der Kneipe in Talmont den Namen und die Adresse des Beerdigungsinstituts mitteilen? Bei diesem Institut sollte die Urne deponiert werden.

Sobald unser Studium uns eine oder zwei Wochen Zeit lässt, wollen wir seinen letzten Wunsch erfüllen.

Die Kosten der Einäscherung werden wir selbstverständlich übernehmen.

Wir werden heute noch über Talmont nach Bordeaux zurückkehren, einer meiner Kommilitonen nimmt uns heute am Abend mit.

Wir haben beide in der kommenden Woche eine schwere Prüfung und müssen noch eine Menge lernen.

Ich werde den Schlüssel bei dem Wirt der kleinen Kneipe in Talmont deponieren. Dort können Sie oder wir ihn bei Bedarf holen.

Der Wirt war ein Freund unseres Vaters und kennt uns seit unserer Geburt.

Auf Wiedersehen. <

Sie erhoben sich und verließen das Büro, geführt von Roland.

Nach Rolands Rückkehr wandte sich Claude an ihn.

> Die beiden tun mir leid. Versuche bitte die Adresse ihrer Mutter herauszufinden.

Ich sehe mir noch den Bericht über die Untersuchung der Diamanten an. <

Der Bericht war sehr kurz. Die Diamanten waren beide in

Sierra Leone geschürft und nach indischer Art geschliffen worden.

Als er dann den letzten Satz gelesen hatte, zog Claude überrascht seine Augenbrauen hoch. Er griff sofort zum Telefon und wählte.

> Hallo, Ronan. Wir haben schon lange nicht mehr miteinander gesprochen. Wie geht es dir? <

> Alles Bestens. Danke der Nachfrage. Und dir? <

> Prima. Meiner Familie geht es auch gut.

Ronan, aus der Mitteilung eines Labors in Bordeaux entnehme ich, dass ihr einen Diamanten habt untersuchen lassen, Herkunft, Schliff, usw.

Was steckt dahinter? Ein Mord an einem Philippino? Er war nur einen Tag lang in Bordeaux und wurde am Samstag früh ermordet?

Wir haben, wie dir Roland schon mitgeteilt hat, zwei Morde aufzuklären.

Bei einem der Mordopfer fanden wir zwei geschliffene Diamanten, Herkunft Sierra Leone, indischer Schliff. Das entspricht dem Diamanten, den ihr habt untersuchen lassen.

Die beiden Morde in Talmont fanden am Montagmorgen und in der Nacht von Sonntag auf Montag statt.

Gibt es da eine Verbindung zwischen den Morden bei uns und dem bei euch? <

> Ich will das nicht ausschließen? <

> Ich ebenfalls nicht.

Wann setzen wir uns zusammen? <

> Ich komme morgen Vormittag nach La Rochelle? Einverstanden? <

> Sehr gut. Dann kannst du endlich mal eine schöne Stadt sehen. <

> Einbildung. <

> Wenn du meinst? <

Ich erwarte dich also morgen Vormittag. <

> Habt ihr bei euch vernünftigen Kaffee? <

> Ich glaube eher nicht. Lass dich einfach überraschen. Bis morgen. <

Claude schaltete seinen Computer an und sah die eingegangenen emails durch. Darunter fand er die Liste, die ihm der Juwelier kurzfristig geschickt hatte. Er druckte sie aus und übergab sie seinem Kollegen.

> Roland, hier hast du ein wenig Arbeit.

Die meisten der aufgelisteten Personen wohnen zwischen Talmont und La Rochelle oder in der Umgebung von La Rochelle.

Suche sie bitte auf, befrage sie und nimm ihre Fingerabdrücke und ihre DNA.

Die restlichen drei Personen auf der Liste wohnen in Bordeaux.

Ich werde morgen Ronan bitten, diese Männer aufzusuchen. Er kann uns die Fingerabdrücke, die DNA und das Ergebnis der Befragungen anschließend zuschicken.

Bis unsere Kollegen alle Abdrücke im Haus von Catourier gesammelt haben, vergehen vielleicht noch zwei Tage.

Warum muss dieser Mann nur ein so großes Haus besitzen? <

Roland sah die Liste der Personen durch, nahm eine Karte der Umgebung zu Hilfe und nummerierte die Adressen der Personen der Reihe nach so durch, dass er eine möglichst kurze Strecke zu fahren hatte.

Er nahm den Schlüssel eines Dienstfahrzeuges und verließ das Büro.

Claude fing an, die Ergebnisse der bisherigen Ermittlungen in seinen Computer zu tippen.

Er hatte die Erfahrung gemacht, dass sich bei der Formulierung der Geschehnisse und seiner Ermittlungen manchmal neue Fragestellungen ergaben. Außerdem musste er alle Ermittlungen für einen späteren Gerichtsprozess logisch aufbauen und dadurch alles noch einmal schlüssig durchdenken.

Diese Vorgehensweise hatte ihm schon einige Male geholfen, Fälle zu lösen.

Er hatte gerade seinen Bericht abgespeichert und wollte seinen Computer ausschalten, als ein Kollege der Forensik an seine Tür klopfte.

Er legte eine Plastiktüte mit dem Seil auf Claudes` Schreibtisch, dazu einen ausgedruckten Bericht.

> Wir haben an diesem Seil die DNA des Fischers gefunden, an mehreren Stellen entlang des ganzen Seiles.

Am unteren Ende des Seiles waren einige wenige Partikel der an der Ausgrabung gefundenen Toten, die DNA ist identisch, sowie drei kleine Partikel von schwarzen Lederhandschuhen. Diese waren vergleichbar mit den Partikeln an der Schaufel und an der Schubkarre auf dem Ausgrabungsgelände.

Dazu fanden sich am unteren Karabinerhaken ein Teilabdruck der Toten, vom Daumen, und ein Teilabdruck eines anderen Fingers, diesmal eindeutig eines Mannes, mit einer kleinen zickzackförmigen Narbe. Dieser Teilabdruck stammt aber nicht von dem Fischer und ist schon etwas älter.

Die Fingerabdrücke am oberen Karabinerhaken waren zu alt und verwischt, um sie verwerten zu können.

Am unteren Seilende, direkt über dem eingespleißten Karabinerhaken, fanden wir noch eine Faser aus Sisal.

Das Blut an der Kugel, die du in der Felsspalte gefunden hast, stammt von der Toten.

Im Haus haben wir an drei Stellen Blutstropfen gefunden, die gemäß DNA-Analyse ebenfalls von der Toten herrühren.

Außerdem haben wir an der Balustrade, ziemlich weit verstreut, aber teilweise auch weggewischt, eine Reihe von Blutstropfen und Blutflecken gefunden. Auch das Blut auf der Schubkarre stammt von der Toten.

Zusätzlich waren am Gebüsch vor der Felswand und am Felsen selbst eine ganze Menge Gewebeteile und auch Haare verstreut, die aufgrund der DNA eindeutig von der Toten herrühren.

Damit ist nochmals bestätigt, dass der Tatort dort am Ende der Terrasse neben der Felswand ist.

Steht alles detailliert in dem Zwischenbericht, die endgültige Auswertung aller aufgefundenen Spuren steht noch aus, der abschließende Bericht folgt in den nächsten Tagen. <

Claude bedankte sich, der Kollege hob zum Abschied die Hand und schloss die Tür von außen.

Claude fühlte, wie ein Kribbeln seine Wirbelsäule hinablief.

In seinem Hinterkopf formulierte sich ein Gedanke, drang aber nicht bis in sein Bewusstsein durch. Irgendwie wusste er, dass er einen wichtigen Abschnitt seiner Beweiskette gefunden hatte, aber welchen?

Er schloss die Plastiktüte mit dem Seil in seinem Schreibtisch ein, schaltete seinen Computer aus und machte sich auf den Weg zu seiner Familie.

11

Als Claude, wieder nach einer anstrengenden Nacht, sein Büro betrat, schaltete er zuerst seinen Computer an und tippte die maßgebenden Ergebnisse der Forensik vom vorhergehenden Nachmittag in seinen Bericht.

Als er am vorherigen Abend seiner Frau zugesehen hatte, wie sie sich in heißen Dessous ihrem Ehebett näherte, hatte sich in seinem Hinterkopf die Idee vom Nachmittag kristallisiert, wie die verschiedenen Indizien im Haus von Catourier und im Haus des Fischers zusammenhängen könnten.

Je länger er jetzt darüber nachdachte, desto sicherer war er sich über die Zusammenhänge.

Aber leider war auch das nur ein Puzzleteil in seinem angenommenen Tathergang, zwar ein großes, aber eben doch nur ein Puzzleteil, durch einige Indizien abgesichert, aber ohne endgültigen Beweis.

Im Hinblick auf das bevorstehende Gespräch mit seinem Kollegen Matudi druckte er aus der Liste des Juweliers die Namen und Adressen der Personen aus, die in Bordeaux wohnten.

Er kannte die Vorlieben seines Kollegen und beschäftigte sich mit der Kaffeemaschine. Er schüttete den Kaffee vom Vortag in den Ausguss und setzte neuen Kaffee auf, mit etwas mehr Kaffeepulver als gewöhnlich. Er schaltete die Maschine aber noch nicht ein.

Auf eine Schautafel aus Glas, an der Wand seines Büros, schrieb er die Namen der an den Morden beteiligten Personen:

der tote Fischer Monard,

der Juwelier Catourier,

der Rentner Westtend,

die Ausgrabungsleiterin Boyer,

die Tote Mireille Sargon,

der Kneipenbesitzer Fillou und die jungen Frauen auf der Ausgrabungsstätte (die letztgenannten jeweils in Klammern).

Darunter: das Seil,

die Diamanten und

die dreimonatigen Einzahlungen.

Letztendlich ergänzte er, nach einigen Überlegungen, eine Pistole Kaliber 9 mm mit Schalldämpfer.

Roland war noch unterwegs. Es konnte unter Umständen noch bis zum nächsten Tag dauern, bis er alle Besucher aus dem Haus des Juweliers angetroffen hatte.

Claude setzte sich auf seinen Stuhl und betrachtete ganz intensiv die Namen und Gegenstände, die er auf die Schautafel geschrieben hatte, als könnte sich allein aus der Betrachtung der Schautafel der Fall von selbst lösen.

Die Diamanten.

Wurden in den letzten Monaten ähnliche Diamanten verkauft?

Von wem?

An wen?

War das nachvollziehbar, überprüfbar?

Catourier!

Er war sein erster Ansprechpartner.

Er kaufte sicher regelmäßig Diamanten und andere Edelsteine.

Von wem kaufte er sie?

Nur von einer Person oder von mehreren?

Hatte er noch vergleichbare Diamanten in seiner Goldschmiedewerkstatt oder in seinen Geschäften?

Er wollte gerade zum Telefon greifen, als es klingelte. Es

war der Pförtner.

Sein Kollege Matudi war auf dem Weg zu ihm. Er verschob das Telefongespräch.

Kurz darauf klopfte es an seiner Bürotür. Er stand auf, um seinen Kollegen zu begrüßen.

Sie schüttelten sich die Hände, kräftig, wie Männer es tun.

> Hallo, Ronan. Du siehst gut genährt aus. Ihr habt in Bordeaux wohl keine Arbeit.

Nimm dir ein Beispiel an mir. Ich bin richtig dünn im Vergleich zu dir.

Das macht die viele Arbeit.

Komm herein.

Einen Kaffee? Ich muss nur schnell die Maschine einschalten, du verabscheust ja lauwarmen Kaffee.

Nimm bitte Platz. <

> Hallo, Claude. Schön dich wieder einmal zu sehen.

Wir leben eigentlich gar nicht so weit voneinander entfernt, trotzdem haben wir uns seit unserer gemeinsamen Polizeiausbildung nicht mehr gesehen.

Weißt du eigentlich, dass ich damals richtig neidisch auf dich war? <

> Wieso das? <

> Du kannst dich erinnern, dass du mich während unserer Ausbildung mehrmals zu dir nach Hause eingeladen hast. Da habe ich deine sexy Frau kennen gelernt und vor allem habe ich festgestellt, dass sie eine hervorragende Köchin ist.

Von solch einer Frau träume ich.

Das Aussehen einer Frau ist mir dabei aber nicht so wichtig, ich lege vor allem Wert darauf, dass sie gut kochen kann. Das ist mir wichtig, das kannst du meiner Figur ansehen. <

> Gib die Hoffnung noch nicht auf.

Du bist ein prima Typ, das habe ich damals bei Beginn unserer Ausbildung sofort festgestellt.

Du wirst schon noch die richtige Frau finden. <

> Naja, wir werden sehen….

Ihr wollt euch jetzt also von Profis bei der Arbeit helfen lassen? <

Ronan feixte.

> Einen guten Kaffee trinke ich immer noch gern, ohne Milch und ohne Zucker bitte, wie du dich vielleicht erinnern kannst. <

Ronan setzte sich auf den angebotenen Stuhl, während Claude die Kaffeemaschine einschaltete.

Ronan sah sich inzwischen um und studierte die Namen und Begriffe auf der Schautafel.

Dankbar nahm er die dampfende Tasse aus der Hand von Claude und trank einen kleinen, noch heißen Schluck.

> Gar nicht schlecht, euer Kaffee, fast so gut wie der, den ich im Büro koche <, bemerkte er beiläufig mit gespielter, unschuldiger Miene.

> Ehrlich, der Kaffee ist wirklich gut, er schmeckt mir.

Seit einigen Tagen kochen wir uns in unserer Abteilung unseren Kaffee selbst. Der Kaffee aus dem allgemeinen Kaffeeautomaten war nur noch eine Giftbrühe. Seitdem macht auch die Arbeit wieder Spaß.

Wo ist dein Kollege Roland? <

> Er ist unterwegs um verschiedene Personen zu befragen und um Fingerabdrücke und Speichelproben zu nehmen. <

Claude stellte seine Kaffeetasse auf seinen Schreibtisch.

> Du warst also schon neugierig? < fragte er und deutete mit dem Kopf zur Schautafel hin.

Ronan nickte und trank noch einen Schluck.

> Willst Du anfangen? <

Ronan nickte wieder.

Dann fing er an die Ermittlungen in seinem Fall zu schildern. Claude wiederholte die wichtigsten Fakten.

> Der Tote ist also am Freitag früh mit einem Frachter nach Bordeaux gekommen und in der Nacht auf Samstag ermordet worden.

Er hat, auch in der Vergangenheit, alle etwa drei Monate, fünftausend Euro auf ein Konto auf den Philippinen überwiesen.

Schade, dass ihr die genauen Tage der Überweisungen nicht nachvollziehen könnt.

Aber ihr habt von der Hafenmeisterei die genauen Tage, wann der Frachter in Bordeaux seine Ladung gelöscht hat.

An diesen Tagen dürfte dieser Mann dann die Überweisungen getätigt haben.

Kannst du mir die genauen Tage, an denen der Frachter in Bordeaux war, per email durchgeben, dann kann ich überprüfen, ob diese Tage mit den Bareinzahlungen des Fischers übereinstimmen.

Entschuldige, ich war zu schnell. Du hast noch keine Ahnung von unseren Ermittlungen. <

Nun begann Claude den Grund und den Stand seiner Ermittlungen vorzutragen. Ronan hörte aufmerksam zu, ohne eine Zwischenfrage zu stellen.

> Wir haben beide ein vergleichbares Problem: Geldüberweisungen, beziehungsweise Geldeinzahlungen von Beträgen, deren Herkunft unbekannt ist.

Diamanten aus Sierra Leone, geschliffen auf indische Art, gefunden bei Menschen, ermordeten Menschen, die sich diese Diamanten niemals leisten könnten. Ebenso wie die Geldbeträge.

Dazu insgesamt drei Morde.

Der wertvolle historische Fund auf der Ausgrabungsstelle hat mit den Morden nichts zu tun? <

> Ich bin mir ganz sicher. Die Zeitabläufe passen einfach nicht zusammen. Die historischen Wertgegenstände wurden

von Freitagmittag bis zum Abend ausgegraben, im kleinen Museum auf dem Ausgrabungsgelände deponiert und bereits am nächsten Morgen, sehr früh, abgefahren.

Dieser historische Fund hat die Ausgrabungsstelle nicht verlassen, bevor er mit einem Panzerwagen unter Polizeibegleitung nach Bordeaux abgefahren wurde.

Wie hoch der Wert dieses Fundes ist, weiß ich nicht. Darüber könnte Professor Lelong von der Universität Bordeaux Auskunft geben. Der historische Wert ist sicher wesentlich höher als der materielle.

Das ist nach meiner Überzeugung aber ohne Belang für unsere Ermittlungen.

Dass die weibliche Leiche auf dem Ausgrabungsgelände gefunden wurde, bedeutet für mich nur, dass der Mörder über die Tätigkeit der Toten bei der Ausgrabung Bescheid wusste.

Vielleicht wollte er eine falsche Spur legen und auf einen Mörder im Umfeld der Ausgrabung hinweisen. Oder er hat aus reinem Zufall die Leiche dort abgelegt?

Er hat die Leiche dort deponiert, wo neben einem offenen Graben noch ein kleiner Hügel lockeren und ausgegrabenen Erdreichs lag. Damit hat er die Leiche zugedeckt, damit war es für ihn nicht erforderlich, die über Jahrhunderte verfestigte Erde mühsam aufzugraben.

Die Schubkarre lag ein Stück vom Fundort der Leiche entfernt. Er hat eindeutig mit dieser Schubkarre die Leiche von der Straße zum späteren Fundort gefahren, sie dort abgelegt und anschließend die Schubkarre etwas zur Seite gefahren, damit sie ihn beim Zuschaufeln des Grabens nicht störte.

Die Schaufel hat er danach auf seinem Weg zurück zum Zaun zur Seite geworfen.

Wir haben sowohl am Schaufelstiel, als auch an der Schubkarre Partikel von schwarzen Lederhandschuhen gefunden. Diese Partikel von schwarzen Lederhandschuhen waren auch an der Stelle auf der Terrasse des Hauses von Catourier zu finden, an der die junge Frau erschossen wurde.

Die Diamanten, die wir bei dem toten Fischer gefunden haben, und der Diamant, den ihr gefunden habt, stammen gemäß der Isotopenuntersuchungen aus Sierra Leone. Sie weisen den gleichen Schliff auf.

Dazu kommt für mich noch der enge Zeitrahmen, in dem alle drei Morde geschehen sind. <

Claude betrachtete Ronan und spürte richtiggehend, wie die Gedanken und Überlegungen im Kopf seines Kollegen rumorten.

> Claude, wir haben am Fundort unseres Toten ebenfalls Partikel von schwarzen Lederhandschuhen gefunden. Es gibt zwar jede Menge Lederhandschuhe, aber auch Tiere haben eine DNA.

Wir sollten die Lederpartikel, eure und unsere, untersuchen lassen. Eventuell ist ausreichend DNA nachweisbar, eventuell sind sie identisch? Dann wüssten wir mit Sicherheit, ob es sich in Talmont und in Bordeaux um denselben oder dieselben Täter handelt. <

> Gut, ich lasse, soweit durchführbar, von den Lederpartikeln die DNA-Struktur ermitteln und du kannst die DNA-Daten eurer Lederhandschuhe dann an uns weitergeben. <

> Mach ich.

Ich habe übrigens vorgestern Abend beim Einkaufen etwas Seltsames beobachtet, was mir nicht aus dem Kopf ging, was ich aber nicht verwerten konnte.

Bis jetzt, nach Kenntnis der Fakten eures Falles.

Ich glaube, ich habe ein größeres Puzzleteil gefunden. <

Er erzählte Claude von seinen Beobachtungen.

> Stell dir Folgendes vor:

Dieser Fabrizio Tanaku von den Philippinen fährt auf seinem Frachter in der späten Nacht, beziehungsweise am frühen Morgen, in die Mündung der Gironde ein.

Kurz darauf wirft er einen Behälter mit Schmuggelware, wahrscheinlich Diamanten, über Bord, der von irgendeinem Boot aus aufgefischt wird.

Er fährt weiter nach Bordeaux, trifft sich dort mit einem Unbekannten und erhält einen Briefumschlag mit fünftausend Euro, die er sofort auf ein Konto auf den Philippinen überweist.

Der Geldbetrag ist für seine Mithilfe bei diesem Schmuggel.

Der Frachter kam aus Sierra Leone. Alle Welt weiß von den dortigen, sogenannten Blutdiamanten. Die Diamanten in Sierra Leone auf das Schiff zu schmuggeln, stellt kein Problem dar. Eine entsprechende Menge an Schmiergeld löst in diesem Land viele, wenn nicht sogar alle Probleme.

Der Tote hatte in seinem Gürtel einen großen Diamanten eingenäht. Der Wert liegt nach Schätzung eines Juweliers bei mehr als hunderttausend Euro. Für einen einfachen Koch von den Philippinen ein Vermögen.

Die ganze Sache hatte für ihn nur einen Nachteil: der Diamant gehörte nicht ihm, sondern jemand anderem.

Und dieser Jemand hat den Verlust des Diamanten bemerkt. Er wollte ihn zurückhaben, weshalb dieser Philippino sterben musste.

Seine Kleider waren durchsucht worden, aber an seinen Gürtel hat sein Mörder nicht gedacht.

Der Mord geschah zudem in der dunklen Nacht, laut Wetteraufzeichnungen war der Himmel in dieser Nacht total bewölkt, kein Mond, keine Sterne. Da hatte sein Mörder keine Möglichkeit, den Toten genau zu durchsuchen und die sorgfältig zugenähte Stelle im Gürtel zu finden.

Einen kleinen Gegenstand wie den Diamanten, in der Nacht, ohne Mond, ohne Sterne, bei der diffusen Beleuchtung am Hafen, zu finden, war ganz einfach unmöglich. <

> Dieser Teil des Ablaufs scheint plausibel.

Um den Faden weiterzuspinnen, glaube ich, dass unser toter Fischer das Schmuggelgut, irgendeinen Behälter, aus dem Wasser fischte. Immer wieder, etwa alle drei Monate.

Eventuell war der Behälter in einem Netz aus Sisal über Bord geworfen worden, wir haben eine Sisalfaser am Seil gefunden.

Mit einem Bootshaken kann der Fischer das Netz mit dem Behälter ganz bequem in das Fischerboot gezogen haben. Auf der Liste des Inventars des Fischerbootes ist ein Bootshaken vermerkt.

Damit der Behälter nicht unterging, waren an dem Netz zusätzlich Schwimmkörper befestigt.

Eine Beleuchtung, eine schwache Beleuchtung des Netzes hätte das Auffinden des Behälters erleichtern können. Angler benutzen fluoreszierende Knicklichter, die meines Wissens etwa drei Stunden lang leuchten, nur schwach, aber dauerhaft leuchten.

Das könnte zum Auffinden des Behälters in der Nacht ausreichend gewesen sein.

Ich würde in so einer Situation vom Frachter aus noch ein Signal mit einer Taschenlampe geben.

Den Behälter dann zu finden und mit einem Bootshaken an Bord zu ziehen, wäre ein Kinderspiel.

Unser toter Fischer könnte die Bergung des Behälters durchgeführt haben.

Wir müssen die Einzahlungen auf sein Konto mit den Besuchen des Frachters in Bordeaux vergleichen.

Anscheinend hat er nach der Bergung des letzten Behälters diesen geöffnet und sich daraus zwei Diamanten angeeignet.

In der Nacht, in der er nach dem Auslegen seiner Netze in den Hafen zurückgefahren ist, hat er den Behälter an das

Seil am Böschungsabbruch angehängt und hinter den Büschen hinabgelassen.

Die DNA des Fischers war mehrfach am Seil.

Der Empfänger des Behälters hat das Fehlen der Diamanten festgestellt. Er muss von dem Geschäft mit Edelsteinen etwas verstehen.

Ich würde als Empfänger die Diamanten wiegen. Damit könnte ich nachprüfen, ob einer fehlt. Und der Empfänger hat meines Erachtens tatsächlich das Fehlen der Diamanten festgestellt.

Das würde aber auch bedeuten, dass irgendjemand dem Empfänger die genaue Angabe des Gesamtgewichtes der Diamanten übermittelt hat.

Er ist daraufhin am frühen Morgen zum Ufer der Gironde gefahren. Als das Licht in der Dämmerung ausreichte, hat er den Fischer erschossen, wegen der fehlenden Diamanten und vielleicht, um zusätzlich zu verhindern, dass der Diamantenschmuggel auffliegt.

Wenn der Fischer versucht hätte, die Diamanten zu verkaufen, wäre ganz sicher die Frage gestellt worden, woher er die Diamanten hat. Irgendjemand hätte Nachforschungen in Gang gesetzt.

Das war dem Mörder wahrscheinlich zu riskant.

Der Mord an der jungen Frau. Ich habe dazu eine Hypothese.

Der Behälter hing an dem Seil am Böschungsabbruch. Vielleicht war sie auf der Terrasse, als der Behälter am Seil herabgelassen wurde, sie hat das Geräusch beim Herablassen gehört oder sie hat ihn aus irgendeinem Grund zufällig entdeckt.

Der Mörder kam hinzu, irgendwann zwischen zweiundzwanzig und dreiundzwanzig Uhr. Um keinen Zeugen zu hinterlassen und um die ziemlich regelmäßige Übergabe des Behälters über das Seil zu verbergen, hat er sie erschossen und die Leiche zu dem Ausgrabungsgelände gefahren.

Wir müssen bedenken, dass in dem Haus von Catourier nicht ständig jemand anwesend war. War jemand, von außen deutlich erkennbar, im Haus, hat unser Mörder seinen Besuch einfach ein oder zwei Tage verschoben. Der Behälter war gut verborgen, im Regelfall konnte ihn niemand finden. <

> Claude, das passt alles mehr oder weniger zusammen. Aber wir müssen alles beweisen können. Und wir müssen den oder die Mörder fassen und hoffentlich ein Geständnis erhalten.

Dem Zeitablauf nach könnte es ein einzelner Mann gewesen sein. Nach dem Mord in Bordeaux hätte er etwa zwanzig Stunden Zeit gehabt nach Talmont zu fahren.

Er hätte dort die junge Frau gegen dreiundzwanzig Uhr erschießen und anschließend auf dem Ausgrabungsgelände verscharren können.

Die Erde auf die im Graben abgelegte Leiche zu werfen hat maximal eine halbe Stunde gedauert.

Danach hätte die Zeit mehr als ausgereicht, um zum Ufer der Gironde zu fahren und den Fischer zu erschießen.

Beide Leichen bei euch sind nachweislich mit der gleichen Waffe erschossen worden?

Es könnten aber auch zwei Täter gewesen sein. Täter 1 könnte die Waffe auch an Täter 2 weitergegeben haben.

Wenn ich es mir durch den Kopf gehen lasse, glaube ich jedoch nicht an zwei Täter in Talmont.

Die Mordwaffe in Bordeaux war nachweislich ein Stahlrohr, keine Pistole.

Dennoch ist das kein Beweis, dass es nicht doch der gleiche Täter war. <

> Bei der jungen Frau bin ich überzeugt, dass der Täter ein Mann war.

Er hat die Frau über die Treppe ein Stockwerk hoch und durch das Haus zu seinem Auto getragen und dann zum Ausgrabungsgelände gefahren.

Außer auf der Terrasse haben wir im Haus noch vereinzelte Blutstropfen gefunden. Wir haben im Haus keine Schleifspuren entdeckt.

Am Ausgrabungsgelände hat er den Maschendrahtzaun aufgeschnitten, das erfordert Kraft in den Händen, und die Tote in die ausgehobene Grube geworfen. Für einen Teil der Wegstrecke hat er zwar die Schubkarre benutzt, aber auch ein Mann erleichtert sich die Arbeit, wenn er die Möglichkeit dazu hat.

Ich glaube nicht an eine Frau. <

Beide schwiegen eine Weile und ließen sich ihre Überlegungen und Schlussfolgerungen ein weiteres Mal durch den Kopf gehen.

> Ronan, noch eine Tasse Kaffee? <

> Gern, vielen Dank. Unser bisheriger Kaffee in Bordeaux war nicht annähernd so gut wie der bei euch. Aber ich habe das geändert.

Sag mal. Dieser deutsche Rentner, kommt der als Täter in Frage, zumindest für den Mord an der jungen Frau? <

> Ich glaube das nicht.

Er wiegt vielleicht siebzig Kilogramm und ist nicht groß. Gut, diese Frau war nicht schwer, sie wog zwischen fünfundfünfzig und siebenundfünfzig Kilogramm.

Dennoch glaube ich kaum, dass er sie hätte durch das Haus zu einem Auto tragen können. Er bewegt sich, vor allem wenn er sich aufrichtet, wie ein Mensch, der Probleme mit seinen Bandscheiben hat. Außerdem, wie ich feststellen konnte, hat er auch nicht viel Kraft. Er hat sein ganzes Berufsleben am Schreibtisch verbracht, da sind seine Muskeln ohnehin nicht kräftig ausgebildet.

Er ist mit einem Wohnmobil hier im Südwesten, ein anderes Auto steht ihm hier garantiert nicht zur Verfügung. Ein Wohnmobil ist auffälliger als ein normaler Pkw.

Außerdem hat er ein wasserdichtes Alibi.

Wenn er den Fischer hätte erschießen wollen, hätte er sich von zu Hause eine Waffe mitbringen müssen. Aber vor seiner Abreise nach Talmont wusste er noch gar nicht, was ihn hier im Südwesten von Frankreich erwarten würde.

Er wollte seinen Ambitionen im Bereich der Archäologie frönen. Ich sehe bei ihm auch kein Motiv.

Gut, wenn er sich einen Teil des historischen Fundes unter den Nagel hätte reißen wollen, hätte er ein Motiv gehabt. Der Fund war aber bis zum Abtransport unter ständiger Beobachtung in einem abgeschlossenen Raum unter den Augen der Ausgrabungsleiterin. Für einen Diebstahl hatte er keine Gelegenheit.

Aber von den Diamanten, bei dem Fischer und bei euch, kann er nichts gewusst haben, absolut nichts.

Außerdem, wie hätte er in das Haus des Juweliers gelangen sollen? Wir haben keine Einbruchsspuren entdeckt.

Ronan, wir haben ein wunderschönes Szenario konstruiert. Es scheint mir alles logisch zu sein. Aber wie du bereits sagtest, wir müssen alles beweisen, hieb- und stichfest beweisen.

Und wir müssen den oder die Täter finden und den entsprechenden Beweis antreten, bevor wir ihn vor Gericht bringen.

Übrigens, ich habe noch eine Bitte an dich.

Der Juwelier Catourier hat mir eine Liste von Personen zugemailt, die in den vergangenen sechs Monaten in seinem Haus waren, in dem seine Lebensgefährtin ermordet wurde.

Davon leben drei Personen in Bordeaux. Kannst du mir den Gefallen erweisen und diese drei Personen aufsuchen, ihre Fingerabdrücke und ihre DNA abnehmen und sie befragen, wann, warum und eventuell mit wem sie in dem Haus von Catourier in Talmont waren? Das wäre für uns einfacher als selbst nach Bordeaux zu fahren.

Hier ist der Auszug aus der Liste mit Namen und Adressen. <

> Machen wir gerne. Du bist dir aber im Klaren darüber, dass dieser Juwelier als Täter durchaus in Frage kommt. Es könnte sein, dass er euch bei seiner Befragung nur Theater vorgespielt hat.

Vielleicht hatte er wirklich beabsichtigt, bei seiner Lebensgefährtin um ihre Hand anzuhalten.

Als sie, wie auch immer, den Behälter mit Schmuggelware entdeckte und ihn zur Rede stellte, hat er sie ermordet.

Überlege einmal: der Mord geschah in seinem Haus, er verarbeitet und verkauft Diamantenschmuck, er hat einen Schlüssel zu seinem Haus, er hat ein Auto und er wusste, dass die Tote auf der Ausgrabungsstätte beschäftigt war. <

> Das Zeitfenster passt nicht. Nach Aussage deiner Kollegen vom Einbruchsdezernat war er bis wenige Minuten nach dreiundzwanzig Uhr in seinem Geschäft in Bordeaux.

Die Frau ist nach eindeutiger Aussage des Pathologen zwischen zweiundzwanzig und dreiundzwanzig Uhr erschossen worden.

Die Autofahrt von Bordeaux nach Talmont auf der Autobahn dauert eine Stunde, die Fahrzeit aus Bordeaux hinaus bis zur Autobahn noch nicht mitgerechnet.

Wir haben alle Kennzeichen der Autos, die von dreiundzwanzig bis zwei Uhr nachts auf der Autobahn nach Norden fuhren, überprüft. Sein Auto war nicht dabei und er hat nur ein Auto.

Die Fahrt auf Landstraßen dauert fast doppelt so lang, also mindestens zweieinhalb Stunden. Er kann es nicht gewesen sein. Es sei denn, er hatte einen Komplizen.

Das müssten wir aber beweisen und dafür sehe ich im Moment keinerlei Anhaltspunkt.

Übrigens, ich lade dich zum Mittagessen ein, zu mir nach Hause. Meine Frau wartet auf uns. Sie hat dich schon lange nicht mehr gesehen. Einverstanden? <

> Liebend gern. Ingrid ist eine hervorragende Köchin, deshalb verstehe ich nicht, weshalb du immer noch so ein Hungerhaken bist. <

Ronan lachte und strich sich über seinen Bauch.

> Als ich gestern Abend meiner Frau erzählte, dass du heute nach La Rochelle kommen wirst, hat sie mich sofort dazu verdonnert, dich zum Mittagessen zu uns nach Hause zu bringen.

Für den Fall, dass ich mich weigern sollte, hat sie mir alle möglichen Strafen angedroht: sie wollte meine Wäsche nicht mehr waschen, mir kein Essen mehr kochen, und zusätzlich dreimonatigen Sexentzug.

Den würde sie zwar selbst nicht durchhalten, aber daraus kannst du ersehen wie sehr sie sich freut, dich wieder einmal zu sehen.

Da konnte ich mich nicht weigern, ich wollte es auch nicht.

Sie hat anschließend meine Eltern angerufen und zur Arbeit eingeteilt.

Das heißt, meine Mutter wird ihr in der Küche helfen und mein Vater muss am Mittag unsere Kinder von der Schule nach Hause holen und nach dem Essen wieder zurück fahren.

Ingrid besteht darauf, dass auch unsere Kinder dich kennenlernen. Meine Eltern haben dich auch schon ewig nicht mehr gesehen.

Anschließend hat sie sich hingesetzt, das Menü zusammengestellt und eine lange Einkaufsliste für heute Morgen geschrieben. <

> Ich freue mich schon darauf Ingrid wiederzusehen.

Nach unserer Ausbildung haben wir uns ja leider aus den Augen verloren. Ich wurde damals total mit Arbeit überhäuft und wusste nicht mehr wo mir der Kopf stand. Ich hatte nie richtig Zeit zum Essen und habe mich mit Fastfood und anderem Zeug vollgestopft. Das kannst du an meiner Figur erkennen. Ich habe dreißig Kilo zu viel auf den Rippen, besser gesagt auf dem Bauch und um den Bauch herum.

Eigentlich esse ich gar nicht viel, lieber aber gut. Nur habe ich dazu keine Zeit. Eigentlich müsste ich Sport treiben um wieder so schlank zu werden wie du..... und wie ich es früher war. <

> Ich finde es auch schade, dass wir uns aus den Augen verloren haben, wir müssen das in Zukunft ändern.

Ich hatte auch ziemlich viel um die Ohren.

Neben der Arbeit hier habe ich zwei Kinder in die Welt gesetzt und mich beim Wechseln der Windeln und Füttern der Kinder, auch in der Nacht, mit Ingrid abgewechselt. Morgens kam ich dann oft mit halb geschlossenen Augen ins Büro.

Ich habe zudem ein Haus gekauft und mit Hilfe meines Vaters renoviert.

Wir müssen uns unbedingt wieder öfter treffen.

Unsere Wohnorte sind nur etwas mehr als eine Stunde Fahrt mit dem Auto voneinander entfernt. Meine Kinder sind jetzt alt genug, das Mädchen ist neun, der Junge sieben Jahre alt. Sie können durchaus mal eine Nacht allein bleiben oder bei meinen Eltern übernachten. <

Ronan grinste Claude an und erhob sich.

> Worauf wartest du noch? Du weißt doch, dass ich gerne und gerne gut esse. Außerdem freue ich mich, Ingrid und deine Eltern wiederzusehen.

Du solltest auf deiner Schautafel noch den Namen Tanaku und Bordeaux ergänzen.

Anschließend fotografiere ich die Tafel mit meinem Smartphone und übertrage deine Vorarbeit auf die Tafel in meinem Büro. <

> Ich will noch sämtliche Telefonverbindungen der hier Beteiligten überprüfen lassen. Du könntest das Gleiche in Bordeaux veranlassen. <

> Mach ich. Abgesehen von dem Essen, wir bleiben hinsichtlich unserer Morde in Verbindung? <

Sie hatten das Gebäude verlassen und waren in Claudes` Auto eingestiegen.

Claude startete den Motor jedoch noch nicht.

> Sag mal Ronan. Bist du Single oder hast du eine Partnerin? <

> Ich bin noch Single, ich habe die richtige Frau noch nicht gefunden. Dazu müsste ich wahrscheinlich auch etwas an meiner Figur ändern. Wieso fragst du? <

> Ingrid hat mir das aufgetragen, sie wollte dich aber nicht selbst fragen.

Ingrid hat eine Freundin, sie ist drei Jahre jünger als du. Sie ist keine Schönheit, aber auch nicht hässlich. Sie hat eine frauliche Figur, du weißt schon, ein paar schöne Rundungen an den richtigen Stellen.

Sie ist freischaffende Künstlerin, sie malt und stellt Skulpturen her, sie ist handwerklich sehr begabt.

Vor allem aber, was für dich wichtig ist, sie kann hervorragend kochen und sie ist räumlich nicht gebunden.

Ingrid und Chantal, so heißt sie, probieren oft neue Rezepte und Speisen aus und ich bin dann der Leidtragende und muss sie probieren. Ich habe das bisher aber noch nie bereut. Ganz im Gegenteil, ich habe es stets genossen.

Aber ich muss dich dennoch warnen. Chantal hat sehr viel Humor und sie hat den Schalk im Nacken. Sie spielt den Menschen, die sie mag, gerne einen Streich. Und sie ist oft dabei, wenn ich mit meiner Familie Sport treibe. Sie würde dich also zu Sport verdonnern, falls du sie näher kennenlernst.

Wenn du sie kennenlernen möchtest, werden wir euch

beide bei nächster Gelegenheit einladen. Wir wollten dich heute aber nicht überfahren. <

> Warum sollte ich sie nicht kennenlernen.

Deine Schilderung klingt sehr vielversprechend. Ich lasse mich überraschen.

Und ich wäre nicht der erste Mann, der verkuppelt wird. Besser so als wenn ich, wie bei den Orientalen, eine Frau heiraten müsste, die ich noch nie gesehen habe, und das nur, weil irgendwelche Versprechen unter alten Männern gegeben wurden. <

Nach dem Essen in Claudes` Haus verabschiedete sich Ronan von Claude und dessen Familie.

Er hatte bei der Fülle der unterschiedlichen Speisen bei allen einzelnen zugegriffen, sich aber hinsichtlich der Menge, wegen seiner Figur, zurückgehalten.

Für das hervorragende Essen hatte er sich mehrmals bedankt und es überaus gelobt.

Anschließend kehrte er nach Bordeaux zurück.

Claude fuhr wieder ins Büro und ging in Gedanken den Ablauf der Ereignisse, den er mit Ronan erarbeitet hatte, noch einmal durch. Von der Logik her könnte alles so abgelaufen sein, wie er es mit Ronan konstruiert hatte.

Vor allem, wenn man bedenkt, wie einfach und sogar idiotensicher der Ablauf des Diamantenschmuggels gewesen war, seit mehr als drei Jahren. Dabei hätte eigentlich nie etwas schief gehen können.

Spielte zum jetzigen Zeitpunkt hier der Faktor Mensch eine Rolle, eine maßgebende Rolle, der zu den Morden geführt hatte?

Aber es waren bisher alles nur Hypothesen, die durchschlagskräftigen Beweise, ein Täter oder gar ein Geständnis fehlten.

Trotzdem fing er an, den möglichen Tathergang, den er

mit Ronan konstruiert hatte, in seinen Computer zu tippen.

Er musste den Juwelier noch einmal vorladen. Vielleicht könnte das Wissen über die Vertriebswege von Diamanten und die ermittelte Herkunft der Diamanten weiterhelfen.

Vorerst musste er noch die charakteristischen Merkmale der Kugeln an Interpol weiterleiten und die DNA der Lederpartikel bestimmen lassen.

12

Am nächsten Morgen war Claude ausnahmsweise vor Roland im Büro.

Auf seinem Computer fand er eine Mitteilung des Pathologen, dass die Leiche der jungen Frau freigegeben werden könne.

Roland trudelte nach zwei Stunden ein.

> Hallo, Claude. Ich bin heute später dran, ich habe länger geschlafen. Den letzten Namen auf meiner Liste habe ich erst gestern Abend zwischen zwanzig und einundzwanzig Uhr abgehakt, dann stand mir noch der Heimweg bevor.

Es hätte viel schneller gehen können, wenn alle zuhause gewesen wären. Das war leider nicht der Fall. So musste ich die ganze Strecke mehr als zweimal abfahren.

Aber ich habe sie alle angetroffen. Ich hatte schon befürchtet, dass der eine oder andere im Urlaub ist. Das war glücklicherweise nicht der Fall.

Ich habe alle Fingerabdrücke und Speichelproben erhalten und vorhin bereits im Labor abgegeben.

Unsere Kollegen sind gestern Abend auch mit dem Haus von Catourier fertig geworden, schneller als sie vorher angenommen hatten. Die ganze Auswertung steht ihnen noch bevor und die wird ziemlich langwierig werden. Aber sie haben zumindest alle Grundlagen zusammen.

Wie war das Gespräch mit Ronan? Seid ihr weitergekommen? <

> Wir haben einen möglicherweise logischen Ablauf der Morde konstruiert, auch des Mordes in Bordeaux.

Alle diese Morde stehen unserer Überzeugung nach miteinander in Verbindung.

Ich habe gestern Nachmittag noch unsere Erkenntnisse in den Computer getippt. Du kannst dort nachlesen, ich habe mir mit dem Bericht eine Menge Mühe gegeben. Wenn du Fragen hast, kannst du sie mir stellen. Wenn du Einwände hast oder Ungereimtheiten feststellst, werden wir diese diskutieren.

Ich habe heute Morgen die Verbindungsdaten der Telefone von der Ausgrabungsstelle, von Mireille Sargon und Monard angefordert. Ich verspreche mir zwar nicht viel davon, aber ich will mich vergewissern.

Außerdem habe ich bei Interpol nachgefragt, ob die benutzte Waffe schon einmal bei einer Straftat verwendet wurde.

Ronan wird von den drei restlichen Personen auf der Liste von Catourier die erkennungsdienstlichen Merkmale besorgen und die Alibis der Kinder des Fischers überprüfen. Ich habe ihn auch gebeten, deren Telefonverbindungen durchzuforsten.

Zudem wird er in der Hafenmeisterei die genauen Daten besorgen, wann dieser Frachter, auf dem der dortige Tote gearbeitet hatte, in den vergangenen Jahren jeweils in Bordeaux angelegt hat. Diese Tage könnten mit den Daten übereinstimmen, an denen der Fischer die Geldbeträge auf sein Konto einbezahlt hat.

Ich muss den Juwelier anrufen, dass er seine Lebenspartnerin noch einmal sehen kann.

Bei dieser Gelegenheit will ich ihn noch detaillierter über Diamanten und deren Vertriebswege befragen. <

Claude suchte die Visitenkarte des Juweliers heraus und wollte gerade den Telefonhörer abnehmen als sein Telefon zu klingeln begann.

> Kommissar Frehel. Was gibt es? <

Er hörte zu, ohne seinen Gesprächspartner zu unterbrechen.

> Wir kommen, lassen Sie so lange niemanden an das Haus heran. <

Er winkte Roland zu sich.

> In das Haus des Fischers wurde eingebrochen und alles durchwühlt.

Du wirst meinen Bericht später lesen müssen. Schicke bitte die Spurensicherung los, wir fahren voraus. Ich kann dir unterwegs den Inhalt des Berichts grob erläutern. <

Roland telefonierte und griff sich dann den Schlüssel ihres Dienstfahrzeuges.

Unterwegs schilderte ihm Claude den Mord in Bordeaux, die dortigen Indizien, was er mit Ronan besprochen hatte und welchen Tatablauf sie beide konstruiert hatten.

Roland schwieg eine längere Zeit.

> Und jetzt hat der Mörder das Haus des Fischers auf den Kopf gestellt um die Diamanten zu finden. Bei dem Wert dieser fehlenden Diamanten von mehr als einer viertel Million Euro macht das Sinn. Ich würde sie auch suchen.

Das bedeutet für den Mörder aber auch, dass nach dem Tod des Philippinos nur der Fischer für das Fehlen der Diamanten in Frage kommt. Denn bei dem Philippino hat der Mörder ja keinen Diamanten gefunden.

Damit hat euer konstruierter Tatablauf für mich Hand und Fuß.

Übrigens, ich habe telefonisch die Rückmeldungen von den Lotterien erhalten. Ein Pierre Monard hat zumindest in den vergangenen fünf Jahren keinen Gewinn einstreichen können. Ob er jemals gespielt hat, konnte man mir nicht mitteilen. <

Als sie vor dem Haus des Fischers ankamen, sperrten zwei Polizisten den Gehweg vor dem Haus ab.

Neben dem einen Polizisten stand ein älterer Mann in abgewaschenen Jeans und kurzärmlichem Hemd, an dem die oberen zwei Knöpfe offenstanden, und mit einem verwaschenen und zerknäulten Hut auf dem Kopf.

> Guten Tag, Herr Kommissar. Dies ist Marcel Pagnier, er wohnt hier schräg gegenüber in diesem Haus dort. Er hat uns verständigt. <

Claude reichte dem Mann die Hand und stellte Roland und sich vor.

> Wie haben Sie den Einbruch bemerkt? <

> Ich habe heute Morgen Licht in der Küche von Monard gesehen. Ich weiß, dass er tot ist und dass seine beiden Kinder gestern wieder nach Bordeaux zurückgekehrt sind.

Also habe ich in das Fenster hineingeschaut, das zur Straße hinausgeht und habe im Inneren ein heilloses Durcheinander gesehen. So, als hätten die Vandalen dort gehaust. Das gab es bei Pierre nie. Er war zwar nie überaus penibel gewesen, hatte sein Haus aber eigentlich immer in Schuss gehalten.

Deshalb habe ich die Polizei verständigt. Das war so gegen halb acht Uhr. <

> Haben Sie gestern Abend, während der Nacht oder gegen Morgen etwas Ungewöhnliches bemerkt? <

> Nein. Wissen Sie, ich bin schon lange in Rente und höre nicht mehr gut, und meine Frau ebenso. Wir schlafen auf der Rückseite unseres Hauses und wir haben nachts immer die Fenster geschlossen. Sie wissen, wegen der Einbrecherbanden aus Osteuropa. <

> Und die anderen Nachbarn?

> Der Nachbar direkt gegenüber und seine Frau sind vor einer Woche zu ihrem Sohn nach Avignon gefahren. Sie werden Großeltern.

Die weiteren Nachbarn wohnen ein ganzes Stück weiter entfernt. Ich weiß aber nicht, ob denen etwas aufgefallen ist. Hier ist es nachts immer sehr ruhig. <

> Vielen Dank erstmal für Ihre Hilfe. Wir werden uns selbst

einen Überblick verschaffen.

Im Haus von Monard war eigentlich nichts, was sich zu stehlen gelohnt hätte. Das haben wir direkt nach seinem Tod schon festgestellt. <

Der Mann entfernte sich, sichtlich froh und stolz, dass er hatte helfen können.

Claude wandte sich an den nächsten Polizisten.

> Haben Sie sich schon einen Überblick verschafft? <

> Wir waren noch nicht im Haus, wir wollten Ihre Ankunft abwarten. Ich bin nur einmal um das Haus herumgelaufen.

Auf der Rückseite steht ein Fenster offen. In die Scheibe wurde mit einem Glasschneider ein Loch geschnitten, bevor das Fenster entriegelt wurde. Die Spuren von Erde und die Kratzer an der Wand unter dem Fenster deuten darauf hin, dass der oder die Einbrecher dort eingestiegen sind. <

> Gut. Ihre Beobachtungen sind schon einmal hilfreich.

Fahren Sie bitte zu dem Wirt der kleinen Kneipe am Hafen und bitten Sie ihn um den Haustürschlüssel, der bei ihm deponiert ist.

Unsere Kollegen von der Spurensicherung werden bald ankommen und sie müssen ja nicht durch das Fenster turnen. Dabei würden eventuelle Spuren vernichtet werden. <

Als die Mitarbeiter der Spurensicherung eintrafen, mussten sie noch einige Minuten warten, bis der Polizist mit dem Schlüssel zurückkam.

Claude und Roland betraten das Haus, warfen einen kurzen Blick in alle Räume und verließen das Haus wieder.

> Das Haus gehört euch. So, wie alles durcheinander gewühlt und herum geworfen wurde, hat der Einbrecher sicher geschwitzt und manchen Schweißtropfen verloren. Vielleicht könnt ihr einige finden.

Wir beide werden noch die weiteren Nachbarn befragen. Nachts tragen Geräusche weiter als am Tag, und hier ist nachts in der Regel tote Hose. Vielleicht hat jemand etwas gehört oder gesehen. <

Er wandte sich an die beiden Polizisten.

> Sie können uns bei der Befragung der Nachbarn behilflich sein, dann kommen wir schneller durch. <

Keiner der der Nachbarn konnte irgendwelche Angaben zu dem Einbruch beitragen.

Claude dankte den Polizisten, bat die Kollegen nach Ende ihrer Arbeit den Schlüssel wieder in der Kneipe abzugeben und fuhr mit Roland zurück nach La Rochelle.

Auf Rolands Schreibtisch lagen die angeforderten Listen der Telefongespräche für jedes einzelne Telefon oder Handy der in Talmont betroffenen Personen. Alle enthielten nur zwei oder drei Verbindungen. Alle Verbindungen entsprachen den Aussagen der Befragten und erbrachten keine neuen Erkenntnisse.

Die Kinder von Monard besaßen, wie aus den wenigen von dem Fischer angewählten Nummern ersichtlich war, offensichtlich zusammen nur ein einfaches, älteres Handy. Der beiliegende Vertrag für das Handy war schon älteren Datums, zu der Zeit gab es noch keine Smartphones. Dass sie zwischenzeitlich kein Smartphone erworben hatten, war bei der Einstellung und dem Prestigedenken der Jugend bemerkenswert.

Claude schaltete seinen Computer an und fand eine email von Interpol, die er aufmerksam und mit wachsendem Interesse durchlas.

> Roland, hör dir das an. Interpol teilt uns mit, dass die bei unseren Morden verwendete Pistole nachweislich schon bei zwei Morden im ehemaligen Jugoslawien benutzt worden war. Die übermittelten Teilbereiche der Merkmale an den Kugeln waren für einen Vergleich ausreichend.

Die Morde geschahen im Zusammenhang mit Waffenschmuggel, der oder die Täter konnten nie ermittelt werden. Der Zeitpunkt der dortigen Morde liegt fünf Jahre zurück.

Nach den Informationen, die Interpol in diesem Zusammenhang vorliegen, stammt die Pistole aus der Zeit des Bürgerkrieges auf dem Balkan.

Viele der ehemals dort verwendeten Waffen sollen nach Westeuropa, eventuell nach Nordirland oder in das Baskenland geschmuggelt worden sein. Beweise oder gar Namen dafür liegen Interpol jedoch nicht vor. <

> Claude, wenn in Sierra Leone die Blutdiamanten für Waffenkäufe zur Anzettelung von Revolutionen oder in ähnlichem Zusammenhang verwendet wurden, könnte es dann nicht sein, dass der Verkaufserlös der Diamanten hier in Westeuropa für den Ankauf von Waffen für das Baskenland verwendet wurde? <

> Roland, das wäre nicht auszuschließen, aber dafür haben wir absolut keine Beweise.

Ich muss mir das durch den Kopf gehen lassen. Morgen früh werde ich Ronan informieren.

Das Ergebnis der Untersuchung des Fischerhauses steht noch aus. Das dürfte im Laufe des morgigen Tages vorliegen. <

Claude hob den Telefonhörer ab, rief den Juwelier Catourier an und bat ihn, am nächsten Vormittag vorbeizukommen. Falls die Eltern von Mireille Sargon ihre Tochter noch einmal sehen wollten, könnte er sie vielleicht mitbringen.

Catourier sagte zu.

Am nächsten Morgen wählte Claude zuerst die Nummer seines Kollegen Ronan. Dieser teilte ihm mit, dass die Fingerabdrücke und die DNA der drei Personen auf der Liste des Juweliers nach La Rochelle abgeschickt worden seien.

Die Telefonauskünfte über den Juwelier und die Kinder des Fischers hatte er geprüft und nichts Wichtiges erkennen können.

Claude informierte ihn über die Mitteilung von Interpol und über den Einbruch in das Fischerhaus.

Er diskutierte ein Weilchen mit ihm über die Schlussfolgerungen von Roland.

Ronan wollte sich alle Informationen noch einmal durch den Kopf gehen lassen und mit seinen Mitarbeitern besprechen.

Claude überlegte hin und her, ob er noch weitere Informationen, eventuell über Diamantenschmuggel, bei Interpol abfragen könnte. Er entschied sich jedoch erst mit Ronan darüber zu diskutieren und keinen Alleingang zu unternehmen.

Außerdem wollte er vorher noch einmal mit dem Juwelier über Diamanten und deren Vertriebswege sprechen. Dazu musste er sich noch gedulden.

Der Juwelier würde zuerst die Eltern von Mireille Sargon zuhause abholen, mit ihnen nach La Rochelle fahren und sie anschließend zurück nach Libourne bringen.

Er würde sicher noch einige Stunden bei ihnen bleiben. Sie würden wahrscheinlich noch die Beisetzung von Mireille Sargon besprechen.

Claude rief in der Pathologie an und bat, dem Juwelier auszurichten, sich alsbald, vielleicht am nachfolgenden Tag, bei der Kripo in La Rochelle einzufinden.

Er las seinen bisherigen Bericht im Computer noch einmal durch, verbesserte einige Passagen, ergänzte einige Fakten, wie den Einbruch im Fischerhaus, und stellte sich vor, wie er als Mörder gehandelt hätte. Eventuell konnte er auf diese Weise weitere Indizien finden.

In seinem Eingangsfach im Computer fand er als neueste Mitteilung von Ronan das DNA-Profil der in Bordeaux gefundenen Partikel der Lederhandschuhe. Er leitete diese Mitteilung, mit einem Kommentar, an einen Mitarbeiter der Forensik weiter.

Zudem war dieser email eine Liste mit Daten angehängt, wann der Frachter, auf dem der Philippino gearbeitet hatte, Bordeaux angelaufen hatte.

Claude legte die Liste mit den Bargeldeinzahlungen des Fischers neben die Liste aus der Hafenmeisterei und rief auf seinem Computer die jeweiligen Kalenderübersichten auf.

Die Termine, abhängig von den Wochenenden, an denen die Geldinstitute ja geschlossen waren, stimmten genau überein. Die Einzahlungen des Fischers erfolgten regelmäßig zwei Tage nachdem der Frachter in Bordeaux angelegt hatte. Das konnte kein Zufall sein.

Wenige Minuten später klingelte sein Telefon, der Anrufer war ein Kollege der Forensik.

Die DNA der Lederpartikel war durch den Gerbvorgang und das Färben nur teilweise erhalten geblieben. Aber die verwendbaren Allele stimmten völlig mit denen aus Bordeaux überein.

Claude war nicht verwundert, irgendwie hatte er es erwartet.

Er griff zum Telefonhörer und wählte die Nummer seines Kollegen in Bordeaux.

> Hallo Ronan, wir sind einen Schritt weiter. Die Daten der Einzahlungen des Fischers stimmen mit der Ankunft des Frachters überein, jeweils zwei Tage Verzögerung, abhängig von den Öffnungszeiten der Banken während der Woche bzw. an den Wochenenden.

Außerdem gibt es bei den Partikeln der Lederhandschuhe, soweit DNA in Teilen noch nachweisbar war, eine eindeutige Übereinstimmung. Damit haben wir einen weiteren Beweis, dass alle drei Morde zusammen hängen.

Langsam fuhr der dunkel lackierte Geländewagen in Talmont auf der Straße in Richtung Hafen.

Eine Seitenstraße vor dem Hafen hielt er an, stieß rückwärts in die Seitenstraße hinein und parkte am Fahrbahnrand.

Der Fahrer, gekleidet mit dunklen Cordhosen, dunkelgrauem Kapuzenshirt und schwarzen Turnschuhen zog die Kapuze über den Kopf und öffnete den Kofferraum seines Autos.

Ein Blick zum Himmel zeigte ihm, dass zwischen der fast geschlossenen Wolkendecke nur wenige Sterne blinkten, der Mond war gar nicht zu sehen.

Er holte schwarze Lederhandschuhe aus dem Kofferraum hervor und zog sie über.

Er bückte sich nach rechts und hob ein Paket aus dem Kofferraum, das er sich unter den linken Arm klemmte, anschließend den Kofferraum zuklappte und sein Auto mit der Fernbedienung verschloss.

Vorsichtig sah er sich um und ging in Richtung Hafen.

Hinter dem letzten Haus vor dem Hafen drückte er sich in den Schatten der Hauswand, blieb regungslos stehen und lauschte in die Dunkelheit, die nur von einer Straßenlaterne mit gedämpftem Licht dürftig durchbrochen wurde.

Vorsichtig ging er auf die kleine Mole zu und sprang mit einem Satz auf das fest vertäute, einzige Fischerboot. Seine Turnschuhe erzeugten beim Aufspringen auf Deck fast kein Geräusch.

Er legte das Paket neben die Luke über dem Bootsmotor und zerriss das an der Luke befestigte Absperrband.

Vorsichtig hob er den Lukendeckel an und legte ihn zur Seite. Aus einer Hosentasche zog er eine kleine stabförmige Taschenlampe, stellte den Lichtstrahl auf Bleistiftstärke und leuchtete in den Maschinenraum hinein, bevor er sich langsam in das Innere des Bootes hinabgleiten ließ.

Er klemmte die Taschenlampe zwischen seine Zähne, griff nach dem Paket auf dem Deck und verstaute es neben dem Dieselmotor unter der Kraftstoffleitung. Sorgfältig zog er einen Zipfel der Verpackung zur Seite und prüfte den Empfänger und die Zündkapsel. Alle Kabel waren fest angeschlossen. Er klappte den Zipfel wieder zurück.

Er stellte einen Fuß auf den Motorblock, stützte sich mit beiden Händen auf die Aufkantung der Luke und schwang sich zurück auf das Bootsdeck.

Mit seinem rechten Zeigefinger schaltete er die Taschenlampe aus, steckte sie zurück in eine Hosentasche und legte die Abdeckung wieder über den Motorraum.

Anschließend setzte er einen Fuß auf die Bordwand und sprang leichtfüßig zurück auf die Mole. Er huschte zurück in den Schatten des Hauses und sah sich wieder vorsichtig um. Niemand war zu sehen, niemand hatte ihn gesehen.

Im Schatten der Häuser kehrte er zu seinem Auto zurück. Seine Handschuhe und die Taschenlampe verstaute er im Kofferraum und setzte sich startbereit ans Steuer.

Aus dem Handschuhfach holte er einen kleinen Sender, ließ den Motor seines Wagens an und betätigte den Sendeknopf.

Eine Sekunde später ließ eine gewaltige Detonation den kleinen Hafen und die umliegenden Häuser erzittern. Das Wasser spritzte hoch und weit nach allen Seiten. Die Wellen schwappten gegen die Mole bevor sie sich mehrfach brachen und langsam ausliefen.

Er legte einen Gang ein und entfernte sich langsam vom Hafen.

Als die ersten verschlafenen und verstörten Menschen auf die Straße traten und den Ort der Detonation suchten, war er schon viele hundert Meter entfernt und fuhr in Richtung Süden.

Das Telefon klingelte, schrill und nervtötend, immer wieder.

Claude schaltete schlaftrunken die Lampe neben seinem Bett an und sah auf die Uhr. Fünf Uhr. Mitten in der Nacht.

Seine Frau war ebenfalls wach geworden und sah ihn nur stillschweigend und missbilligend an. Er wurde nur ganz selten nachts angerufen, aber es kam durchaus vor.

Claude nahm den Hörer ab und meldete sich.

> Wie bitte? Im Hafen von Talmont ist ein Boot explodiert? Ja, wir kommen, sperren Sie den ganzen Hafenbereich ab. Ich muss zuerst versuchen meine Kollegen aus den Betten zu holen. <

Er legte den Hörer wieder auf.

> Liebling, dreh dich bitte wieder um und schlaf weiter. Heute musst du ohne mich frühstücken. <

Claude beugte sich zu seiner Frau herab und küsste sie auf die Stirn.

Danach stellte er sich unter die kalte Dusche um richtig wach zu werden. Ohne Frühstück und nach einer nur ganz oberflächlichen Rasur stieg er in seine Kleider und fuhr zu seinem Dienstgebäude.

Unterwegs rief er über die Freisprecheinrichtung des Mobiltelefons seinen Kollegen Roland an und scheuchte auch ihn aus dem Bett.

Anschließend bat er den Pförtner am Eingang des Dienstgebäudes, die Kollegen der Spurensicherung zu verständigen und nach Talmont zum Hafen zu schicken.

In seinem Büro kochte er schnell eine Kanne Kaffee. Wenigstens für eine Tasse Kaffee musste noch Zeit sein.

Als Roland mit verschlafenen Augen im Büro ankam, hielt er ihm eine Tasse mit heißem Kaffee hin und informierte ihn.

Zusammen brachen sie nach Talmont auf. Die Straßen waren am frühen Morgen noch leer, sie kamen schnell voran.

Am Hafen von Talmont bot sich ihnen ein Bild der Verwüstung. Überall im Umkreis von vielleicht fünfzig Metern lagen größere und kleinere Trümmer aus Holz und Metall verteilt.

Die zwei Segelyachten aus glasfaserverstärktem Kunststoff, die im Hafen in unmittelbarer Nähe des Fischerbootes vertäut lagen, waren schwer beschädigt worden. Beide hatten mehrere Löcher unterschiedlichster Größe in den Bordwänden, bei der am nächsten liegenden Yacht war auch der Mast beschädigt und leicht abgeknickt. Die Löcher in den Bordwänden lagen glücklicherweise alle über der Wasserlinie, es war augenscheinlich kein oder nur wenig Wasser in die Yachten eingedrungen.

Offensichtlich hatte auch niemand in den Yachten übernachtet.

An den umliegenden Häusern war an einigen Stellen der Putz beschädigt, auch eine Reihe von Fensterscheiben waren zu Bruch gegangen. Autos waren in Sichtweite nicht geparkt, an den entfernteren Autos waren ganz auf die Schnelle keine Schäden festzustellen.

Claude ging auf die beiden Beamten der Dienststelle aus Meschers zu.

> Guten Morgen. Das sieht hier ja fürchterlich aus, wie nach einem Bombenangriff. Wer hat Sie verständigt und wann? <

> Guten Morgen, Herr Kommissar. Einer der Anwohner hat mich zu Hause angerufen, daraufhin habe ich meinen Kollegen verständigt. Unsere Dienststelle ist nachts nicht besetzt. Der Anwohner kennt aber meine private Telefonnummer.

Die Explosion fand gegen vier Uhr fünfzehn statt.

Wir haben inzwischen schon alle Anwohner im näheren Umkreis befragt. Niemand hat etwas gesehen. Alle wurden von der Explosion aus dem Schlaf gerissen.

Wie wir festgestellt haben, hat die Explosion auf dem Boot von Monard stattgefunden. Es ist nach der Explosion gesunken, nur die Spitze seiner Funkantenne ist noch zu sehen. Wie weit es zerstört ist, wissen wir nicht. Es liegt auf dem Grund des Hafens. <

> Halten Sie bitte alle Neugierigen zurück, wir müssen das Hafengelände in größerem Umfang abriegeln, bis alle ein-

zelnen Teile sichergestellt sind.

Sehen Sie bitte vorsichtshalber nach ob in den Yachten jemand übernachtet hat. Wenn ja, könnte diese Person durch die Teile, die die Löcher in die Bordwände geschlagen haben, verletzt worden sein.

Roland, kümmere dich bitte um zwei Taucher. Wir müssen, wenn möglich, das Boot oder die Überreste davon bergen. <

Claude nahm seinen Kollegen zur Seite.

> Zuerst wird der Fischer ermordet, dann sein Haus durchwühlt und nun sein Boot in die Luft gesprengt.

Diese Explosion sollte mögliche Spuren vernichten, da bin ich mir sicher. Aber wozu jetzt noch? Wir haben doch schon alle Spuren sichergestellt.

Die Explosion erfolgte einige Tage zu spät.

Auf dem Boot war nichts mehr zu holen. Oder war der Täter der Überzeugung, dass die zwei Diamanten sich in irgendeinem Versteck auf dem Boot befinden und er wollte diese verschwinden lassen, damit niemand irgendwelche Schlüsse auf Diamantenschmuggel ziehen kann?

Im Haus hatte er die Diamanten nicht gefunden, also vermutete er sie auf dem Boot.

Wenn er bereit war, die Diamanten durch die Explosion zu beseitigen oder sie im Hafenschlamm verschwinden zu lassen, so müssen die gesamten geschmuggelten Diamanten einen weitaus höheren Wert haben und er konnte letztlich auf diese beiden Diamanten verzichten.

Wenn die Taucher festgestellt haben, dass das Boot nicht oder nicht völlig zerstört ist, benötigen wir einen Kran um das Boot zu heben.

Ich will wissen, um welchen Sprengstoff es sich handelte und wie die Bombe gezündet wurde. Eventuell kommen wir auf dieser Schiene mit unseren Ermittlungen weiter.

Hast du schon gefrühstückt? Nein? Ich auch nicht. Fordere die Taucher an, unsere Kollegen der Spurensicherung treffen gerade ein.

Ich will sie informieren, anschließend suchen wir uns ein Bistro für unser Frühstück. Hoffentlich hat es schon geöffnet. Bei unserer Rückkehr hierher werde ich auch den Kollegen etwas zu Essen und Kaffee mitbringen. <

Während Claude seine Kollegen informierte, wählte Roland auf seinem Handy.

Ein neugieriger Anwohner erklärte ihnen den Weg zu einem Bistro.

> Claude, nach dem Frühstück willst du sicher zum Hafen zurückkehren. Warte dort auf mich, ich will zum Rathaus von Meschers. Ich brauche den Mädchennamen und eventuell auch eine Adresse der geschiedenen Frau von Monard. In Talmont gibt es kein Rathaus mehr, die hiesige Verwaltung wurde nach Aussage eines Anwohners schon vor vielen Jahren nach Meschers verlegt. <

Eineinhalb Stunden später trafen die Taucher ein. Roland war inzwischen aus Meschers zurück.

Beide warteten, bis die Taucher ihre Ausrüstung angelegt und in dem immer noch trüben Wasser, bedingt durch das aufgewirbelte, feine Sediment, verschwunden waren.

Das schwache Licht ihrer Lampen und die aufsteigenden Luftblasen zeigten, dass sie das Boot auf der Sohle des Hafenbeckens systematisch untersuchten.

Beide Taucher kamen fast gleichzeitig an die Oberfläche.

> Der Bootsrumpf ist in Höhe des Motorblocks auf der der Mole abgewandten Seite vollständig aufgerissen, ein riesiges Leck in der Bordwand. Auf der anderen Seite ist der Bootskörper noch relativ intakt. Der Motor hat zu dieser Seite hin den Großteil des Explosionsdruckes abgefangen und zur Wasserseite hin und nach oben abgelenkt.

Der Motor ist zerstört und nie mehr zu verwenden.

Das Boot ist zur Seite, zu der Mole hin, gekippt, wahrscheinlich wegen der Vertäuung. Das Boot an sich, vor allem der vordere Teil im Bereich der Führerkabine, ist noch in einem Stück, wenn auch von der Führerkabine und dem Deck über dem Motor nicht mehr viel vorhanden ist. Das Boot wird bei einer vorsichtigen Bergung bestimmt nicht auseinanderbrechen. Sie können einen Kran anfordern. Wir warten solange. <

Claude holte sein Handy aus der Tasche und wählte.

> Der Kran mit Bergematerial wird in etwa zwei Stunden hier sein. Sie beide können inzwischen Pause machen. Wir sehen uns hier noch etwas um. <

Er nahm Roland am Arm und zog ihn einige Meter zur Seite.

> Hast du im Rathaus etwas erreichen können? <

> Es war ganz einfach. Die Frau von Monard hieß mit Mädchennamen Corbier, Chantal Corbier, und hat bis zu ihrer Hochzeit sogar im Rathaus gearbeitet. Vor der Hochzeit hat sie damals gekündigt.

Ihr jetziger Aufenthaltsort ist niemandem bekannt. Sie war ein Einzelkind, Verwandte sind nicht bekannt. Ihre Eltern leben schon seit mehr als zehn Jahren nicht mehr, der Vater war zuerst gestorben, die Mutter folgte drei Jahre danach.

Aber ich habe ihre Sozialversicherungsnummer erhalten.

Wenn sie noch lebt und berufstätig ist, werde ich über die Sozialversicherung ihre Adresse erfahren. Damit können wir für die Kinder wenigstens etwas tun…. sofern die Mutter von ihren Kindern überhaupt noch etwas wissen will. <

Der Autokran fuhr schon nach eineinhalb Stunden auf das Hafengelände.

Die Mitarbeiter der Spurensicherung hatten zwischenzeitlich eine Fahrtrasse auf dem Hafengelände freigeräumt und alle dort liegenden Teile des Fischerbootes dokumentiert und sichergestellt.

Der Kran fuhr neben den ehemaligen Liegeplatz des Bootes und senkte seinen Haken mit den massiven Gurten auf das Wasser ab. Die Taucher zogen die Gurte unter Wasser und positionierten sie vorn und hinten, unter und um den Bootskörper.

Mit erhobenem Daumen signalisierten sie dem Kranführer, mit der Bergung zu beginnen.

Ganz langsam hob der Kranführer das Bootswrack an. Als es halb über der Wasserlinie hing, stoppte er und ließ das Wasser aus dem Bootskörper ablaufen, bevor er das Wrack langsam weiter anhob.

Direkt über dem Wasserspiegel wartete er nochmals einige Minuten um weiteres Wasser ablaufen zu lassen, bevor er das demolierte Boot endgültig anhob, zur Seite schwenkte und auf einem bereit gestellten Trailer absetzte.

Die Polizeibeamten halfen, die Gurte zusammenzurollen und zu verstauen, bevor der Autokran wieder abfuhr.

Die Mitarbeiter der Spurensicherung begannen mit der Untersuchung des Wracks, während die Taucher anfingen, auf der Sohle des Hafenbeckens nach weiteren Teilen zu suchen und diese an die Oberfläche zu bringen.

Claude und Roland unterhielten sich noch kurz mit ihren Kollegen und fuhren nach La Rochelle zurück.

Im Büro fand Claude auf seinem Computer eine kurze Nachricht über die Untersuchung im Fischerhaus. Der Einbruch war, wie ihm bereits bekannt war, über das rückwärtige Fenster erfolgt. Es waren tatsächlich mehrere frische Schweißtropfen gefunden worden, die DNA-Analyse stand noch aus.

Der oder die Einbrecher hatten das Haus über die rückwärtige Tür verlassen, sie war ins Schloss gezogen, aber nicht versperrt worden.

Neue Fingerabdrücke gab es nicht, dafür verschiedene Partikel von schwarzen Lederhandschuhen. Die Untersuchung stand noch aus.

Die Auswertung der Fingerabdrücke und der Haare aus dem Haus des Juweliers war noch nicht abgeschlossen.

13

Claude rief zuerst seinen Kollegen Ronan an, um ihn über die neuesten Ereignisse zu informieren.

Roland telefonierte ebenfalls, mit der Sozialversicherung. Mit strahlendem Gesicht betrat er Claudes` Büro.

> Ich habe gerade mit der Sozialversicherung telefoniert, und ich habe einen Volltreffer gelandet.

Die dortige Mitarbeiterin hat mir sowohl die Adresse als auch die Arbeitsstelle von Chantal Corbier genannt. Sie hat nach ihrer Scheidung ihren Mädchennamen wieder angenommen und ist nicht wieder verheiratet.

Ich habe anschließend noch mit dem Personalsachbearbeiter ihres Arbeitgebers telefoniert. Du kannst ihren Arbeitsplatz hier vom Fenster aus sehen. <

> Was, sie arbeitet in unmittelbarer Nähe unserer Dienststelle? <

> Ja, du kannst von hier aus den Eingang des Seewasseraquariums erkennen. Dort sitzt sie seit mehreren Jahren an der Kasse. <

> Wunderbar.

Die Kinder von Monard haben gegen Ende dieser Woche, wahrscheinlich morgen, jeder noch eine schwere Prüfung. Wir sollten sie nicht von der Prüfungsvorbereitung ablenken.

Nach so vielen Jahren können sie auch noch einige Tage warten, bis sie ihre Mutter wiedersehen. Ich rufe sie am Anfang kommender Woche an und bitte sie, hierher zu kommen. Dann begleite ich sie persönlich zu ihrer Mutter.

Hoffentlich erleben die beiden dann nicht noch eine Enttäuschung. <

Claude rief in der Pathologie an und erfuhr, dass der Juwelier und die Eltern von Mireille Sargon sich von der jungen Frau verabschiedet hatten. Sie waren fast eine Stunde lang bei der Leiche geblieben. Alle drei hatte das Gesicht der Toten immer wieder gestreichelt, die Mutter fast immer unter Tränen.

Der Juwelier war gebeten worden, am nächsten Tag beim Kommissar vorbeizukommen. Er hatte zugesagt.

Claude startete seinen Computer, um die Explosion des Fischerbootes in seinem Bericht zu ergänzen.

Eine Stunde später klopfte ein Kollege der Forensik an seine Bürotür und trat ein, einen schriftlichen Bericht in der Hand, den er vor Claude auf den Schreibtisch legte. Er setzte sich auf den Stuhl vor dem Schreibtisch.

> Claude, die Untersuchung der Schweißtropfen im Fischerhaus und einiger Haare im Haus des Juweliers in Talmont hat länger gedauert als vorgesehen.

Nicht wegen des Umfangs, sondern weil wir etwas festgestellt haben, was wir nicht erwartet hatten und was wir sicherheitshalber noch ein zweites Mal durch einen zweiten Kollegen überprüft haben.

Diese Spuren, Schweißtropfen und Haare, haben ergeben, dass sie von einem Verwandten des Juweliers stammen. Sie stammen nicht von dem Juwelier selbst, dazu ist die Übereinstimmung nicht ausreichend, aber es ist ein Verwandter, vielleicht ein Bruder oder Halbbruder. Es ist eindeutig eine männliche Person.

Am Fensterrahmen des Fischerhauses haben wir auch wieder Partikel schwarzer Lederhandschuhe sichergestellt.

Die anderen Spuren aus dem Haus des Juweliers konnten wir alle restlos den vom Juwelier benannten Personen zuordnen. Wir haben ansonsten keine Spuren einer zusätzlichen Person gefunden.

Die Liste des Juweliers war in dieser Hinsicht vollständig,

bis auf diesen Verwandten. Von dem haben wir keinen Namen und keine Adresse. <

> Danke, Marcel. Das ist eine Überraschung. Der Juwelier hat uns nichts von einem Bruder oder Halbbruder gesagt. Das muss er doch wissen.

Ich habe ihn wegen einiger anderer Fragen für morgen hierher gebeten, dann werde ich ihn fragen. Ich bin jetzt schon neugierig, was er uns erzählen wird.

Nochmals vielen Dank, der Fall nimmt jetzt vielleicht eine neue Wendung. <

Nachdem Claude wieder allein war, überlegte er eine Weile, rief Roland zu sich und informierte ihn über die Neuigkeit.

> Ist der Juwelier vielleicht doch in die Morde und in den Diamantenschmuggel verwickelt?

Ich kann mir kaum vorstellen, dass er von der Existenz eines Bruders keine Ahnung hat. Es könnte aber durchaus Gründe geben, weshalb er doch nichts davon weiß. Wir werden das morgen hoffentlich erfahren.

Bis morgen. Ich will heute noch kurz zum Meeresaquarium, ich will mir die ehemalige Frau von Monard zumindest einmal ansehen. <

Am kommenden Morgen erhielt Claude von seinen Kollegen der Forensik weitere Indizien.

Auf einem Stück des zerrissenen und von der Explosion zerfetzten Absperrbandes auf dem Fischerboot waren an dem leicht klebrigen Kunststoffmaterial einige Partikel schwarzer Lederhandschuhe gefunden worden, die nach der DNA-Analyse mit denen übereinstimmten, die am Seil an der Felswand und nach dem Einbruch im Fischerhaus sichergestellt worden waren.

Die Kollegen der Forensik hatten die halbe Nacht durchgearbeitet. Der bei der Explosion des Fischerbootes verwendete Sprengstoff war ein Plastiksprengstoff, die Zündung war mit einem Sender ausgelöst worden.

Teile des Empfängers waren in eine Ecke des Motorraums geschleudert worden, nachdem sie wahrscheinlich am Motorblock abgeprallt waren.

Der verwendete Empfänger bestand aus Bauteilen, die in jedem Geschäft für Elektronik gekauft werden konnten.

Gemäß der Form und dem Material einiger Einzelteile waren die verwendeten Bauteile schon älteren Datums, vielleicht acht bis zehn Jahre alt. Sie würden sich nicht zurückverfolgen lassen.

Die Sprengstoffspuren waren gesichert worden, die Auswertung über die genaue Art und Zusammensetzung des Sprengstoffs würde noch einige Zeit in Anspruch nehmen.

Weitere aussagekräftige Spuren konnten nicht gesichert werden.

Claude ergänzte auf seiner gläsernen Schautafel die Worte: Einbruch und Explosion.

Das Telefon klingelte.

> Kommissar Frehel? <

> Hier ist Catourier.

Sie hatten mich gebeten, heute bei Ihnen vorbeizuschauen. Ich werde es heute aber leider nicht mehr schaffen. Ich bin noch bei Mireilles` Eltern in Libourne.

Heute Abend fahre ich nach Talmont und werde dort übernachten, Ihre Kollegen haben das Haus wieder freigegeben. Morgen früh werde ich nach La Rochelle kommen um zuerst die beste Freundin von Mireille über deren Tod zu informieren. Das bin ich ihr schuldig.

Anschließend komme ich bei Ihnen im Präsidium vorbei. <

> Danke für den Anruf, ich erwarte Sie also morgen. <

Nach einigen Überlegungen rief Claude Ronan an.

> Hallo, Ronan. Hast du gut geschlafen?

Ich wurde gestern mitten in der Nacht aus dem Bett gescheucht. Jemand hat das Boot des Fischers in die Luft gejagt.

Wir haben dort wieder die Partikel von den schwarzen Lederhandschuhen gefunden, ebenso wie im Fischerhaus, in das eingebrochen und in dem alles durchwühlt wurde.

Vielleicht wird unser Mörder nervös. Irgendetwas macht ihn ganz sicher nervös.

Du könntest in Bordeaux noch einige Recherchen durchführen.

Wir haben festgestellt, dass sich im Haus von Catourier in Talmont ein Verwandter des Juweliers aufgehalten hat.

Unsere Forensik ist nach der DNA-Analyse verschiedener aufgefundener Spuren der Überzeugung, dass es ein Bruder oder Halbbruder ist. Sie haben den Befund sicherheitshalber noch ein zweites Mal überprüft.

Catourier hat nie etwas von einem Bruder erzählt und auf der Liste der Besucher in seinem Haus steht er ebenfalls nicht. Ich werde ihn morgen fragen, ich habe ihn hierhergebeten.

Unabhängig davon könntest du seine Familiengeschichte recherchieren, er stammt ja aus Bordeaux. <

> Catourier ist in Bordeaux sehr gut bekannt und ist meines Wissens auch hier geboren und aufgewachsen. Er gehört sozusagen zu den oberen Zehntausend.

Aber ich habe nie etwas gelesen oder gehört, dass er einen Bruder hat. Das ist merkwürdig. Wenn das bekannt wäre, hätte die örtliche Regenbogenpresse bestimmt schon darüber berichtet.

Ich werde mich wieder bei dir melden .

Viele Grüße an deine Frau, und nochmals vielen Dank für das vorzügliche Mittagessen.

Du könntest mir deine Frau wohl nicht abtreten? Nein? Naja, wenn ich es mir überlege, ist es auch besser so. Bei einer so tollen Köchin würde ich nach kurzer Zeit durch keine Tür mehr passen.

   Bis bald. <

14

Der Himmel war grau, glücklicherweise regnete es nicht. Der starke, böige Wind trieb tiefhängende schwarze Wolken vom Atlantik aus ostwärts über das Land. Der Wind peitschte die Bäume und Sträucher. Überall flogen Zweige, Blätter, Papierfetzen und weggeworfene Plastiktüten durch die Luft. Es war fast schon ein ausgewachsener Sturm, nach Angabe des Wetterberichtes Windstärke acht, der sich bis zum Abend aber wieder legen sollte.

Selbst auf die Entfernung von rund zwei Kilometern konnte ich von der Ausgrabungsstätte aus die starken Wellenbewegungen auf der Gironde erkennen, während bei normalem Wetter die Oberfläche der Gironde gewöhnlich glatt, höchstens leicht gekräuselt war. Auf dem Atlantik mussten die Wellen weitaus höher sein.

Die Folien auf dem Ausgrabungsgelände flatterten wie verrückt und mussten mit weiteren Gewichten gesichert werden.

Zum Glück war jede einzelne Folienbahn an einer Längsseite mehrfach tief im Boden verankert worden. Louisa hatte nach einigen Jahren Ausgrabungserfahrung rechtzeitig bei Beginn der Ausgrabungssaison Vorsorge getroffen.

Alle Fröhlichkeit und Arbeitsfreude waren verloren gegangen. Über der Ausgrabungsstätte hing wie ein Damoklesschwert ein düsterer Schatten von Traurigkeit und Entsetzen. Keinem mehr ging die Arbeit leicht von der Hand. Jeder bewegte sich wie gelähmt, selbst die leichten Arbeitsgeräte wie Spachtel oder Pinsel schienen tonnenschwer zu sein.

Auch ich konnte mich der allgemeinen düsteren Stimmung nicht verschließen. Die Schaufel und die Schubkarre, die von der Spurensicherung wieder freigegeben worden waren, ließen sich nur wie mit einer Art Lähmung in meinen Armen und Beinen bewegen.

Was wir in den Tagen zuvor in zwei Stunden bewältigt hatten, erforderte jetzt einen ganzen Tag.

Immer wieder waren in den vergangenen Tagen einige der Mädchen mit vom Weinen rotumrandeten Augen zum Frühstück gekommen.

Auch Louisa bewegte sich wie in Zeitlupe. Immer wieder suchte sie meine Nähe, meinen Körperkontakt und hielt mich immer wieder lange fest. Sie lachte kaum noch, und wenn, wie gequält.

Sie wollte nachts nicht mehr allein schlafen. Wir schliefen deshalb jede Nacht zusammen im Wohnmobil. Sie kuschelte sich an mich, klammerte sich an mich und suchte auch nachts immer die Wärme meines Körpers.

Wegen des Mordes an Mireille, der allgemeinen gedrückten Stimmung und wegen des seit heute noch zusätzlich schlechten und stürmischen Wetters wollte ich den kommenden Abend und die kommende Nacht nicht auf dem Carelet verbringen.

Ich esse zwar leidenschaftlich gerne Fisch, und, wie ich in den Tagen zuvor festgestellt hatte, die meisten Mädchen ebenfalls, aber ich konnte mich heute einfach nicht zum Angeln aufraffen.

Aber ich musste unbedingt versuchen diese triste Stimmung auf der Ausgrabungsstätte zu verscheuchen. Bei Louisa und mir wollte ich den Anfang machen.

> Louisa, wie stehst du dazu, wenn ich dich heute Abend zum Essen einlade. Ich habe gestern bei einem Einkauf in der Bäckerei zufällig gehört, dass die Frau des Kneipenbesitzers am Hafen eine hervorragende Köchin ist und abends für alle angemeldeten Gäste kocht. Ich habe mir die Telefonnummer der Kneipe geben lassen. Ich denke, dass wir

die Mädchen für einen Abend mal allein lassen können.

Bist du einverstanden? <

> Selbstverständlich. Deine erste Einladung zum Essen ist ohnehin schon lange überfällig. <

Sie sah mich schelmisch von der Seite her an.

> Wunderbar. Ich rufe schnell in der Kneipe an und reserviere einen Tisch für uns.

Ich habe übrigens heute Morgen meinen älteren Sohn angerufen und ihm mitgeteilt, dass ich noch einige Wochen länger hier bei der Ausgrabung bleibe. <

Ich betrat Louisas` Büro im Museum und wählte die Nummer der Kneipe. Louisa folgte mir.

> Sie haben noch einen Tisch für uns frei? Für zwei Personen? Wir sollen etwa fünfzehn Minuten vor acht bei Ihnen sein? Wunderbar. Mein Name ist Westtend. Ich freue mich auf heute Abend. <

Auf Louisas` Gesicht zeigte sich endlich wieder ein Hauch von Fröhlichkeit. Sie gab mir einen Kuss, legte die Arme um meinen Hals, drückte sich an mich und legte ihren Kopf auf meine Schulter.

> Wir sollten heute Abend zu Fuß gehen. Mehr als zwanzig Minuten benötigen wir nicht bis zu der Kneipe. Ich werde uns eine Flasche Rotwein bestellen. Mit deiner Zustimmung.

Ich brauche dann nicht mit dem Auto zurückfahren und kann unbesorgt etwas mehr Wein trinken, ohne Angst um meinen Führerschein haben zu müssen. Außerdem werden uns die frische Luft und die Bewegung bestimmt gut tun.

Ich denke, dass sich bis heute Abend der Sturm wieder gelegt haben wird. Vorsichtshalber nehmen wir jeder eine Regenjacke mit. <

Pünktlich, wie verabredet um neunzehn Uhr, stand Louisa vor dem Wohnmobil. Der Sturm hatte sich, wie vom Wetterdienst vorausgesagt, gelegt. Wir verzichteten auf Regenjacken.

Ich zog noch meine Schuhe an und vergewisserte mich, dass ich genügend Geld eingesteckt hatte.

Am Himmel zeigten sich zwischen den Wolken einige größere Flecken mit blauem Himmel. Ich schloss das Wohnmobil ab und tat so als würde ich mich umsehen.

> Mit wem bist du denn verabredet? Oder sollte ich einen Hauptgewinn gezogen haben und die wunderschöne Frau vor mir ist tatsächlich mit mir verabredet? <

Auf Louisas` Wangen zeigte sich ein leichter rötlicher Schimmer.

> Danke für das Kompliment. <

> Das war kein Kompliment, sondern eine Feststellung. <

Die Rotfärbung auf ihren Wangen vertiefte sich noch. Sie rammte mir leicht einen Ellbogen in die Seite.

> Wenn du mich jetzt umbringst, musst du heute Abend alleine essen gehen. <

Sie lachte nur. Dieses Lachen war für mich wunderbar anzuhören. Sie schob ihren Arm unter meinen und zog mich Richtung Eingangstor.

> Ich schlage vor, dass wir zuerst in Richtung Gironde gehen. Am Fluss entlang nehmen wir dann den Uferweg Richtung Talmont. Wir haben genug Zeit, da können wir uns einen kleinen Umweg leisten. <

Sie nickte nur.

Auf der ersten Wegstrecke bis zur Gironde gingen wir schweigend nebeneinander her.

Am Uferweg angekommen, blieb sie stehen, legte mir die Arme um den Hals und küsste mich lange. Sie löste sich wieder von mir, sah mich an und zog mich dann in Richtung Kneipe.

> Du hast mir erzählt, dass du zwei Söhne hast und dass deine Frau nicht mehr lebt. Ist das richtig? <

Ich nickte.

Sie wartete ein Weilchen.

> Wie geht es mit uns weiter? Wie stellst du dir das vor? Ist es mit uns beiden aus, wenn du nach deiner Zeit bei der Ausgrabung nach Hause zurückkehrst? <

> Ja, ich habe zwei Söhne. Der ältere ist schon aus unserem Haus ausgezogen, hat sein eigenes Haus und ist auch schon verheiratet.

Der jüngere hat sein Studium beendet und wird, sobald er eine Arbeitsstelle findet, wahrscheinlich ebenfalls ausziehen. Dann werde ich in meinem Haus allein sein.

Sicher, die beiden können mich jederzeit besuchen, oder ich sie, aber beide müssen und sollen ihr eigenes Leben führen. Ich will ihnen auch nicht für den Rest meines Lebens wie ein Klotz am Bein hängen.

Meine Frau ist vor mehr als drei Jahren tödlich verunglückt, wir waren vierzig Jahre verheiratet.

Ich hatte nach ihrem Tod nicht die Absicht, mir noch eine neue Partnerin zu suchen. Das mit dir hat sich einfach so ergeben.

Wie es mit uns weitergeht, weiß ich nicht. Darüber müssen wir in den nächsten Tagen und Wochen reden. Ich könnte mir eine dauerhafte Beziehung mit dir sehr gut vorstellen.

Wie sieht die Situation bei dir aus? <

> Ich bin Single. Ich war nie verheiratet. Zweimal gab es in meinem Leben einen Mann. Jedes Mal sollte ich meine Arbeit aufgeben, mich in eine totale Abhängigkeit begeben und mich als Hausfrau irgendwo vergraben und versauern. Dazu war ich nicht bereit.

Ich hatte damals schon ein abgeschlossenes Studium und eine Promotion hinter mir. Ich liebe meine Arbeit.

Ich wäre durchaus bereit gewesen, eine Teilzeitarbeit auszuführen und die andere Hälfte meiner Zeit einer Familie zu widmen.

Ich hätte wirklich gerne eigene Kinder gehabt, aber dazu

hat das Umfeld nie gepasst. Ich brauche einfach ein gewisses Maß an Selbständigkeit, an Unabhängigkeit. Ich kann nicht in einem Gefängnis leben.

Ich kenne dich jetzt seit fast vier Wochen. Deine Lebensart und deine Art, mit mir umzugehen, ist genau das, was ich mir in einer Beziehung mit einem Mann immer vorgestellt hatte. Ich möchte mit dir zusammen bleiben. Ich hoffe, dass wir einen gemeinsamen Weg finden werden.

Übrigens, ich habe vier Semester lang in Deutschland, in Mainz, studiert. Ich spreche ziemlich gut Deutsch, meine Sprachkenntnisse sind vielleicht ein wenig eingerostet, aber mit ein wenig Übung wird es wieder gehen.

Ich habe auch noch eine Freundin in Mainz, die ich in den vergangenen Jahren immer wieder einmal besucht habe. Das nächste Mal besuchen wir sie gemeinsam. <

Sie blieb stehen und sah mich an.

> Werden deine Söhne mich akzeptieren?

Davor habe ich eine gewisse Angst. Ich will mich nicht zwischen dich und deine Söhne stellen. Aber es kann doch einen Weg geben, mit euch zusammen zu leben. <

> Meine Söhne sind sehr offen, ohne Vorurteile. Ich bin sicher, dass sie dich akzeptieren werden. Wir können uns in den nächsten Wochen, in denen ich noch an der Ausgrabung teilnehme, intensiver mit diesem Thema beschäftigen. Irgendein Weg für uns wird sich sicher aufzeigen.

Bist du dir darüber im Klaren, dass ich schon ein alter Knacker bin und wir, wenn wir zusammenbleiben, vielleicht nur noch wenige gemeinsame Jahre haben werden? Wie viele weiß ich nicht. <

> Ich bin auch nicht mehr taufrisch. Lieber habe ich mit dir noch einige schöne, gemeinsame Jahre, als dass ich den Rest meines Lebens allein verbringe. <

> Wir haben jetzt durch unsere Unterhaltung gar nicht bemerkt, wie die Zeit vergangen ist. Hier ist schon die Kneipe.

Es ist jetzt neunzehn Uhr zweiundvierzig, nach meiner Armbanduhr, wir sind pünktlich. Lassen wir uns von dem Essen überraschen. Hoffentlich gibt es Meeresfrüchte oder Fisch oder sogar beides. Ich habe auch Lust auf eine gute Flasche Rotwein oder auch auf zwei. <

Das Abendessen war wirklich hervorragend. Nach den Meeresfrüchten als Vorspeise gab es gegrillten Adlerfisch und meine geliebten Bratkartoffeln. Das zart gedünstete Gemüse, sowie das ganze Essen an sich, war einfach ein Gedicht.

Louisa griff immer wieder zu, ich hatte sie in den vergangenen Wochen noch nie so viel essen sehen. Ich sah ihr zu und fing an zu grinsen.

> Ich muss dir noch eines sagen: ich mag keine dicke Frau als Partnerin. Bei der Menge, die du heute Abend verdrückt hast, setze ich dich die nächste Woche auf Diät. Ansonsten kann ich dich bald rollen. <

Louisa kicherte und legte mir ihre rechte Hand auf die Wange.

> Du brauchst dir keine Sorgen zu machen. Wenn es so wunderbar schmeckt, wie heute Abend und ich so viel esse, werde ich die kommenden, mindestens zwei Wochen, jeden Tag meine Waage befragen und die Menge meines Essens so lange reduzieren, bis ich wieder mein normales Gewicht habe. Ich will dich doch nachts nicht plattdrücken. Ich fühle mich zudem nicht wohl, wenn ich zu viel Gewicht mit mir herumschleppe. <

> Noch ein Glas Rotwein? Dieser Wein schmeckt wunderbar. Ich muss mir unbedingt einige Flaschen davon kaufen und mit nach Hause nehmen. <

> Damit ihn deine Söhne trinken? <

> Da mache ich mir wirklich keinerlei Sorgen. Meine Söhne trinken keinen Alkohol. Keinen Tropfen. Außerdem würde ich ihnen den Rotwein jederzeit gönnen. <

> Also muss ich dir zukünftig helfen, deinen Rotwein zu trinken? <

> Das ist ein absoluter Pluspunkt für dich. Es macht mir nämlich absolut keinen Spaß abends allein Rotwein zu trinken. <

Der Wirt trat an unseren Tisch um zu fragen ob das aufgetragene Essen ausreichend war. Louisa versicherte ihm, dass sie seit vielen Jahren nicht mehr nie so viel gegessen habe, weil es absolut hervorragend geschmeckt habe.

Wir erzählten dem Wirt, dass wir auf dem Ausgrabungsgelände tätig seien und am heutigen Abend herausfinden wollten ob die Lobeshymnen einiger Dorfbewohner über die Kochkunst seiner Frau nicht doch übertrieben wären. Aber, so fügte Louisa hinzu, sie seien noch untertrieben.

Der Wirt bedankte sich für das Lob, das er seiner Frau weitergeben wollte.

Wir bestellten beide noch einen Kaffee, den wir in kleinen Schlucken tranken.

Ich lehnte mich auf meinem Stuhl zurück und betrachtete Louisa. Ihr Gesicht war leicht gerötet, sicherlich vom Rotwein. Was mich besonders freute, waren ihre strahlenden Augen, besonders, wenn sie mich ansah.

> Nach diesem wunderbaren Abendessen, für die Einladung dazu danke ich dir vielmals, freue ich mich auf den Spaziergang mit dir zurück zu deinem Wohnmobil. Ich glaube es ist Zeit für den Aufbruch, morgen geht unsere Arbeit weiter. <

Ich bezahlte, gab ein üppiges, voll berechtigtes Trinkgeld, und wir verließen die Kneipe.

Die Luft war mild, keine Spur mehr von Wind oder gar Sturm. Nach einem langen Kuss nahm ich Louisas` Hand und Hand in Hand umrundeten wir mit gemütlichen Schritten den Hafen.

Die Kirche auf dem Felsvorsprung direkt über dem Fluss

wurde von Scheinwerfern hell beleuchtet. Ein paar Touristen standen davor um einige stimmungsvolle Bilder zu schießen.

Die Schatten der Grabsteine auf dem an die Kirche angrenzenden Friedhof, die von den Scheinwerfern erzeugt wurden, verbreiteten demgegenüber eine mehr gruselige Stimmung.

Wir ließen die Kirche rechts liegen und bogen langsam auf die Straße ab, die zuerst auf den Fluss zu und dann oberhalb des Böschungsabsturzes weiter parallel zum Fluss verlief.

Vor uns, in etwa vierzig Metern Entfernung, hielt zwischen einem Treppenabgang und einer Garage ein weiß lackiertes Auto an, in Fahrtrichtung auf uns zu.

Der Fahrer stieg aus, öffnete den Kofferraum seines Fahrzeugs, holte eine Reisetasche hervor und stellte sie auf den Gehweg. Er griff in die Hosentasche, hielt kurz inne und setzte sich wieder auf den Fahrersitz. Er stieg abermals aus und verschloss das Auto mit der Fernbedienung.

Wir waren nur wenige Schritte weitergegangen, als unvermittelt aus der Dunkelheit des Treppenabganges ein weiterer Mann auftauchte. Dieser hob seinen rechten Arm in Richtung des ersten Mannes und ich konnte im schummrigen Licht einer Straßenlaterne eine Pistole erkennen.

Ohne zu überlegen gab ich Louisa einen Stoß, um sie hinter dem Stamm einer dicken Platane in Sicherheit zu bringen. Während sie zu Boden fiel, ließ auch ich mich auf den Boden fallen.

Beim Fallen konnte ich gerade noch eine Eule erkennen, die aus dem Schatten hinter dem Auto hervorflog und vor der Platane wieder in der Dunkelheit verschwand. Der Mann aus dem Auto drehte ruckartig den Kopf nach der Eule.

Da hörte ich ein Geräusch, als ob der Korken aus einer Weinflasche gezogen wurde und Sekundenbruchteile später ein platschendes Geräusch am Stamm der Platane. Ich schrie laut auf, rollte mich über Louisa und lugte vorsichtig um den Stamm der Platane.

Der schattenhafte Mann an der Treppe hatte sich umgedreht und rannte davon, in die Dunkelheit hinein, weg von uns.

Der andere Mann fiel um wie ein nasser Sack, ohne einen Laut von sich zu geben und blieb reglos auf der Straße liegen. Ich richtete mich über Louisa wieder auf und nahm ihren Kopf in beide Hände.

Sie hatte die Augen geschlossen und zitterte am ganzen Körper. Ich küsste sie auf den Mund. Ihre Lippen waren kalt und erwiderten den Kuss nicht.

> Bleib liegen, ich muss nachsehen. Ich komme sofort zurück. <

Ich rannte zu dem auf der Straße liegenden Mann. Er bewegte sich nicht. Ich nahm sein linkes Handgelenk und fühlte nach seinem Puls. Er war kaum zu fühlen, aber er war vorhanden. Für ihn konnte ich im Moment nichts tun.

Ich rannte zurück zu Louisa. Im Laufen holte ich mein Mobiltelefon aus der Hosentasche.

Louisa zitterte noch mehr als zuvor. Ihre Augen waren weit aufgerissen, wie in Trance, anscheinend ohne etwas zu erkennen. Ich fasste sie an beiden Schultern und schüttelte sie sanft.

> Louisa, sag etwas, hast du irgendwo Schmerzen? Ich rufe einen Krankenwagen. Halt dich an mir fest. Ich bin bei dir. <

Ich drückte sie mit einem Arm an mich und wählte die Notrufnummer.

> Mein Name ist Claus Westtend, ich bin auf dem Ausgrabungsgelände bei Talmont beschäftigt. Im Moment bin ich in Talmont auf der Straße parallel zur Gironde. Ich kenne den Namen der Straße nicht. Sie ist aber nicht weit von der

242

Kneipe am Hafen.

Hier ist ein Mann niedergeschossen worden. Er lebt noch, aber er benötigt dringend einen Arzt. Meine Begleiterin hat einen schweren Schock und zittert wie verrückt. Schicken Sie bitte sofort einen, besser zwei Krankenwagen.

Ich warte hier. <

Ich steckte mein Handy zurück in die Tasche und drückte Louisa fest an mich. Leise redete ich auf sie ein, streichelte ihr Gesicht und versuchte sie zu beruhigen. Ich drückte sie an mich, um sie mit meinem Körper zu wärmen, so gut ich konnte. Sie reagierte nicht und hörte nicht auf zu zittern. Aber sie krallte sich mit einer Hand an mir fest, was ich als gutes Zeichen interpretierte.

Es dauerte endlos, bis ich die Sirenen zweier Krankenwagen hörte.

Ich ließ Louisa los, lehnte sie behutsam an die Platane, sprang auf die Straße und schwenkte wie wild meine Arme.

Die Krankenwagen bremsten vor dem Mann auf der Straße. Die Besatzung des ersten Krankenwagens beugte sich sofort über den Mann, die Besatzung des zweiten Rettungswagens kam auf mich zu gerannt.

> Ich glaube meine Partnerin hat einen schweren Schock. Geben Sie ihr bitte eine Beruhigungsspritze oder etwas Vergleichbares. Sie wissen selbst am besten, was nötig ist. Ob sie eine weitere Verletzung hat, weiß ich nicht.

Es ging alles viel zu schnell. Ich weiß nur, dass der Mann dort neben dem Auto noch lebt und einen schwachen Puls hat. <

Routiniert untersuchten die Besatzungen der Krankenwagen die beiden Verletzten, Louisa und den unbekannten Mann. Sie führten erste Maßnahmen durch, legten beide jeweils auf eine Trage, banden sie fest und schoben sie in ihre Autos.

> Ich möchte mit meiner Partnerin mitfahren. Bitte, ich will

sie nicht allein lassen. <

> Gut, steigen Sie ein, wir fahren zum Krankenhaus. <

Beide Rettungswagen waren kaum losgefahren, als der Rettungssanitäter neben mir fragte, was genau passiert sei. Ich zeigte ihm nur mein Handy und die Visitenkarte des Kommissars, dessen Nummer ich schon wählte.

Mehrere Tage später war er wieder in dem Talkessel. Diesmal hatte er eine leichte, zweiteilige Leiter aus Aluminium mitgebracht.

Nachdem er sich vergewissert hatte, dass sich niemand in dem Talkessel aufhielt, hatte er die Eingangstür schnell wieder geöffnet, von innen geschlossen und mit der Kette abgesichert. Er umwickelte die beiden Füße der Leiter mit mitgebrachten Lappen, schob sie auseinander und stellte sie in die Öffnung zum Speicher. Vorsichtig kletterte er nach oben.

Er schaltete seine Taschenlampe an.

Der Speicher hatte an beiden Stirnseiten von innen verschlossene, aber nach außen öffnende, schwere Holzläden, die kein Licht durchließen. Er nickte zufrieden.

Vorsichtig sah er sich um. Er stellte fest, dass die Profilbretter an der Decke des großen Raumes direkt an die Unterseite der Deckenbalken genagelt waren. Er durfte also nur auf die Balken treten.

Am Ende des Speichers, direkt über dem Raum mit dem Tisch, den er durch ein leeres Astloch sehen konnte, befand sich in einer Ecke ein großer Berg Stroh.

Neben der Öffnung nach unten, zur anderen Speicherseite hin, lagen ein Türblatt mit abgebrochener Ecke, drei längere Balken und mehrere dicke, kurze Bretter. Er blickte nach oben und musterte den Firstbalken. Er war augenscheinlich in einem guten Zustand.

Er holte den längsten der drei Balken und hielt ihn senkrecht von unten an den Firstbalken. Er reichte vom Firstbalken bis etwa dreißig Zentimeter oberhalb der Deckenbalken. Er legte den Balken an die gleiche Stelle zurück, kletterte die Leiter wieder hinunter, schob sie zusammen und verließ, nach einem vorsichtigen Rundumblick durch den rissigen Fensterladen, mit der Leiter das Haus. Er schloss die Tür wieder ab und drückte den Bügel in das Vorhängeschloss.

Nun schulterte er die Leiter und erklomm den Hang oberhalb des Hauses. Nach mehr als zweihundert Metern versteckte er die Leiter zwischen einigen Büschen und deckte sie mit Blättern und Tannenzweigen ab.

Er kehrte ein Stück in Richtung des Hauses zurück und untersuchte die Fläche zwischen den Bäumen in etwa hundert Metern Entfernung, aber mit noch ausreichender Sicht auf das Haus.

Nach einigen Minuten Suche fand er einen ehemaligen, verlassenen Dachsbau, wie ihm die Größe der Öffnung zeigte. Mit beiden Händen und seinem massiven Messer begann er, den Eingang zu vergrößern und die Erde mit den Gesteinsbrocken in den Bau hinein zu werfen. Er arbeitete fast eine Stunde lang bis er sich in die Kuhle bequem hineinkauern konnte.

Zwei Tage andauernder Regen, wie er hier in den westlichen Pyrenäen häufig fiel, würde alle Spuren verwischen. Bei seinem nächsten Besuch im Tal würde er die Kuhle sorgfältig mit Tannenzweigen abdecken.

Er verließ den Talkessel auf seinem üblichen Weg.

Wieder klingelte in der Nacht das Telefon, laut und durchdringend.

Kommissar Frehel war gerade eingeschlafen und fluchte leise als er die Nachttischlampe anschaltete und den Hörer abnahm.

> Ja, bitte, was ist los? <

Er hörte stillschweigend zu und schwang sich dann aus

dem Bett.

> Liebling, schlaf bitte weiter, ich muss los. <

Zwei Minuten später verließ er sein Haus, rief seinen Kollegen Roland an und fuhr los. Fünf Minuten später stieg sein Kollege zu und sie rasten nach Royan ins Krankenhaus.

Claude informierte kurz seinen Kollegen.

> Dieser deutsche Rentner hat mich aus dem Bett geholt.

Ein Mann, Identität ist noch unbekannt, wurde in Talmont niedergeschossen.

Der Rentner war mit seiner Partnerin unterwegs und hat sie hinter den Stamm eines Baumes gestoßen um sie zu schützen.

Sie hat einen Schock. Beide, das unbekannte männliche Opfer und die Partnerin, wahrscheinlich Dr. Boyer, werden ins Krankenhaus nach Royan gebracht.

Die Information des Rentners war nur kurz. Im Krankenhaus kann er uns genauer Auskunft geben. <

In der Nacht waren die Straßen leer und sie rasten nach Süden. Im Krankenhaus fragten sie sich nach der Notaufnahme durch.

Vor den geschlossenen Türen saß der Rentner auf einem Stuhl, den Kopf gegen die Wand zurückgelehnt und hatte die Augen geschlossen.

Claude musste ihn antippen damit er seine Augen öffnete. Als er die beiden Kriminalbeamten sah, quälte er sich mühselig auf seine Beine und reichte ihnen die Hand.

> Es tut mir leid, dass ich Sie aus dem Bett holen musste.

Aber ein Mordversuch in Talmont nach den beiden Morden, der Explosion des Fischerbootes und dem Einbruch im Fischerhaus waren für mich ein ausreichender Grund. <

> Sie wissen von dem Einbruch und der Explosion? <

> Talmont ist ein kleines Dorf. Dort bleibt nichts verborgen. Die Bäckerei ist die örtliche Informationszentrale, dort werden alle Neuigkeiten herumerzählt und breitgetreten. <

> Was ist passiert? <

> Louisa, Dr. Boyer, ist in der Ambulanz. Sie hat einen schweren Schock, gegen den sie bereits unterwegs eine Beruhigungsspritze erhielt.

Außerdem hat sie sich bei dem Sturz nach meinem Stoß den linken Unterarm gebrochen, der geröntgt und behandelt werden muss. Wir können jetzt noch einige Zeit miteinander reden, bis sie in ein Zimmer verlegt wird.

Zur Sache:

Ich war heute Abend mit Louisa in der Kneipe am Hafen von Talmont zum Abendessen. Auf dem Rückweg zum Aus-grabungsgelände waren wir auf der Straße parallel zur Gi-ronde unterwegs, als uns ein Auto entgegenkam. Etwa vier-zig Meter entfernt von uns hielt es an und der Fahrer stieg aus. Der Mann war mir unbekannt.

Auf einmal tauchte aus dem Schatten des dahinter liegen-den Treppenabgangs ein weiterer Mann auf. Dieser hob den rechten Arm in Richtung auf den ersten Mann und auf uns zu. Ich konnte eine Pistole erkennen, das Licht der Straßen-laterne beleuchtete den Arm.

Ich habe Louisa einen Stoß gegeben um sie hinter dem Stamm einer dicken Platane in Sicherheit zu bringen. Noch bevor ich mich selbst zu Boden geworfen habe, habe ich ei-ne Eule bemerkt, die aus dem Dunkel, vom Haus her, kam. Sie flog über den Mann aus dem Auto hinweg und ver-schwand wieder im Dunkel auf der Seite der Platanen.

Wahrscheinlich wegen der Eule hat der Mann aus dem Auto ruckartig den Kopf bewegt.

Ich habe beim Hinfallen ein Geräusch gehört als ob der Korken einer Weinflasche aufgezogen wird und sofort da-nach ein vergleichbares platschendes Geräusch im Stamm der Platane.

Der Mann aus dem Auto ist zu Boden gefallen, der Mann mit der Pistole ist danach weggerannt, wahrscheinlich, weil ich laut geschrien habe.

Ich habe mich um Louisa gekümmert. Sie hat am ganzen Körper gezittert und war eiskalt. Ich habe vergeblich versucht sie zu beruhigen.

Ich habe sie dann ganz kurz verlassen, um nach dem Mann auf der Straße zu sehen. Er hat am Kopf geblutet, hat aber, wie ich bei einem Griff an sein Handgelenk festgestellt habe, noch Puls gehabt.

Ich bin zurück zu Louisa und habe die Notrufnummer gewählt. Auf dem Weg hierher ins Krankenhaus habe ich Sie vom Rettungswagen aus angerufen.

Noch etwas. Als ich zu Louisa zurücklief, habe ich gehört wie ein Auto gestartet wurde und mit quietschenden Reifen losfuhr. <

> Haben Sie den Mann mit der Pistole vielleicht erkennen können? <

> Nein. Er kam aus dem Dunkel und stand, als er den Arm hob, auch halb im Dunkel. Das Licht der Straßenlaterne war zu schwach um ihn erkennen zu können. Irgendein Baum hat ganz viel Schatten geworfen. Die Straßenlaterne hat nur den Arm mit der Pistole beleuchtet. Die Pistole hatte einen langen Lauf.

Ich kann Ihnen nur sagen, dass er groß war, vielleicht einen Meter neunzig oder sogar zwei Meter, und er war sehr schlank. <

> Das Auto haben Sie nicht gesehen? <

> Nein, ich habe nur gehört wie ein Auto gestartet wurde und wegfuhr. Ich weiß auch nicht in welche Richtung.

Louisa war mir wichtiger. <

> Den Mann aus dem Auto kennen Sie auch nicht? <

> Nein, ich habe ihn vorher noch nie gesehen.

Warten Sie, ich habe an dem Haus, vor dem das Auto hielt, die Hausnummer sechsundachtzig gelesen.

Das Auto war ein großer Audi, weiße Farbe, sportliche

Form. Der überfallene Mann ist auch hier in der Ambulanz. Ich weiß nicht wie es ihm geht. Wenn Sie warten bis er behandelt ist, können Sie ihn sicher sehen.

Ich weiß aber nicht, in welchem Zustand er ist und wie lange die Behandlung noch dauert. <

> Wie spät war es, als Sie die Kneipe verließen? <

> Es war fast dreiundzwanzig Uhr. Das Essen dort war fantastisch, der Rotwein ebenso. Die Tat fand etwa zehn Minuten später statt. Wir waren bis zum Ort des Überfalls nur langsam gegangen. Wir hatten zusammen eineinhalb Flaschen Rotwein getrunken und Louisa war, hmmm…, leicht angeheitert. <

> Und Sie sind noch klar im Kopf? <

> Ich werde von Rotwein nicht schnell betrunken, zudem habe ich den Wein über einen Zeitraum von drei Stunden während des Essens getrunken.

Außerdem hat dieser Mordversuch alle etwaige Benommenheit aus meinem Kopf verjagt. <

> Wir werden hier warten. Ich will wissen wer der Überfallene ist.

Roland, verständigst du bitte über den Pförtner unserer Dienststelle die Kollegen der Spurensicherung. Es ist ausreichend, wenn sie am Morgen nach Talmont fahren. In der Nacht sehen sie ohnehin nicht viel und bis zum Morgen wird niemand die Spuren beseitigt haben.

Herr Westtend, fahren Sie später mit uns nach Talmont um uns bei Tageslicht zu zeigen wo alles geschehen ist? <

> Selbstverständlich, aber zuerst will ich wissen wie es Louisa geht, und ob ich sie allein lassen kann. <

Die Minuten vergingen, endlos reihten sie sich für mich aneinander. Ich lehnte mich wieder auf dem Stuhl zurück und schloss die Augen.

Die beiden Polizeibeamten unterhielten sich leise. Ich hörte nicht hin.

Endlich hörte ich, wie sich die Tür der Ambulanz öffnete und jemand herauskam. Sofort stand ich vor ihm.

> Herr Doktor, wie geht es ihr? Ist sie verletzt? Wann kann ich sie sehen? <

> Wer sind Sie, Sie alle drei? <

> Ich bin der Partner der eingelieferten Patientin mit dem gebrochenen Arm und dem Schock, die beiden sind Kommissar Frehel und Inspektor Perez, von der Kriminalpolizei aus La Rochelle. <

> Wieso hat die Frau einen derart schweren Schock erlitten? <

> Vor einigen Tagen ist ihre Kollegin ermordet worden und heute Nacht musste sie einen weiteren Mordversuch mit ansehen.

Ich habe sie hinter einem Baumstamm zu Boden gestoßen damit sie nicht verletzt wird. Dabei hat sie sich leider den Arm gebrochen. Sie heißt Boyer, Dr. Louisa Boyer. Wo ist sie? <

> Wir haben den Bruch, zum Glück ist es ein glatter Bruch, geschient und einen Gipsverband angelegt. Der Bruch wird problemlos heilen.

Der Schock bereitete uns größere Sorgen. Wenn sie innerhalb kurzer Zeit zwei derartig schwer zu verarbeitende Erlebnisse hatte, ist ihr schweres Trauma verständlich.

Wir haben ihr in Ergänzung der bereits verabreichten Beruhigungsspritze ein starkes Schlafmittel gegeben. Sie wird vielleicht vierundzwanzig Stunden schlafen. Kommen Sie am späten Abend wieder. <

> Und wo ist der Mann mit der Kopfverletzung? Können wir ihn sehen, wir möchten gerne wissen wer er ist. <

> Sie sind Kommissar? <

Claude zeigte seinen Ausweis vor.

> Der Mann hat eine tiefe, längliche Wunde am Kopf, ganz eindeutig von einer Kugel. Er hat eine schwere Gehirner-

schütterung. Der Schädelknochen ist zum Glück fast unversehrt. Die geringe Blutmenge, die er verloren hat, ist zweitrangig.

Er ist jung und kräftig. In zwei bis drei Tagen ist er wieder ansprechbar. Vorher können Sie ihn nicht befragen. Auch er hat ein starkes Sedativum erhalten. <

> Können wir ihn wenigstens sehen?

Dann können wir den Anschlag auf ihn vielleicht einordnen. Wir werden ihn nicht befragen, wir wollen ihn nur sehen. Befragen werden wir ihn erst, wenn Sie uns grünes Licht geben. <

> Einverstanden. Einer von Ihnen beiden kann mich begleiten. <

Claude folgte dem Arzt in die Intensivstation. Ein Blick auf den verletzten Mann genügte ihm und er wusste, dass er den Juwelier Catourier vor sich hatte. Er winkte dem Arzt, um ihm anzudeuten, dass der kurze Blick auf den Patienten für ihn ausreichte. Zurück auf dem Flur bedankte er sich bei dem Arzt und nahm Roland zur Seite.

> Es ist Catourier, ich hatte es nach Angabe der Hausnummer schon befürchtet. Es lohnt sich jetzt nicht mehr, ins Bett zu kriechen. Fahren wir nach Talmont, nehmen den Rentner mit zur Ausgrabungsstätte und schlafen dort im Auto noch bis zum Tagesanbruch. Es wird zwar unbequem sein, aber es ist das Einfachste. <

Er drehte sich zu mir um.

> Herr Westtend, wir wollen jetzt nach Talmont fahren, mit Ihnen. Sie können in Ihrem Wohnmobil noch einige Stunden schlafen, wir beide werden versuchen im Auto ebenfalls noch ein wenig zu schlafen. Am Morgen fahren wir gemeinsam zum Tatort. Einverstanden? <

> Ich habe einen anderen Vorschlag. Einer von Ihnen beiden kann bei mir im Wohnmobil im zweiten Bett schlafen, der andere von Ihnen kann Louisas` Bett im Museum be-

nutzen. Decken sind ausreichend vorhanden, sowohl im Museum als auch im Wohnmobil.

Nur möchte ich Sie vorher darauf hinweisen, dass ich beim Schlafen manchmal seltsame Geräusche von mir gebe. <

Sie grinsten und waren beide einverstanden.

Inspektor Perez beschwerte sich am Morgen nicht. Anscheinend hatte ich während der restlichen Nacht doch nicht geschnarcht, oder nicht allzu laut.

Nach dem Frühstück, ich hatte die zwei Polizisten zum Frühstück ins Wohnmobil eingeladen, informierte ich zuerst noch die Mädchen darüber, dass Louisa infolge eines Sturzes mit einem gebrochenen Arm im Krankenhaus liege. Ich würde sie am Abend wieder besuchen und sie sobald wie möglich wieder zur Ausgrabung zurückholen. Um ihr Ruhe zu gönnen, sollte niemand sie besuchen. Mehr mussten die Mädchen nicht wissen, ich wollte sie nicht noch mehr beunruhigen.

Anschließend fuhr ich mit den beiden Beamten zum Tatort. Ich zeigte ihnen die Platane, das Auto und den Treppenabgang.

Die anderen Beamten der Spurensicherung trafen ein, der Kommissar informierte sie über die von mir berichteten Geschehnisse und sie begannen mit ihrer Arbeit. Wir warteten einige Meter abseits um sie nicht zu behindern.

Nach etwa vierzig Minuten trat einer von Ihnen zu uns.

> Claude, wir haben die Kugel im Stamm der Platane gefunden und sichergestellt. Die Blutproben auf dem Straßenbelag sind gesichert. In der Verlängerung der Linie des Einschlags in der Platane und den Blutspuren haben wir auf den Natursteinen, die den Treppenabgang auf beiden Seiten begrenzen, einige kleine Partikel von schwarzem Leder und einige abgeschürfte Hautfetzen gefunden.

Mit einem Metalldetektor konnten wir zwischen den Blumen seitlich des Treppenabgangs ganz schnell eine Patronenhülse finden. Kaliber 9 mm, die Kugel hat das gleiche Kaliber. Wir werden sehen, ob die Merkmale auf der bisher gefundenen Patronenhülse und auf den Projektilen übereinstimmen. Dann können wir den Mord an der Frau und den Mordversuch hier einem einzigen Täter zuordnen.

Auf der Hülse fanden wir den Abdruck eines halben Fingers, den wir gesichert haben. Das ist nicht viel, wird aber bei Vergleich mit dem ganzen Finger, sobald wir ihn haben, sicherlich ausreichen.

Hinter der Platane haben wir auf einem halb eingegrabenen Stück durchsichtiger Kunststofffolie zwei Fingerabdrücke gefunden.

Wir werden sie mit den Abdrücken, die wir schon genommen haben, vergleichen. Deiner Angabe nach könnten sie von Dr. Boyer stammen.

Von der Eule war erwartungsgemäß keine Spur zu finden.

Du hast den ersten Bericht heute vor Dienstende auf deinem Schreibtisch. Weitere eindeutige und aussagekräftige Spuren waren auf die Schnelle nicht zu finden, wir suchen aber weiter. <

> Habt Ihr an der Tür am unteren Ende des Treppenabganges Fingerabdrücke genommen? <

> Das war nicht möglich, der Türgriff ist abgewischt worden.

Am Türschloss sind keinerlei Einbruchsspuren vorhanden.

Die Reisetasche von Catourier steht noch hinter dem Auto, wir werden sie nach der Untersuchung in das Haus bringen. Den Haustürschlüssel habe ich noch. <

> Danke vorerst. Wir haben hier noch einige Befragungen durchzuführen, ich habe die Polizisten der örtlichen Wache schon angefordert. <

> Herr Westtend, wir werden über Ihre Aussage noch ein Protokoll erstellen, das Sie dann noch unterschreiben müs-

sen. <

> Ich kenne das ja schon. Rufen Sie mich an, wenn Sie das Protokoll geschrieben haben, dann können wir entscheiden ob ich es hier in Talmont unterschreibe oder ob ich nach La Rochelle komme.

Heute Nachmittag fahre ich auf jeden Fall ins Krankenhaus und auch morgen will ich zu Louisa. <

> Danke, wir melden uns. <

Die Polizisten der Dienststelle aus Meschers kamen gerade angefahren. Der Kommissar informierte sie und sie begannen gemeinsam, die Bewohner der umliegenden Häuser nach dem in der Nacht so lautstark gestarteten Auto und nach dem eventuell gesehenen Fahrer zu befragen.

Ich bat den Inspektor mich zur Ausgrabung zurück zu fahren.

Als ich mich am späten Nachmittag im Krankenhaus zu Louisas` Zimmer durchgefragt hatte, schlief sie noch. Sie war blass im Gesicht, hatte einen Gipsverband am Arm, und, wie ich feststellen konnte, auch einige blaue Flecken im Gesicht. Ich hatte sie vielleicht zu heftig hinter die Platane gestoßen. Weitere sichtbare Verletzungen konnte ich zum Glück nicht feststellen.

Ich streichelte vorsichtig ihre Wangen, setzte mich dann auf einen Stuhl neben ihrem Bett, wartete und betrachtete sie lange. Sie war eine hübsche Frau, sie gefiel mir ungemein. Ich freute mich auf die zukünftige gemeinsame Zeit mit ihr.

Nach etwa zwei Stunden bewegte sie sich langsam und erwachte. Als sie mich erblickte, begannen ihre Augen zu strahlen. Sie streckte ihren gesunden Arm langsam nach mir aus. Ich ergriff ihn, beugte mich über sie und küsste sie vorsichtig.

Ich setzte mich auf den Bettrand und hielt ihre Hand fest. Sie schloss die Augen. Als sie sie wieder öffnete, bat sie mich um etwas zu trinken. Ich schenkte ihr aus der Karaffe neben ihrem Bett Wasser ein und hielt ihr das Glas an den Mund. Sie nahm es mir aus der Hand und trank es in einem Zug leer. Ich schenkte nach und wieder trank sie das ganze Glas in einem Zug leer. Dann sah sie mich an.

> Danke.

Erzähl` mir bitte was geschehen ist. Ich habe nur eine vage Erinnerung. Ich habe bei dem Mann vor dem Haus eine Pistole gesehen und hatte wahnsinnige Angst. Mehr weiß ich nicht. <

Ich erzählte ihr alles, ganz detailliert.

Sie schwieg eine Weile.

> Du hast mir also das Leben gerettet und mich mit deinem Körper beschützt. Ich war dir also wichtig. So wichtig, dass du für dich selbst eine Verletzung in Kauf genommen hast um mich zu schützen.

Der Bruch meines Armes ist nebensächlich, der wird wieder heilen.

Für mich ist vor allem wichtig, dass du jetzt hier an meiner Seite bist. <

> Ob ich dir das Leben gerettet habe, weiß ich nicht. Nach Meinung von Kommissar Frehel galt dieser Anschlag diesem Mann. Er heißt Catourier, wie ich gehört habe. <

> Das war der Partner von Mireille, ich hatte ihn ja kennen gelernt, habe ihn aber gestern Abend nicht erkannt.

Sollte nach Mireille auch er ermordet werden?

Was ist eigentlich hier los? <

> Ich weiß es nicht. Der Kommissar verrät nichts. Aber irgend etwas ist hier im Gang.

Der Fischer von Talmont wurde ermordet, Mireille wurde ermordet, das Boot des toten Fischers wurde in die Luft gesprengt, in seinem Haus wurde eingebrochen und nun wurde auf Mireilles` Partner ein Anschlag verübt. Das muss einen Grund haben, aber welchen?

Hoffentlich kann die Polizei diese Morde aufklären und allem ein Ende machen. <

Ich streichelt ihre Wange.

> Jetzt musst du dich zuerst soweit wieder erholen, dass ich dich zur Ausgrabung mitnehmen kann.

Den Mädchen habe ich nur von deinem gebrochenen Arm erzählt, mehr nicht. Mehr sollen sie auch nicht erfahren. Mireilles` Tod hat sie schon genug schockiert. <

Ich klingelte nach einer Schwester und bat sie Louisa etwas zu essen zu bringen.

> Morgen werde ich Professor Lelong über deinen gebrochenen Arm informieren. Du wirst die nächsten vier bis sechs Wochen nicht arbeiten können. Ich werde dir auf dem Ausgrabungsgelände den Liegestuhl aus meinem Wohnmobil aufstellen. Dann kannst du dich erholen und uns alle, vor allem mich, überwachen, während ich noch einige Wochen lang die Erde an den Fundamentmauern wegkratze, unter deiner persönlichen Aufsicht. <

> Bis mein Arm wieder verheilt ist, wird die Ausgrabungssaison vorbei sein. Die Vorlesungen der Mädchen werden dann auch wieder beginnen.

Ich werde anschließend meinen diesjährigen und auch den vollständigen Urlaub nehmen, der mir aus dem vergangenen Jahr noch zusteht, um mich restlos zu erholen. <

> Dann nehme ich dich mit zu mir nach Deutschland. Du wirst meine Söhne kennenlernen und ich deine Freundin in Mainz.

Einverstanden? <

Als Antwort zog sie meinen Kopf zu sich hinab und küsste mich.

15

Nachdem Claude und Roland in ihr Büro zurückgekehrt waren, rief der Kommissar zuerst seinen Kollegen Ronan an. Er unterrichtete ihn über die Vorkommnisse in der vergangenen Nacht.

> Claude, entweder wird unser Mörder nervös oder hinter allem steckt noch mehr. Hat die Befragung der Anwohner irgendwelche Hinweise ergeben? <

> Nein, keiner hat etwas gesehen, nur einer hat die quietschenden Reifen beim Start des Autos gehört. Er hat das auf die Angeberei irgendeines Jugendlichen geschoben.

Nach den Angaben des Rentners ist davon auszugehen, dass die verwendete Pistole einen Schalldämpfer hatte, was auch bei den beiden Morden in Talmont der Fall war.

Der Arzt im Krankenhaus wird mich informieren, sobald Catourier vernehmungsfähig ist. Solange müssen wir warten.

Hast du hinsichtlich des Bruders von Catourier etwas herausfinden können? <

> Nach den Unterlagen des Einwohnermeldeamtes und des Geburtenregisters hat dieser Juwelier keinen Bruder. Damit wird die weitere Ermittlung zu der Suche nach der Nadel im Heuhaufen.

Dieser Bruder, oder wahrscheinlicher Halbbruder, kann sowohl das Kind seines Vaters als auch seiner Mutter sein.

Der Vater könnte in seinen Sturm- und Drangjahren als Jugendlicher Geschlechtsverkehr mit einem Mädchen gehabt haben, das ebenfalls innerhalb kurzer Zeit mehrere Jungen ausprobiert hat. Irgendwann stellte das Mädchen fest, dass es schwanger war, wusste aber nicht von wem. Der Vater von Catourier hat möglicherweise nie etwas von der Schwangerschaft erfahren.

Es kann aber auch sein, dass seine Mutter als ganz junges Mädchen schwanger wurde, das Kind an einem anderen Ort zur Welt brachte und es dann zur Adoption freigegeben hat. Wer weiß, wie das abgelaufen ist. In kleinen Dörfern wurde früher in der Verwaltung nicht so genau gearbeitet. Die Geburt ist vielleicht nie dokumentiert worden.

Diese zweite Schiene, die über die Mutter, können wir bei einer Adoption eventuell über das Jugendamt verfolgen, obwohl auch hier nicht sicher ist, dass die entsprechenden Unterlagen einer Adoption noch verfügbar sind.

Wir haben hier bei uns im Büro mit den Kollegen eine lange Liste möglicher Szenarien zusammengestellt. Wenn ich mir diese Liste anschaue, bekomme ich jetzt schon graue Haare, und das in meinem jugendlichen Alter. Aber wir werden uns durchkämpfen. Sobald wir eine vielversprechende Spur oder sogar ein Ergebnis haben, werde ich dich informieren.

Bis bald. <

Claude informierte Roland über das Telefongespräch. Er ergänzte anschließend auf seiner Schautafel das Attentat auf Catourier.

Dass der Rentner mit seiner Partnerin dazu gekommen war, betrachtete er als reinen Zufall, und dennoch zugleich als Hilfe bei seinen Ermittlungen.

Für Catourier war es eindeutig ein Glücksfall. Er war sich absolut sicher, dass der Angreifer den Juwelier töten wollte. Er hätte sich ganz bestimmt nach dem ersten Schuss vergewissert, dass der Juwelier tot war und, falls das nicht der Fall gewesen sein sollte, noch einmal geschossen.

Er holte sich eine Tasse Kaffee, lehnte sich auf seinem Stuhl zurück und begann in Gedanken verschiedenste Szenarien durchzuspielen um einen Grund für den Mordversuch an Catourier zu finden.

Roland tippte die Aussage des Rentners in seinen Computer ein und druckte sie aus.

Er sah seinen Kollegen die Schautafel betrachten, ging in dessen Büro und setzte sich ihm gegenüber.

Gemeinsam diskutierten sie verschiedenste Szenarien in allen Einzelheiten. Aber keine ihrer Varianten befriedigte sie. Sie hingen hinsichtlich der Hintergründe in der Luft.

Kurz vor Dienstschluss brachte ihr Kollege aus der Forensik seinen vorläufigen Bericht vorbei. Er legt ihn auf Claudes Schreibtisch und setzte sich.

> Die Kugel und die Hülse sind identisch mit den Projektilen von den beiden anderen Morden. Es wurde ebenfalls ein Schalldämpfer verwendet.

Die Lederpartikel entsprechen den bereits gefundenen und die Hautfetzen konnten eindeutig der DNA des Bruders von Catourier zugeordnet werden. In der Datenbank, als auch in der von Interpol ist diese DNA nicht registriert.

Jetzt brauchen wir nur noch den entsprechenden Mann, dann kann anhand der vorliegenden Beweise Anklage erhoben werden.

Wir haben zufällig noch etwas anderes entdeckt. Als wir die Reisetasche des Juweliers in das Haus brachten, haben wir neben dem Treppenabgang zu den Höhlenräumen eine weitere Reisetasche gesehen. Die passte vom Design her absolut nicht zu dem schicken Haus. Sie war richtig schäbig, mit vielen Schmutzflecken und Rissen.

Deshalb haben wir sie untersucht. Drinnen fanden wir ein Paket mit Plastiksprengstoff. Die Kabel zwischen dem dabei liegenden Handy, einem Prepaidhandy, und dem

Zünder waren noch nicht angeschlossen.

Es ist offensichtlich derselbe Plastiksprengstoff, mit dem auch das Boot des Fischers in die Luft gejagt worden war. Die chemische Zusammensetzung scheint identisch zu sein, wir werden das noch genau überprüfen. An der Tasche waren ebenfalls Partikel schwarzer Lederhandschuhe. Die vielen Partikel lassen darauf schließen, dass die Handschuhe schon älter sind und langsam aus dem Leim gehen.

Wir haben am Zünder einen alten Fingerabdruck gefunden. Er war nur noch schwach erkennbar, aber wir konnten ihn sichern. Er war in der Datenbank und er gehört zu einem Mann, der erwiesenermaßen seit drei Jahren tot ist. Er ist bei einem Autounfall ums Leben gekommen. Er war Inhaber und alleiniger Angestellter einer kleinen Firma, die Kleintransporte durchführte, für verschiedenste Firmen und für Privatleute. Zu Lebzeiten nahm er jeden Auftrag an.

Bei einer Razzia nahe Bayonne hatte ein Sprengstoffspürhund bei der Überprüfung seines Autos angeschlagen. Das Auto wurde daraufhin auf den Kopf gestellt, aber es wurde kein Sprengstoff gefunden.

Er hat damals argumentiert, dass er von unterschiedlichsten Leuten Aufträge erhält, aber nie den Inhalt der Pakete oder Kisten zu Gesicht bekommt. Er hätte auch gar nicht die Zeit, seine Transportgüter zu öffnen. Sollte er es doch einmal tun und der Auftraggeber würde es erfahren, würde er eine Anklage erhalten und könnte anschließend seine Firma dichtmachen.

In seiner Akte, die glücklicherweise schon digital zur Verfügung steht, ist jedoch auch vermerkt, dass er verdächtigt wurde, Sympathisant der baskischen Untergrundorganisation zu sein. Durchschlagende Beweise dafür wurden jedoch nie erbracht. <

> Danke, Marcel. Dieser unbekannte Mann, der Bruder oder Halbbruder von Catourier, ist genau unser Problem. Er ist für uns immer noch unbekannt und wir haben noch keine Spur.

Der Sprengstoff und der Fingerabdruck dieses mittlerweile toten Fahrers auf dem Zünder deuten auf eine Verbindung zur ETA. Beweise haben wir dafür aber nicht. Wir dürfen keine voreiligen Schlüsse ziehen, eine Verbindung zu dieser Organisation aber nicht ausschließen. <

Er winkte Roland zu sich und bat ihn den Bericht der Forensiker zu lesen. Roland hob anschließend seinen Kopf und sah ihn erstaunt an.

> Ein gewöhnlicher Mensch hat keinen Zugang zu Plastiksprengstoff. Der Fingerabdruck des möglichen Sympathisanten der ETA, der identische Sprengstoff in der Reisetasche und auf dem Boot des Fischers, der Schmuggel von Diamanten und die Morde beziehungsweise der Mordversuch, das passt für mich alles zusammen. Ich hatte ja schon die Vermutung geäußert, dass dieser Diamantenschmuggel im Zusammenhang mit Waffenkäufen zu sehen ist. Dieser Sprengstofffund bestätigt meine Annahme.

Wer jedoch ist dieser Mörder und wie sind seine Verbindungen zur ETA? Beabsichtigte der Mann, der Catourier niedergeschossen hat, das Haus in die Luft zu sprengen?

Wir hatten doch schon, wie auch auf dem Fischerboot, alle Beweise gesichert.

Um das Seil und die Beweise am Seil zu vernichten, hätte er das Seil doch nur am oberen Ende mit dem Karabinerhaken ausklinken und entfernen müssen. Den im Fels befestigten Bügel hätte niemand entdeckt, beziehungsweise mit einem Tuch hätte der Täter dort alle eventuell vorhandenen Spuren beseitigen können.

Allein aus der Kenntnis des Ortes, an dem die junge

Frau ermordet wurde, wären wir keinen Schritt weitergekommen. Vielleicht hoffte er aber auch, die Kugel und die Hülse zu vernichten? <

> Ich gebe dir Recht. Eventuell ist er übervorsichtig, übernervös, oder in seinem Kopf funktionieren einige logische Gedankengänge nicht richtig. Es ist aber auch durchaus denkbar, dass er überheblich ist und uns keine gründliche Arbeit zutraut. Bei seinen jüngeren Aktivitäten hat er mehr Staub aufgewirbelt, als wenn er sich einfach still verhalten hätte. Dadurch hat er uns eine Reihe von Beweisen geliefert, was ganz sicher nicht seine Absicht war. <

Claude rief nochmals seinen Kollegen in Bordeaux an und informierte ihn über die neuen Erkenntnisse.

Ronan betrachtete voller Mistrauen und mit fast körperlichem Unbehagen die lange Liste von Möglichkeiten, die er mit seinen Kollegen zusammengestellt und auf eine Schautafel geschrieben hatte.

> Welchen Punkt dieser Liste können wir zuerst in Angriff nehmen? Jedes der einzelnen Szenarien, die wir ausstreichen können, bringt uns einen Schritt weiter. <

> Ronan, ich werde mich mit dem Lebenslauf der Mutter von Catourier beschäftigen. Aus den Unterlagen des Einwohnermeldeamtes kann ich ihren Geburtsort erfahren. Vielleicht finde ich dort jemanden, der mit ihr aufgewachsen ist und sie kennt. Dieser Jemand muss dann aber schon sechzig oder deutlich mehr als sechzig Jahre alt sein. Da müssten sich noch einige Menschen finden lassen. Damit kann ich vielleicht einen Anhaltspunkt finden. <

> Gut, Antoine, damit könnten wir einen Schritt weiterkommen, aber erwarte nicht zu viel. Es wird eine Sisyphusarbeit werden. <

> Ich werde die gleiche Recherche für den Vater von

Catourier durchführen. Wenn er ein uneheliches Kind gezeugt hat und nichts davon weiß, werden wir jedoch keinerlei Hinweise erhalten. <

> Einverstanden, Michel. Ich werde damit beginnen, alle Geschäfte und die Goldschmiedewerkstatt von Catourier abzuklappern. Vielleicht kann mir einer der alten Angestellten oder ehemals beschäftigten Angestellten, die mittlerweile schon in Rente sind, weiterhelfen? <

Ronan informierte seine Kollegen kurz über die neuesten Geschehnisse in Talmont.

> Ich möchte, dass wir uns in zwei Tagen zu Dienstbeginn hier in meinem Büro zusammensetzen und kurz über unsere Ergebnisse oder gezogenen Nieten berichten. Und nun los, an die Arbeit. <

Zwei Tage später konnte ich Louisa aus dem Krankenhaus abholen und mit ihr zur Ausgrabung zurückkehren. Die Mädchen freuten sich über ihre Rückkehr und behandelten sie wegen des gebrochenen Arms beinahe wie ein rohes Ei.

Auf meinen Hinweis hin telefonierte Louisa mit ihrem Chef, Professor Lelong. Er war damit einverstanden, dass sie, bequem auf einem Liegestuhl, weiterhin die Ausgrabung leitete. Er war ebenfalls damit einverstanden, dass sie etwa vier Wochen später, nach vollständiger Wiederherstellung ihres Armes, ihren Jahresurlaub und den rückständigen, gesamten Urlaub vom vergangenen Jahr ableisten würde.

Ihren Bericht über die Ausgrabungssaison könne sie auch noch einige Monate später abliefern. Der sensationelle Fund rechtfertige dieses Vorgehen.

Die Auswertung, Restaurierung und Archivierung der vielen Fundstücke würde sich ohnehin noch viele Monate hinziehen. Er wünschte ihr eine gute Besserung.

Es bereitete mir, ebenso wie den Mädchen, viel Vergnügen Louisa zu verwöhnen. Diese Ablenkung trug viel dazu bei, dass die Mädchen langsam ihre Fröhlichkeit wiederfanden.

Die Arbeit ging bald wieder flotter von der Hand.

Bis zum Ende der Ausgrabungssaison wurden außer einer größeren Anzahl Tonscherben keine weiteren wertvollen Artefakte mehr gefunden.

Das störte aber niemanden.

Ich fing wieder an, zusammen mit Louisa, jeden dritten Abend und die jeweils folgende Nacht auf dem Carelet zu verbringen um für alle Fische zu fangen und sie am darauffolgenden oder am übernächsten Abend auf dem Grill zuzubereiten.

Inspektor Perez kam am Tag nach Louisas Rückkehr vorbei, um sich von mir das Protokoll unterschreiben zu lassen. Ich bat ihn, noch die Eule zu ergänzen, denn ich war überzeugt, dass das plötzliche Auftauchen des Vogels und die dadurch ausgelöste ruckartige Kopfbewegung diesem Mann das Leben gerettet hatte.

Über die ganzen Zusammenhänge und den Stand der Ermittlungen ließ er sich kein Wort entlocken.

Ich konnte damit leben.

Mit den Gerüchten, die in der Bäckerei, der dörflichen Informationszentrale, in Umlauf gebracht wurden, konnte ich nichts anfangen. Sie brachten mir keine weiteren Erkenntnisse. Ich hütete mich meinerseits irgendetwas zu diesen Gerüchten beizutragen.

16

Der eingestellte Klingelton des Telefons war überaus melodisch, aber dennoch irgendwie durchdringend.

> Hallo, wer ist da? <

> Hier ist der Vorsitzende. Sind Sie mit dem Verkauf der letzten Warensendung gut vorangekommen? <

> Ich bin überaus zufrieden. Fast achtundneunzig Prozent sind verkauft, zu einem hervorragenden Preis verkauft.

In wenigen Tagen werde ich mit meinem Privatflugzeug nach Lyon fliegen um hoffentlich den Rest zu verkaufen. Ein Interessent hat mich gestern angerufen. Ein fester Termin steht noch aus.

Was ist der Grund Ihres Anrufs? <

> Unsere Geschäftsfreunde, die von unserem letzten Treffen, benötigen kurzfristig einen Teil des Erlöses. Weshalb so kurzfristig, weiß ich nicht, aber in Kenntnis Ihrer Fähigkeiten habe ich die Wahrscheinlichkeit eines vollständigen oder zumindest fast vollständigen Verkaufs schon angedeutet. Ich werde meine Aussage noch einmal bestätigen.

Können wir kurzfristig eine Übergabe durchführen? <

> Selbstverständlich. Sie können in ein paar Tagen über den bisherigen Erlös verfügen. Bis dahin habe ich den Betrag für die bisher verkaufte Ware in Händen.

Wo soll die Übergabe stattfinden? <

> Im Restaurant des Flughafens Bordeaux Mérignac, um neunzehn Uhr. Wir werden in der Nähe der Garderobe am Fenster sitzen.

Verpacken Sie den Erlös als Geburtstagsgeschenk für mich. Ich werde mich in einigen Tagen wieder bei Ihnen melden und ihnen den genauen Termin mitteilen. <

> Ich werde dann pünktlich dort sein. <

Ronan stellte wieder einmal fest, dass er am Morgen als erster der Abteilung, eine Stunde vor offiziellem Dienstbeginn, im Büro war.

Zuerst setzte er die Kaffeemaschine in Gang und schenkte sich eine Tasse Kaffee ein. Mit Genuss trank er den ersten Schluck und fühlte sich sofort besser. Danach schaltete er seinen Computer an und las die Meldungen über die nächtlichen Vorkommnisse durch. Es hatten sich keine Verbrechen ereignet, für die seine Abteilung zuständig war .

Er sah auf, als gleichzeitig Antoine und Michel sein Büro betraten. Auch sie versorgten sich zuerst mit einer Tasse Kaffee und nahmen dann auf den beiden Stühlen vor seinem Schreibtisch Platz.

Ronan sah die beiden erwartungsvoll an. Michel begann das Ergebnis seiner Recherche vorzutragen.

> Auf der Schiene über den Vater von Catourier ist ein Bruder oder Halbbruder in allen von mir durchgesehenen, amtlichen Archiven, Schulen oder Kindergärten nicht zu finden. Die vergangenen zwei Tage haben bei meinen Recherchen keinerlei verwertbares Ergebnis erbracht.

Sackgasse. <

> Dieser Weg bringt uns also nicht zum Ziel, damit können wir auch einige andere, damit zusammenhängende Möglichkeiten auf der Schautafel ausstreichen. <

Ronan stand auf und strich auf der Schautafel die Eintragung für alle betreffenden Szenarien durch.

> Die Mutter von Catourier hieß mit Mädchennamen Toles, Marie Toles. Ihre Eltern stammten aus dem Zentralmassiv, aus Le Rozier, einem Dörfchen am Ufer des Tarn. Das geht aus der Geburtsurkunde und dem Familienstammbuch der Familie Catourier hervor.

Eine für unser Problem aussagekräftige Information konnte ich jedoch, trotz einer Unmenge von Telefonaten, nicht herausbekommen.

In Le Rozier existiert zwar eine Abschrift der Geburtsurkunde der Tochter Marie und auch der Geburtsurkunden der Eltern, aber mehr nicht.

Weitere Geschwister von Marie sind nirgends vermerkt.

Irgendwann müssen sie aus dem Ort weggezogen sein, aber in den Unterlagen der Gemeinde ist nichts darüber vermerkt, wann und wohin. Kopiergeräte gab es damals noch nicht und der Gesetzgeber hatte zu dieser Zeit Abmeldungen beim Wechsel des Wohnortes noch nicht gefordert.

Ob in dem Ort noch ein alter Bewohner auffindbar ist, der über die Familie Bescheid weiß, ist ungewiss. Nach Angabe der jungen Frau im dortigen Rathaus, mit der ich telefoniert habe, gibt es im Ort tatsächlich noch einen alten Mann, der laut Geburtsurkunde zwei Jahre jünger ist als Maries´ Vater.

Die Mitarbeiterin im Rathaus wusste aber nicht, inwieweit dieser Mann die Familie kannte, dazu ist diese Mitarbeiterin eindeutig zu jung.

Mehr konnte ich dazu nicht erfahren. <

Ronan überlegte einen Moment.

> Antoine, deine Ermittlungen dokumentieren die Herkunft der Mutter von Catourier, obwohl sie leider in dieser Form kein direkt verwertbares Ergebnis für unser Problem bringen. Eine Aussage zu dem von uns gesuchten Mann lässt sich daraus nicht ableiten.

Ich sehe keine andere Möglichkeit, als selbst nach Le Rozier zu fahren. Dort kann ich vielleicht den Anfang einer Spur finden.

Diese Mitarbeiterin im Rathaus kann die für uns erforderlichen Angaben bestimmt nicht erfragen. Das ist auch nicht ihre Aufgabe.

Ich fahre nach Hause, packe einige Klamotten zusammen

und fahre ins Zentralmassiv.

Ihr könnt in der Zwischenzeit versuchen, einige Rentner aus der früheren Belegschaft von Catourier ausfindig zu machen.

Ich hatte bei meinen wenigen bisherigen Recherchen in dieser Hinsicht leider noch keinen Erfolg. Ich konnte dafür aber auch fast keine Zeit investieren.

Mein Chef hat mich mit einer Unmenge Verwaltungsfragen traktiert, die er natürlich, wie immer, sofort geklärt haben wollte. <

Kommissar Matudi erreichte mit Hilfe seines Navis am Nachmittag den kleinen Ort Le Rozier und stellte als erstes fest, dass es sich hier eigentlich um einen Doppelort handelte. Der eine Teil, Peyreleau, war nur durch das Flüsschen Jonte vom anderen Teil, von Le Rozier, getrennt.

Er suchte sich zuerst ein kleines Hotel, denn er hatte nicht die Absicht, die lange Fahrt über viele kurvenreiche Straßen am Abend oder sogar in der Nacht noch einmal zu bewältigen.

Im Hotel erkundigte er sich nach dem Weg zum Rathaus, das glücklicherweise noch nicht einmal einhundert Meter entfernt lag. Das Rathaus war sehr klein, mit nur drei Angestellten.

Als er am nächsten Morgen der jungen Frau, die für das Meldewesen zuständig war, seinen Ausweis zeigte, fragte sie ihn sofort, ob die Auskunft, die sie seinem Kollegen gegeben hatte, nicht ausreichend gewesen wäre.

> Ihre Angaben bringen uns leider nicht weiter. Wir haben in Bordeaux ein Gewaltverbrechen aufzuklären, dazu reichen Ihre Angaben nicht. Deshalb bin ich hier, um hoffentlich genauere Angaben zu erhalten.

Sie berichteten meinem Kollegen von einem alten Mann, der zwei Jahre jünger sei als Herr Toles.

Wo finde ich ihn?

Wie ist sein Gesundheitszustand? <

> Er heißt Jacques Martel und ist schon über achtzig Jahre alt. Er ist körperlich noch einigermaßen fit, aber... <

Sie machte eine Pause.

> Aber leider ist er nur selten nüchtern. Seine geringe Rente setzt er vollständig in Alkohol um. Wenn seine Enkeltochter sich nicht um ihn kümmern würde, wäre er sicher schon verhungert oder im Winter wahrscheinlich erfroren. Er hat in ihrem Haus ein kleines Zimmer, ist aber den ganzen Tag irgendwo unterwegs. <

> Wo kann ich diese Enkeltochter finden? <

> Wenn Sie mit nach draußen kommen, zeige ich Ihnen das Haus. Seine Enkeltochter hat nie geheiratet und heißt ebenfalls Martel. <

Vor der Rathaustür zeigte die junge Frau auf ein Haus schräg gegenüber.

> Sie haben Glück, Sie kommt gerade nach Hause. Seien Sie bitte nicht überrascht. Sie beschützt ihren Großvater und kann ganz aggressiv reagieren, wenn sie ihn bedroht glaubt. Er ist ihr einziger noch lebender Verwandter. <

Ronan bedankte sich und ging auf das Haus und auf die Enkeltochter zu.

> Guten Tag, Frau Martel.

Mein Name ist Matudi, Kommissar Matudi aus Bordeaux. Ich würde gerne mit Ihrem Großvater sprechen. Vielleicht kann er uns Hinweise zur Aufklärung eines Gewaltverbrechens liefern.

Wo kann ich Ihren Großvater finden? <

Die Enkeltochter, eine resolut wirkende Frau von etwa vierzig Jahren, trat zwei Schritte zurück. Ihre Gesichtszüge verhärteten sich, sie kniff die Lippen zusammen.

Ronan zückte vorsichtshalber seinen Ausweis und reichte ihn der Frau. Sie betrachtete den Ausweis ausgiebig, drehte ihn dreimal um und gab ihn dann zurück.

> Warum? <

Sie fragte nur dieses eine Wort.

> Gemäß einem Telefonat mit dem Rathaus vor zwei Tagen und meinem Besuch im Rathaus vor wenigen Minuten ist Ihr Großvater der älteste Bewohner von Le Rozier und Peyreleau. Vielleicht kann er uns weiterhelfen.

Wir benötigen Angaben zu einer Familie, die vor langer Zeit hier gewohnt hat. Er ist unsere letzte Hoffnung, unsere einzige Spur. <

Sie betrachtete Ronan weiterhin misstrauisch.

> Mein Großvater hat auch wirklich nichts angestellt? Er ist auch wirklich nicht verdächtig? <

> Nein, absolut nicht, ich möchte nur einige Auskünfte von ihm. Und ich hoffe, dass er mir weiterhelfen kann. <

Die verkniffenen Gesichtszüge entspannten sich. Sie bat Ronan, auf der Bank vor dem Haus Platz zu nehmen und setzte sich neben ihn.

> Heute können Sie ihn sicher nicht mehr befragen. Ich weiß zudem nicht, wo er gerade steckt. Aber ganz gleich, wo er auch ist, er wird so betrunken sein, dass er ihnen nicht zuhören kann, geschweige denn irgendwelche Fragen beantworten kann.

Irgendwann am späten Abend oder heute Nacht wird er zurückkommen und sich schlafen legen. Den Weg hierher zurück findet er immer wieder, so betrunken er auch ist.

Sie müssen Verständnis für ihn haben. Er hat in seinem Leben Schlimmeres durchgemacht als die Mehrzahl der anderen Menschen. Das hat er nie verkraftet, deswegen ertränkt er seine Erinnerungen im Alkohol.

Morgen früh wird er gegen zehn Uhr aufwachen und eine Winzigkeit frühstücken. Anschließend wird er zu dem kleinen Supermarkt um die Ecke gehen und sich eine Flasche Schnaps holen, billigen Schnaps, die erste Flasche.

Damit wird er sich da unten an den Zusammenfluss der

Flüsschen Tarn und Jonte setzen und die Flasche leeren, bevor er die nächste holen wird.

Zweimal im Monat bezahle ich die Schnapsflaschen, den Rest, für den seine Rente nicht ausreicht, übernehme ich. Das bin ich ihm schuldig.

Kommen Sie morgen früh gegen zehn Uhr wieder. Da ist er noch soweit nüchtern, dass er Ihre Fragen beantworten kann.

Er wird bereitwilliger antworten, wenn Sie mit zwei oder drei Flaschen Schnaps nachhelfen. Trotz seines Alkoholkonsums ist er in nüchternem Zustand noch ziemlich klar im Kopf.

Ich hoffe, dass er bereit sein wird, Ihre Fragen zu beantworten.

Jetzt muss ich meine Arbeit machen. Auf Wiedersehen. <

Sie stand auf, ließ ihn zurück und verschwand im Haus.

Ronan blieb noch ein Weilchen sitzen um über diesen Mann nachzudenken.

Dann setzte er sich in Bewegung und besichtigte die beiden zusammenhängenden Orte, die in einer so wunderschönen Landschaft lagen.

Er wurde sich bald darüber klar, dass außer den wenigen Arbeitsplätzen infolge eines geringen Tourismus während weniger Monate im Sommer und ein wenig Landwirtschaft in diesen beiden Dörfchen kaum Arbeitsplätze zu finden waren.

Am nächsten Morgen, nach einem etwas späten und ausgiebigen Frühstück suchte er pünktlich das Haus von Martel auf. Bevor er klopfen konnte, öffnete sich die Haustür.

> Sie sind zehn Minuten zu spät. Er ist schon unterwegs. Aber er wird noch nüchtern sein. <

Sie erklärte ihm den genauen Weg zu dem Platz, an dem er den alten Mann finden könne.

Ronan suchte zuerst den kleinen Supermarkt auf und

kaufte zwei Flaschen Schnaps und ein einfaches Wasserglas.

Das alles steckte er in eine Plastiktüte. Danach ging er über den schmalen Pfad zu dem angegebenen Platz am Zusammenfluss der beiden Flüsschen.

Als er um einige dicht nebeneinander stehende Bäume und Büsche bog, sah er einen alten Mann auf einer anscheinend vielfach so alten Steinbank sitzen, die zur Erde dick hin mit Moos bewachsen war.

Er setzte sich neben ihn und betrachtete ihn ein Weilchen. Der Alte schien keine Notiz von ihm zu nehmen.

> Herr Martel, kann ich Ihnen einige Fragen stellen?

Ich bin Kommissar Matudi aus Bordeaux. Ich hoffe, dass Sie mir weiterhelfen können um drei Morde aufzuklären, unter anderem den an einer jungen Frau. <

Der Alte bewegte sich nicht. Erst nach einigen Minuten drehte er den Kopf zu Ronan und sah ihn an.

> Haben Sie mir etwas zu trinken mitgebracht? Meine Kehle ist ganz trocken. Sie muss erst geschmiert werden. <

Ronan holte eine Flasche und das Glas aus der Plastiktüte und füllte das Glas. Der Alte nahm einen großen Schluck.

Er trank entgegen Ronans` Erwartung das ganze Glas nicht auf einmal leer. Nach einer Weile nahm er, wie abwesend, einen zweiten, großen Schluck.

> Ohne Alkohol kann ich die Dämonen in meinem Kopf nicht besiegen. Dabei hasse ich Alkohol. Noch mehr aber hasse ich die Dämonen.

Aber ich habe es nicht anders verdient. Dazu habe ich in meinem Leben zu viel Leid verursacht, zu viele Menschen ermordet. Während meiner Zeit bei der Fremdenlegion.

Dass ich es nur auf Befehl tat, ist jetzt für mich selbst keine Rechtfertigung mehr. Aber vielleicht kann ich Ihnen helfen. Das würde meine Schuld vielleicht etwas mildern.

Stellen Sie Ihre Fragen! <

Ronan war erstaunt über die klaren Worte des alten Mannes, des alten Alkoholikers.

> Können Sie sich an eine Familie Toles erinnern? <

Der alte Mann war ein Weilchen still.

> Martin Toles. Selbstverständlich.

Wir waren sogar gute Freunde.

Er hat schon sehr früh ein Auge auf Claudine geworfen und er hat sie dann auch geheiratet. Sie haben eine Tochter bekommen, nur eine einzige Tochter. Marie. Keinen Sohn.

Er konnte damals einen der wenigen Arbeitsplätze hier ergattern. Damals wurde im Dorf die Zuchtanlage für Lachsforellen aufgebaut. Dort hat er gearbeitet.

Ich habe damals versucht, Catherine zu heiraten. Sie war eine wunderschöne Frau. Sie hat mir aber einen Korb gegeben und den jungen Arzt aus Aguessac geheiratet. Der hat ein gutes Einkommen gehabt, während ich nur bei Gelegenheitsarbeiten bei einem Bauern auf der Hochebene Geld verdienen konnte. Das war ihr zu wenig.

Inzwischen kann ich sie verstehen. Ich trage es ihr nicht mehr nach.

Deshalb habe ich mich damals zur Armee gemeldet und einige Monate später zur Fremdenlegion. Ich war so enttäuscht von Catherine, sie hatte mir anfangs solche Hoffnungen gemacht.

Ich hoffte damals, dass ich irgendwo in Afrika sterben würde. Aber der Sensenmann hat mich nicht geholt. Noch immer nicht. <

Er trank zwei lange Schlucke.

> Wissen Sie, was aus der Familie geworden ist? <

> Nein, ich bin sehr früh, als junger Mann, von hier weggegangen und erst nach vielen Jahren wieder zurückgekommen.

Zu dem Zeitpunkt lebte die Familie nicht mehr im Dorf.

Meine Enkeltochter ist auch nicht meine richtige Enkeltochter, sie ist die Enkelin meines jüngeren Bruders, aber sie sorgt für mich wie für einen richtigen Großvater.

Außer ihr habe ich keine Familie mehr. <

> Gibt es noch jemanden, der alt genug ist um die Familie zu kennen und der noch lebt? <

Der Alte hatte das Glas ausgetrunken und setzte nun die Flasche für einen langen Schluck an seinen Mund.

Dann lachte er.

> Die fette Babette. <

> Wer bitte? Wer ist das? <

> Die fette Babette.

In unserer Jugend haben wir sie so genannt, weil sie immer ziemlich dick war. Ihr Vater hatte den Kramladen hier im Dorf und sie naschte ständig Süßigkeiten. Aber uns anderen Kindern gab sie nie etwas ab.

Sie war bei uns nicht beliebt.

Wir haben alle gelacht, als sie sich von einem Mann ein Kind hat andrehen lassen. Er hat sie dann geheiratet und sie ist nach Aguessac gezogen, ... wo sie jetzt im Seniorenheim lebt.

Sie ist die einzige, die Ihnen noch weiterhelfen kann.

Vor drei Jahren war sie mal wieder hier im Dorf. Damals hat sie noch gelebt. Sie war immer noch fett.

Sie heißt jetzt Babette Moustier. <

> Dann werde ich es dort versuchen. Vielen Dank für Ihre Auskünfte und Ihre Hilfe. Die Plastiktüte mit Inhalt lasse ich für Sie hier. Leben Sie wohl. <

Ronan fragte sich in Aguessac zum Seniorenheim und zu Babette Moustier durch. Sie lebte noch und er fand sie auf der Terrasse mit Blick auf den Tarn, wo sie eine Schüssel mit Brotkrümeln auf dem Schoß hielt und die Vögel fütterte.

Als er sich als Kommissar vorstellte, wurde sie ganz blass.

Aber er beruhigte sie und sie wurde dann richtig gesprächig.

> Die Familie Toles? Ja, an die kann ich mich gut erinnern. Sie wohnte direkt neben meinem Elternhaus. Ich habe die kleine Marie oft spazieren gefahren bis ich geheiratet habe und wegzog. <

> Wissen Sie, was aus der Familie geworden ist? <

> Mein Vater hat es mir einige Jahre nach meiner Heirat einmal erzählt.

Martin Toles hatte auf der neuen Fischzuchtanlage Arbeit bekommen. Er hatte den kleinen Acker seiner Eltern, auf dem die Anlage heute noch steht, an den damaligen Besitzer der Anlage verkauft, im Gegenzug für einen festen Arbeitsplatz, zumal er handwerklich sehr geschickt war.

Der kleine Acker lag zwischen der Landstraße und der Jonte, direkt am Flüsschen, aber hoch genug, dass die Anlage bei Hochwasser nicht überflutet werden konnte.

Noch beim Bau der Anlage hatte er einen schweren Unfall, er konnte monatelang nicht arbeiten. Und auch danach konnte er keine annähernd schwere körperliche Arbeit mehr verrichten. Er verlor seinen Arbeitsplatz.

Vom Verkaufserlös des kleinen Ackers konnte die Familie noch einige Monate lang leben.

Dann hat sich der Pastor eingeschaltet. Seine Schwester war die Vorsteherin eines kleinen Klosters in St.-Denis-de-Pile, östlich von Bordeaux, am Ufer der Isle. Sie hat ihm und seiner Frau im Kloster einen Arbeitsplatz verschafft.

Was für eine Arbeit das war, weiß ich nicht. Jedenfalls ist die Familie dorthin gezogen. Seitdem habe ich nichts mehr von ihnen gehört. Der Pastor ist bald darauf in ein größeres Dorf weiter im Süden versetzt worden. <

> St.-Denis-de-Pile? Ich kenne das Städtchen.

Vielen Dank für Ihre Auskünfte. Sie haben mir weiter geholfen. <

Ronan fuhr zu seinem Hotel zurück, beglich seine Rechnung und machte sich auf zu dem kleinen Städtchen, erleichtert, dass es auf seiner Route nach Bordeaux lag.

Auch hier suchte er sich ein Zimmer in einem kleinen Hotel, bevor er sich, noch vor Einbruch der Dunkelheit, mit Hilfe des vom Hotelpersonal erhaltenen Stadtplanes den Weg zu dem Kloster suchte.

Es war schon spät, er würde seinen Besuch auf den nächsten Vormittag verschieben müssen.

Er fragte sich zu einem Restaurant durch und bestellte eine regionale Spezialität, sowie eine Karaffe Rotwein. Danach fühlte er sich richtiggehend entspannt.

An der Pforte des Klosters musste er am nächsten Morgen trotz mehrmaligem Klingeln lange warten.

Nach der im Hotel erhaltenen Auskunft, lebten in dem Kloster noch fünf oder sechs alte Nonnen. Endlich öffnete ihm eine alte Nonne.

Er stellte sich vor, zeigte seinen Ausweis und trug sein Anliegen vor.

> Ich persönlich habe diese Familie Toles nicht mehr kennen gelernt. Aber eine meiner Schwestern, die Älteste von uns, kann Ihnen vielleicht weiterhelfen. Ich führe Sie zu ihr. Treten Sie bitte ein. <

Die Nonne führte ihn in den Garten zwischen eine große Gruppe von Rosensträuchern. Dort saß auf einer Bank, gebeugt, mit runzeligem Gesicht, aber wachen Augen, eine uralte Frau im Schwesterntalar.

Bei ihrer Ankunft drehte sie den Kopf und wollte sich erheben.

> Bleiben Sie bitte sitzen, machen sie wegen mir keine Umstände. Ich habe nur ein paar Fragen an Sie. <

Ronan stellte sich vor und erläuterte sein Anliegen. Die alte Ordensschwester schloss die Augen. Als sie sie wieder öffnete, lächelte sie.

> Die Familie Toles und die kleine Marie. Ich kann mich sehr gut an sie erinnern. Ich trat dem Kloster bei, als die Fa-

milie schon einige Jahre hier lebte.

Die Eltern von Marie haben hier im Kloster gearbeitet, die Frau in der Küche, der Mann hat alle möglichen Arbeiten durchgeführt. Er war ein sehr geschickter Handwerker. Aber er konnte keine schweren Arbeiten mehr verrichten. Dafür mussten wir immer andere Handwerker beauftragen.

Sie haben für ihre Arbeit nicht viel Lohn erhalten, aber die Wohnung und die Verpflegung waren umsonst. Bei der starken körperlichen Beeinträchtigung des Mannes waren sie damit aber zufrieden.

Eine sehr angenehme Familie. Sie wohnten in einer kleinen Wohnung neben der Küche.

Die kleine Marie war ein richtiger Wirbelwind. Sie hat viel Leben in das Kloster gebracht und uns hier alle wieder jung werden lassen.

Sie hatte sehr viel künstlerisches Geschick, Malen, Basteln, Blumen binden, Farbkompositionen.

Sie war vor allem mit ihren Händen sehr geschickt, vielleicht ein Erbe ihres Vaters. Sie hat uns immer geholfen, den Blumenschmuck in unserer Kapelle und in der örtlichen Kirche zu arrangieren. Niemand konnte das so gut wie sie.

Nach dem Ende ihrer Schulausbildung, sie hatte auch eine weiterführende Schule besucht, hat unsere damalige Priorin ihr einen Ausbildungsplatz in Bordeaux vermittelt. Bei einem Juwelier.

Irgendwoher kannte sie die Familie des Juweliers. Marie hat ihre Ausbildung zur Goldschmiedin mit Bravour bestanden, als Jahrgangsbeste.

Unsere Priorin war darauf ebenso stolz wie wir alle.

Nach dem Ende ihrer Ausbildung ist sie in das Kloster zurückgekehrt. Aber es schien, als hätte sie in Bordeaux alle Fröhlichkeit und alle Lebenslust verloren.

Sechs Monate später gebar sie einen Sohn. Den Namen des Vaters wollte sie aber partout nicht verraten.

Danach lebte sie wieder auf. Sie war überaus glücklich mit ihrem Kind. In den Monaten nach der Geburt entwickelte sie sich von einem Entlein zu einem wunderschönen Schwan. Wir waren alle stolz auf sie.

Sie hat es aber abgelehnt, dem Kloster beizutreten.

Etwa zwei Jahre nach der Geburt ihres Sohnes stand auf einmal ein Mann vor der Pforte und verlangte, sie zu sprechen.

Es war ein großer Mann, fast zwei Meter groß, vielleicht drei oder vier Jahre älter als sie. Sie war ganz schockiert. Der Mann redete lange auf sie ein.

Er hat dann offensichtlich irgendwo im Städtchen übernachtet.

Am nächsten Tag habe ich sie mit ihm am Flussufer gesehen, sie haben sich dort lange unterhalten. Sie sprachen noch miteinander als ich drei Stunden später auf meinem Rückweg wieder dort vorbeikam.

Zwei Tage später waren sie wie vom Erdboden verschwunden. Marie, ihr Sohn und der Mann.

Niemand wusste, wo sie geblieben waren, auch ihre Eltern nicht. Die waren wahnsinnig verzweifelt. Ihre Tochter war weg und ihr Enkelkind ebenso.

Auch in den nächsten Monaten erhielten wir keine Nachricht von ihnen.

Dann starb Maries` Mutter, aus Gram. Wenige Monate später folgte Maries` Vater. Wir haben nie wieder etwas von Marie gehört. <

Einige Tränen stahlen sich aus ihren Augen, sie wischte sie mit dem Handrücken weg.

Ronan ergänzte die Schilderung der alten Nonne.

> Wir, meine Kollegen und ich, haben nur herausfinden können, dass Marie damals in die Goldschmiedewerkstatt zurückgekehrt ist und einige Jahre später den Inhaber geheiratet hat. Sie haben einen Sohn bekommen, beide leben

nicht mehr.

Wo der erste Sohn ist und was er macht, wissen wir nicht. Vom Vater wissen wir ebenfalls nichts. Wir recherchieren weiter. <

Ronan war einen Schritt weitergekommen, er wusste nun, dass die Mutter von Catourier ein weiteres Kind geboren hatte, ein Kind, das älter als ihr offizieller Sohn war.

Aber damit war er nicht sehr viel weiter gekommen, der Name des ersten Sohnes fehlte ihm immer noch.

Er bedankte sich vielmals bei der Nonne und verabschiedete sich.

Als er nach dem Begleichen seiner Hotelrechnung in seinem Auto saß, überlegte er. Der Sohn war im Kloster geboren worden. Im Rathaus musste folglich eine Geburtsurkunde oder eine Abschrift davon vorhanden sein.

Wer war darauf als Vater eingetragen?

Ronan stellte sein Auto vor dem kleinen Rathaus ab. Es war ein älteres Gebäude, er schätzte Nachkriegsarchitektur.

Er suchte auf der Hinweistafel am Eingang das Zimmer des Einwohnermeldeamtes und stieg die schon etwas abgetretenen Holzstufen in das erste Stockwerk hinauf.

In dem Büro saß eine ältere Dame mit dicken Brillengläsern, die ihn fragend ansah.

Er stellte sich vor, zeigte seinen Ausweis und erläuterte sein Anliegen.

> Eine Geburtsurkunde für einen Knaben, etwa vierzig bis fünfundvierzig Jahre her. Das wird schwierig werden. Wenn diese Urkunde noch vorhanden ist, müsste sie mit die älteste in unserem Archiv sein.

Zu der damaligen Zeit, die Sie interessiert, ist unser altes Rathaus völlig abgebrannt. Es war nachgewiesenermaßen Brandstiftung, der Täter konnte jedoch nie ermittelt werden.

Deshalb ist unser Rathaus jetzt hier in diesem alten Haus. Ein neues Rathaus ist schon lange in Planung. Wenn der

Himmel will, wird mit den Bauarbeiten bis zu meinem Rentenbeginn noch angefangen.

Damals konnte von allen Unterlagen nichts gerettet werden.

Fast nichts.

Lediglich ein einziges Register mit standesamtlichen Unterlagen war dem Brand entgangen, aber nur durch puren Zufall. Weil genau an dem Vormittag vor dem Brand unser damaliger Pfarrer dieses Register ausgeliehen hatte. Er hatte in seinem kirchlichen Register einige Lücken entdeckt, wo sein Vorgänger nicht sorgfältig dokumentiert hatte. Diese Lücken wollte er ausfüllen. <

Sie stand auf, ging zu einem alt und fleckig aussehenden Weichholzschrank und öffnete ihn.

Etwa in der Mitte, hinter der rechten Tür, lag ein dickes, schon etwas zerfleddert aussehendes Buch. Sie nahm es auf und brachte es zum Tresen. Den Schrank ließ sie offen stehen.

> Lassen Sie mal sehen. Hier ist das Register. Wissen Sie den Namen des Jungen? <

> Nein, ich weiß nur den Namen der Mutter, Marie Toles. Nach meinen Recherchen hat sie damals im Kloster gewohnt und ist etwa zwei Jahre nach der Geburt des Kindes weggezogen. Wir haben für die ersten Jahre danach keine Adresse und auch sonst keine weiteren Angaben. <

Sie drehte das dicke Register zum Kommissar um.

> Hier, Sie sind jünger als ich und haben auch bessere Augen. Suchen Sie bitte selbst. <

Sie schob ihm das Register hin. Ronan fing ganz vorne an und arbeitete sich Seite um Seite durch die Unterlagen.

> Hier ist die Abschrift der gesuchten Geburtsurkunde. Mutter Marie Toles.

Hier ist noch ein Vermerk, dass nachträglich eine geänderte Geburtsurkunde ausgestellt wurde, und in der neuen

Urkunde ist der Name des Vaters ergänzt worden. Das wurde durch die Unterschrift des Bürgermeisters bestätigt, was auch aus dem Stempel hervorgeht.

Diese Vorgehensweise ist rechtlich so zwar nicht in Ordnung, da hätte eine offizielle Adoption erfolgen müssen.

Weil aber in den vergangenen mehr als vierzig Jahren niemand gegen diese Vorgehensweise Widerspruch eingelegt hat, lassen wir es dabei bewenden.

Der Vater hieß Jean-Claude Montand, sein Wohnort ist mit Bordeaux angegeben und er hat den Jungen offiziell als seinen Sohn anerkannt.

Der Name des Kindes ist Jean-Luc Montand.

Ich schreibe mir noch die vom Vater angegebene Adresse auf.

Damit sind wir einen Schritt weiter. Vielen Dank, Sie haben mir ein großes Stück weitergeholfen. <

17

Am frühen Abend betrat ein sehr groß gewachsener, schlanker Mann das Restaurant auf dem Gelände des Flughafens von Bordeaux Mérignac.

Unter den linken Arm geklemmt trug er ein großes, anscheinend nicht ganz leichtes Paket, hübsch in Geschenkpapier verpackt und verziert mit einer Reihe bunter Bänder. Er wandte sich hinter dem Eingang nach rechts, passierte eine umfangreiche Pflanzenecke und die Garderobe, an der wegen des warmen Wetters nur eine wie verloren wirkende gelbe Regenjacke hing.

Er blieb stehen und sah sich um. In der Ecke des Raumes, halb verdeckt durch einen prächtig gewachsenen, hohen Ficus Benjamina erhob sich langsam ein bärtiger Mann und winkte ihm zu.

Der Mann trat zu dem Tisch, an dem sich der zweite dort sitzende, blasse Mann bei seiner Ankunft anscheinend mühsam auf seine Beine quälte.

Der Ankömmling legte das mitgebrachte Paket auf einen Stuhl, ergriff beide Schultern des blassen Mannes, umarmte ihn und küsste ihn auf beide Wangen. Dann reichte er ihm seine Hand, schüttelte sie, sprach einige Worte und überreichte ihm das Paket.

Der blasse Mann nahm es entgegen und bedankte sich überschwänglich.

Beide Männer setzten sich an den Tisch. Der Bärtige übernahm das Paket und legte es neben dem Ende des Tisches auf einen Stuhl direkt am Fenster.

Sie wechselten einige Minuten lang belanglose und höfliche Worte, bevor alle drei nach den faltbaren Speisekarten griffen. Sie blätterten darin herum, lasen und klappten nach einer Weile die Speisekarten wieder zusammen.

Der Kellner, der gelangweilt in einiger Entfernung immer wieder zu den drei Männern hingesehen hatte, näherte sich und tippte die Bestellungen in seinen tragbaren Bedienungscomputer.

Er bedankte sich und ging zur Theke.

> Wie ist der Verkauf bisher gelaufen? < fragte der blasse Mann.

> Überaus zufriedenstellend. Einer meiner langjährigen Kunden aus Cannes hatte einen großen Auftrag von einem saudischen Scheich erhalten. Er sollte für dessen Lieblingsfrau zur Geburt eines Sohnes eine ganze Menge verschiedenster Schmuckstücke, ein riesengroßes Diadem, mehrere Ketten und Ringe entwerfen und herstellen.

Er hat glücklicherweise zuerst bei mir angefragt, ob ich ihm kurzfristig ein größeres Kontingent an Diamanten verkaufen könne. Der Preis sei für ihn absolut nebensächlich.

Selbstverständlich konnte ich ihm helfen. Er ist mir, bildlich gesprochen, beinahe um den Hals gefallen.

Dieser Auftrag, ein ganz schnell ausgeführter Auftrag, so hat er argumentiert, würde seinen Ruf als Spitzenjuwelier deutlich ausbauen.

Wir haben Barzahlung vereinbart, er hat mir vorgestern den kompletten Kaufbetrag zustellen lassen. <

> Wieviel der gelieferten Ware ist noch vorhanden? <

> Ungefähr zwei Prozent. <

> Und Sie hoffen, diese morgen ebenfalls verkaufen zu können? <

> Ob es das ganze Restkontingent sein wird, weiß ich nicht, aber viel wird sicher nicht mehr übrig bleiben. Ich fliege morgen ganz früh am Vormittag nach Lyon. <

Während der Kellner die bestellten Getränke brachte und

servierte, schwiegen die Männer.

> Wir haben uns nach Ihrer Abreise von unserem letzten Treffen in den Bergen noch einige Zeit unterhalten. Dies jetzt war die letzte Sendung, für vielleicht vier oder fünf Jahre, vielleicht für immer. Die Minen in Sierra Leone und Südafrika sind ausgebeutet, endgültig. Von dort ist keine Ware mehr zu erwarten.

Unsere Zusammenarbeit wird mit dem heutigen Tag enden, vielleicht vorerst, vielleicht für immer.

Den Erlös der noch restlichen Ware sollen Sie erhalten, für Ihre hervorragende und fruchtbare Zusammenarbeit, sowie für Ihre Auslagen. Sollte sich eine neue Lieferschiene oder die Notwendigkeit dafür ergeben, dürfen wir doch sicher wieder auf Sie zukommen? <

> Ich werde gerne wieder für Sie tätig sein, das bin ich meinem Vater schuldig. <

> Ich habe keine andere Antwort erwartet und danke Ihnen. Ich darf Sie heute zu meinem sogenannten Geburtstagsessen einladen? <

> Gerne. Vielen Dank. <

> Nach dem Essen werden wir beide uns zuerst verabschieden. Sie warten dann bitte noch zehn Minuten. Bestellen Sie sich noch einen Kaffee. <

> Wie Sie wünschen. <

Als die beiden Männer, der Blasse und der Bärtige, nach dem Essen und dem Begleichen der Rechnung das Restaurant verlassen hatten und in ihrem Auto saßen, sah der Blasse seinen Begleiter an.

> Das war seine Henkersmahlzeit. Er hat in den vergangenen Tagen zu viel Aufmerksamkeit auf uns gezogen.

Er hat unnötigerweise zwei Menschen ermordet, ein anderer war jedoch unumgänglich, und zusätzlich hat er einen weiteren, unnötigen Mordversuch begangen.

Er hat aus einem unserer Depots Sprengstoff gestohlen,

uns damit geschädigt und eine Spur zu uns gelegt. Er ist für uns nicht mehr von Nutzen und nicht mehr tragbar.

Sein Vater hat derartige Fehler nie begangen, keinen einzigen. Er ist leider zu früh gestorben und hat seinen Sohn nicht mehr richtig ausbilden können.

Der Wille allein reicht nicht, das Ergebnis zählt, und bei ihm ist das Ergebnis nicht annähernd ausreichend.

Du weißt, was zu tun ist? <

> Ich setze dich nachher an deinem Auto ab. Du wirst von mir hören.

Nach unserem letzten Gespräch vor zwei Tagen habe ich schon alle Vorbereitungen getroffen. <

Ronan stellte wieder einmal fest, dass er am Morgen der erste im Büro war. Zuerst füllte er die Kaffeemaschine und schaltete sie an bevor er das Fenster seines Büros weit öffnete um frische Luft einzulassen.

Er wurde sich darüber klar, dass die Luft im Zentralmassiv deutlich besser war als die Luft mit dem Mief und Smog in Bordeaux.

Leider gab es im Zentralmassiv nicht viele Arbeitsplätze. Wahrscheinlich war deshalb die Luft dort so gut.

Seine Mitarbeiter würden erst rund eine Stunde später eintreffen, was ihm genügend Zeit ließ, seinen Computer hochzufahren um die Meldungen der neuesten Straftaten zu lesen. Es gab kein neues Kapitalverbrechen, es war ihm ganz recht, er wollte ohnehin erst das jetzige aufklären.

Seine Mitarbeiter trudelten endlich ein. Sie setzten sich, jeder mit einer Tasse Kaffee bewaffnet, Ronan gegenüber. Ronan berichtete das Ergebnis seiner Recherchen.

> Ronan, deine Recherchen zur Mutter von Catourier ergänzen die Meinigen, oder besser ausgedrückt, meine Recherchen ergänzen die Deinigen.

Ich konnte endlich mit einem Rentner sprechen, der bis

vor mehreren Jahren in der Goldschmiedewerkstatt von Catourier beschäftigt war.

Er konnte sich an Marie Catourier sehr gut erinnern. Sie hatte, wie er sich ausdrückte, in ihren Händen mehr Feingefühl für Schmuck und deren Design als zehn andere zusammen. Sie war während ihrer Ausbildung stets fröhlich und offen gewesen.

Aber in den letzten Monaten vor dem Ausbildungsende zog sie sich immer mehr zurück und redete kaum noch. Nach dem Abschluss ihrer Ausbildung, übrigens mit der Bestnote des ganzen Jahrgangs, verschwand sie, kehrte aber nach etwa vier Jahren wieder in die Werkstatt zurück.

Sie war in der Zwischenzeit zu einer attraktiven Frau gereift. Etwa zwei Jahre später begann ihre Beziehung zu dem Vater von Catourier, drei Jahre darauf heirateten sie.

Der Rentner kennt Philippe Catourier sehr gut und hat eine hohe Meinung von ihm. Einen weiteren Sohn des alten Catourier kennt er nicht. Deswegen konnte er mir auch keinen Namen nennen. <

> Ich habe heute Morgen, als ihr beide noch geschlafen habt, auf dem aktuellen Stadtplan und danach auf einem alten Stadtplan die Adresse gesucht, die dieser Jean-Claude Montand, der Vater unseres Gesuchten, als seinen Wohnort angegeben hatte.

Die Straße existiert nicht mehr, alle damals dort stehenden Häuser wurden abgerissen. An dieser Stelle befindet sich jetzt ein riesiges Gewerbegebiet mit Autowerkstätten und Supermärkten und vielem anderem mehr.

Wer von euch sucht seine Adresse, falls er noch lebt, und die seines Sohnes?

Ich werde in der Zwischenzeit meine Recherchen in den Computer hämmern, um damit auch einen Nachweis für meine dienstlichen Ausgaben zu führen. <

> Wir beide werden gemeinsam recherchieren. Falls du

damit einverstanden bist. <

> Worauf wartet ihr noch? <, grinste Ronan sie an.

Am späten Nachmittag, Ronan wollte sich gerade in den Feierabend verabschieden, kehrten Antoine und Michel zurück.

Michel übernahm es zu berichten.

> Unsere Nachforschungen haben ergeben, dass Jean-Claude Montand vor rund fünfzehn Jahren gestorben ist. Todesursache war eine verschleppte Lungenentzündung.

Den städtischen Unterlagen nach war er nie verheiratet, er hat jedoch einen Sohn mit Vornamen Jean-Luc.

Dieser Jean-Claude Montand war von Beruf Goldschmied und Diamantenhändler, er hat ehemals auch einige Jahre lang in der Goldschmiedewerkstatt des alten Catourier gearbeitet, bevor er sich selbständig machte.

Sein Sohn ist gemäß den Eintragungen im Handelsregister ebenfalls als Diamantenhändler tätig. Über eine Tätigkeit als Goldschmied ist nichts verbürgt.

Nach Aussage der Finanzverwaltung hat er sehr viel Geld, er besitzt zudem drei Autos, einen Privatjet und eine große Motoryacht, die im Hafen von Arcachon liegt. Im Süden von Arcachon wohnt er in einem exklusiven Haus direkt am Meer. Wir haben die Adresse. <

Antoine schüttelte den Kopf und fügte nachdenklich seinen Gedankengang hinzu.

> Eines jedoch verstehe ich überhaupt nicht, zumindest kann ich es nicht nachvollziehen oder auch nicht beurteilen, weil mir die Details fehlen.

Eine Mutter hat eine ganz tiefe Bindung zu ihrem Kind.

Der Aussage dieser Nonne nach war Marie Toles sehr glücklich mit ihrem Kind. Montand ist erst bei der Mutter aufgetaucht, als der Junge zwei Jahre alt war. Die Mutter hat ihn also nicht sofort nach der Geburt weggegeben. Sie hat ihn zwei Jahre lang umsorgt, hat ihn gefüttert, hat ihm die

Windeln gewechselt, hat mit ihm gekuschelt und mit ihm geschmust. Sie hat ihn getröstet, wenn er geweint hat und ging mit ihm an der frischen Luft spazieren.

Hat sie ihn einfach seinem Vater überlassen und hat jeglichen Kontakt zu ihm abgebrochen? Oder hat sie ihn in den folgenden Jahren noch regelmäßig getroffen?

Hat Montand sie derart unter Druck gesetzt, dass sie alle Kontakte zu ihrem Kind abbrach?

Wie hat der Junge auf die Trennung von seiner Mutter reagiert?

Was ist da geschehen?

Hatte Montand sie vielleicht vergewaltigt und sie hat diese Vergewaltigung nicht zur Anzeige gebracht, aus welchem Grund auch immer?

War sie deswegen froh das letztlich vielleicht doch ungeliebte Kind los zu sein? Wir können, jetzt so lange nach ihrem Tod und nach dem Tod von Jean-Claude Montand, keine Antworten mehr auf diese Fragen erhalten.

Andererseits hatte Montand meiner Meinung nach diesen Jungen absolut haben wollen, denn er hat ihn ja augenscheinlich allein aufgezogen, ihn als seinen Sohn bestätigt und ihn als seinen Erben eingesetzt.

Montand hat, nach unseren Recherchen, nie geheiratet. Wollte er keine Kinder mehr haben, wollte er nicht heiraten, hat er nie eine andere Frau gefunden?

Hat Catourier von der Existenz seines Halbbruders gewusst? Sicher nicht. Was wäre geschehen, wenn Catourier davon erfahren hätte?

Ich habe mir über diese Fragen unterwegs den Kopf zerbrochen. Diese Fragen werden mir sicher noch lange im Kopf herumschwirren.

Sicher auch noch heute Nacht. <

> Antoine, du hast dir über die Hintergründe des Verhaltens der Mutter von Catourier und von Montand senior viele

Gedanken gemacht. Aber leider bringen uns diese bei unseren Ermittlungen nicht weiter.

Sie können uns allenfalls einige Erklärungen zu der Handlungsweise von Montand junior liefern.

Ob diese Erklärungen zutreffen, wissen wir nicht, werden wir vielleicht erst erfahren, wenn wir ihn befragen. <

> Wir wissen also nicht, ob dieser Montand von seinem Halbbruder weiß und ob er ihn jemals kennengelernt hat? <

> Ein Diamantenhändler aus Bordeaux und ein Juwelier und Goldschmied aus Bordeaux? Die beiden kennen sich garantiert, sie haben ganz sicher auch Geschäfte miteinander gemacht.

Die Frage ist nur ob sie auch wissen, dass sie Halbbrüder sind. <

> Du hast Recht, Michel. Befragen wir die beiden, nein, vorerst nur Montand.

Catourier liegt im Krankenhaus. Claude kann ihn befragen. Ich rufe ihn sofort an.

Michel, lade Jean-Luc Montand für morgen vor. <

Claude war erfreut über die von Ronan ermittelten familiären Verbindungen, vertröstete Ronan aber, bis er mit Catourier hatte sprechen können.

Michel suchte die Telefonnummer von Montand heraus und wählte, aber niemand meldete sich.

> Ich versuche es morgen Früh noch einmal, notfalls fahre ich mit Michel und zwei weiteren Polizisten nach Arcachon und hole Montand hierher.

Er weiß ganz sicher nicht, dass er verdächtigt wird und wir bereits eine ganze Reihe von Beweisen gegen ihn haben. <

> Einverstanden. Bis morgen. <

Der groß gewachsene Mann fuhr früh am Morgen, es war kurz vor sieben Uhr, mit seinem Auto vor das seitliche Zufahrtstor des Flughafens von Bordeaux Mérignac.

Der Wachmann streckte seinen Kopf aus dem Fenster seines Wachhäuschens, erkannte ihn, hob die Hand zum Gruß und drückte auf den Knopf, der das elektrisch betriebene Tor auffahren ließ.

Der Ankömmling erwiderte den Gruß in gleicher Weise, fuhr neben den Hangar an der Rue Caroline Aigle, in dem seine Cessna 172 Skyhawk untergebracht war, und stellte dort sein Auto ab.

Er meldete im Tower seinen Flug nach Lyon an und begab sich anschließend in den Hangar zu seinem Flugzeug.

Er vergewisserte sich bei dem Chefmechaniker, dass die Cessna nach seinem letzten Flug routinemäßig gewartet und aufgetankt worden war.

Er bat, das Tor des Hangars zu öffnen und kletterte in seine Maschine.

Seine zwei Reisetaschen, eine mit Kleidern, die andere mit einem Etui seiner wertvollen Ware und mit seiner Pistole in einer Seitentasche, stellte er hinter dem Pilotensitz auf den Boden der Maschine.

Er rollte auf die Landebahn zu und erhielt vom Tower nach fünfzehn Minuten die Starterlaubnis.

Die Cessna beschleunigte und erhob sich in die Luft. Der Pilot steuerte zuerst nach Norden, um Bordeaux westlich zu umfliegen und einen Blick auf die Weite des Meeres, auf das Bassin von Arcachon und auf sein Haus zu werfen.

Er befand sich exakt fünf Minuten in der Luft, hatte eine Höhe von siebenhundert Metern erreicht und flog auf die Insel Cazeau in der Garonne zu, als fast gleichzeitige Detonationen beide Tragflächen und das Heck des Flugzeuges zerrissen.

Die Explosionen schleuderten ein Metallstück durch die zersplitterte Plexiglasscheibe an den Kopf des Piloten. Er verlor sofort das Bewusstsein und konnte nicht einmal mehr einen Blick auf den Zusammenfluss von Dordogne und Garonne werfen.

Die Kabine des Flugzeuges fiel wie ein Stein zur Erde, schlug auf der glücklicherweise unbewohnten Insel auf, brach mehrere Äste von den Bäumen, knickte zwei kleine Bäume um, zerbrach in hunderte Einzelteile und schlug beim Aufschlag einen Krater in das weiche Erdreich der Insel.

Der Körper des Piloten wurde durch die Explosion und den darauffolgenden Aufprall in viele Teile zerrissen, die weit zerstreut wurden.

Direkt am Ufer der Garonne, am Hafen des Dörfchens Macau, zog ein Mann bei dem Knall der Explosionen den Kopf zwischen die Schultern und rief seinen Hund unter die Äste und das Blätterdach eines dicken Baumes.

Um ihn herum fielen glücklicherweise keine Trümmer zu Boden, aber auf der Insel sah er die Kabine des Flugzeugs und viele einzelne Teile zu Boden krachen. Als er die Gewissheit hatte, dass ihm kein Trümmerteil mehr auf den Kopf fallen konnte, rief er mit seinem Handy die Polizei an.

Auf dem gegenüber liegenden Ufer der Garonne, auf einem Parkplatz an der Uferstraße bei La Reuille, mit freiem Blick über den Fluss, stand ein Mann neben einem kleinen Geländeauto Fabrikat Suzuki.

Der Mann mit einem schwarzen Vollbart und einer deutlich sichtbaren Narbe quer über seiner Stirn nahm seinen Feldstecher von den Augen.

Er hatte den Weg des Flugzeugs und den Blitz der Explosionen beobachtet. Aus der nicht allzu großen Entfernung konnte er erkennen wie die Flugzeugkabine auf der Insel aufschlug und die Einzelteile weit umher flogen.

Er tastete nach dem starken Sender in seiner Jackentasche, verstaute seinen Feldstecher im zugehörigen Etui, setzte sich in sein Auto und bog auf die D 669 Richtung Autobahn ab.

18

Ronan war gerade bei seiner ersten Tasse Kaffee, als sein Telefon klingelte.

> Kommissar Matudi. Ich höre. <

Er hörte konzentriert zu und legte den Hörer wieder auf. Seine beiden Kollegen kamen gerade zur Tür herein, deutlich früher als gewöhnlich.

> Nördlich von Bordeaux ist über der Insel Cazeau ein Privatflugzeug explodiert.

Attentat, Unfall, Selbstmord, alles ist denkbar.

Michel, wir beide fahren.

Das Boot der Wasserschutzpolizei erwartet uns am Hafen des Dörfchens Macau.

Antoine, verständige bitte die Spurensicherung und den Pathologen und versuche über den Flughafen einige Experten für Flugzeugabstürze aufzutreiben.

Anschließend versuche bitte diesen Montand zu erreichen und lade ihn kurzfristig vor. Notfalls holst du ihn mit zwei Polizisten ab.

Er kann durchaus auch noch einige Stunden im Vernehmungszimmer braten. <

Ronan und Michel parkten am Hafen des kleinen Dörfchens und ließen sich von ihren Kollegen zur Insel übersetzen. Sie baten diese, das Boot zurück zu fahren, um ihre nachfolgenden Kollegen der Spurensicherung und den Pathologen am Ufer abzuholen.

Sie sprangen auf den kleinen Steg am Ufer und schritten langsam auf die Aufschlagsstelle zu.

> Michel, gib Acht, wo du hintrittst. Gewebeteile oder Me-

tallteile dürfen nicht beschädigt werden. <

Überall lagen blutige Leichenteile und Metallteile herum, letztere ab und zu mit Blut verschmiert.

Sie sahen sich nach Gepäckstücken, Kleidungsstücken oder einer Brieftasche um.

Nach mehreren Minuten Suche fanden sie zwischen einigen Büschen eine zerfetzte Reisetasche mit verschiedenen, zerknüllten und teilweise zerrissenen Kleidungsstücken.

Michel zog Kunststoffhandschuhe über und durchsuchte die Reisetasche und die Kleidungsstücke.

> Hier ist nichts zu finden, was uns bei der Identifizierung hilft. Nur die Etiketten der Hersteller an der Kleidung, keine Brieftasche, kein Name eines Besitzers, keine sonstigen schriftlichen Unterlagen. <

Zwanzig Meter daneben, in einem hohlen Baumstumpf, teilweise verdeckt durch einen abgerissenen Ast, lag eine zerrissene und verschmutzte zweite Reisetasche.

Ronan zog ebenfalls dünne Kunststoffhandschuhe über und öffnete vorsichtig den Reißverschluss.

Im Inneren fand er ein zerbeultes, aber noch geschlossenes, schwarzes Etui und in einer Seitentasche einen harten Gegenstand, eine Pistole mit Schalldämpfer.

Auf dem Etui konnte er den Namen J.-L. Montand entziffern. Er rief Michel zu sich und zeigte ihm das Etui.

In einer zweiten, mit einem Reißverschluss versehenen Seitentasche fand er einen formellen Kaufvertrag über Diamanten. Er las ihn sorgfältig durch.

Die Angabe der Menge, des Kaufpreises und der Name des Käufers waren noch nicht eingetragen. Dafür der Name des Verkäufers: Jean-Luc-Montand.

Ronan öffnete vorsichtig das Etui. Eine Anzahl Diamanten, in verschiedenen Größen und alle geschliffen, lagen darin.

> Antoine wird kein Glück haben, wenn er versucht Jean-Luc Montand telefonisch zu erreichen oder ihn festzuneh-

men. Die DNA-Analyse der überall verteilten Gewebeteile wird sicher ergeben, dass wir es hier mit dem Halbbruder von Catourier zu tun haben.

Den Rest können die Kollegen der Forensik, der Pathologe und die Fachleute der Flugsicherung erledigen. Wir sichern das Etui mit den Diamanten und die Pistole und fahren wieder zurück ans Ufer. Wir stehen den Kollegen hier nur im Weg herum. <

Auf dem Rückweg zum Boot der Wasserschutzpolizei ließ sich Ronan von den inzwischen angekommenen Forensikern zwei Plastiktüten geben, in die er das Etui und die Pistole steckte.

Anschließend zog er die Kunststoffhandschuhe aus und steckte sie in die Tüte zu dem Etui. Zudem informierte er die Kollegen über die wahrscheinliche Identität des toten Piloten.

Michel war ganz blass im Gesicht, als sie auf dem Boot der Wasserschutzpolizei zu ihrem Auto zurückkamen.

Die dort wartenden Streifenpolizisten teilten ihnen mit, dass der Mann, der die Polizei von der Explosion verständigt hatte, in dem Bistro in Sichtweite wartete.

Sie gingen die wenigen Schritte bis zu dem Bistro zu Fuß.

Hinter der Theke stand als Bedienung eine junge Frau von vielleicht zwanzig Jahren mit einer langen blonden Mähne und unterhielt sich mit zwei jungen Männern. Anscheinend versuchte jeder der beiden am meisten auf sie einzureden und ihr zu imponieren.

Ronan bestellte zuerst, ohne Rücksicht auf die Dienstvorschriften, zwei Schnäpse, für Michel und für sich. Auch ihm war vom Anblick der weit verstreuten Leichenteile etwas flau im Magen. Sie stürzten die Schnäpse hinunter und ließen sich noch einmal nachschenken.

Trotzdem blieb ihnen der schale Geschmack in Mund, Hals und Bauch.

Ronan sah sich unter den wenigen Gästen um.

> Wer hat die Explosion des Flugzeugs beobachtet? Ich bin Kommissar Matudi von der Kriminalpolizei Bordeaux. <

Ein Mann am hinteren Ende der Theke drehte sich von seinem Gesprächspartner weg und kam auf sie zu.

> Das war ich, ich war mit meinem Hund unterwegs. <

> Schildern Sie bitte, was Sie gesehen haben. <

> Ich konnte nicht viel sehen.

Ich habe vor allem auf meinen Hund geachtet. Hier in der Umgebung des Dorfes wurden in den letzten Monaten öfters vergiftete Köder gefunden und ich will meinen Hund nicht verlieren. Er ist zwar gut abgerichtet, aber eine hundertprozentige Sicherheit hat man nie, dass er nicht doch irgendetwas Verlockendes frisst.

Erst als ich den Knall hörte, habe ich nach oben geschaut. Die Fahrgastkabine hatte keine Flügel und kein Heckteil mehr und ist wie ein Stein zu Boden gerauscht. Sie hat auf der Insel zwei kleine Bäume geknickt und einige Äste abgerissen, gleichzeitig sind alle möglichen Teile herumgeflogen.

Ich hatte mich mit meinem Hund unter einen Baum gestellt um uns zu schützen. Aber hier am Ufer sind glücklicherweise keine der Teile niedergegangen. <

> Das Flugzeug, Typ, Farbe oder Nummer haben Sie wohl nicht erkannt? <

> Nein, ich habe erst nach dem Krach der Explosion nach oben gesehen und habe zudem nicht auf Details geachtet. <

> Welche Richtung hatte das Flugzeug eingeschlagen? <

> Der Richtung nach könnte es vom Flughafen Mérignac gekommen sein und flog in Richtung Nordosten, mehr weiß ich nicht. <

> Danke für die Auskunft, das waren alle meine Fragen. Die Kollegen der örtlichen Polizei haben ja Ihren Namen und Ihre Adresse schon notiert. <

Ronan drehte sich um und betrachtete Michel. Er war immer noch blass im Gesicht.

> Die zwei Schnäpse werden nicht viel helfen, aber morgen, nach einem kräftigen Essen und einigen Stunden Schlaf, wirst du dich wieder besser fühlen.

Komm, wir müssen zum Flughafen. <

Am Flughafen bestätigte ihnen einer der Fluglotsen, dass das explodierte Flugzeug aufgrund des Zeitablaufs wahrscheinlich die Cessna von Montand war. Eine endgültige Gewissheit würde man erst nach Auswertung und Überprüfung der Überreste und der Seriennummern von Fahrgestell und Motor haben.

Südlich von Bordeaux gebe es noch einen weiteren kleinen Flughafen, von dem das Flugzeug durchaus auch gestartet sein könnte.

Der Fluglotse gab ihnen die Telefonnummer des kleinen Flughafens. Ronan rief an. Dort war zu der angegebenen Zeit kein Flugzeug gestartet.

Um ganz sicher zu sein, wollte Ronan dennoch erst das Ergebnis der Untersuchung der Spurensicherung und der Flugzeugexperten abwarten.

Nicht restlos zufrieden fuhren Ronan und Michel in ihr Büro zurück.

Michel bat, den Rest des Tages frei nehmen zu dürfen. Ronan willigte ein.

Anschließend brachte er das Etui mit den Diamanten und die Pistole zur Forensik.

Antoine war nicht im Büro. Wahrscheinlich war er unterwegs nach Arcachon um Jean-Luc Montand ins Präsidium zu bringen.

Ronan beantragte zuerst einen Durchsuchungsbefehl für das Haus, die Autos und die Motoryacht von Montand. Jetzt, da Montand augenscheinlich tot war, würde es ausreichen, die Durchsuchung erst am nächsten Tag durchzuführen, wenn die Kollegen der Spurensicherung mit der Untersuchung der Absturzstelle ausreichend weit gekommen waren.

Anschließend rief er zuerst Antoine und danach Claude an und informierte beide.

Am nächsten Morgen, drei Tage nach dem Mordversuch an Catourier wurde Claude vom Krankenhaus angerufen, dass der Patient sich soweit erholt habe, dass er befragt werden könne.

Claude betrat zusammen mit Roland das Krankenzimmer.

> Hallo, Herr Catourier. Wie fühlen Sie sich? Der Arzt hat uns informiert, dass es Ihnen besser geht und wir Sie befragen können.

Sind Sie damit einverstanden?

Sie sehen noch etwas blass aus.

Deshalb schlage ich vor, dass ich Ihnen zuerst schildere, was uns der Rentner berichtet hat, der den Überfall auf Sie beobachtet und den Rettungswagen gerufen hat. <

> Ich bin noch etwas benommen und kann mich kaum erinnern. Erzählen Sie mir bitte was vorgefallen ist.

Vielleicht kann ich trotzdem dazu noch etwas ergänzen. <

Claude schilderte dem Juwelier detailliert den Ablauf des Mordversuches. Catourier hörte schweigend zu und schwieg anschließend noch eine Weile um das Gehörte zu verarbeiten.

> Der mutmaßliche Mörder von Mireille hat also auch versucht mich umzubringen. Diese Eule und dieser Rentner haben mir wahrscheinlich das Leben gerettet.

Der Rentner war also in Begleitung von Louisa Boyer?

Die beiden haben sich gefunden? Das freut mich für Louisa. Ich habe sie nur kurz kennengelernt, sie war mir aber von Beginn an sehr sympathisch. Mireille kannte sie weitaus besser.

Ich hatte diesen Mann nicht gesehen, wahrscheinlich hatte ich dem Hauszugang und ihm den Rücken zugekehrt. Ich kann mich nur an den Schmerz erinnern. Mehr weiß ich nicht.

Ich bin froh, dass ich noch am Leben bin.

Bei der Eule werde ich mich nicht bedanken können, aber bei dem Rentner werde ich es tun und mich bei Louisa entschuldigen. Irgendwie bin ich an ihrem gebrochenen Arm schuld. <

Claude wartete ein Weilchen.

> Ich wollte Sie schon seit einigen Tagen vor dem Mordversuch über den Vertrieb von Diamanten befragen, ganz allgemein und auch über Ihre eigenen Lieferanten von Edelsteinen.

Meine Kollegen in Bordeaux und wir in La Rochelle haben inzwischen bei den Recherchen etwas herausgefunden, was uns bei unseren Ermittlungen ein ganzes Stück weitergebracht hat. Dadurch ist die allgemeine Kenntnis der Lieferwege von Diamanten für uns nicht mehr zwingend erforderlich, könnte aber bei eventuellen Unklarheiten dennoch hilfreich werden. Dann darf ich Sie sicher noch einmal kontaktieren.

Also, wir hatten durch verschiedene DNA-Analysen herausgefunden, dass Sie einen Halbbruder haben.

Die Kollegen in Bordeaux haben ihn mit einigem Aufwand identifiziert. Dieser Mann heißt Jean-Luc Montand. Er ist das erste Kind Ihrer Mutter und wurde geboren als Ihre Mutter gerade dreiundzwanzig Jahre alt geworden war.

Nach den Recherchen unserer Kollegen hat der Vater den Jungen im Alter von zwei Jahren zu sich genommen und völlig allein aufgezogen. Aus welchen Gründen auch immer. Das lässt sich nicht mehr nachvollziehen.

Ganz offensichtlich hatte Ihre Mutter in den späteren Jahren keinen Kontakt mehr zu dem Kind und zu seinem Vater.

In den Unterlagen des Meldeamtes sind keine Informationen über ein weiteres Kind Ihrer Mutter vorhanden. Dies ist wahrscheinlich dadurch bedingt, dass durch Brände und Bombeneinschläge oder auch Sabotageakte während des Krieges das Gebäude des Meldeamtes schwer beschädigt worden war und beim späteren Umzug in ein neues Gebäude viele Akten durch Schlamperei verloren gingen.

Wir haben die DNA Ihres Halbbruders in Ihrem Haus, an Ihrem Hausabgang und an anderen Orten gefunden, die mit den Morden in Verbindung stehen.

Haben Sie diesen Mann je kennengelernt?

Hat er von Ihnen vielleicht sogar einen Schlüssel für Ihr Haus erhalten? <

Der Juwelier sah Claude erstaunt an. Er wurde nachdenklich und auf einmal änderte sich sein Gesichtsausdruck.

> Ja, ich erinnere mich. Ich kenne diesen Mann. Er hat mir vor drei bis vier Jahren einmal Diamanten zum Kauf angeboten. Er kam sogar in mein Haus in Talmont. Wir haben dort vielleicht drei Stunden lang über ein größeres Kontingent an Diamanten verhandelt. Ich habe damals aber keinen einzigen Diamanten gekauft. Die Qualität der Steine war zwar sehr gut, aber an jedem Diamanten war im Schliff ein winziger Fehler vorhanden. Das wollte ich ohne erheblichen Preisnachlass nicht akzeptieren. Ich hätte diese Diamanten als zweite Wahl durchaus verkaufen können, aber den vollen Preis war ich nicht bereit zu bezahlen.

Zwischendurch musste ich mich für vielleicht eine halbe Stunde entschuldigen, um einen Handwerker einzuweisen, der kurzfristig an der Balustrade vor den Höhlenräumen ein längeres Stück reparieren sollte und der unangemeldet vorbei gekommen war. Diese Handlungsweise ist bei Handwerkern leider allgemein üblich. Dennoch war ich froh, dass er mir zusagte, die Arbeiten überhaupt kurzfristig auszuführen.

Dieser Mann hat mich und den Handwerker sogar auf die Terrasse begleitet, ist aber schnell wieder in das Haus zurückgekehrt.

Ich kann mich noch erinnern, dass mein Haustürschlüssel an diesem Nachmittag nicht mehr am üblichen Platz in der Schale auf einer Kommode lag, sondern daneben. Außerdem fühlte er sich etwas schmierig an, ähnlich wie mit Seife oder Wachs überzogen.

Ich fand es zwar merkwürdig, habe dem aber damals keine Bedeutung beigemessen.

Der Mann war verstimmt, dass wir nicht ins Geschäft gekommen waren. Er hat mir nie wieder Diamanten zum Kauf angeboten und ich habe ihn nie wiedergesehen.

Einen Schlüssel habe ich ihm nie gegeben, dafür gab es absolut keine Veranlassung.

Wenn ich gewusst hätte, dass er mein Halbbruder ist, hätte das vieles geändert.

Ich freue mich wahnsinnig darüber einen Bruder zu haben. Ich muss ihn schnellstmöglich kennenlernen. <

Er fing an zu strahlen.

> Ich muss Ihnen leider eine schlimme Mitteilung machen.

Es ist für uns eindeutig bewiesen, dass er der Mörder von Mireille Sargon ist, den Mordversuch auf Sie verübt hat und augenscheinlich noch mehrere andere schwere Straftaten begangen hat. <

Claude machte eine Pause. Er beobachtete den Juwelier, dessen Gesicht auf einmal einen Ausdruck von Schrecken annahm.

> Nach der Mitteilung, die ich gestern Nachmittag von meinen Kollegen aus Bordeaux erhielt, ist er mit seinem Privatflugzeug abgestürzt.

Es war eindeutig ein Attentat, das Flugzeug ist in der Luft explodiert, er lebt nicht mehr.

Ansonsten würde er sicher den Rest seines Lebens hinter Gittern verbringen. Die Beweise sind erdrückend.

So makaber es ist, Sie sind sein einziger leiblicher Erbe....

Danke für das Gespräch. Ich wünsche Ihnen gute Besserung. <

> Schön, dass du anrufst, Ronan. Ich wollte mich auch gerade bei dir melden.

Hast du morgen Abend schon etwas vor? Wir, Ingrid und ich, wollen dich zu uns einladen.

Wir haben ein Gästezimmer, da steht ein bequemes Bett drin, es wird groß genug für dich sein. Wenn es nicht reichen sollte, kannst du auch in unserer großen Badewanne schlafen. Dort kannst du dann wenigstens nicht rausfallen.

Außerdem hat Ingrid ihre Freundin Chantal eingeladen. Beide wollen ein tolles Essen für uns zaubern. Sie waren beide nicht bereit mir näheres zu verraten.

Unsere Kinder wollen auch dabei sein, sie haben dich anscheinend ganz schnell in ihr Herz geschlossen und sie freuen sich auf dich.

Chantal ist auch schon aufgeregt, sie will dich nach Ingrids` Schilderungen unbedingt kennenlernen.

Aber komm ja nicht auf die Idee im Smoking aufzukreuzen, es wird ein ganz zwangloser Abend.

Wir erwarten dich gegen achtzehn Uhr. Ist das in Ordnung? <

> Ja, das geht klar. <

> Wunderbar.

Ich muss vorher noch etwas erledigen, aber ich werde rechtzeitig zu Hause sein.

Hast du die Adresse unseres Hauses noch? <

> Selbstverständlich. <

> Wir erwarten dich also morgen Abend.

Und bitte keine dienstlichen Gespräche, ich halte alle Probleme meiner Arbeit von meiner Familie fern.

Ich habe heute mit Catourier gesprochen. Er liegt noch im Krankenhaus, wird aber in wenigen Tagen entlassen.

Er kennt Montand, weil dieser ihm vor einigen Jahren Diamanten zum Kauf angeboten hatte. Catourier war damals jedoch mit der angebotenen Ware und dem geforderten Preis nicht einverstanden und hat nichts gekauft.

Offensichtlich hat Montand an diesem Tag, als Catourier durch einen Handwerker abgelenkt war, einen Wachsabdruck vom Haustürschlüssel gemacht. Damit konnte er jederzeit in das Haus und von der Terrasse aus, ohne gesehen zu werden, die Behälter mit den Diamanten vom Seil nehmen.

Es war ein wirklich hervorragend ausgeklügelter Plan.

Nur muss etwas schief gelaufen sein, was in Talmont zu den beiden Morden führte:

der unvorhersehbare Faktor Mensch.

Nur leider hat er insgesamt drei Menschen das Leben gekostet und ihm selbst auch.

Wir sollten Anfang kommender Woche gemeinsam alle Fakten zusammentragen und einen gemeinsamen Abschlussbericht erstellen. Diesmal werde ich zu dir nach Bordeaux kommen. Einverstanden?

Unsere Vorgesetzten müssen entscheiden, ob der Prozess gegen Montand in Bordeaux oder in La Rochelle geführt wird. Der Prozess muss aus rein formellen Gründen stattfinden um als Grundlage für eventuelle Schadensersatzforderungen zu dienen und um die ganzen Straftaten abzuschließen. <

> Ich stimme dir zu.

Obwohl Montand augenscheinlich ein mehrfacher Mörder war, hat dennoch niemand das Recht ihn umzubringen.

Das bedeutet für uns in Bordeaux, dass wir den ganzen Fall noch nicht abschließen können. Wir müssen noch das Attentat aufklären. Nur den Teil, der die Straftaten von Montand selbst betrifft, können wir abschließen. Alles Weitere können wir besprechen, wenn wir uns in Bordeaux treffen.

Soweit zu den dienstlichen Problemen.

Ich freue mich auf morgen Abend. Mir läuft schon das Wasser im Mund zusammen, wenn ich an das Essen bei euch denke. <

> Hallo, Simone Monard am Apparat. Wer sind Sie? <

> Guten Tag, Frau Monard. Kommissar Frehel von der Kriminalpolizei La Rochelle.

Wie sind die Prüfungen gelaufen, Ihre und die Ihres Bruders? <

> Danke, dass Sie fragen. Wir sind beide sehr zufrieden, es wird bei uns beiden bestimmt eine gute Note werden.

Aber warum rufen Sie an? <

> Ich wollte Sie beide bitten, jetzt, nachdem Ihre Prüfungen vorbei sind, nach La Rochelle zu kommen.

Ist der morgige Freitag, gegen sechzehn Uhr für Sie beide realisierbar? Gut, ich erwarte Sie in meinem Büro. Auf Wiedersehen. <

Als die beiden Kinder des toten Fischers sein Büro betreten hatten, bat er sie sich zu setzen und bot ihnen einen Kaffee an. Beide akzeptierten.

Claude setzte sich ihnen gegenüber und sah sie abwechselnd eine Weile an.

> Der Mörder Ihres Vaters ist identifiziert. Er hat zudem eine Reihe weiterer Straftaten begangen. Wir haben eindeutige Beweise, für alle Straftaten. Aber er wird sich nicht mehr vor einem Gericht verantworten müssen.

Er fiel einem Attentat zum Opfer und ist tot.

Sein Name war Montand, Jean-Luc Montand.

Er hat Ihnen Ihren Vater genommen und auch anderen Menschen die Tochter, beziehungsweise die Verlobte.

Ich empfehle Ihnen, einen Rechtsanwalt zu beauftragen und eine Schadenersatzklage anzustrengen.

Wir werden Ihnen die Namen und Adressen der anderen

geschädigten Personen nennen. Es wird sinnvoll sein, wenn Sie sich mit den anderen Personen absprechen und von einem gemeinsamen Anwalt die Klage einreichen lassen. Das wird den Prozess vereinfachen.

Der Täter verfügte über erhebliche finanzielle Mittel, so dass Ihre Klage nicht ins Leere laufen wird und der Erbe dafür gerade stehen muss.

Vergessen Sie dabei nicht, auch Schadenersatz für das Fischerboot zu fordern, der erforderliche Gutachter muss ebenfalls aus der Erbmasse bezahlt werden.

Was die Diamanten, beziehungsweise deren Gegenwert betrifft, kann ich Ihnen noch keine Zusage machen. Es sieht so aus, als wäre ihr Vater in ein Verbrechen verstrickt gewesen. Meiner Meinung nach hat er sich vielleicht dazu überreden lassen, um Sie beide besser unterstützen zu können.

Aus diesem Verbrechen stammen die beiden Diamanten. Die endgültige Entscheidung darüber wird ein Richter treffen. Sie sollten sich vorsichtshalber keine Hoffnungen auf dieses Geld oder auf die beiden Steine machen. Außerdem wird der Richter entscheiden, was mit dem Geldbetrag auf dem Konto Ihres Vaters geschieht. Dieses Geld stammt zweifelsfrei aus einem Verbrechen. <

Claude machte eine Pause.

Seine Worte hatten auf die beiden jungen Leute wie ein Erdbeben gewirkt. Sie saßen beide mit offenem Mund und wie versteinert wirkendem Gesicht da. Diese Informationen, besonders die über ihren Vater, mussten sie erst einmal verdauen.

Claude ließ ihnen Zeit.

Sein Blick schweifte zu Rolands` Büro und zu Roland, der gerade zurückgekommen war und wie als Siegeszeichen den Daumen seiner rechten Hand nach oben streckte.

> Soll das heißen, dass wir mitverantwortlich sind, dass unser Vater etwas Kriminelles tat, weil er uns besser unter-

stützen wollte? <

Die Stimme von Simone Monard war leise, sie war angsterfüllt.

> Das würde ich so nicht sehen. Ihr Vater wusste, dass Sie beide einen einträglichen Job hatten. Er hat sich vielleicht irgendetwas eingeredet, weil es ihn reizte etwas zu tun, was außerhalb seiner täglichen Routine lag. Das sah er vielleicht als Abenteuer an. Sie beide trifft dazu absolut keine Schuld. <

Claude wartete wieder ein Weilchen.

> Kann ich Ihnen noch eine Tasse Kaffee anbieten? <

Louis sah seine Schwester an, sie schüttelte langsam den Kopf.

> Danke, nein. Dennoch müssen wir diese Informationen über unseren Vater erst einmal verkraften. Wir werden uns beide darüber noch lange unterhalten müssen. <

Claude sah auf die Uhr an der Wand.

> Ich habe heute noch einen Termin, möchte Ihnen aber vorher noch etwas zeigen.

Dazu möchte ich Sie beide bitten mich zu begleiten. Es ist nur fünf Minuten zu Fuß. Sie haben doch noch Zeit mitgebracht? <

> Ja, wir haben noch eine Menge Zeit. Der letzte Zug nach Bordeaux fährt kurz vor dreiundzwanzig Uhr. <

> Gut, gehen wir. <

Claude verließ mit ihnen das Dienstgebäude und führte sie über die Straße, auf den Hafen zu.

> Ist dies dort das Meerwasseraquarium? <, fragte Simone und deutete auf einen großen Gebäudekomplex.

> Ja, genau dort wollen wir hin. <

Sie betraten den Eingangsbereich und Claude führte sie zur Kasse. Die Kassiererin hatte schon den Schalter geschlossen und verließ gerade ihre Kabine. Sie schloss hinter sich die Kabine ab und drehte sich fragend um, als Claude mit den beiden jungen Leuten auf sie zukam.

> Darf ich Sie vorstellen? Louis und Simone Monard, Frau Chantal Corbier, ehemals verheiratet in Talmont als Frau Monard. <

Die drei starrten sich einen Moment an, dann öffnete die Frau weit ihre beiden Arme und ihre beiden Kinder fielen ihr um den Hals.

Claude drehte sich schweigend um und verließ leise das Meerwasseraquarium.

19

Der junge Mann stieg wieder zu dem Talkessel ab. Diesmal trug er einen offensichtlich schweren Rucksack, den er gelegentlich mit beiden Händen von unten anhob um seine Schultern von den einschneidenden Tragriemen zu entlasten.

Ein Stück oberhalb der Sohle des Talkessels setzte er den Rucksack hinter einigen Büschen ab und umrundete vorsichtig im Schutz der Tannen den Talkessel. Es war kein Mensch zu entdecken.

Er kehrte zu seinem Rucksack zurück, setzte ihn wieder auf seinen Rücken und ging vorsichtig, um nicht auszurutschen und Spuren zu hinterlassen, die Böschung entlang bis zur Rückseite des Hauses. Hier setzte er den Rucksack ab.

Er umrundete das Haus, der Bügel des Vorhängeschlosses war eingerastet, es konnte niemand im Haus sein.

Er stieg die Böschung etwa zweihundert Meter nach oben, sah sich suchend um und zog die Aluminiumleiter unter den Büschen hervor. Die Blätter und Zweige verteilte er gleichmäßig unter und um die Büsche.

Mit der Leiter auf der rechten Schulter stieg er vorsichtig den steilen Abhang zu dem Haus hinunter. Hier zog er sein Handy hervor und überzeugte sich noch einmal, dass er Empfang hatte.

Er ging zur Eingangstür des Hauses und legte die Leiter daneben ab.

Er zog seine Handschuhe an. Wieder knackte er das Vorhängeschloss und das Schloss der Eingangstür, trug die

Leiter hinein und stellte sie, die beiden Füße wieder mit Lappen aus seinen Taschen umwickelt, an die Öffnung zum Speicher.

Er kehrte zur Rückseite des Hauses zurück und holte den Rucksack, den er ebenfalls ins Haus trug. Anschließend sicherte er die Eingangstür mit der Kette.

Mit dem Rucksack auf dem Rücken kletterte er nach oben und setzte ihn vorsichtig auf zwei sich kreuzenden Balken ab. Aus seinem Rucksack holte er ein Paket und überzeugte sich, dass die beiden Lithiumbatterien an die Drähte zwischen dem Prepaidhandy und dem Zünder angeschlossen waren.

Er verschloss das Paket wieder und legte es vorsichtig direkt auf die Profilbretter zwischen zwei Deckenbalken, einige Zentimeter von dem Astloch entfernt, mitten über dem Tisch.

Von der anderen Seite der Speicheröffnung holte er das alte Türblatt und legte es über das Paket, quer zur Richtung der Deckenbalken. Darüber legte er zwei der vorhandenen Balken, in Längsrichtung des Türblattes, und quer darüber und nebeneinander die kurzen Bretter, jeweils zwei übereinander.

Aus seinem Rucksack holte er dann vier breite und dicke Holzkeile und eine rechteckige, dicke Stahlplatte, die gerade eben in den Rucksack gepasst hatte und die er auf die Bretter legte und sorgfältig ausrichtete.

Nun holte er den letzten und längsten Balken, stellte ihn auf die Stahlplatte und verkeilte ihn auf der Stahlplatte mit zweien der Keile gegen den Firstbalken. Die beiden restlichen Keile benutzte er dazu als Hammer und zum Gegenhalten.

Anschließend warf er die beiden übrigen Keile hinter den Strohberg bis an die Steinwand.

Das Astloch deckte er mit einem Stück dunklem Klebeband ab und häufte vorsichtig über alles eine dünne Schicht Stroh, sodass die Konstruktion bis auf den vertikalen Balken vollständig verdeckt war.

Das musste er so akzeptieren.

Sicher würde niemand nach oben klettern, zumal, wie er wusste, die im Erdgeschoss liegende Leiter zu morsch war, um sie benutzen zu können.

Er verschloss seinen Rucksack, schulterte ihn und kletterte die Leiter wieder nach unten.

Er schob die Leiter zusammen und legte sie zur Seite. Anschließend betrat er den großen Raum und sah sich um, schließlich auch prüfend zur Decke mit der Holzvertäfelung.

Er konnte keine Veränderung feststellen. Er prüfte die Fuge am hinteren Ende des Raumes. Sie war unversehrt, seine Wanze war also noch vorhanden.

Er öffnete die Schublade, holte aus einer Tasche seines Tarnanzuges ein Stück Papier hervor, faltete es auseinander, strich es glatt und legte es mitten auf den Boden der Schublade.

Den Taschenrechner stellte er genau mittig darauf. Nun schloss er die Schublade wieder und verließ den Raum.

Nach einem längeren Rundumblick durch die Ritzen des Fensterladens links neben der Eingangstür hakte er die Kette aus, öffnete die Tür und trug die Leiter nach draußen.

Er verschloss die Tür mit dem Dietrich und drückte den Bügel des Vorhängeschlosses zu.

Er schulterte die Aluminiumleiter, ging ganz entspannt um das Haus herum und unter dem Schutz der Tannen auf den Pfad zu, den er zügig erklomm.

Auf dem Bergsattel drehte er sich um, streckte seine rechte Faust nach dem Haus aus und verschwand hinter der Kuppe.

Zwei Tage später, am frühen Nachmittag, fuhren drei kleine Geländefahrzeuge, Fabrikat Suzuki, in den Talkessel. Diesmal kamen alle drei von Norden. Sie hielten neben dem Haus an.

Aus dem ersten Fahrzeug stieg der bärtige Mann aus, sah sich gründlich um und ging dann auf die Eingangstür zu.

Er zog zwei Schlüssel aus seiner Jackentasche. Mit dem ersten schloss er das Vorhängeschloss auf und zog es aus dem Bügel. Mit dem zweiten entriegelte er das Türschloss auf und öffnete die Tür. Das Vorhängeschloss legte er innen neben die Tür, bevor er beide Schlüssel wieder in seine Jackentasche steckte.

Er betrat das Haus, ging durch alle Räume und sah sich in jedem Raum sorgfältig um.

Danach ging er zu den Autos zurück und holte aus dem Kofferraum des Autos, in dem er gekommen war, eine Uzi-Maschinenpistole.

Er nickte den anderen Fahrern und Beifahrern der Autos zu, woraufhin alle Fahrzeuginsassen die Autos verließen und schnell, aber ohne Hast, das Haus betraten.

Der Bärtige verschloss die Eingangstür, legte die Kette vor und postierte sich hinter dem Fensterladen um die Umgebung zu überwachen.

Die anderen Männer betraten den großen Raum und setzten sich auf dieselben Stühle wie bei ihrem vorigen Besuch. Einer von Ihnen öffnete das Fenster um frische Luft einzulassen.

Der Mann mit dem blassen Gesicht hatte einen großen Diplomatenkoffer mitgebracht, den er mitten auf den Tisch legte und den Deckel hochklappte. Alle Anwesenden konnten die Geldbündel darin erkennen.

Er setzte sich wieder an das Tischende und betrachtete die anderen Männer der Reihe nach.

> Unser Gespräch heute wird nicht lange dauern, deshalb

haben wir keine Getränke mitgebracht.

Heute werden wir nur einen Teil, zwar den weitaus größten Teil, aber eben doch nur einen Teil des erwarteten Geldes verteilen können.

Unser Helfer hat einen kleinen Unfall erlitten, wir haben dabei auf unsere Sprengstoffreserven zurückgreifen müssen.

Es ist zwar schade, weitere Geldreserven hätten uns bestimmt für die Zukunft eine größere Sicherheit für Eventualitäten geboten. Aber wir konnte seine, sagen wir mal, Unvorsichtigkeiten, nicht länger dulden.

Er hat in seiner Dummheit, Fahrlässigkeit und Ungeduld eine unbeteiligte Frau getötet. Er hätte dadurch die Behörden fast auf unsere Spur gebracht.

Er konnte die letzte Sendung leider nicht mehr vollständig veräußern. Der Rest der Ware ist für uns verloren.

Der Mann, der die Ware stets bis nach Europa begleitete und in der Mündung der Gironde ins Wasser warf, musste sterben, weil er den Zylinder geöffnet hatte und daraufhin eine höhere Entlohnung für seine weitere Mitarbeit wollte.

Unser Helfer konnte kein Risiko eingehen.

Hier hat er zum Glück sofort und richtig gehandelt.

Der Fischer, der sie aus dem Fluss fischte und weiterleitete, hatte ebenfalls den Zylinder geöffnet. Seine Fingerabdrücke waren nicht zu übersehen und der Fischgeruch war zu eindeutig.

Er wollte eines Morgens nicht mehr aufwachen.

Auch das war notwendig.

Einen Teil des abhanden gekommenen Sprengstoffs aus einem unserer Depots in Frankreich hat unser Helfer zu verantworten. Damit hat er eine absolut unnötige und dumme Tat begangen.

Was uns einige Sorgen bereitet und was wir noch klären müssen, ist der Diebstahl von Plastiksprengstoff und Zündern aus einem unserer Depots im Norden Spaniens.

Wir haben für den Diebstahl in Spanien einige Anhalts-punkte, die ich hier in meinem Hinterkopf gespeichert habe. Darum werden wir uns in den nächsten Tagen und Wochen kümmern.

Von unserer Seite sind somit alle Spuren, die man hätte zu uns zurückverfolgen können, unwiederbringlich beseitigt.

Wir haben unsere Hausaufgaben vollständig erledigt. Wie sieht es bei euch aus? <

Er sah die zwei Männer an seiner linken Seite an, die, aus welchem Grund auch immer, wieder zwei gleiche Jacken trugen. Diesmal jedoch leichte Sommerjacken mit Reißver-schluss und dazu zwei gleiche, graue Baseballkappen ohne Aufdruck.

> Auch wir haben unsere Hausaufgaben vollständig erle-digt.

Die zwei letzten Schleifer wurden nach Indien zurückge-schickt. Sie hatten ohnehin nur untergeordnete Kontaktper-sonen kennengelernt.

Diese wollten sich unbedingt von Giftschlangen beißen lassen, nachdem sie auch noch vergessen hatten die mas-siven Türen der Hütten abzuschließen, in denen sie seit Mo-naten gehaust hatten. Sie hätten auch dafür Sorge tragen sollen, dass man nicht mit einem dicken Stahlrohr die Türen ihrer Hütten von außen verrammeln konnte.

Der Kontaktmann, der die Ware zu den Häfen fuhr und mit den Zöllnern verhandelt hatte, wollte unbedingt Frühstück für die Hyänen spielen.

Die Zollbeamten hatten keine weitere Kontaktperson und werden sicher traurig sein einen ihrer Nebenverdienste zu verlieren. In dieser Hinsicht Pech für sie, aber sie hatten in-sofern Glück, dass sie nicht wussten wohin die Ware ver-schifft wurde und um welche Ware es sich handelte.

Der Lebensmittelhändler, der den Frachter mit Lebensmitteln beliefert hatte und die Ware jeweils in einem Aluminiumzylinder unter die Lebensmittel geschmuggelt hatte, hatte ein abschließendes Rendezvous mit einigen Prachtexemplaren von Krokodilen.

Unsere Lieferanten im ehemaligen Jugoslawien, wir hatten dort nur Kontakt mit zwei Personen, einem Mann und einer Frau, hatten einen kleinen Autounfall.

Auf einer kurvigen Bergstraße haben direkt über einem hohen Steilhang die Bremsen und die Lenkung ihres Autos versagt. Wir haben mit einer kleinen Sprengladung nachgeholfen. Anschließend ist das Auto auch noch in Flammen aufgegangen.

Der Mann war uns immer schon unsympathisch gewesen. Schade um die Frau, sie war eine Schönheit und wahnsinnig rassig.

Sie hätte sich eben rechtzeitig einen anderen Job aussuchen sollen. <

Der blasse Mann sah sich in der Runde um:

> Unsere fruchtbare Zusammenarbeit ist also hiermit beendet. Falls eine Fortsetzung erforderlich werden sollte, ganz gleich in welcher Form, wissen wir, wie wir Kontakt aufnehmen können.

Nun bleibt uns nur noch den Erlös aufzuteilen. <

Der blasse Mann öffnete die Schublade des Tisches um den Taschenrechner heraus zu holen.

Erstaunt zog er darunter ein Stück Papier hervor.

Es handelte sich um einen ausgeschnittenen Zeitungsartikel.

Er legte den Zeitungsartikel vor sich auf den Tisch, strich ihn glatt und begann laut zu lesen:

„Bombenattentat in Madrid"

Am gestrigen Freitag wurde um Punkt zwölf Uhr Mittag im Bahnhof Atocha ein Bombenanschlag verübt. Dabei starben nach Angaben der Polizei fünfzehn Erwachsene und zweiundzwanzig Kinder, die mit ihrer Lehrerin und drei Begleitpersonen den botanischen Garten besuchen wollten. Ein Bekennerschreiben liegt nicht oder noch nicht vor. Das Attentat wird nach der Art der Ausführung der ETA zugeschrieben. Sobald weitere Erkenntnisse vorliegen, werden wir berichten.

> Wie kommt dieser Zeitungsartikel hierher? <

Bevor er eine Antwort erhalten konnte, klingelte sein Handy. Er betätigte die Anruftaste.

> Hallo, wer ist da? <

Die Stimme des Anrufers war aufgrund der eingestellten Lautstärke im ganzen Raum deutlich zu hören.

> Schön, dass Sie den Artikel gelesen haben.

Bei diesem Attentat starben meine Eltern, meine Frau und mein ungeborenes Kind. Ihr könnt jetzt von der Hölle aus meine Familie und mein Kind um Verzeihung bitten.

Bis in alle Ewigkeit. <

Der blasse Mann fand nicht mehr die Zeit eine Frage zu stellen, sich von seinem Stuhl zu erheben, geschweige denn die anderen Männer im Raum.

Eine gewaltige Detonation erschütterte das Haus. Ein gleißend rotweißer Feuerball raste durch das Haus.

Die steinerne Dacheindeckung, zusammen mit den Dachsparren und der Holzverschalung, flog durch die Luft.

Splitter der Holzverschalung unter der Decke bohrten sich in zwei der anwesenden Männer. Der Druck der Explosion schmetterte alle Männer gegen die Wände, die mit ihnen nach außen wegbrachen.

Der Deckel des Aktenkoffers wurde in den Verschluss im Unterteil gepresst und flog als Geschoss durch die Öffnung des ehemaligen Fensters.

Die Außenwände des Hauses, obwohl aus dicken Natursteinen gemauert, beulten sich nach außen und fielen dann in sich zusammen.

Die Männer hörten nicht einmal mehr das Getöse der Explosion.

Sie waren durch die immense Druckwelle und den darauf folgenden Aufprall auf die Wände auf der Stelle tot.

Der Bärtige wurde durch die Wucht der Detonation durch den Fensterladen geschleudert und landete mit gebrochener Wirbelsäule, zerfetztem Körper und den Fensterläden ein Stück vom Haus entfernt im See.

Seine Maschinenpistole neben ihm im See war nur noch ein Stück verbeulten Stahls.

Niemand würde mit den Geländefahrzeugen noch einen einzigen Meter weit fahren. Sie waren nur noch ein Haufen verbeultes Blech und Stahlbrocken, auf der anderen Seite des Baches.

Langsam fielen die Steinplatten des Daches und die verschiedenen Bruchstücke aus Holz und Steinen in weitem Umkreis zur Erde.

Als das Echo der Explosion in dem Talkessel verebbt war, erhob sich aus dem Erdloch hinter einem dicken Baum der junge Mann.

Er schüttelte sich und sah mit versteinerter Miene auf die Ruinen des Hauses.

Dann klopfte er seine Kleidung ab und steckte seine zwei Prepaidhandys, eines, mit dem er telefoniert hatte, das andere, mit dem er den Zünder aktiviert hatte, in die Taschen seines Tarnanzuges.

Das batteriebetriebene Empfangsgerät steckte er achtlos

in seinen Rucksack, den er mit unbeteiligter Miene schulterte.

Er kletterte aus der Kuhle heraus, warf die Tannenzweige, die er vorher über sich gedeckt hatte, achtlos hinein.

Im Schutz der Tannen wandte er sich dem Pfad zu, den er zügig erklomm und verschwand auf der anderen Seite des Bergsattels.

Im Yachthafen von Saint-Jean-de-Luz fiel dem Hafenmeister nach zwei Wochen auf, dass eine größere Segelyacht, die nach Angabe der Segler nur drei Tage vor Anker hätte liegen sollen, immer noch vertäut war.

Als er sich telefonisch mit dem Heimathafen in Belfast in Verbindung setzte um den Eigner festzustellen, erhielt er die Auskunft, dass unter der angegebenen Registernummer kein Segelboot gemeldet war.